泣《な》き虫《むし》しょったんの奇《き》跡《せき》

瀬《せ》川《がわ》晶《しょう》司《じ》／作　青《あお》木《き》幸《さち》子《こ》／絵

講談社 青い鳥文庫

目《もく》次《じ》

おもな登《とう》場《じょう》人《じん》物《ぶつ》

瀬《せ》川《がわ》晶《しょう》司《じ》（しょったん）

何《なん》のとりえもなかったが、
小学《しょうがく》5年生《ねんせい》のときに先生《せんせい》に
ほめられたことで、将棋《しょうぎ》に夢中《むちゅう》になる。

渡《わた》辺《なべ》健《けん》弥《や》

しょったんの同学年《どうがくねん》の幼《おさな》なじみ。
お互《たが》い絶対《ぜったい》負《ま》けたくない、
猛烈《もうれつ》な将棋《しょうぎ》のライバル！

今《こん》野《の》靖《やす》宣《のぶ》

しょったんと健弥《けんや》くんが通《かよ》った
港南台将棋《こうなんだいしょうぎ》センターの席主《せきしゅ》。
ふたりを厳《きび》しくも愛情深《あいじょうぶか》く指導《しどう》。

苅《かり》間《ま》澤《さわ》大《ひろ》子《こ》

小学《しょうがく》5年生《ねんせい》の時《とき》の担任《たんにん》の先生《せんせい》。
しょったんに自信《じしん》を持《も》たせ、
あたたかく見守《みまも》り続《つづ》ける恩師《おんし》。

将《しょう》棋《ぎ》の豆《まめ》知《ち》識《しき》

将棋《しょうぎ》は相手《あいて》の「王様《おうさま》」をとったら勝《か》ちというゲームです。
相手《あいて》の駒《こま》をとったら、自分《じぶん》の駒《こま》として使《つか》うことができます。
以下《いか》の用語《ようご》も覚《おぼ》えておくと、
お話《はなし》がわかりやすいですよ。

棋《き》士《し》

将棋《しょうぎ》
（または囲碁《いご》）を
職業《しょくぎょう》とする人《ひと》。

指《さ》す

将棋《しょうぎ》をすること。
または対局《たいきょく》で駒《こま》を
動《うご》かすこと。

対《たい》局《きょく》

将棋《しょうぎ》（または囲碁《いご》）で
対戦《たいせん》すること。
「手合《てあ》い」とも
いう。

手《て》

駒《こま》を動《うご》かす、
ひと指《さ》しひと指《さ》しの
こと。

王《おう》手《て》

つぎに王将《おうしょう》をとる、
という手《て》。

棋《き》譜《ふ》

将棋《しょうぎ》の対局《たいきょく》で
指《さ》された手《て》を
記録《きろく》したもの。

奨《しょう》励《れい》会《かい》

日本将棋連盟《にほんしょうぎれんめい》の
プロ棋士養成機関《きしようせいきかん》のことで、
正式名《せいしきめい》は新進棋士奨励会《しんしんきししょうれいかい》。
満《まん》26歳《さい》の誕生日《たんじょうび》を迎《むか》える三段《だん》リーグ
終了《しゅうりょう》までに四段《だん》に昇段《しょうだん》できなかった
者《もの》は退会《たいかい》となる（ただし、
条件《じょうけん》によっては延長《えんちょう》できる
場合《ばあい》もある）。

玉《ぎょく》

将棋《しょうぎ》の駒《こま》で
いちばん大事《だいじ》な「王様《おうさま》」のこと。
駒《こま》のセットには、
王《おう》と玉《ぎょく》が1枚《まい》ずつ入《はい》っていて、
ふつうは目上《めうえ》の人《ひと》が王《おう》、
目下《めした》の人《ひと》が
玉《ぎょく》を使《つか》う。

名《めい》人《じん》

将棋界《しょうぎかい》の
8大《だい》タイトルのなかで、
もっとも伝統《でんとう》が
あるタイトル。

詰《つ》み

どのような手《て》を
指《さ》しても王将《おうしょう》が
逃《に》げられなくなること。
ゲームセット（対局終了《たいきょくしゅうりょう》）
となる。

詰《つ》め将《しょう》棋《ぎ》

王手《おうて》の連続《れんぞく》で相手《あいて》の玉《ぎょく》が
詰《つ》みになるように
つくられた
問題《もんだい》のこと。

ぼくは、ぼくを見《み》ていた。
もうひとりのぼくは、人混《ひとご》みのなかを、
涙《なみだ》を流《なが》しながら歩《ある》いていた。
かれは絶望《ぜつぼう》の淵《ふち》にあった。
その胸《むね》は、後悔《こうかい》で張《は》り裂《さ》けそうになっていた。
そしてかれはいま、死《し》ぬことを考《かんが》えていた。
ぼくは懸命《けんめい》に、かれに叫《さけ》んだ。
死《し》ぬな。あきらめるな。
あきらめさえしなければ、きみはやり直《なお》せる。
かっこわるくても、未練《みれん》がましくても、
あきらめさえしなければ、
きみはきっと、ぼくになれる。

はじめに　葉書《はがき》

平成《へいせい》十七年七月十八日《ねんがつにち》、夕刻《ゆうこく》。芸能人《げいのうじん》でも犯罪者《はんざいしゃ》でもないぼくが、大報道陣《だいほうどうじん》に取《と》り囲《かこ》まれていた。三十五歳《さい》のサラリーマンにとって初体験《はつたいけん》の、記者会見《きしゃかいけん》が始《はじ》まっていた。

ストロボが光《ひか》るたびに目《め》の前《まえ》が真《ま》っ白《しろ》になっていく。こんなにまぶしいものだとは、自分《じぶん》に向《む》けられるまで知《し》らなかった。集《あつ》まったテレビ局《きょく》や新聞社《しんぶんしゃ》は三十社《しゃ》、いやそれ以上《いじょう》になるだろうか。この人《ひと》たちはいま、このぼくを取材《しゅざい》するために、ここに集《あつ》まっているのだ。

だが、そんなスター気分《きぶん》を味《あじ》わう心境《しんきょう》には、ぼくはほど遠《とお》かった。ただ一刻《いっこく》も早《はや》くこの場《ば》を立《た》ち去《さ》りたかった。

ついさっきぼくは、人生《じんせい》のかかった大勝負《おおしょうぶ》に敗《やぶ》れたばかりだった。

「いまのお気持《きも》ちを聞《き》かせてください。」

将棋専門《しょうぎせんもん》の記者《きしゃ》なら敗者《はいしゃ》に遠慮《えんりょ》してそんな質問《しつもん》はしないものだ。だが、いまここにいる記者《きしゃ》のほとんどは将棋界《しょうぎかい》の取材《しゅざい》など初《はじ》めてなのだ。けっしてその質問《しつもん》が失礼《しつれい》だとは思《おも》わないが、自分《じぶん》への怒《いか》りのため、ぼくの思考《しこう》はすでに停止《ていし》していた。質問《しつもん》にぼくがいったいどう応《おう》じたのかも、そのあと何《なに》を聞《き》かれ、何《なに》を答《こた》えたのかも、まったく覚《おぼ》えていない。ただ口《くち》を動《うご》かし身動《みうご》きするたびに一斉《いっせい》に光《ひか》るストロボの、なんとも不快《ふかい》な威圧感《いあつかん》だけが記憶《きおく》に残《のこ》っている。

このときぼくがどれだけ険悪《けんあく》な表情《ひょうじょう》で、何《なに》を口走《くちばし》ったのか、後日《ごじつ》さすがに心配《しんぱい》になりインターネットのニュース映像《えいぞう》で確認《かくにん》してみた。何《なん》のことはない、いかにもお人《ひと》よしそうな男《おとこ》が、

「自分《じぶん》らしい将棋《しょうぎ》を指《さ》せたので満足《まんぞく》です。」

と、にこやかに答《こた》えていた。こんな状況《じょうきょう》でさえぼくらしくしか振《ふ》る舞《ま》えないぼくに、苦笑《くしょう》せざるをえなかった。

だが見《み》た目《め》とは裏腹《うらはら》に、六十一年《ねん》ぶりに実現《じつげん》したプロ編入試験将棋《へんにゅうしけんしょうぎ》の第《だい》一局《きょく》に敗《やぶ》れたこの日《ひ》、ぼくのなかには深刻《しんこく》な危機《きき》が忍《しの》び寄《よ》っていたのである。

1

七月二十日《がつはつか》、早朝《そうちょう》。やや寝《ね》すごしたぼくはあわてて家《いえ》を飛《と》び出《だ》した。きのうは休《やす》みをとったので、敗戦《はいせん》のあと会社《かいしゃ》に出勤《しゅっきん》するのはこの日《ひ》が初《はじ》めてだった。

閉《と》じかけた扉《とびら》の向《む》こうに体《からだ》をねじ込《こ》ませると、バスはすぐに発車《はっしゃ》した。その揺《ゆ》れに足《あし》がついていけず、吊《つ》り革《かわ》にしがみつく。ふだんならありえないことだ。それほど体《からだ》から、力《ちから》が奪《うば》われてい

た。

将棋《しょうぎ》という激《はげ》しいゲームは、負《ま》けた者《もの》に、人格《じんかく》まで否定《ひてい》されたようなショックを与《あた》える。だから プロ棋士《きし》は、どんなに痛《いた》い負《ま》けでもすぐにそれを忘《わす》れる技術《ぎじゅつ》を身《み》につけている。そうしないと精神《せいしん》がもたないのだ。ぼく自身《じしん》、途中《とちゅう》で挫折《ざせつ》したとはいえ、プロをめざして修業《しゅぎょう》した人間《にんげん》である。負《ま》けたときに自分《じぶん》をコントロールするすべは心得《こころえ》ているつもりだった。

ところが対局《たいきょく》からすでに二日《ふつか》がたとうとしているのに、今度《こんど》の敗戦《はいせん》の痛《いた》みは癒《い》えるどころか、ますますひどくなっていた。かつて経験《けいけん》したことのない痛《いた》みだった。

駅《えき》に着《つ》くと地下鉄《ちかてつ》に乗《の》り換《か》えるため、また走《はし》る。足《あし》が重《おも》い。めったにないことなのだが、会社《かいしゃ》に行《い》きたくない、と思《おも》った。

もはや後戻《あともど》りできないのはわかっている。ぼくはもう、両隣《りょうどなり》をいっしょに走《はし》っているサラリーマンやOL《オーエル》とは、何《なに》かがちがってしまったのだ。


「おはようございます。」

午前《ごぜん》九時《じ》。ぎりぎりに職場《しょくば》に着《つ》いたぼくに、後輩《こうはい》たちがあいさつしてくれる。かれらも勝負《しょうぶ》の結果《けっか》は知《し》っているはずだが、声《こえ》はふだんとまったく変《か》わらない。その気《き》づかいがありがたかった。

席《せき》に着《つ》いてパソコンを起動《きどう》させると、部署《ぶしょ》のちがう同僚《どうりょう》から「がんばれ」というメールが届《とど》いていた。同《おな》じ「がんばれ」でも面《めん》と向《む》かっていわれるのはこの状況《じょうきょう》ではつらい。メールならば笑《え》顔《がお》をつくらずにすむ。心優《こころやさ》しき仲間《なかま》たちに内心《ないしん》、感謝《かんしゃ》していると、いきなり荒々《あらあら》しく肩《かた》を叩《たた》かれた。

「まずいんじゃないの？　三段《だん》に負《ま》けちゃあ。」

驚《おどろ》いて振《ふ》り向《む》くと、ふだんはあまり顔《かお》を合《あ》わせない上司《じょうし》だった。目《め》が笑《わら》っている。世《よ》の中《なか》には荒《あら》っぽさを装《よそお》った、こういう激励《げきれい》のしかたがあることはぼくも知《し》っている。知《し》ってはいるが、このときのぼくには正直《しょうじき》、つらかった。

「敗者《はいしゃ》には何《なに》もやるな。」という言葉《ことば》がある。一見《いっけん》すると勝負《しょうぶ》の非情《ひじょう》さを表《あらわ》しているようだが、負《ま》けた者《もの》には何《なに》を与《あた》えても、どんな言葉《ことば》をかけてもなぐさめにならないから放《ほう》っておけ、という意味《いみ》もあるのではないか。こうした心情《しんじょう》は勝負《しょうぶ》の世界《せかい》に身《み》を置《お》いたことがなければわからないのかもしれないが。

とはいえサラリーマンとしては上司《じょうし》を無視《むし》するわけにもいかない。ぼくは精一杯《せいいっぱい》の笑顔《えがお》を浮《う》かべて返事《へんじ》をした。

「すみません、でも三段《だん》とはいっても、かれは本当《ほんとう》に強《つよ》いんです。」

将棋《しょうぎ》を知《し》らない人《ひと》なら、試験将棋第《しけんしょうぎだい》一局《きょく》の相手《あいて》がまだ十七歳《さい》の、プロ棋士《きし》の卵《たまご》である奨励会《しょうれいかい》の三段《だん》だから弱《よわ》いと思《おも》うのも、無理《むり》はない。初戦《しょせん》に三段《だん》をもってきたのは日本将棋連盟《にほんしょうぎれんめい》のぼくへのサービスだろうという人《ひと》もいたくらいだ。だがかれ、佐藤天彦《さとうあまひこ》くんならいますぐプロの公式戦《こうしきせん》に出《で》ても相当勝《そうとうか》てるだろう（実際《じっさい》、二〇一六年《ねん》に名人《めいじん》のタイトルを獲《と》った）。そしてかれだけでなく、そんな才能《さいのう》ある若者《わかもの》がひしめいているのが、奨励会《しょうれいかい》というところなのだ。

今度《こんど》は正真正銘《しょうしんしょうめい》のプロと戦《たたか》う第《だい》二局《きょく》まであと一か月《げつ》。とにかく時間《じかん》が必要《ひつよう》だった。

プロとアマチュアの大《おお》きなちがいのひとつは、プロはその気《き》になれば一日《にち》二十四時間《じかん》を将棋《しょうぎ》にあてられるのに、アマチュアには当然《とうぜん》ながら仕事《しごと》があるということだ。

勤務先《きんむさき》の情報処理会社《じょうほうしょりがいしゃ》でぼくが担当《たんとう》している業務《ぎょうむ》は、官庁《かんちょう》が事業発注《じぎょうはっちゅう》につかうオンラインシステムの管理《かんり》である。リーダーがぼくで、派遣社員《はけんしゃいん》を含《ふく》めて三人《にん》の部下《ぶか》がいる。

試験将棋《しけんしょうぎ》の施行《しこう》が決《き》まってからの一か月半《げつはん》、ぼくは将棋《しょうぎ》を研究《けんきゅう》する時間《じかん》をふやすため、できるだけ残業《ざんぎょう》を減《へ》らすようにしてきた。とはいえ部下《ぶか》に仕事《しごと》を押《お》しつけるわけにはいかない。仕事《しごと》への集中度《しゅうちゅうど》を高《たか》め、効率《こうりつ》を上《あ》げることで時間《じかん》をつくってきたつもりだった。

ところが、この日《ひ》はその集中力《しゅうちゅうりょく》までおかしくなっていた。パソコンの画面《がめん》を見《み》ていても、書類《しょるい》を読《よ》んでいても、いつのまにか第《だい》一局《きょく》の局面《きょくめん》が頭《あたま》に浮《う》かんできて、どうしてこう指《さ》さなかったんだと悔《く》やんでばかりだった。

まずい……。

ぼくは焦《あせ》りはじめていた。いくら痛《いた》い敗戦《はいせん》でも、ここまで引《ひ》きずるのは明《あき》らかに異常《いじょう》である。一刻《いっこく》も早《はや》くいまの心理状態《しんりじょうたい》を分析《ぶんせき》し、軌道修正《きどうしゅうせい》しなくてはならない。

2

将棋界《しょうぎかい》のみならず、一般《いっぱん》のマスコミまで大騒《おおさわ》ぎしたぼくのプロ入《い》りをめぐる問題《もんだい》、いわゆる「瀬川問題《せがわもんだい》」は、平成《へいせい》十七年《ねん》二月《がつ》にぼくが日本将棋連盟《にほんしょうぎれんめい》に提出《ていしゅつ》した嘆願書《たんがんしょ》から始《はじ》まった。

その内容《ないよう》は、将棋界《しょうぎかい》の常識《じょうしき》ではありえないものだった。

将棋《しょうぎ》のプロとなるには日本将棋連盟《にほんしょうぎれんめい》の棋士養成機関《きしようせいきかん》である「新進棋士奨励会《しんしんきししょうれいかい》」いわゆる奨励会《しょうれいかい》を勝《か》ち抜《ぬ》き、四段《だん》にならなくてはならない。この大原則《だいげんそく》に逆《さか》らい、一介《いっかい》のアマチュアにすぎないぼくを特別《とくべつ》にプロにしてほしい、という嘆願《たんがん》をしたのである。

もちろん、ぼくも何《なん》の根拠《こんきょ》もなくいいだしたことではない。いまプロの公式戦《こうしきせん》のうちいくつかは、成績優秀《せいせきゆうしゅう》なアマチュアに特別《とくべつ》に出場資格《しゅつじょうしかく》を与《あた》えている。たびたびその資格《しかく》を得《え》たぼくは、プロと二十局以上《きょくいじょう》を戦《たたか》ってなんと七割以上《わりいじょう》もの高勝率《こうしょうりつ》をあげていたのである。

しかし、将棋界《しょうぎかい》では猛反発《もうはんぱつ》が起《お》きた。

そんなことを認《みと》めたら奨励会《しょうれいかい》の存在理由《そんざいりゆう》がなくなる、青春《せいしゅん》を犠牲《ぎせい》にしてがんばっている奨励会《しょうれいかい》員《いん》の身《み》にもなれ、奨励会《しょうれいかい》で失敗《しっぱい》した落伍者《らくごしゃ》のくせになんて潔《いさぎよ》くない男《おとこ》だ……。当然《とうぜん》だと思《おも》った。おそらくぼく自身《じしん》、奨励会《しょうれいかい》にいたときであれば、そんな嘆願《たんがん》をする輩《やから》は許《ゆる》せなかっただろう。

にもかかわらず、ぼくがこんな行動《こうどう》に出《で》た理由《りゆう》、それは一《いち》にも二《に》にも、将棋《しょうぎ》が好《す》きだからだ。好《す》きな将棋《しょうぎ》で生《い》きていきたかったからだ。つまり、ぼくのわがままだった。

ただ一方《いっぽう》で、それだけではない部分《ぶぶん》もあった。

奨励会《しょうれいかい》には、年齢制限《ねんれいせいげん》という鉄《てつ》の掟《おきて》がある。

簡単《かんたん》にいえば、二十六歳《さい》までに四段《だん》になれなかった者《もの》は強制的《きょうせいてき》に退会《たいかい》させられ、二度《にど》とプロになるチャンスは与《あた》えられないのだ。ぼくも三段《だん》まで昇《のぼ》りながら、この年齢制限《ねんれいせいげん》までに四段《だん》になれず、退会《たいかい》したのである。

しかし、ぼくには疑問《ぎもん》があった。いまの制度《せいど》では、ごく小《ちい》さいときに将棋《しょうぎ》と出会《であ》い、環境《かんきょう》にも恵《めぐ》まれたエリートしかプロになることができない。だが世《よ》の中《なか》には、学生《がくせい》や社会人《しゃかいじん》になってから将棋《しょうぎ》に熱中《ねっちゅう》し、アマチュアのトップクラスになる人《ひと》もたくさんいるのだ。そんな人《ひと》たちは、いまの制度《せいど》の下《もと》では望《のぞ》んでも絶対《ぜったい》にプロになれない。

奨励会《しょうれいかい》とは別《べつ》に、プロになれる道《みち》をつくってほしい。実力《じつりょく》さえあればだれでも年齢《ねんれい》に関係《かんけい》なく、プロ入《い》りに挑戦《ちょうせん》できる制度《せいど》をつくってほしい。それが、ぼくのもうひとつの願《ねが》いだった。

このようにして出《だ》されたぼくの嘆願書《たんがんしょ》に、ふだん将棋《しょうぎ》の世界《せかい》になど見向《みむ》きもしないマスコミが飛《と》びついた。

一介《いっかい》のサラリーマンが閉鎖的《へいさてき》な将棋界《しょうぎかい》に挑戦状《ちょうせんじょう》を叩《たた》きつけた。新聞《しんぶん》でテレビで、ぼくの嘆願《たんがん》はそんな図式《ずしき》で描《えが》かれ、ぼくは江戸幕府《えどばくふ》に開国要求《かいこくようきゅう》をつきつけたペリー提督《ていとく》にもなぞらえられた。

次第《しだい》に、将棋《しょうぎ》を知《し》らない人《ひと》たちにもぼくの顔《かお》と名前《なまえ》が広《ひろ》まっていった。電車《でんしゃ》に乗《の》っていてもいきなり声《こえ》をかけられる。

「将棋《しょうぎ》の瀬川《せがわ》さんですね。古《ふる》い体制《たいせい》に負《ま》けないでください。応援《おうえん》してますよ。」

いつのまにかぼくは「革命《かくめい》の闘士《とうし》」にまつりあげられていた。

はたして、ぼくの嘆願書《たんがんしょ》にどう応《おう》じるか検討《けんとう》を重《かさ》ねた日本将棋連盟《にほんしょうぎれんめい》は、棋士全員《きしぜんいん》による投票《とうひょう》を行《おこな》った結果《けっか》、プロ編入試験将棋《へんにゅうしけんしょうぎ》を実施《じっし》することを決定《けってい》した。連盟《れんめい》はけっして閉鎖的《へいさてき》ではなかったのだ。

天《てん》にも昇《のぼ》る心地《ここち》だった。一度《いちど》は奨励会《しょうれいかい》をクビになった三十五歳《さい》のぼくが、試験《しけん》に合格《ごうかく》すれば子《こ》どものころからの夢《ゆめ》だったプロ棋士《きし》になれるのだ。さらに連盟《れんめい》は、今後《こんご》は実力《じつりょく》あるアマチュアは年齢《ねんれい》にかかわらずプロ入《い》りできる制度《せいど》をつくることも検討《けんとう》すると約束《やくそく》した。年齢《ねんれい》のためにプロをあきらめていたすべてのアマチュアに、道《みち》が開《ひら》かれたのである。

ついにやりとげた。これで戦《たたか》いの半分《はんぶん》は終《お》わったと思《おも》った。ここから先《さき》は、自分《じぶん》のための戦《たたか》いである。勝《か》ってプロになろうが、負《ま》けて夢《ゆめ》が消《き》えようが、ぼく自身《じしん》の問題《もんだい》である。よけいなことを考《かんが》えず、思《おも》いきって戦《たたか》えばよいはずだったのだが――。

夕方《ゆうがた》のラッシュの電車《でんしゃ》に揺《ゆ》られながら、ぼくは自己分析《じこぶんせき》をつづけた。

試験将棋《しけんしょうぎ》は全部《ぜんぶ》で六局《きょく》。三勝《しょう》できれば合格《ごうかく》、瀬川晶司《せがわしょうじ》四段《だん》が誕生《たんじょう》する。だが四敗《ぱい》してしまうと、せっかくつかんだチャンスは去《さ》る。発表《はっぴょう》された日程《にってい》と対戦相手《たいせんあいて》を見《み》たぼくは、第《だい》一局《きょく》の勝敗《しょうはい》が合否《ごうひ》を左右《さゆう》すると思《おも》った。第《だい》三局《きょく》に、負《ま》けを覚悟《かくご》せざるをえないトップ棋士《きし》、久保利明《くぼとしあき》八段《だん》との対戦《たいせん》が組《く》まれていたからである。

もし第《だい》一局《きょく》を落《お》とすと、第《だい》二局《きょく》は早《はや》くも絶対《ぜったい》に負《ま》けられない一番《いちばん》になってしまう。それも敗《やぶ》れて三連敗《れんぱい》となっては、合格《ごうかく》はまず不可能《ふかのう》だからだ。しかし、絶対《ぜったい》に負《ま》けられないなどという重圧《じゅうあつ》がかかった状態《じょうたい》でプロと勝負《しょうぶ》するのは圧倒的《あっとうてき》に不利《ふり》である。

だからなんとしても第《だい》一局《きょく》に勝《か》って、余裕《よゆう》のある状況《じょうきょう》で第《だい》二局《きょく》に臨《のぞ》みたかったのだ。

その大事《だいじ》な勝負《しょうぶ》に敗《やぶ》れた。たしかに痛《いた》い敗戦《はいせん》だった。だがプロをめざす者《もの》なら、前向《まえむ》きに気持《きも》ちを切《き》り替《か》え、次《つぎ》の対局《たいきょく》への闘志《とうし》をかきたてるべきである。そんなことはわかっているのに、実《じっ》行《こう》できないのはなぜなのか。

坂《さか》の上《うえ》の停留所《ていりゅうじょ》でバスを降《お》りると、眼下《がんか》にはぼくが幼《おさな》いころから慣《な》れ親《した》しんだ街並《まちな》みが広《ひろ》がっている。あらためて見《み》ていると、山《やま》や丘《おか》がいつのまにかずいぶん削《けず》られて、新《あたら》しい住宅地《じゅうたくち》がふえている。その景色《けしき》を眺《なが》めているうちに、ふとぼくは気《き》づいた。

自分《じぶん》だけの勝負《しょうぶ》ではなくなったからだ。

すでにこの試験将棋《しけんしょうぎ》は、勝《か》てばぼくだけが笑《わら》い、負《ま》ければぼくだけが泣《な》けばいい勝負《しょうぶ》ではなくなっているのだ。いまや全国《ぜんこく》の顔《かお》も知《し》らない大勢《おおぜい》の人《ひと》が、ぼくのプロ入《い》りを応援《おうえん》してくれている。そうした応援《おうえん》、世論《よろん》の声《こえ》があればこそ日本将棋連盟《にほんしょうぎれんめい》もぼくの嘆願《たんがん》を受《う》け入《い》れた。もしぼくが失敗《しっぱい》すれば、その人《ひと》たちを落胆《らくたん》させてしまうことになるのだ。

顔《かお》も名前《なまえ》も知《し》らないだれかの期待《きたい》にこたえるために将棋《しょうぎ》を指《さ》すことなど、考《かんが》えてみれば初《はじ》めてだった。自分《じぶん》でも意識《いしき》しないうちにその重圧《じゅうあつ》がのしかかり、ぼくはふつうの心理状態《しんりじょうたい》ではなくなっていたのだ。

ようやく原因《げんいん》はわかった。

でも、どうすればいいのだろう。

帰宅《きたく》すると、日本将棋連盟《にほんしょうぎれんめい》に届《とど》いたぼくあての激励《げきれい》の手紙《てがみ》が回送《かいそう》されていた。最近《さいきん》、日《ひ》に日《ひ》に数《かず》がふえている。食事《しょくじ》をしながらその一通《つう》に目《め》を通《とお》す。およそこんな内容《ないよう》だった。

「わたしは、あることにトライすべきか、ずっと迷《まよ》っていました。なかなか勇気《ゆうき》が出《で》ませんでした。でも今回《こんかい》の瀬川《せがわ》さんの挑戦《ちょうせん》を見《み》て、わたしにも勇気《ゆうき》が出《で》てきました。いまは瀬川《せがわ》さんの夢《ゆめ》に、わたしの夢《ゆめ》を重《かさ》ね合《あ》わせています。もし瀬川《せがわ》さんがプロになれたら、わたしも思《おも》いきってトライしようと思《おも》います。がんばってください。」

こういうのがプレッシャーになるんだ、とは思《おも》わなかった。サラリーマンが日本《にっぽん》にどれだけいるかわからないが、こんな手紙《てがみ》をもらえる者《もの》が何人《なんにん》いるだろう。この人《ひと》のためにぼくは勝《か》ちたい、プロになりたい、と思《おも》った。

電話《でんわ》が鳴《な》っている。いっしょに暮《く》らしている母《はは》が出《で》て、ぼくを呼《よ》ぶ。新聞社《しんぶんしゃ》の取材《しゅざい》だった。最《さい》近《きん》はこうした電話《でんわ》がない日《ひ》のほうが少《すく》ない。これまで何十人《なんじゅうにん》にも話《はな》してきた、嘆願書《たんがんしょ》を出《だ》すまでのいきさつ、奨励会時代《しょうれいかいじだい》の思《おも》い出《で》などを答《こた》えると、最後《さいご》にその記者《きしゃ》がいった。

「これからは、将棋界《しょうぎかい》はもっとアマに門戸《もんこ》を開《ひら》かなくてはいけません。連盟《れんめい》がどんな制度《せいど》をつくるかは、瀬川《せがわ》さんの試験《しけん》の結果次第《けっかしだい》ですからね。その意味《いみ》でも、応援《おうえん》していますよ。」

そのとおりだ。せっかく制度《せいど》が改《あらた》まろうとしているのに、ここでぼくがだらしない結果《けっか》に終《お》わればすべては水《みず》の泡《あわ》だ。全国《ぜんこく》のアマチュアのためにも、試験将棋《しけんしょうぎ》施行《しこう》という英断《えいだん》をしてくれた連《れん》盟《めい》のためにも、次《つぎ》は絶対《ぜったい》に勝《か》たなくては。

布団《ふとん》に体《からだ》を横《よこ》たえ、目《め》を閉《と》じながら、ぼくは絶望的《ぜつぼうてき》な気持《きも》ちになっていた。ぼくに味方《みかた》し、支《ささ》えてくれた応援《おうえん》がいま、絶《た》え間《ま》なくぼくを苦《くる》しめている。こんなことで苦《くる》しむぼくが弱《よわ》いのだろうか。とにかく、このままでは無理《むり》だ。こんな精神状態《せいしんじょうたい》では、第二局《だいきょく》も勝《か》てるわけがない。

「しょったん、きょうは秘密《ひみつ》の場所《ばしょ》に連《つ》れてってやる。」

近所《きんじょ》の年上《としうえ》のお兄《にい》ちゃんにそう誘《さそ》われるまま、三歳《さい》のぼくはあとをついていく。どこをどう歩《ある》いたかわからないが、いつのまにかぼくたちは薄暗《うすぐら》い森《もり》のなかにいた。枯《か》れ葉《は》をがさがさ踏《ふ》みしめさらに歩《ある》いていくと、やがて目《め》の前《まえ》に沼《ぬま》が現《あらわ》れる。けっこう大《おお》きな沼《ぬま》だ。泥《どろ》の色《いろ》をした水《みず》をのぞき込《こ》んでも、どれくらい深《ふか》いのか見当《けんとう》がつかない。おたまじゃくしとか、たくさんいるのだろうか。

「こんなとこがあるの知《し》らなかったろ、しょったん。」

やんちゃそうな顔《かお》をさらに誇《ほこ》らしげにしてお兄《にい》ちゃんがいう。

「うん。」

ぼくはことさらに驚《おどろ》いた顔《かお》をして、うなずいてみせる。

「あっ。」

お兄《にい》ちゃんが、沼《ぬま》のある一点《いってん》を指《ゆび》さす。発泡《はっぽう》スチロールでできた白《しろ》い板切《いたき》れが、足《あし》を伸《の》ばせば届《とど》きそうなところに浮《う》かんでいた。

「あれに乗《の》れば、すいすい水《みず》の上《うえ》を動《うご》けるんじゃないか。」

そういわれてみれば、アメンボみたいに自由自在《じゆうじざい》に水面《すいめん》をすべれるような気《き》がしてきた。

「よし、やろうぜ。しょったんから行《い》け。」

うながされるままにぼくは、つま先《さき》で白《しろ》い板切《いたき》れをたぐり寄《よ》せ、片足《かたあし》を乗《の》せる。ずぶり、と板《いた》が沈《しず》む。さらにもう一方《いっぽう》の足《あし》も乗《の》せて、全体重《ぜんたいじゅう》をあずける。

ぼくがいくら同《おな》じ年頃《としごろ》の子《こ》どもより小柄《こがら》でも、たった三十センチ四方《しほう》ほどの発泡《はっぽう》スチロールの板《いた》切《き》れに支《ささ》えきれるはずがなかった。板《いた》の上《うえ》に直立《ちょくりつ》したまま、ぼくはずぶずぶと沼《ぬま》に沈《しず》みはじめた。

わーっ。初《はじ》めて恐怖《きょうふ》におそわれたぼくは、助《たす》けを求《もと》めようと振《ふ》り返《かえ》る。ところが、なんとお兄《にい》ちゃんはぼくに背《せ》を向《む》け、いま歩《ある》いてきた道《みち》を森《もり》のほうへ引《ひ》き返《かえ》していくではないか。取《と》り残《のこ》されたぼくの体《からだ》はみるみる沼《ぬま》のなかに沈《しず》んでいき、やがてのみ込《こ》まれる。泣《な》きたいのだが口《くち》を開《あ》けると泥水《どろみず》が入《はい》りこんで息《いき》ができない。目《め》に、耳《みみ》に、毛穴《けあな》のすべてに、泥水《どろみず》は入《はい》りこんでくる。だがいくらもがいても、手足《てあし》は空《くう》を切《き》るばかりで何《なに》もつかむことはできない。

やみくもに体《からだ》をばたばたさせながら、ぼくはゆっくりと沼《ぬま》の底《そこ》のほうに沈《しず》んでいく。その感覚《かんかく》だけが、はっきりとわかる。

そのうち、耳元《みみもと》でだれかがささやくのが聞《き》こえてくる。

「だから無理《むり》だっていっただろう。」

そうだよね、あんな小《ちい》さな板《いた》に乗《の》ろうなんて。

「しょせん、おまえには才能《さいのう》がなかったんだ。」

え？

「将棋《しょうぎ》のプロになろうなんて思《おも》ったのがまちがいなんだ。」

そうか、そうだったんだね。でも、もう手遅《ておく》れだ。もうぼくは、この沼《ぬま》から出《で》られない。気《き》がつくと三歳《さい》のはずだったぼくの体《からだ》はすっかり大人《おとな》になっていて、それでも沼《ぬま》の底《そこ》へゆっくりと沈《しず》んでいっていることに変《か》わりはない——。


思《おも》わず時計《とけい》を見《み》る。午前《ごぜん》三時《じ》すぎ。しばらく見《み》なかった悪夢《あくむ》だった。

三歳《さい》のとき、ぼくは実際《じっさい》に沼《ぬま》に沈《しず》んで、行方不明《ゆくえふめい》になった。パトカーが何台《なんだい》も出動《しゅつどう》し、母《はは》は半《はん》狂乱《きょうらん》になったという。ぼくにとっては、恐怖《きょうふ》という感情《かんじょう》を知《し》った原体験《げんたいけん》だった。年齢制限《ねんれいせいげん》におびえていた奨励会《しょうれいかい》三段《だん》のころ、その体験《たいけん》がもとになったこの夢《ゆめ》にぼくはしばしばうなされた。プロ入《い》りまでもう少《すこ》しのところにきたいま、またこの夢《ゆめ》を見《み》ることになろうとは。

3

カラオケの大音響《だいおんきょう》に負《ま》けじと張《は》り上《あ》げられる歌声《うたごえ》を、ぼくはぼんやりしながら聴《き》いていた。熱《ねっ》唱《しょう》しているのは豊川孝弘《とよかわたかひろ》六段《だん》。ぼくより少《すこ》し先輩《せんぱい》で、奨励会《しょうれいかい》にいたころからよくしてもらっているプロ棋士《きし》である。この夜《よる》、豊川《とよかわ》さんはぼくを気晴《きば》らしに誘《さそ》ってくれたのだ。

いま豊川《とよかわ》さんが歌《うた》っているのは十八番《おはこ》の、大事《だいじ》MAN《マン》ブラザーズバンドの歌《うた》である。奨励会《しょうれいかい》のときから、何度《なんど》聴《き》かされたことだろう。

〽負《ま》けない事《こと》　投《な》げ出《だ》さない事《こと》
　逃《に》げ出《だ》さない事《こと》　信《しん》じ抜《ぬ》く事《こと》
エンディングの、このフレーズの繰《く》り返《かえ》しが始《はじ》まったとき、ぼくはそっとトイレに立《た》った。昔《むかし》からどうも、この繰《く》り返《かえ》しが始《はじ》まるとうっとうしい気分《きぶん》になってしまう。

部屋《へや》に戻《もど》ると、酷使《こくし》したのどにサワーを流《なが》し込《こ》んでいた豊川《とよかわ》さんがたずねてきた。

「で、どうなの？　調子《ちょうし》は。」

豊川《とよかわ》さんは棋士《きし》というよりはスポーツ選手《せんしゅ》に見《み》えるほど、快活《かいかつ》で明《あか》るい人《ひと》である。一度《いちど》、NH《エヌエイチ》K《ケー》杯《はい》テレビ将棋《しょうぎ》トーナメントで二歩《にふ》を打《う》って反則負《はんそくま》けするという痛恨事《つうこんじ》を全国《ぜんこく》に放送《ほうそう》されてしまったが、そのあとの潔《いさぎよ》い態度《たいど》は、むしろ豊川《とよかわ》ファンをふやしたのではないだろうか。

優《やさ》しさとたくましさが同居《どうきょ》するその顔《かお》を見《み》ているうち、ぼくは打《う》ち明《あ》ける気《き》になった。

「応援《おうえん》されるのが、つらいんです。」

とりようによってはごうまんと思《おも》われかねない悩《なや》みだった。だが、豊川《とよかわ》さんはすぐにうなずいて、こういった。

「気《き》にすんな。」

そして、こうつづけた。

「瀬川《せがわ》ちゃんが思《おも》っているほど、人《ひと》は瀬川《せがわ》ちゃんのことなんか気《き》にしちゃいないよ。だから、重《おも》く考《かんが》えないほうがいい。」

これがプロなのだと思《おも》った。

会《あ》ったこともない人《ひと》たちの前《まえ》に自分《じぶん》の姿《すがた》をさらし、熱烈《ねつれつ》な期待《きたい》も、無責任《むせきにん》な批判《ひはん》もすべて受《う》け入《い》れる。それがアマチュアとはちがうプロの義務《ぎむ》なのだ。しかし、それらを全部《ぜんぶ》まともに気《き》にしていては精神《せいしん》がおかしくなり、結果的《けっかてき》にプロとしてのつとめを果《は》たせなくなる。だから、うまく折《お》り合《あ》いをつけていかなければいけない。豊川《とよかわ》さんはそう教《おし》えてくれているのだと思《おも》った。おまえがめざしているプロの世界《せかい》とは、そういうところなのだ、と。

ぼくは豊川《とよかわ》さんに感謝《かんしゃ》した。しかし、いまのぼくには、そうした強《つよ》い精神力《せいしんりょく》を一朝一夕《いっちょういっせき》で身《み》につけることはできない。

応援《おうえん》の手紙《てがみ》やマスコミの取材《しゅざい》は、ますますふえる一方《いっぽう》だった。将棋《しょうぎ》の調子《ちょうし》も、明《あき》らかに落《お》ちていた。奨励会《しょうれいかい》を退会《たいかい》したあと、ぼくがいちばん大切《たいせつ》にしてきた将棋《しょうぎ》を楽《たの》しむ気持《きも》ちが消《き》え、年齢《ねんれい》制限《せいげん》におびえていたあのころのような覇気《はき》のなさが顔《かお》を出《だ》しはじめていた。

これでぼくがもし第二局《だいきょく》に敗《やぶ》れ、第三局《だいきょく》も当然《とうぜん》のように一蹴《いっしゅう》され、立《た》ち直《なお》れないまま第四局《だいきょく》も負《ま》けて一勝《しょう》もできずに挑戦失敗《ちょうせんしっぱい》という結果《けっか》に終《お》わったら、いったいどうなるだろう。自分《じぶん》の人生《じんせい》がかかっているというプレッシャー以上《いじょう》に、その恐怖《きょうふ》が大《おお》きかった。しかもいまのままでは、その可能性《かのうせい》はかぎりなく高《たか》いのだ。

やっぱりぼくには、プロになることなど無理《むり》だったのだろうか。

試験将棋第《しけんしょうぎだい》一局《きょく》から一週間《しゅうかん》ほどがたったある夜《よる》。会社《かいしゃ》から帰宅《きたく》したぼくはいつものように、その日《ひ》に届《とど》いた郵便物《ゆうびんぶつ》を母《はは》から受《う》け取《と》って自室《じしつ》に入《はい》った。いつものように、名前《なまえ》も知《し》らない人《ひと》からの手紙《てがみ》ばかりに見《み》えた。

ところが、そのなかに一通《つう》、不思議《ふしぎ》な葉書《はがき》があった。ドラえもんの絵《え》が大《おお》きく印刷《いんさつ》された葉書《はがき》だった。その子《こ》どもっぽさに違和感《いわかん》があった。

だれだろう？

ぼくは子《こ》どものころ、ドラえもんが好《す》きだった。そのことを知《し》っている人《ひと》だろうか。ネクタイをゆるめながら葉書《はがき》を裏返《うらがえ》し、差出人《さしだしにん》の名《な》を見《み》る。

あっ。

その瞬間《しゅんかん》、ぼくは声《こえ》をあげそうになった。

葉書《はがき》をもう一度《いちど》ひっくり返《かえ》し、ドラえもんの絵《え》の上《うえ》に書《か》かれた文字《もじ》を追《お》う。

「だいじょうぶ。きっとよい道《みち》が拓《ひら》かれます。」

いままで心《こころ》のなかで押《お》し殺《ころ》していたものが、せきを切《き》ったようにこみ上《あ》げてくるのを感《かん》じた。おえつでのどが震《ふる》え、文面《ぶんめん》が涙《なみだ》で見《み》えなくなる。それをぬぐっては何度《なんど》も読《よ》み返《かえ》す。そのたびにまた、新《あたら》しい涙《なみだ》があふれてくる。

そうだった。すべては、この人《ひと》のおかげだった。

何《なん》に対《たい》しても自信《じしん》が持《も》てなかったぼくが、自分《じぶん》の意志《いし》で歩《ある》けるようになったのも。ここまでいろいろなことがあったけれどなんとか生《い》きてきて、いま夢《ゆめ》のような大《おお》きな舞台《ぶたい》に立《た》つことができたのも。

もとはといえば、すべてこの人《ひと》のおかげだった。

この人《ひと》に教《おし》えられたことを、ぼくはすっかり忘《わす》れていた。いつのまにかぼくは、ぼくでなくなっていた。ぼくは、ぼくに戻《もど》ろう。ぼくは、ぼくでいいのだから。

心《こころ》のなかにできた固《かた》い岩《いわ》をすべて溶《と》かしきるまで、ぼくは泣《な》きつづけた。

「では、行《い》ってきます。」

八月十三日《がつにち》。部屋《へや》のいちばん目立《めだ》つところに貼《は》ったドラえもんの葉書《はがき》にそうあいさつして、ぼくは試験将棋第二局《しけんしょうぎだいにきょく》を戦《たたか》うため大阪《おおさか》に出発《しゅっぱつ》した。

翌《よく》十四日、神吉宏充《かんきひろみつ》六段《だん》をやぶって試験将棋初勝利《しけんしょうぎはつしょうり》をあげたぼくは、そのあとの記者会見《きしゃかいけん》で、万感《ばんかん》の思《おも》いを込《こ》めてこう答《こた》えた。

「いままでの人生《じんせい》で、いちばんうれしい勝利《しょうり》です。」

第《だい》1章《しょう》　恩師《おんし》

　プロ棋士《きし》としてやっとスタートラインに立《た》ったばかりのぼくがこのような本《ほん》を書《か》くにあたり、自分《じぶん》の半生《はんせい》のなかで読者《どくしゃ》のみなさんに語《かた》る値打《ねう》ちのあることとは何《なん》だろうか、と考《かんが》えてみた。そしてやはり、あのときのことをまず書《か》きたいと思《おも》った。試験将棋《しけんしょうぎ》が決《き》まって有頂天《うちょうてん》になっていたぼくをおそった、思《おも》いもよらないピンチ。あと少《すこ》しで奈落《ならく》の底《そこ》に落《お》ちるところだったぼくを救《すく》ってくれたのはまちがいなく、あのドラえもんの葉書《はがき》だった。

　しかし、なぜあの葉書《はがき》にぼくが涙《なみだ》したのか、なぜあの葉書《はがき》がぼくをピンチから救《すく》ったのかをおわかりいただくには、今度《こんど》はぼくの生《お》い立《た》ちからの話《はなし》をしなくてはならない。順序《じゅんじょ》が前後《ぜんご》してしまうことを、どうかお許《ゆる》しいただきたい。

1

　ぼくは昭和《しょうわ》四十五年《ねん》三月《がつ》二十三日《にち》、神奈川県横浜市《かながわけんよこはまし》に生《う》まれた。

大阪万博《おおさかばんぱく》の開幕《かいまく》から八日後《ようかご》のことだから、三波春夫《みなみはるお》が歌《うた》う「世界《せかい》の国《くに》からこんにちは」があちこちで鳴《な》り響《ひび》いていたことだろう。

その八日後《ようかご》には日航機《にっこうき》が赤軍派《せきぐんは》に乗《の》っ取《と》られる「よど号《ごう》ハイジャック事件《じけん》」が起《お》き、翌《よく》四月《がつ》の十日《とおか》にイギリスでビートルズが事実上解散《じじつじょうかいさん》し、八か月後《げつご》の十一月《がつ》二十五日《にち》に三島由紀夫《みしまゆきお》が割腹《かっぷく》自殺《じさつ》をとげた、そんな年《とし》だった。

さらにいえば、この年《とし》の九月《がつ》に羽生善治《はぶよしはる》、藤井猛《ふじいたけし》、丸山忠久《まるやまただひさ》が、十月《がつ》に森内俊之《もりうちとしゆき》が、前年《ぜんねん》の十月《がつ》には佐藤康光《さとうやすみつ》が誕生《たんじょう》していた。キラ星《ぼし》のような将棋界《しょうぎかい》の英雄《えいゆう》たちと、ぼくが生《う》まれた時期《じき》は同《おな》じだったのだ。

そのとき、父《ちち》・富男《とみお》は三十六歳《さい》。母《はは》・千恵子《ちえこ》は二十九歳《さい》。

そして五歳《さい》の長兄《ちょうけい》・敦司《あつし》と、三歳《さい》の次兄《じけい》・隆司《りゅうじ》がいた。つまりぼくは男《おとこ》ばかり三人兄弟《にんきょうだい》の末《すえ》っ子《こ》で、このことが人格形成《じんかくけいせい》に大《おお》きな影響《えいきょう》をもたらしたのはまちがいない。

じつはぼくは生《う》まれる前《まえ》から、名前《なまえ》を決《き》められていた。

「素子」と書《か》いて「もとこ」。そう、両親《りょうしん》は今度《こんど》こそ女《おんな》の子《こ》が生《う》まれるだろうと期待《きたい》し、勝手《かって》に決《き》めつけていたのである。命名《めいめい》の由来《ゆらい》は、父《ちち》が化学関係《かがくかんけい》の会社《かいしゃ》に勤《つと》めていたことから、元素《げんそ》の「素《そ》」にあやかったらしい。

またしても男《おとこ》が生《う》まれて、母《はは》はよほどがっかりしたのか、やがてメス猫《ねこ》を飼《か》いはじめた。「素《もと》子《こ》」は、その猫《ねこ》の名《な》になった。

「晶司《しょうじ》」という名《な》は、やはり父《ちち》の仕事《しごと》に関係深《かんけいぶか》い「結晶《けっしょう》」からとったとも、「愛《あい》の結晶《けっしょう》」という意味《いみ》だとも聞《き》いたことがあるが、いずれにしても、最初《さいしょ》は次兄《じけい》をそう命名《めいめい》するつもりだったらしい。ところが、生《う》まれてきた次兄《じけい》の顔《かお》があまりにも可愛《かわい》らしいので、こんな子《こ》に「晶司《しょうじ》」なんて繊細《せんさい》な名前《なまえ》をつけたらいじめられてしまうと心配《しんぱい》した父《ちち》が、もっと強《つよ》そうな名前《なまえ》をと考《かんが》えて「隆司《りゅうじ》」に変更《へんこう》した。それで宙《ちゅう》に浮《う》いていた「晶司《しょうじ》」がぼくにお下《さ》がりになった、というのが真相《しんそう》のようだ。ちなみに三人《にん》とも「司《し》」がつくのは画数《かくすう》の関係《かんけい》らしい。

親《おや》の願望《がんぼう》が投影《とうえい》されたせいかどうかはわからないが、ぼくはまるで女《おんな》の子《こ》のように育《そだ》った。「タオル姫《ひめ》」と呼《よ》ばれていたという。大《おお》きなタオルケットを体《からだ》に巻《ま》きつけて、いつもズルズルと引《ひ》きずって歩《ある》いていたからだ。タオルケットには絶対《ぜったい》に代《か》わりはきかないお気《き》に入《い》りの一枚《まい》があって、外出《がいしゅつ》するときもそれを引《ひ》きずっていたらしい。それが小学校《しょうがっこう》に入学《にゅうがく》する直前《ちょくぜん》までつづいたため、ボロボロにほつれ、元《もと》の色《いろ》がわからないほど変色《へんしょく》し、手《て》ざわりまでどこかヌルヌルしていたと母《はは》や兄《あに》たちは気味悪《きみわる》そうにいう。あまりのきたなさに母《はは》がそれを捨《す》てると、「ない、ない。」とぼくが泣《な》き叫《さけ》ぶので、しかたなくまた元《もと》に戻《もど》すしかなかったという。

もうひとつ、家族《かぞく》が覚《おぼ》えている幼《おさな》いぼくの奇妙《きみょう》な特徴《とくちょう》は、よく扉《とびら》に手《て》をはさむことだった。初《はじ》めてはさんだのはタクシーのドアだったらしい。まだ手《て》が柔《やわ》らかいからたいしたケガにはならないのだが、大泣《おおな》きして、もう気《き》をつけるだろうと思《おも》ったら、それからも家《いえ》のなかや車《くるま》の乗《の》り降《お》りで、毎日《まいにち》のように手《て》をはさんでいたという。こいつ、バカじゃないのかと長兄《ちょうけい》は思《おも》っていたそうだ。

ぼくは放《ほう》っておかれがちな子《こ》どもだった。女《おんな》の子《こ》ではなかったことに落胆《らくたん》した母《はは》がないがしろにしたわけではない。上《うえ》のふたりの男《おとこ》の子《こ》を育《そだ》てるのに手一杯《ていっぱい》だったのだ。しかし、あまり放《ほう》っておくのはやはり子《こ》どもにとって望《のぞ》ましいことではないらしい。

二歳《さい》のとき、保健所《ほけんじょ》で健康診断《けんこうしんだん》を受《う》けたぼくは、「知的障害《ちてきしょうがい》の疑《うたが》いがある。」と警告《けいこく》された。母《はは》が兄《あに》たちにかかりきりでぼくに話《はな》しかけなかったためか、ぼくはほとんど口《くち》がきけないままだったというのだ。

保健療育《ほけんりょういく》センターのお姉《ねえ》さんが心配《しんぱい》してくれて、早《はや》く対処《たいしょ》すれば治《なお》るからと毎週《まいしゅう》、ぼくに話《はな》しかけるために家《いえ》に通《かよ》ってくれたという。訪問《ほうもん》が半年《はんとし》つづいたところで家《いえ》が引《ひ》っ越《こ》すことになり、転居先《てんきょさき》の近《ちか》くの保健所《ほけんじょ》であらためて健康診断《けんこうしんだん》を受《う》けたときは、問題《もんだい》はないといわれたそうだ。お姉《ねえ》さんの熱心《ねっしん》な家庭訪問《かていほうもん》に感謝《かんしゃ》しなくてはならない。

ただ、ここがぼくの両親《りょうしん》が一風変《いっぷうか》わっていたところなのだが、知的障害《ちてきしょうがい》の可能性《かのうせい》を指摘《してき》されても、父《ちち》も母《はは》もほとんど心配《しんぱい》しなかったそうだ。

「まあ、いいか。」

母《はは》からそのことを聞《き》かされた父《ちち》は、そう答《こた》えたという。

「おれたちが死《し》んでも、ふたりの兄貴《あにき》がなんとかするだろう。」

それを聞《き》いた母《はは》は、こういった。

「そうね。」

障害《しょうがい》のせいで、ご飯《はん》が食《た》べられなくて息《いき》もできないというのであれば、もっと悩《なや》まなくてはいけないだろう。でも、幸《さいわ》いぼくはご飯《はん》も食《た》べられるし、息《いき》もしている。それで、いいではないか。息《いき》をしていればいい。これが両親《りょうしん》のぼくに対《たい》する基本的《きほんてき》な考《かんが》え方《かた》だった。

そんな父《ちち》と母《はは》とはいったいどんな人間《にんげん》なのか、少《すこ》しだけ紹介《しょうかい》しておこう。

先述《せんじゅつ》のように化学系《かがくけい》の会社《かいしゃ》に勤《つと》めていた父《ちち》は、サラリーマンというよりは研究職《けんきゅうしょく》に近《ちか》かったようだ。かなりの発明家《はつめいか》で特許《とっきょ》をいくつも取《と》り、「瀬川《せがわ》のおかげでもうかった。」と会社《かいしゃ》では感謝《かんしゃ》されていたという。もっとも父《ちち》はそんな自慢《じまん》を自分《じぶん》からする人間《にんげん》ではなく、あとになって母《はは》から聞《き》かされたのだが。

とにかく優《やさ》しい人《ひと》だった。度《ど》の強《つよ》い眼鏡《めがね》をかけていたが、少《すこ》し肩《かた》を落《お》として歩《ある》くうしろ姿《すがた》は母《はは》にいわせればぼくにそっくりだったらしい。そしていつも、口数《くちかず》が少《すく》なかった。

そんな父《ちち》が唯一《ゆいいつ》、よく口《くち》にしたのが「自分《じぶん》の好《す》きな道《みち》を進《すす》め。」という言葉《ことば》である。仕事《しごと》は収《しゅう》

た。

ぼくが小学校《しょうがっこう》に入《はい》って二度目《どめ》か三度目《どめ》の正月《しょうがつ》、父《ちち》は突然《とつぜん》、家族全員《かぞくぜんいん》をコタツに集《あつ》めてこういった。

「いまから麻雀《マージャン》をやる。みんな、ルールを覚《おぼ》えるように。」

父《ちち》も会社《かいしゃ》で覚《おぼ》えたばかりだったらしい。それから、正月《しょうがつ》には毎年《まいとし》、家族麻雀《かぞくマージャン》をするのが恒例《こうれい》となった。母《はは》も、ふたりの兄《あに》も、ぼくも打《う》った。しかも「麻雀《マージャン》は賭《か》けなければおもしろくない。」という父《ちち》の意向《いこう》にしたがい、必《かなら》ずお金《かね》を賭《か》けた。「千点《てん》一円《えん》」という極安《ごくやす》のレートだから、どんなに大負《おおま》けしても五百円《えん》くらいだが、子《こ》どもたちも負《ま》ければちゃんと払《はら》った。

子《こ》どもが賭《か》け麻雀《マージャン》なんて、という世間的《せけんてき》な常識《じょうしき》とは別《べつ》の価値観《かちかん》を父《ちち》は持《も》っていたのだろう。だが、父自身《ちちじしん》はそれほど麻雀《マージャン》に夢中《むちゅう》になっているようには見《み》えなかった。おそらく、子《こ》どもたちにこういう遊《あそ》びを教《おし》えておいたほうがいいと思《おも》ってのことだったのではないか。

家族《かぞく》でいちばん麻雀《マージャン》に興味《きょうみ》を持《も》ったのはぼくだった。いつしかぼくは家族《かぞく》でいちばん強《つよ》くなった。麻雀《マージャン》との異様《いよう》に早《はや》い出会《であ》いが、ぼくのゲーム好《ず》きな資質《ししつ》を育《そだ》て、のちに将棋《しょうぎ》にのめり込《こ》んでゆく下地《したじ》になったのかもしれない。

発明家《はつめいか》の父《ちち》に負《ま》けず劣《おと》らず、母《はは》も大変《たいへん》な凝《こ》り性《しょう》である。

その情熱《じょうねつ》の対象《たいしょう》はおもに語学《ごがく》と音楽《おんがく》だ。短大《たんだい》の英文科《えいぶんか》を出《で》ていて英語《えいご》はもともと得意《とくい》だったらしく、家《いえ》で英語塾《えいごじゅく》を開《ひら》いていたこともある。そのほかにも、俳優《はいゆう》のジェラール・フィリップに憧《あこが》れてフランス語《ご》を始《はじ》め、ドイツ歌曲《かきょく》にはまってドイツ語《ご》を習《なら》い、最近《さいきん》ではハングルを勉強中《べんきょうちゅう》という目《め》まぐるしさである。ハングルを学《まな》ぶのはペ・ヨンジュンのファンになったせいもあるが、かつて日本《にっぽん》が朝鮮《ちょうせん》に日本語《にほんご》を強要《きょうよう》してきた歴史《れきし》への、日本人《にほんじん》としての母《はは》なりの贖罪《しょくざい》の意味《いみ》があるのだそうだ。

音楽《おんがく》のほうは、子《こ》どものころからずっと琴《こと》を弾《ひ》きつづけていたが、四十歳《さい》をすぎたときに彼女《かのじょ》にとっては「運命的《うんめいてき》な」クラシックの歌手《かしゅ》の先生《せんせい》との出会《であ》いがあった。人間《にんげん》の声帯《せいたい》は四十歳《さい》をすぎてから成熟《せいじゅく》するという先生《せんせい》の教《おし》えに感激《かんげき》し、歌《うた》を習《なら》いはじめる。これがものすごい入《い》れこみようで、発表会《はっぴょうかい》の前《まえ》にはのどのコンディションを整《ととの》えなくてはならないからと、なんと一週間前《しゅうかんまえ》から口《くち》をきかなくなるのだ。その間《あいだ》は何《なに》を話《はな》しかけても、身振《みぶ》り手振《てぶ》りでしか反応《はんのう》しないという徹《てっ》底《てい》ぶりなのである。

もうひとつ、歌《うた》の先生《せんせい》から母《はは》が受《う》けた影響《えいきょう》に、「人生《じんせい》は自分《じぶん》が主役《しゅやく》」という考《かんが》え方《かた》があった。その先生《せんせい》は夫《おっと》も子《こ》も捨《す》てて自分《じぶん》のために生《い》きている人《ひと》だったらしい。子《こ》どもを教育《きょういく》することも大《だい》事《じ》だが、まず自分《じぶん》が毎日進歩《まいにちしんぽ》していこう、と母《はは》は心《こころ》に決《き》めた。語学《ごがく》と音楽《おんがく》は、自分《じぶん》が進歩《しんぽ》していることを確認《かくにん》するのに最適《さいてき》の習《なら》い事《ごと》なのだそうだ。

ぼくが三歳《さい》のとき、わが家《や》は父《ちち》の両親《りょうしん》、つまりぼくの祖父母《そふぼ》と同居《どうきょ》することになった。祖父《そふ》が寝《ね》たきりになったことがきっかけだった。それから祖父《そふ》が亡《な》くなるまでの二年間《ねんかん》、母《はは》はその介護《かいご》にかかりきりになった。さらに、残《のこ》された祖母《そぼ》との関係《かんけい》にも母《はは》は苦労《くろう》していたようだ。祖母《そぼ》は父《ちち》を溺愛《できあい》するあまり、母《はは》に冷《つめ》たくすることもあったという。しかも、祖母《そぼ》もやがて寝《ね》たきりになり、母《はは》はその介護《かいご》もしなくてはならなくなった。

だから正《ただ》しくいえば、ぼくだけが放《ほう》っておかれていたのではなく、母《はは》には三人《にん》の息子《むすこ》たちを構《かま》う余裕《よゆう》はほとんどなかった。兄《あに》たちは子《こ》どもながらにそんな母《はは》を見《み》て自立心《じりつしん》を養《やしな》っていった。ただぼくだけが、それにはまだ少《すこ》し幼《おさな》かったということなのだろう。

母《はは》が歌《うた》の先生《せんせい》の教《おし》えに感動《かんどう》したのは、こうした事情《じじょう》もあったからだと思《おも》う。

ところで、よく「おふくろの味《あじ》」として母親《ははおや》のカレーの味《あじ》を懐《なつ》かしむ人《ひと》がいるが、ぼくの母《はは》のカレーも、ある意味《いみ》で強烈《きょうれつ》に記憶《きおく》に残《のこ》っている。それはサラサラしていて、まるで水《みず》のようだった。いまはやりのスープカレーなど当時《とうじ》はない。母《はは》にもなぜそうなるのか理由《りゆう》はわからなかったようだが、たぶん、とにかく速《はや》くつくることを最優先《さいゆうせん》するうちに何《なに》かのプロセスが抜《ぬ》けてしまったのだろう。それを父《ちち》はいつも、「母《かあ》さんの料理《りょうり》は見《み》てくれは悪《わる》いが栄養《えいよう》のバランスはいいんだ。」といいながら食《た》べていた。ぼくも、カレーとはこういうものだと思《おも》って育《そだ》った。

親《おや》が親《おや》なら子《こ》も子《こ》なので、兄《あに》たちにもふれておきたい。

長兄《ちょうけい》・敦司《あつし》と次兄《じけい》・隆司《りゅうじ》。二歳《さい》ちがいのふたりは、たえず抗争《こうそう》を繰《く》り返《かえ》すライバル関係《かんけい》にあった。やはり年上《としうえ》のぶん長兄《ちょうけい》のほうが力《ちから》が強《つよ》く、次兄《じけい》は撃退《げきたい》されてはまた反撃《はんげき》の機会《きかい》をうかがう、という日常《にちじょう》だった。

敵対《てきたい》するふたりはしかし、共通《きょうつう》の趣味《しゅみ》をもつ友人《ゆうじん》でもあった。ふたりとも「狂《きょう》」がつくほどのボクシングファンだったのだ。

最初《さいしょ》に熱中《ねっちゅう》したのは長兄《ちょうけい》のほうだった。「ボクシング・マガジン」を定期購読《ていきこうどく》していたかれは、クイズに答《こた》えると試合《しあい》の無料《むりょう》チケットが当《あ》たる懸賞《けんしょう》に応募《おうぼ》しては、後楽園《こうらくえん》ホールに観戦《かんせん》に出《で》かけていた。そんな兄《あに》に感化《かんか》されて、次兄《じけい》もボクシングにはまっていく。やがてふたりは後楽園《こうらくえん》ホールのほか、「海外《かいがい》ボクシング研究会《けんきゅうかい》」という名《な》の、ふだんテレビ放映《ほうえい》されない中南米《ちゅうなんべい》の選手《せんしゅ》のビデオを上映《じょうえい》するというおそろしくマニアックな会《かい》にも通《かよ》いはじめ、「瀬川兄弟《せがわきょうだい》」と珍《めずら》しがられたそうだ。

時期《じき》はその少《すこ》し前《まえ》になるが、長兄《ちょうけい》はネフローゼという難病《なんびょう》を患《わずら》う。将棋《しょうぎ》にくわしい人《ひと》なら故《こ》・村山聖九段《むらやまさとしだん》が子《こ》どものころ、同《おな》じ病気《びょうき》にかかっていたことを思《おも》い出《だ》すかもしれない。長兄《ちょうけい》は勉強《べんきょう》ができたが、このハンディのために高校受験《こうこうじゅけん》は不本意《ふほんい》な結果《けっか》に終《お》わった。だが、やがて病気《びょうき》が完治《かんち》すると猛勉強《もうべんきょう》して、難関大学合格《なんかんだいがくごうかく》を果《は》たす。その高校始《こうこうはじ》まって以来《いらい》の快挙《かいきょ》だった。のちにぼくも長兄《ちょうけい》と同《おな》じ高校《こうこう》に進《すす》んだのだが、「あの瀬川《せがわ》の弟《おとうと》がきた。」という大変《たいへん》な期待《きたい》は、ほどなく「同《おな》じ兄弟《きょうだい》でもずいぶんちがうもんだな。」という失望《しつぼう》に変《か》わったようだ。

次兄《じけい》は、長兄《ちょうけい》ほど勉強《べんきょう》はできなかった。そのかわり、といっては変《へん》だが美男子《びなんし》だった。弟《おとうと》のぼくから見《み》てもそう思《おも》うほどだった。まだ子《こ》どもだからそれで女《おんな》の子《こ》にもてたというわけではないはずだが、「かしこい」であれ「かっこいい」であれ、人《ひと》にほめられることは知《し》らず知《し》らずのうちに自信《じしん》になるのだろう。長兄《ちょうけい》も次兄《じけい》も、意志《いし》がはっきりした子《こ》どもに育《そだ》ち、それぞれ好《す》きなことに熱中《ねっちゅう》していた。

そんな家族《かぞく》を母《はは》は、「うちはオタク一家《いっか》だから。」とおもしろそうに人《ひと》に話《はな》すことがあった。この本《ほん》を書《か》くにあたってぼくは、それは、何《なに》かの方針《ほうしん》にもとづいてのことだったのかと、母《はは》にたずねてみた。

「方針《ほうしん》？　そんなものないわ。」

母《はは》は即答《そくとう》した。

「子《こ》どもに何《なに》かに熱中《ねっちゅう》する自分《じぶん》を見《み》て育《そだ》ってほしい、なんて思《おも》ったこともない。ただ好《す》きでやってただけ。自分《じぶん》の背中《せなか》を見《み》てほしいとか、子《こ》どもにこういう姿《すがた》を見《み》せたいとか、そんなことは考《かんが》えたこともない。」

だが、それぞれがそれぞれの方向《ほうこう》を勝手《かって》に向《む》いているこの「オタク一家《いっか》」のなかで、幼《おさな》いぼくだけは、まだ熱中《ねっちゅう》する対象《たいしょう》を持《も》つことができず、ふらふらと危《あや》うい育《そだ》ち方《かた》をしていた。

2

昭和《しょうわ》五十一年春《ねんはる》。ぼろぼろのタオルケットをようやく手放《てばな》して、ぼくは小学校《しょうがっこう》に通《かよ》いはじめた。受難《じゅなん》の日々《ひび》は、それからほどなくして始《はじ》まった。このころから、三歳年上《さいとしうえ》の次兄《じけい》・隆司《りゅうじ》がぼくをいじめるようになったのである。

当時《とうじ》もいまも、ぼくは長兄《ちょうけい》を「アツくん」、次兄《じけい》を「リュウくん」と呼《よ》んでいる。そして、小《しょう》学校《がっこう》に入《はい》ったころのぼくにとっては「リュウくん」こそが、世界《せかい》のすべてだった。ぼくはいつもリュウくんといっしょにいた。リュウくんの行《い》くところ、どこへでもついていった。

その三年前《ねんまえ》、ぼくは「沼事件《ぬまじけん》」を起《お》こしていた。のちにうなされる悪夢《あくむ》のもとになった事件《じけん》である。そのときも近所《きんじょ》の年上《としうえ》の子《こ》にいわれるままあとをついていったぼくは、いわれるまま発泡《はっぽう》スチロールの板《いた》に乗《の》り、沼《ぬま》に沈《しず》んだ。危《あや》うく命《いのち》を落《お》とすところだったが、なんとか自力《じりき》で沼《ぬま》からはい出《で》ることができ、泥人形《どろにんぎょう》のようになって道《みち》を歩《ある》いているところを近《ちか》くに住《す》んでいる人《ひと》に発見《はっけん》されて、事無《ことな》きを得《え》たのだった。

おそらく幼《おさな》いぼくには、何《なに》も考《かんが》えずにだれかのあとをついていく習性《しゅうせい》があったのだろう。

リュウくんもぼくがつきまとうのをいやがっていたわけではなかった。それどころか一日《いちにち》のほとんどは、ぼくたちはよくいっしょに遊《あそ》ぶ、ふつうに仲《なか》のいい兄弟《きょうだい》だった。

だが遊《あそ》んでいる最中《さいちゅう》に、おやつを食《た》べている最中《さいちゅう》に、リュウくんはなぜか突然《とつぜん》、ぼくを殴《なぐ》るようになった。なにしろ早熟《そうじゅく》のボクシングファンとして知《し》られた「瀬川兄弟《せがわきょうだい》」の弟《おとうと》のパンチである。体《からだ》が小《ちい》さいうえに、ころころしていて動《うご》きがにぶく「いもむし」ともあだ名《な》されていたぼくは、そのたびにひとたまりもなく吹《ふ》っ飛《と》んだ。

ただしリュウくんはけっして、陰湿《いんしつ》な手口《てぐち》でぼくを精神的《せいしんてき》に追《お》いつめるようなことはしなかった。だからいじめというよりは、スポーツに近《ちか》い感覚《かんかく》だったのかもしれない。ぼくはまさにサンドバッグだったのだ。

リュウくんの攻撃《こうげき》は次第《しだい》にエスカレートしていき、ついには空気銃《くうきじゅう》まで持《も》ち出《だ》してぼくを狙《ねら》いはじめた。追《お》いかけまわされたぼくは家《いえ》の屋根《やね》まで逃《に》げたこともあった。こうなるとボクシングどころかハンティングである。

あるとき、リュウくんは大学《だいがく》ノートを広《ひろ》げてこういった。

「これは『泣《な》きノート』だ。これからはショウが何日連続《なんにちれんぞく》で泣《な》くか、このノートにつけるからな。」

そしてさっそく、記念《きねん》すべき最初《さいしょ》の一撃《いちげき》が見舞《みま》われた。ひっくり返《かえ》りながらぼくはしかし、あることを思《おも》いついた。

「そうか。泣《な》けばもう、きょうはやられないんだ。」

パンチも痛《いた》いことは痛《いた》かったが、そのとき流《なが》した涙《なみだ》には作為《さくい》があった。ぼくは、身《み》の安全《あんぜん》のためにウソ泣《な》きする子《こ》どもになってしまった。

そのノートがいつまでつけられたのかは知《し》らないが、リュウくんの攻撃《こうげき》は、ぼくが二年生《ねんせい》になっても三年生《ねんせい》になっても、やむことがなかった。

なぜリュウくんはそんなにぼくをいじめたのだろうか。かれ自身《じしん》、兄《あに》のアツくんには挑《いど》んでも挑《いど》んでも撃退《げきたい》され、かなりのストレスがたまっていた。ぼくがそのはけ口《ぐち》になっていたのはたしかだろう。だったらいっしょにいなければいいのだが、当時《とうじ》のぼくは、なぜいじめられるのかを考《かんが》え、対策《たいさく》を立《た》てるなどという頭《あたま》の働《はたら》かせ方《かた》ができる子《こ》どもではなかった。

あとになってぼくは、次兄《じけい》があのころ、ぼくをいじめた理由《りゆう》がわかった気《き》がした。

それはずいぶん年月《ねんげつ》がたち、ぼくが奨励会《しょうれいかい》を退会《たいかい》した直後《ちょくご》のことだった。

次兄《じけい》は失意《しつい》のどん底《ぞこ》にいるぼくをなぐさめようと、寿司屋《すしや》に連《つ》れていってくれた。長年《ながねん》の夢《ゆめ》やぶれたぼくは感傷的《かんしょうてき》になってそれまで生《い》きてきた二十六年《ねん》を回顧《かいこ》するうちに、あの日々《ひび》のことを思《おも》い出《だ》した。酔《よ》いも回《まわ》っていた。次兄《じけい》にビールをつぎながら、ぼくはいった。

「いまだからいうけどさ。リュウくんはずいぶんぼくのこと、いじめてくれたよね。」

念《ねん》のため断《ことわ》っておくと、そのときのぼくはもう、次兄《じけい》を恨《うら》んでいたわけではない。次兄《じけい》は奨励《しょうれい》会時代《かいじだい》のぼくを心《こころ》から応援《おうえん》してくれて、二十歳《はたち》をすぎたぼくにお年玉《としだま》をくれたこともあった。

だが、そのときの次兄《じけい》の反応《はんのう》にぼくの酔《よ》いはいっぺんにさめた。

「えっ、おれがショウをいじめたの？」

「えっ、覚《おぼ》えてないの？」

「いや、まったく……。」

あのころ、何《なに》をされたかをぼくは克明《こくめい》に説明《せつめい》した。次兄《じけい》は明《あき》らかにショックを受《う》けていた。

「そうだったのか……。だったら悪《わる》かった。謝《あやま》る。しかし覚《おぼ》えてねえなあ。おれが兄貴《あにき》にいつもやられてたことは覚《おぼ》えてるんだけど。」

被害者《ひがいしゃ》だったことは覚《おぼ》えていても、加害者《かがいしゃ》だったことは忘《わす》れている。人間《にんげん》の記憶《きおく》とは、そんなものなのだろう。だが、しばらく遠《とお》い目《め》をしていた次兄《じけい》は、少《すこ》しずつ当時《とうじ》の記憶《きおく》をよみがえらせたようだった。

「とにかく、ショウは。」

とにかくのところは「と、に、か、く」と強調《きょうちょう》していった。

「しゃべらなかった。」

次兄《じけい》は分析《ぶんせき》を始《はじ》めた。

「こっちが何《なに》かいっても、聞《き》いてんだか聞《き》いてないんだかわかんないんだよ。反応《はんのう》がないから、おれは小《こ》づきたくなる。で、おれが小《こ》づくと、おまえは悲《かな》しそうな顔《かお》をしておれを見《み》るんだ。それがいやで、またおれが小《こ》づいて。そういうことだったんじゃないかなあ。」

それを聞《き》いて、納得《なっとく》がいった。

おそらく当時《とうじ》のぼくは、クラゲのようだったのだ。無重力《むじゅうりょく》の空間《くうかん》を漂《ただよ》い、わずかな潮《しお》の動《うご》きにもふらふらと流《なが》される生《い》き物《もの》。タオルケットという海水《かいすい》に包《つつ》まれているうちはよかった。だが、そこから引《ひ》きはがされて外《そと》に放《ほう》り出《だ》されると、意志《いし》という硬《かた》い骨《ほね》のない体《からだ》はひとりでは立《た》っていることもできない。そのときつっかい棒《ぼう》になったのが、もっとも身近《みぢか》にいた次兄《じけい》だったのだ。だからどんなにいじめられても泣《な》かされても、ぼくは次兄《じけい》から離《はな》れることができなかった。

そんなぼくが、次兄《じけい》には気味悪《きみわる》かったのだろう。殴《なぐ》られて痛《いた》ければ、どこかに行《い》けばいい。なのにこのぐにゃぐにゃの生《い》き物《もの》は、顔《かお》では泣《な》いているくせに、いじめられてもいじめられても、あとをついてくる。だから次兄《じけい》の攻撃《こうげき》も、これでもかこれでもかとエスカレートしていったのだろう。

二年生《ねんせい》になると、少《すこ》しはぼくも進化《しんか》した。しかしそれは、何《なに》も考《かんが》えず敵《てき》に食《く》われるままになっていたクラゲが、サメの来襲《らいしゅう》に逃《に》げまどうイワシになった程度《ていど》の進化《しんか》だった。

ぼくの心《こころ》は、萎縮《いしゅく》しきっていた。できるだけひどい目《め》にあわずにその日《ひ》がすぎることだけが、ぼくの望《のぞ》みだった。そんなぼくに、自分《じぶん》はこうしたい、という意志《いし》が育《そだ》つはずがなかった。自分《じぶん》の気持《きも》ちや考《かんが》えを表現《ひょうげん》することも、自分《じぶん》の目的《もくてき》に向《む》かって何《なに》かにじっくり取《と》り組《く》むことも、ぼくには身《み》につかなかった。

二年生《ねんせい》のときのぼくの、一学期《がっき》の通知表《つうちひょう》を見《み》てみる。

評価《ひょうか》はよい順《じゅん》に「よくできる」「できる」「がんばろう」の三段階《だんかい》。国語《こくご》・算数《さんすう》・理科《りか》・社会《しゃかい》・音楽《おんがく》・図工《ずこう》・体育《たいいく》の七科目《かもく》で合計《ごうけい》二十二項目《こうもく》を評価《ひょうか》されるのだが、ぼくは「できる」がいちばん多《おお》くて十七個《こ》、「がんばろう」が五個《こ》、「よくできる」はゼロだった。いわば「オール3」に少《すこ》し足《た》りないというところだろうか。

勉強《べんきょう》ができなくても運動《うんどう》は得意《とくい》というのなら、そこに「自分《じぶん》」の居場所《いばしょ》がある。極端《きょくたん》にいえば、全部《ぜんぶ》「がんばろう」がつくような超劣等生《ちょうれっとうせい》ならむしろ開《ひら》き直《なお》って、自分《じぶん》が何者《なにもの》かを考《かんが》えるだろう。だがぼくは、どれも「ほどほどに」冴《さ》えなかった。勉強《べんきょう》にも運動《うんどう》にも何《なん》の自信《じしん》も持《も》てず、かといってそのことをとくに気《き》にやむわけでもなく、ただ流《なが》されるままに毎日《まいにち》がすぎていった。

このころ、ぼくが唯一好《ゆいいっす》きだったものが『ドラえもん』だった。それも、たくさんの巻《かん》が出《で》ているコミックスを全部《ぜんぶ》そろえるほどのファンになっていた。ぼくは意識《いしき》しないところで、自分《じぶん》を「のび太《た》」に重《かさ》ね合《あ》わせていたのかもしれない。秀才《しゅうさい》でもなければスポーツマンでもない、いじめっ子《こ》のジャイアンに日々《ひび》おびえながら暮《く》らすのび太《た》は、たしかにぼくそのものといえた。

ただ、のび太《た》の場合《ばあい》はつらいことや困《こま》ったことがあると、ドラえもんがポケットからさまざまな道具《どうぐ》を出《だ》して助《たす》けてくれる。ぼくはのび太《た》がうらやましくてしかたがなかった。

ドラえもんのポケットから出《で》てくる数々《かずかず》のアイテムをいまでもぼくはほとんど覚《おぼ》えている。なかでもほしかったのが「あらかじめ日記《にっき》」だった。そこに自分《じぶん》の願《ねが》い事《ごと》を書《か》くと、それが現実《げんじつ》になるという日記《にっき》である。もしぼくに「あらかじめ日記《にっき》」があったら、もちろんそこには「うんと強《つよ》くなってリュウくんに仕返《しかえ》しをする。」と書《か》いていただろう。

四年生《ねんせい》までのぼくはクラスのなかでいつも忘《わす》れられてしまう存在《そんざい》だった。「いるのかいないのかわからない」がぼくにつきまとう形容詞《けいようし》だった。

友《とも》だちに無理《むり》をいわれても断《ことわ》れず、いつもにこにこ笑《わら》っているので「ニコニコしょったん」とも呼《よ》ばれ、人気《にんき》がないわけではなかったが、それもようするに「自分《じぶん》」がないことの裏返《うらがえ》しだろう。

そんな子《こ》どもの特徴《とくちょう》なのかもしれないが、二年《ねん》から四年《ねん》まで、どの通知表《つうちひょう》にも担任《たんにん》の先生《せんせい》の所見《しょけん》には「落《お》ち着《つ》きがない。」「集中力《しゅうちゅうりょく》がない。」と書《か》かれていた。

当時《とうじ》のぼくの「得意技《とくいわざ》」は、床《ゆか》に落《お》ちた消《け》しゴムを逆立《さかだ》ちしながら拾《ひろ》うことだった。椅子《いす》に座《すわ》ったまま頭《あたま》だけ下《した》に潜《もぐ》らせて消《け》しゴムを拾《ひろ》おうとすると、体《からだ》が小《ちい》さいので足《あし》が浮《う》き上《あ》がって逆《さか》立《だ》ちのような格好《かっこう》になる。注意散漫《ちゅういさんまん》なぼくは授業中《じゅぎょうちゅう》にしょっちゅう消《け》しゴムを落《お》としては逆《さか》さまになり、そのたび「またショウが泳《およ》いでるぞ。」とクラスじゅうからはやしたてられ、そのときだけは目立《めだ》つ存在《そんざい》になるのだった。

この世《よ》に生《う》まれてから小学《しょうがく》五年生《ねんせい》になるまでの十年間《ねんかん》、ぼくは自分《じぶん》の意志《いし》で何《なに》かをしたことがほとんどなかった。何《なに》がしたいのかを考《かんが》えたこともなかった。ぼくは本当《ほんとう》に生《い》きていたのかさえ、疑《うたが》わしかった。それはリュウくんのせいでも親《おや》のせいでもなく、さまざまな巡《めぐ》り合《あ》わせでそうなったのだと思《おも》う。

そしてぼくのように、のび太《た》に自分《じぶん》の姿《すがた》を重《かさ》ねながら無気力《むきりょく》な日々《ひび》を送《おく》る子《こ》どもは、いまも世《よ》の中《なか》に数《かぞ》えきれないほどいるのではないかと思《おも》うのである。

3

その先生《せんせい》は、初《はじ》めて顔《かお》を合《あ》わせたときからにこにこと笑《わら》っていた。まるで、ずっと前《まえ》から知《し》り合《あ》いだったような気持《きも》ちにさせる笑顔《えがお》だった。たしか四十歳《さい》を少《すこ》しすぎたくらいの年齢《ねんれい》だったと思《おも》う。始業式《しぎょうしき》が終《お》わったあと、校庭《こうてい》の桜《さくら》の樹《き》の下《した》に新《あたら》しく五年《ねん》九組《くみ》になったぼくたちを集《あつ》めて先《せん》生《せい》は、

「わたしの名前《なまえ》はむずかしいわよ。」

と、さもおかしそうな口調《くちょう》でいいながら自分《じぶん》の名《な》を名乗《なの》った。

苅間澤大子《かりまさわひろこ》、と。

先生《せんせい》が変《か》わっていたのは、名前《なまえ》だけではなかった。

始業式《しぎょうしき》が終《お》わると子《こ》どもたちはすぐに下校《げこう》になるのがこの小学校《しょうがっこう》の常《つね》なのだが、苅間澤先生《かりまさわせんせい》はいきなり、こういったのだ。

「宿題《しゅくだい》を出《だ》します。」

えーっ、という子《こ》どもたちの悲鳴《ひめい》で、満開《まんかい》の桜《さくら》の花《はな》びらが何枚《なんまい》か落《お》ちたように見《み》えた。

先生《せんせい》はすまして、こういった。

「きょう家《いえ》に帰《かえ》ったら必《かなら》ず、おうちの人《ひと》に『今度《こんど》の担任《たんにん》の先生《せんせい》は若《わか》くてきれいな人《ひと》だ。』といいなさい。」

ぼくたちはびっくりして先生《せんせい》の顔《かお》をまじまじと見《み》つめ、一様《いちよう》に戸惑《とまど》いの表情《ひょうじょう》を浮《う》かべた。なぜなら先生《せんせい》は、「若《わか》い」にも「きれい」にもちょっと当《あ》てはまらない人《ひと》だったからだ。

翌日《よくじつ》、先生《せんせい》は子《こ》どもたちに自己紹介《じこしょうかい》をさせ、前日出《ぜんじつだ》した宿題《しゅくだい》についての報告《ほうこく》もさせた。

やっぱりいえませんでしたと頭《あたま》をかく子《こ》、すらすらとよどみなく親《おや》の反応《はんのう》を伝《つた》える子《こ》、答《こた》えはさまざまだった。先生《せんせい》はそんなひとりひとりの性格《せいかく》を読《よ》みとっていくように顔《かお》をじっと見《み》つめながら、にやにやしたり、まじめな顔《かお》になったり、ときにはお腹《なか》を抱《かか》えて大笑《おおわら》いしたりした。

自己紹介《じこしょうかい》のあと先生《せんせい》はひとりひとりに、あだ名《な》はあるか、好《す》きなものや最近楽《さいきんたの》しかったことは何《なに》かをたずねた。

ぼくの順番《じゅんばん》になった。

宿題《しゅくだい》の結果《けっか》をどう報告《ほうこく》したかはよく覚《おぼ》えていない。おそらくそのままを母《はは》に伝《つた》え、「あら。」とか「へえ。」という返事《へんじ》があったと答《こた》えたのだと思《おも》う。そのあと先生《せんせい》は聞《き》いてきた。

「瀬川《せがわ》くんにはあだ名《な》がある？」

「セガショーです。」

先生《せんせい》はうれしそうに笑《わら》った。

「せがわしょうじだから、セガショー？　セガショーは、最近何《さいきんなに》か楽《たの》しかったことはあった？」

少《すこ》し考《かんが》えたが、とくに思《おも》いつかなかった。

「べつにないです。」

にこっとうなずいて先生《せんせい》はいった。

「じゃ、セガショーが好《す》きなものは何《なに》かな？」

「……ドラえもんです。」

「あ、わたしも好《す》きよ、ドラえもん。セガショーはドラえもんのどんなところが好《す》き？」

「のび太《た》くんが困《こま》っていると助《たす》けてくれるところです。」

「セガショーも、ドラえもんに助《たす》けてほしいときがあるのかな。」

答《こた》えようかどうしようか迷《まよ》っていると、先生《せんせい》はにっこりと笑《わら》って、座《すわ》るようにいった。

それが先生《せんせい》とぼくとの出会《であ》いだった。

その翌日《よくじつ》には、先生《せんせい》は子《こ》どもたち全員《ぜんいん》の名前《なまえ》とあだ名《な》を覚《おぼ》えていた。

さらに驚《おどろ》かされたのは、先生《せんせい》はときどき、教室《きょうしつ》で子《こ》どもたちといっしょにお菓子《かし》を食《た》べたことだ。家庭科《かていか》の調理実習《ちょうりじっしゅう》だけではなく、理科《りか》の実験《じっけん》や算数《さんすう》の分数計算《ぶんすうけいさん》の授業《じゅぎょう》にも先生《せんせい》はあめやチョコレートを用意《ようい》し、学習《がくしゅう》のあと、それらはすべてぼくたちの胃《い》におさまった。

やがて、そのことが職員会議《しょくいんかいぎ》で問題《もんだい》になっているという噂《うわさ》がぼくたちの耳《みみ》に聞《き》こえてきた。しかし先生《せんせい》はまったく気《き》にしている様子《ようす》もなく、その後《ご》もお菓子《かし》を使《つか》っての授業《じゅぎょう》はつづいた。

いくら優《やさ》しそうに見《み》えても、ただ媚《こ》びているだけの先生《せんせい》なら子《こ》どもはそれを見《み》やぶり、けっして信用《しんよう》しないものだ。だが苅間澤先生《かりまさわせんせい》がそうではないことはぼくたちにもわかってきた。

先生《せんせい》は「ひろば」と題《だい》した保護者《ほごしゃ》向けの学級通信《がっきゅうつうしん》を毎日《まいにち》のように発行《はっこう》しはじめた。給食《きゅうしょく》を食《た》べ終《お》わると、先生《せんせい》はいそいそと教室《きょうしつ》を出《で》ていき、その日《ひ》の「ひろば」を印刷《いんさつ》してみんなに配《くば》った。

そこでは毎号《まいごう》、クラスのだれかのエピソードが紹介《しょうかい》された。同《おな》じ子《こ》がつづけて登場《とうじょう》することはなく、どんな目立《めだ》たない子《こ》でも必《かなら》ず登場《とうじょう》した。たとえば、このぼくでも。

国語《こくご》の時間《じかん》に、「不《ふ》」のつく熟語《じゅくご》をどれだけいえるか、班《はん》に分《わ》かれて対抗戦《たいこうせん》をしたことがあった。たまたま優勝《ゆうしょう》した班《はん》にぼくがいた。そのときのことを先生《せんせい》はこう書《か》いた。

「四班《はん》の勝因《しょういん》は瀬川君《せがわくん》です。かれは先週《せんしゅう》の漢字家庭学習《かんじかていがくしゅう》の際《さい》、この『不《ふ》』のつく熟語《じゅくご》を調《しら》べあげていたのです。偶然《ぐうぜん》だけど、同《おな》じ四班《はん》の子《こ》たちは瀬川《せがわ》サマサマでした。おめでとう。」

「勝因《しょういん》」と書《か》かれたぼくは、いつもより誇《ほこ》らしい気持《きも》ちで「ひろば」を母《はは》に見《み》せた。

先生《せんせい》は、授業《じゅぎょう》の合間《あいま》にいろいろな話《はなし》をぼくたちにした。たとえば、こんな話《はなし》が印象《いんしょう》に残《のこ》っている。

「わたしはあなたたちに、人《ひと》が悲《かな》しいときに寄《よ》り添《そ》ってあげる友《とも》だちよりも、その人《ひと》が喜《よろこ》んでいるときに、よかったねといっしょに喜《よろこ》んであげられる友《とも》だちになってほしいな。」

悲《かな》しんでいる人《ひと》にはだれでもなぐさめくらいはいえる。だが喜《よろこ》んでいる人《ひと》には、人間《にんげん》はやきもちをやくものだ。そのとき心《こころ》からいっしょになって喜《よろこ》んであげられる友《とも》だちこそ、本当《ほんとう》の友《とも》だちだというのだ。

変《か》わっているところをあげればきりがないほどだが、苅間澤先生《かりまさわせんせい》がほかの先生《せんせい》といちばんちがっていたのは、とにかく子《こ》どもをほめたことだろう。どんなにほめるところがなさそうな子《こ》も、何《なに》かよいところを見《み》つけ出《だ》してほめた。いや本当《ほんとう》は、よいところなど何《なに》もなくてもほめていたのかもしれない。

というのも、このぼく自身《じしん》が信《しん》じられないほどほめられたからだ。

ある日《ひ》の国語《こくご》の時間《じかん》、ぼくは自分《じぶん》で書《か》いた詩《し》を朗読《ろうどく》していた。国語《こくご》は自分《じぶん》としては苦手《にがて》な科目《かもく》ではなかったが、それは通知表《つうちひょう》の「がんばろう」の数《かず》がほかの科目《かもく》より少《すく》ないという程度《ていど》のことで、自分《じぶん》の作文《さくぶん》や詩《し》をほめられたことなどそれまで一度《いちど》もなかった。

ところがぼくが詩《し》を朗読《ろうどく》し終《お》えると、先生《せんせい》は目《め》を見開《みひら》いていったのである。

「なんてすてきな詩《し》なの、セガショー！　きみって、詩《し》の才能《さいのう》があるのね！」

ぼくはぽかんとして、先生《せんせい》の顔《かお》を見《み》つめた。だれかほかの子《こ》のことをほめているのだろうと思《おも》ったほどだった。

しかし、先生《せんせい》に「セガショー」と呼《よ》ばれる人間《にんげん》はクラスにこのぼくしかいない。

残念《ざんねん》ながら、そのときぼくがどんな詩《し》を書《か》いたのかはもう忘《わす》れてしまった。だが、生《う》まれて初《はじ》めて自分《じぶん》の作品《さくひん》をほめられたときのあの気持《きも》ちを、ぼくは生涯忘《しょうがいわす》れることはないだろう。

胸《むね》のなかを突然《とつぜん》、熱《あつ》い血《ち》が通《かよ》いはじめたようなあの感覚《かんかく》を。

先生《せんせい》は「ひろば」にも、

「瀬川君《せがわくん》が朗読《ろうどく》した詩《し》は大変《たいへん》よかったです。」

と、書《か》いてくれた。

あれは夢《ゆめ》じゃなかったんだ。

それを見《み》て、ぼくは本当《ほんとう》にほめられたのだと確認《かくにん》することができた。

しばらくたったある日《ひ》、保護者面談《ほごしゃめんだん》のために学校《がっこう》へ行《い》っていた母《はは》が帰《かえ》ってくるなり、いつになく興奮《こうふん》した様子《ようす》でぼくを呼《よ》んだ。

「ショウ、ショウ！　あなたの作文《さくぶん》、あれ何《なに》？」

母《はは》は学校《がっこう》でぼくが書《か》いた作文《さくぶん》を見《み》せられて驚《おどろ》いたのだという。茢間澤先生《かりまさわせんせい》に詩《し》をほめられてから何日《なんにち》かあとで書《か》いた作文《さくぶん》だった。英語塾《えいごじゅく》の教師《きょうし》をしていた母《はは》は、言葉《ことば》にはうるさい。だからというべきか、ぼくは母《はは》に文章《ぶんしょう》をほめられたことは一度《いちど》もなかった。

その母《はは》が、ぼくの作文《さくぶん》に興奮《こうふん》していた。

「あなたって、あんなに作文《さくぶん》が上手《じょうず》だったかしら！」

母《はは》は知《し》らなかった。ぼくはもともと作文《さくぶん》が上手《じょうず》なのではない。生《う》まれて初《はじ》めて自分《じぶん》の作品《さくひん》をほめられたぼくは、生《う》まれて初《はじ》めて書《か》きたいと思《おも》って作文《さくぶん》を書《か》いた。書《か》きたいという意欲《いよく》が、母《はは》を驚《おどろ》かせるような作文《さくぶん》をぼくに書《か》かせたのだ。

どんな才能《さいのう》の持《も》ち主《ぬし》も、意欲《いよく》がなければけっしてそれを発揮《はっき》することはできない。そもそも人《ひと》にどんな才能《さいのう》があるかなど、だれにもわかることではない。ただひとつはっきりしているのは、意欲《いよく》さえあれば、人《ひと》はよい結果《けっか》を残《のこ》すことができるということだ。

茢間澤先生《かりまさわせんせい》はそう考《かんが》えていたのだと思《おも》う。

そのときのものではないのだが、このころのぼくの作文《さくぶん》をひとつ、恥《は》ずかしながら紹介《しょうかい》しよう。

「おとといのことだ。

漢字《かんじ》ノートの糸《いと》が取《と》れて中身《なかみ》がとれそうなので、ぬうことにした。指《ゆび》ぬきを指《ゆび》にはめて、ぬいはじめた。しかしなかなか針《はり》が入《はい》らない。やっとのことで針《はり》が入《はい》った。

ふた針目《はりめ》をさしこもうと、また指《ゆび》ぬきに針《はり》を当《あ》て、グッとさしこんだ。その時《とき》だった。ズルッと指《ゆび》ぬきの当《あ》てるところがはずれ、針《はり》がグサッと、ぼくのつめの間《あいだ》にさった。鮮血《せんけつ》がぼくのつめの間《あいだ》から流《なが》れる。つめの間《あいだ》が真《ま》っ赤《か》になった。

ぼくは赤《あか》チンをつけ、バンドエイドをはって、ズキズキする指《ゆび》に針《はり》を持《も》った。なんとなくこわかった。

（まさかまた針《はり》をさすんじゃないだろうか。）

指《ゆび》ぬきでおすのはもういやなので仕方《しかた》なく指《ゆび》で針《はり》を持《も》ち、グッとおした。汗《あせ》のせいですべりそうになったが、なんとか入《い》れた。それからは意外《いがい》にスイスイといけ、なんとか出来《でき》た。明日《あした》出《だ》す漢字《かんじ》ノートの糸《いと》の色《いろ》は、白《しろ》ではなくピンク色《いろ》だ。このノートの糸《いと》には、ぼくの指《ゆび》がぎせいになっている。」

不思議《ふしぎ》なことに、詩《し》や作文《さくぶん》をほめられたぼくは、ほかのことに対《たい》してもやる気《き》が出《で》てきた。

ある図工《ずこう》の時間《じかん》、先生《せんせい》は、ぼくたちに家《いえ》から好《す》きな絵《え》を持《も》ってこさせ、それを模写《もしゃ》させた。だが先生《せんせい》はやっぱり変《か》わっていた。その絵《え》を、なんと逆《さか》さまにして描《えが》かせたのだ。

ぼくは少年《しょうねん》が描《えが》かれたモジリアニの絵《え》を模写《もしゃ》した。絵《え》を描《か》くのは苦手《にがて》だったが、逆《さか》さまに見《み》た絵《え》を模写《もしゃ》するのはいつもの苦痛《くつう》な作業《さぎょう》とは別《べつ》なものに感《かん》じられた。

できあがったみんなの模写《もしゃ》を、先生《せんせい》は黒板《こくばん》に貼《は》り出《だ》し、クラスで品評会《ひんぴょうかい》をした。

「どれがいちばんよく描《か》けてる？」

先生《せんせい》がいったとき、ほとんどの子《こ》どもが口《くち》をそろえた。

「セガショーの！」

「そうね。セガショーの絵《え》は、すごくよく見《み》て一生懸命《いっしょうけんめい》描《か》かれていると、わたしも思《おも》います。」

今度《こんど》は、ぼくは絵《え》をほめられた。

逆《さか》さまの世界《せかい》では、ふだんの絵《え》の得手不得手《えてふえて》は関係《かんけい》がなくなり、ただ絵《え》をよく見《み》ることが求《もと》められた。そしていまにして思《おも》えば、何《なに》かをよく見《み》ることに、ぼくはこのころから少《すこ》しだけ長《た》けていたのかもしれない。

ぼくにとって苅間澤先生《かりまさわせんせい》のほめ言葉《ことば》は、ドラえもんのポケットから出《で》てくる道具《どうぐ》のような効《き》目《め》があった。国語《こくご》だけではなく、ぼくの成績《せいせき》は飛躍的《ひやくてき》に上《あ》がった。一学期《がっき》の通知表《つうちひょう》では二十六項《こう》目中《もくちゅう》で六個《こ》しかなかった「よくできる」が、二学期《がっき》には倍《ばい》の十二個《こ》になっていたのだ。

夏休《なつやす》みが明《あ》けると、ぼくが通《かよ》う小学校《しょうがっこう》にひとつの異変《いへん》が起《お》きた。

五年生《ねんせい》の男子《だんし》のほとんどが、なぜか一斉《いっせい》に将棋《しょうぎ》を指《さ》しはじめたのだ。十二クラスの男子《だんし》すべてに、突然《とつぜん》の将棋《しょうぎ》ブームが訪《おとず》れていた。

その理由《りゆう》が何《なん》だったのか、いまとなってはわからないのが残念《ざんねん》だ。プロの将棋界《しょうぎかい》で若《わか》き天才《てんさい》、谷川浩司《たにがわこうじ》が活躍《かつやく》しはじめたことの影響《えいきょう》だったのだろうか。

ともかく、休《やす》み時間《じかん》には校庭《こうてい》で野球《やきゅう》と決《き》まっていた子《こ》たちまでがみな、にわかに将棋《しょうぎ》を指《さ》しはじめたのだ。

このゲームはぼくを、クラスのなかで少《すこ》しだけ目立《めだ》つ存在《そんざい》にした。

ぼくは二年生《ねんせい》のとき、長兄《ちょうけい》の敦司《あつし》に教《おし》えられて将棋《しょうぎ》が指《さ》せるようになっていた。とはいえ回《まわ》り将棋《しょうぎ》やはさみ将棋《しょうぎ》とともに兄《あに》たちとたまにやる遊《あそ》びのひとつにすぎなかったのだが、その程度《ていど》の経験《けいけん》でも、ブームが来《き》て初《はじ》めて覚《おぼ》えた子《こ》たちに比《くら》べれば一日《いちじつ》の長《ちょう》があった。ぼくはクラスで将棋《しょうぎ》が強《つよ》いほうになった。

勝《か》てば気持《きも》ちがいいし、周囲《しゅうい》からも少《すこ》し敬意《けいい》を表《ひょう》される。最初《さいしょ》は例《れい》によって、友《とも》だちに誘《さそ》われるままに指《さ》していただけのぼくは、次第《しだい》に自分《じぶん》から誘《さそ》って指《さ》すこともふえてきていた。

ある日《ひ》の休《やす》み時間《じかん》、だれかと対局《たいきょく》していたぼくが勝《か》ったところへ、それを待《ま》っていたかのように苅間澤先生《かりまさわせんせい》は声《こえ》をかけてきた。

「へえー、セガショーって、将棋《しょうぎ》が強《つよ》いんだ。」

どう反応《はんのう》していいかわからず身《み》じろぎしていると、先生《せんせい》はこういった。

「セガショーが将棋《しょうぎ》が強《つよ》いのは、セガショーが将棋《しょうぎ》に熱中《ねっちゅう》しているからよね。わたしは、何《なに》かに熱中《ねっちゅう》することってすばらしいと思《おも》う。勉強《べんきょう》じゃなくてもいい、運動《うんどう》じゃなくてもいいのよ。どんなことでもいいから、それに熱中《ねっちゅう》して、上手《じょうず》になったことがある人《ひと》は、いつか必《かなら》ずそのことが役《やく》に立《た》つ日《ひ》が来《き》ます。そういう人《ひと》はまちがいなく、幸《しあわ》せをつかむことができます。」

いつのまにかとても真剣《しんけん》な顔《かお》になっていた先生《せんせい》は、そこまで言《い》い終《お》えると、いつもの優《やさ》しい笑《え》顔《がお》に戻《もど》っていった。

「だからね、セガショー。きみはそのままでいいの。いまのままで十分《じゅうぶん》、だいじょうぶよ。」

ぼくはぼくのままでいい。そんなふうに自分《じぶん》を認《みと》められたことなど、一度もなかった。入学《にゅうがく》してから四年生《ねんせい》までずっと、成績《せいせき》は冴《さ》えなくて何《なん》に対《たい》しても自信《じしん》が持《も》てなくて、いるのかいないのかわからない存在《そんざい》、それがぼくだった。

何《なに》かとても大《おお》きくて、やわらかくて、温《あたた》かいものに全身《ぜんしん》を包《つつ》み込《こ》まれたような感《かん》じに、ぼくはうっとりとしていた。汗《あせ》ばんだ掌《てのひら》のなかに、将棋《しょうぎ》の駒《こま》があった。自分《じぶん》のすべてを肯定《こうてい》された甘《あま》い感覚《かんかく》と、握《にぎ》りしめた駒《こま》の感触《かんしょく》がぼくのなかでひとつになった。

ぼくは苅間澤先生《かりまさわせんせい》がいうほど、将棋《しょうぎ》に熱中《ねっちゅう》していたわけではなかった。だがこの瞬間《しゅんかん》から、将《しょう》棋《ぎ》はぼくにとって特別《とくべつ》なものになった。

大《おお》きな変化《へんか》が、ぼくが将棋《しょうぎ》に熱中《ねっちゅう》しはじめてほどなく現《あらわ》れた。

小学校入学以来《しょうがっこうにゅうがくいらい》、四年以上《ねんいじょう》もつづいていた次兄《じけい》の攻撃《こうげき》がやんだのである。

きっかけは、やはり将棋《しょうぎ》だった。次兄《じけい》も小学校《しょうがっこう》では将棋《しょうぎ》クラブに入《はい》っていたことがあり、そこそこ好《す》きなほうではあった。ぼくともときどき指《さ》していて、いい勝負《しょうぶ》か、次兄《じけい》のほうが少《すこ》し勝《か》ち越《こ》していた。ところが五年《ねん》の秋《あき》にぼくが将棋《しょうぎ》に夢中《むちゅう》になってからは、次兄《じけい》はもうぼくの敵《てき》ではなくなったのだ。

「ショウもただのバカじゃねえな。」

次兄《じけい》は悔《くや》しそうにそういった。

だが、次兄《じけい》がぼくを攻撃《こうげき》しなくなったのは、将棋《しょうぎ》でぼくにやっつけられたからではなかったとぼくは思《おも》っている。

将棋《しょうぎ》に熱中《ねっちゅう》してからのぼくはすっかり、次兄《じけい》の存在《そんざい》を意識《いしき》しなくなっていた。ぐにゃぐにゃの軟体動物《なんたいどうぶつ》は、やっと次兄《じけい》なしでも立《た》っていられるようになった。だから次兄《じけい》には、ぼくを攻撃《こうげき》する理由《りゆう》がなくなったのだ。

秋《あき》も深《ふか》まったころ、先生《せんせい》はクラスの全員《ぜんいん》にひとつの提案《ていあん》をした。

「これから二学期《がっき》が終《お》わるまで、ホームルームの時間《じかん》をつかって何《なに》かみんなが好《す》きなことをやってほしいと思《おも》うんだけど、何《なに》がいいかしら？」

トクン、とぼくの心臓《しんぞう》が鳴《な》った。

もし苅間澤先生《かりまさわせんせい》に出会《であ》っていなかったら、ぼくはあいかわらず自分《じぶん》に自信《じしん》が持《も》てないまま、中《ちゅう》学生《がくせい》になっていただろう。部活動《ぶかつどう》をやって初恋《はつこい》を経験《けいけん》して、運《うん》がよければ自信《じしん》をつけるチャンスにも出会《であ》えたかもしれない。だがもしかしたら、そのまま高校《こうこう》へ行《い》き、大学《だいがく》に進《すす》み、大人《おとな》になり、それでも自分《じぶん》は何《なに》が好《す》きで何《なに》がしたいのかもわからないまま、歳《とし》をとっていたかもしれない。

五年《ねん》九組《くみ》の教室《きょうしつ》で、先生《せんせい》の提案《ていあん》を聞《き》いたぼくは、真《ま》っ先《さき》に手《て》を上《あ》げていた。

自分《じぶん》の胸《むね》の鼓動《こどう》が聞《き》こえた。学校《がっこう》で自分《じぶん》から手《て》を上《あ》げたことなど、それまでただの一度《いちど》もなかった。

「はい、セガショー。」

指名《しめい》されたぼくは、立《た》ち上《あ》がっていった。

「将棋《しょうぎ》がやりたいです。」

ぼくの提案《ていあん》で開催《かいさい》されることになった五年《ねん》九組《くみ》の将棋大会《しょうぎたいかい》は、原則《げんそく》として全員参加《ぜんいんさんか》による総当《そうあ》たりのリーグ戦《せん》と決《き》まった。しかし全員参加《ぜんいんさんか》といっても、女子《じょし》で将棋《しょうぎ》が指《さ》せる子《こ》はほとんどいない。だが先生《せんせい》は、女子《じょし》も参加《さんか》することが将棋大会《しょうぎたいかい》を開《ひら》く条件《じょうけん》だといってゆずらなかった。

「なんとかしなさい、セガショー。」

どうしても将棋大会《しょうぎたいかい》をやりたかったぼくは決心《けっしん》した。次《つぎ》のホームルームの時間《じかん》までに、将棋《しょうぎ》を知《し》らない女子全員《じょしぜんいん》に将棋《しょうぎ》のルールを教《おし》えることにしたのだ。

人《ひと》にものを教《おし》えるなどということは初《はじ》めての経験《けいけん》だった。どう教《おし》えればわかってもらえるのか見当《けんとう》もつかなかったが、将棋大会《しょうぎたいかい》をやりたい一心《いっしん》でぼくは毎日《まいにち》、放課後《ほうかご》の教室《きょうしつ》で女子《じょし》たちに駒《こま》の動《うご》かし方《かた》から教《おし》えつづけた。

やがて、ぼくのがむしゃらさが通《つう》じたのか、女子《じょし》たちの飲《の》み込《こ》みがよかったのか、五年《ねん》九組《くみ》の子《こ》どもたちは全員《ぜんいん》がなんとか将棋《しょうぎ》を指《さ》せるようになり、将棋大会《しょうぎたいかい》は開幕《かいまく》した。

「さっきスーパーで、クラスの女《おんな》の子《こ》のお母《かあ》さんに会《あ》ったわよ。」

ある日《ひ》、母《はは》がぼくにいった。

「瀬川《せがわ》くんのおかげでうちの子《こ》は将棋《しょうぎ》ができるようになったって、お礼《れい》をいわれたわよ。瀬川《せがわ》くんはとてもリーダーシップがあるお子《こ》さんみたいですねって。」

リーダーシップがある瀬川《せがわ》くん……とても自分《じぶん》のこととは思《おも》えず、ぼくはぼんやりしながら母《はは》の言葉《ことば》を聞《き》いていた。

毎週《まいしゅう》、ホームルームの時間《じかん》に行《おこな》われた将棋大会《しょうぎたいかい》は二学期《がっき》の終《お》わりに終了《しゅうりょう》し、勝率《しょうりつ》でぼくは一位《い》になった。当然《とうぜん》、ぼくが優勝《ゆうしょう》かと思《おも》ったところへ、先生《せんせい》から待《ま》ったがかかった。勝率《しょうりつ》では二位《い》の男子《だんし》のほうが、ぼくより対局数《たいきょくすう》は多《おお》いというのだ。ぼくは風邪《かぜ》を引《ひ》いて一回《かい》、ホームルームの日《ひ》を欠席《けっせき》していた。

「どちらを優勝《ゆうしょう》にするか、クラス全員《ぜんいん》の投票《とうひょう》で決《き》めます。」

先生《せんせい》はいった。勝率《しょうりつ》二位《い》の子《こ》はクラス一《いち》の優等生《ゆうとうせい》で、人気《にんき》もあった。投票《とうひょう》では負《ま》けだと思《おも》ったが、結果《けっか》はぼくのほうに多《おお》く票《ひょう》が集《あつ》まった。

ぼくは生《う》まれて初《はじ》めて、何《なに》かで一番《ばん》になった。

長兄《ちょうけい》の敦司《あつし》は、その晩《ばん》、ぼくが夕食《ゆうしょく》の時間《じかん》に何《なに》かにとりつかれたように将棋大会《しょうぎたいかい》のことをしゃべりつづけていたのがいまでも忘《わす》れられないという。

「だって、まったくしゃべらなかったショウがだぜ。こいつ、どうしちゃったのかと。」

この本《ほん》を書《か》くにあたって昔《むかし》の記憶《きおく》をたどってもらったとき、長兄《ちょうけい》が何《なに》よりまずあげたのがそのことだった。長兄《ちょうけい》は、将棋大会優勝《しょうぎたいかいゆうしょう》までの経過《けいか》を聞《き》いて、

「勝負《しょうぶ》なのに投票《とうひょう》で決《き》めるのはおかしいんじゃないか。」

といったが、そのときにはぼくは優勝《ゆうしょう》でも二位《い》でもどっちでもよかったんだ、という気持《きも》ちになっていた。

ぼくが提案《ていあん》して始《はじ》まった将棋大会《しょうぎたいかい》が、クラスの女子《じょし》も、優等生《ゆうとうせい》も、全員《ぜんいん》が参加《さんか》してちゃんと最《さい》後《ご》まで行《おこな》われた。そう思《おも》うだけで、体《からだ》がほかほかしてくる気《き》がしたのである。

その年《とし》の大晦日《おおみそか》のこと。家族《かぞく》で年越《としこ》しそばを食《た》べているときに、父《ちち》がぼくにいった。

「もう敦司《あつし》も隆司《りゅうじ》も、将棋《しょうぎ》じゃショウにかなわないらしいな。」

うれしくて、ぼくはにこにこしていた。

「好《す》きなことを一生懸命《いっしょうけんめい》やるのはいいことだ。」

父《ちち》は茢間澤先生《かりまさわせんせい》と同《おな》じことをいった。だが、そのあと父《ちち》はこういったのである。

「だけどショウ、運動《うんどう》もしたほうがいいぞ。」

オタク一家《いっか》の長《ちょう》である父《ちち》は、じつは運動《うんどう》にも熱心《ねっしん》で、毎日欠《まいにちか》かさず家《いえ》の周囲《しゅうい》をジョギングしていた。それだけに、将棋《しょうぎ》に熱中《ねっちゅう》するぼくが家《いえ》のなかに閉《と》じこもったきりになることは心配《しんぱい》していたのだろう。

ぼくは、運動《うんどう》は勉強《べんきょう》よりも嫌《きら》いだった。四年生《ねんせい》までのぼくなら、いくら大好《だいす》きな父《ちち》の言葉《ことば》でも、そのまま聞《き》き流《なが》してしまっていたはずだ。

しかし、年《とし》が明《あ》けた元日《がんじつ》の朝《あさ》、ぼくは家族《かぞく》にこう宣言《せんげん》した。

「ぼく、これから毎日《まいにち》、二キロ走《はし》るからね。」

みんな、目《め》を丸《まる》くしていた。ぼく自身《じしん》、そんな宣言《せんげん》をする自分《じぶん》が信《しん》じられなかった。

それからぼくは毎日《まいにち》二キロ、家《いえ》のまわりを走《はし》りつづけた。やがて、タイムも測《はか》るようになった。タイムが日々縮《ひびちぢ》まっていくのが楽《たの》しいことだなんて、いままで思《おも》ったこともなかった。ぼくはいったいどうしちゃったんだろう。走《はし》りながら、ぼくは不思議《ふしぎ》でしかたがなかった。

五年生《ねんせい》になって、苅間澤先生《かりまさわせんせい》に出会《であ》って、将棋《しょうぎ》に夢中《むちゅう》になってからのぼくは、四年生《ねんせい》までのぼくとはまるで別人《べつじん》のようだ。

苅間澤先生《かりまさわせんせい》は子《こ》どもたちの父親《ちちおや》に、子《こ》どもに向《む》けてのメッセージを書《か》くよう依頼《いらい》し、それを「ひろば」にひとりずつ掲載《けいさい》していた。二月《がつ》になって、ぼくの父《ちち》の文章《ぶんしょう》が載《の》せられた。父《ちち》は、ぼくが走《はし》りはじめたことについて書《か》いていた。

「正直《しょうじき》なところ、お父《とう》さんは一週間《しゅうかん》つづくかな？ と、あまりあてにしていなかった。ところが二月《がつ》二十三日現在《にちげんざい》、一日《いちにち》も休《やす》むことなく、雨《あめ》の日《ひ》も風《かぜ》の日《ひ》もつづいている。約《やく》二か月《げつ》つづいていることになる。これには驚《おどろ》いた。感心《かんしん》した。じつに大《おお》きな経験《けいけん》をしたことになるのだよ。ひとつの目的《もくてき》に向《む》かって、苦《くる》しいが、いっしょうけんめいがんばって努力《どりょく》をつづけると、その苦《くる》しい努《ど》力《りょく》は、だんだん苦《くる》しさはなくなって、逆《ぎゃく》にたのしくなっていくものだ、ということを経験《けいけん》したのだからね。このことは、これからのおまえの人生《じんせい》におこるであろう、いろいろな困難《こんなん》なことをのりこえようとする時《とき》、きっと役《やく》に立《た》つよ。好《す》きなマージャン、将棋《しょうぎ》のような遊《あそ》びに対《たい》するひたむきさに、運動神経《うんどうしんけい》がひとよりにぶいことを自分《じぶん》でよく知《し》り、直《なお》そうと努力《どりょく》するねばり強《づよ》さが加《くわ》わったことで、おまえは大《おお》きく成長《せいちょう》した（身長《しんちょう》は、あまりのびないようだが）。このことを忘《わす》れないで、がんばれ、晶司《しょうじ》。」

二月《がつ》は、苅間澤先生《かりまさわせんせい》が誕生日《たんじょうび》を迎《むか》える月《つき》だった。ぼくは生《う》まれて初《はじ》めて、人《ひと》に贈《おく》り物《もの》をしたいと思《おも》った。

母《はは》に、買《か》い物《もの》につきあってほしいというと、母《はは》は目《め》を見開《みひら》いて驚《おどろ》いた。

「あんたみたいなケチんぼが、誕生《たんじょう》プレゼント？」

たしかに母《はは》の誕生日《たんじょうび》に息子《むすこ》三人《にん》でプレゼントをするときに、いちばんお小遣《こづか》いを出《だ》し渋《しぶ》るのがこのぼくだった。

「鉛筆《えんぴつ》か消《け》しゴムでもあげるつもり？」

「ううん、もっといい物《もの》。先生《せんせい》が気《き》に入《い》る物《もの》。」

女《おんな》の人《ひと》は何《なに》をあげたら喜《よろこ》んでくれるんだろう。ぼくは何日《なんにち》も考《かんが》え、母《はは》とデパートに出《で》かけてから何時間《なんじかん》も売《う》り場《ば》をさまよった。

いま、われながらあきれるのは、そのことは覚《おぼ》えていても、肝心《かんじん》の何《なに》をあげたかについては、まったく記憶《きおく》がないことである。ただ、長《なが》い買《か》い物《もの》につきあわされて、いつもなら疲《つか》れた疲《つか》れたを連発《れんぱつ》する母《はは》が、なぜかうれしそうにしていたのは記憶《きおく》に残《のこ》っている。

だが家《いえ》に帰《かえ》ると、ぼくがプレゼントを買《か》ったことを聞《き》いた兄《あに》たちに、さんざん冷《ひ》やかされた。

「ショウは先生《せんせい》にほれてるんだ。」

恥《は》ずかしくなってぼくがうつむいていると、母《はは》は、
「やめなさい。」
と、めずらしく強《つよ》い口調《くちょう》で兄《あに》たちを叱《しか》った。

ぼくにとって初《はじ》めての経験《けいけん》で埋《う》め尽《つ》くされた小学《しょうがく》五年生《ねんせい》の日々《ひび》も、終《お》わりに近《ちか》づいていた。終業式《しゅうぎょうしき》が迫《せま》ったある休日《きゅうじつ》、苅間澤先生《かりまさわせんせい》は五年《ねん》九組《くみ》の子《こ》どもたちをスケートリンクに連《つ》れ出《だ》した。学校《がっこう》の行事《ぎょうじ》とはまったく関係《かんけい》はなく、クラス全員分《ぜんいんぶん》の電車賃《でんしゃちん》と入場料《にゅうじょうりょう》を先生《せんせい》が負担《ふたん》してくれた。

ぼくはやる気《き》いっぱいだった。前《まえ》の夜《よる》は楽《たの》しみでしかたがなくて、午前《ごぜん》二時《じ》と午前《ごぜん》五時《じ》に目《め》がさめた。だが、いくらやる気《き》はあっても、動《うご》きがにぶいのはあいかわらずである。かえって動《うご》こうとするぶんぼくは転《ころ》びまくり、とうとう下着《したぎ》までびしょぬれになってしまった。

先生《せんせい》にいわれて着替《きが》えは持《も》ってきていた。しかし、あたりを見回《みまわ》してもスケートリンクはただ白《しろ》い氷《こおり》が広《ひろ》がっているだけで、風《かぜ》をさえぎる場所《ばしょ》も、人目《ひとめ》を避《さ》ける場所《ばしょ》も見《み》つからない。ここで裸《はだか》になって着替《きか》えることはできなかった。体《からだ》は冷《ひ》えきって、歯《は》がガチガチ鳴《な》る。先生《せんせい》を探《さが》しても姿《すがた》がどこにも見当《みあ》たらない。そのうち、ぼくはたまらなく不安《ふあん》になってきた。

この一年間《ねんかん》、苅間澤先生《かりまさわせんせい》のおかげで、ぼくは自分《じぶん》でもびっくりするほど変《か》わったと思《おも》う。だけど六年生《ねんせい》になったら、担任《たんにん》の先生《せんせい》は替《か》わってしまう。先生《せんせい》がいなくなったらぼくはまた、元《もと》のぼ

くに戻《もど》ってしまうんじゃないだろうか。

そのとき、頭《あたま》の上《うえ》から声《こえ》がした。

「だいじょうぶよ、セガショー。」

さっと毛布《もうふ》が降《お》りてきて、ぼくはたちまち毛布《もうふ》の囲《かこ》いのなかにくるまれた。見上《みあ》げると、苅間《かりま》澤先生《さわせんせい》が笑《わら》っていた。

そのときの先生《せんせい》のとびきり優《やさ》しい笑顔《えがお》を、ぼくは一生忘《いっしょうわす》れないだろう。

ぼくの五年《ねん》九組最後《くみさいご》の通知表《つうちひょう》。苅間澤先生《かりまさわせんせい》の所見《しょけん》にはこう書《か》かれていた。

「いつでもだれとでもおだやかに接《せっ》していながら、決《けっ》して人《ひと》に流《なが》されることのない態度《たいど》は立派《りっぱ》です。六年《ねん》でも更《さら》に精進《しょうじん》してください。」


ぼくは六年生《ねんせい》になった。もう苅間澤先生《かりまさわせんせい》と顔《かお》を合《あ》わせることはなくなった。

六年生《ねんせい》の担任《たんにん》は、四年生《ねんせい》のときもぼくの担任《たんにん》だった女《おんな》の先生《せんせい》だった。

その先生《せんせい》は、一年《ねん》ぶりに受《う》け持《も》ったぼくが見《み》ちがえるほど積極的《せっきょくてき》になったのに驚《おどろ》き、ある日《ひ》、ぼくにこういった。

「あなた、本当《ほんとう》にあの瀬川君《せがわくん》なの？」

この言葉《ことば》を苅間澤先生《かりまさわせんせい》に今度会《こんどあ》ったら聞《き》かせてあげよう。そう思《おも》っていたぼくは、六年生《ねんせい》になってますます将棋《しょうぎ》にのめり込《こ》んでいくうちに、いつのまにか忘《わす》れてしまった。
いまもぼくの家《いえ》のまわりには、当時《とうじ》の五年九組《ねんくみ》の同級生《どうきゅうせい》が何人《なんにん》か住《す》んでいる。かれらやその親《おや》たちと、ときどきはあのころの思《おも》い出話《でばなし》をすることがある。そのとき、だれもが口《くち》をそろえるのは、あの五年生《ねんせい》の一年間《ねんかん》で、子《こ》どもも親《おや》も、大《おお》きく変《か》わったということだ。たったの一年《ねん》だったとは思《おも》えないほど、苅間澤先生《かりまさわせんせい》と過《す》ごした一年間《ねんかん》はたくさんのものを与《あた》えてくれた。それはぼくだけでなく、あの教室《きょうしつ》にいた子《こ》どもたちすべてが感《かん》じていることなのだろう。

すでにお気《き》づきだと思《おも》う。
プロ編入試験将棋《へんにゅうしけんしょうぎ》の第一局《だいきょく》に敗《やぶ》れ、重圧《じゅうあつ》に押《お》しつぶされそうになっていたぼくを救《すく》ってくれたドラえもんの葉書《はがき》。その差出人《さしだしにん》の名《な》は、ひらがなで、
かりまさわひろこ
と書《か》かれていた。
懐《なつ》かしいその文字《もじ》、その名前《なまえ》を見《み》ただけで、あの笑顔《えがお》が目《め》によみがえってきた。涙《なみだ》がとめどなくあふれてきた。
あの頼《たよ》りないセガショーが、将棋《しょうぎ》のプロをめざして失敗《しっぱい》し、なのにまた性《しょう》こりもなくプロ入《い》りに挑戦《ちょうせん》していることを先生《せんせい》は報道《ほうどう》で知《し》ったのだろう。ところがセガショーは試験将棋《しけんしょうぎ》でいきなり

負《ま》けてしまった。あの弱虫《よわむし》がだいじょうぶか、と心配《しんぱい》になった先生《せんせい》は、ぼくが大好《だいす》きだったドラえもんにメッセージを託《たく》し、励《はげ》ましてくれたのだ。

「だいじょうぶ。きっとよい道《みち》が拓《ひら》かれます。」

二十五年《ねん》ぶりに先生《せんせい》からもらう「だいじょうぶ」だった。

何《なに》が何《なん》でも勝《か》たなければという強迫観念《きょうはくかんねん》にとらわれ、自分《じぶん》を見失《みうしな》っていたぼくは、小学校《しょうがっこう》五年《ねん》生《せい》のときと同《おな》じように、すべてを肯定《こうてい》されることで救《すく》われた。

ぼくはぼくのままでいい。試験《しけん》がどんな結果《けっか》になろうとも、それがぼくにとって「よい道《みち》」なのだ。だから、

「だいじょうぶよ。セガショー。」

先生《せんせい》はそういっているのだと思《おも》った。

ぼくがプロ棋士《きし》になれたのは、たくさんの人《ひと》のおかげである。しかし、もし苅間澤先生《かりまさわせんせい》がいなかったら、いまのぼくそのものがなかった。

先生《せんせい》は葉書《はがき》に自分《じぶん》の住所《じゅうしょ》を書《か》いていなかった。返事《へんじ》の気《き》づかいをさせまいとの配慮《はいりょ》からだろう。それでも、なんとかお会《あ》いして夢《ゆめ》がかなったことを報告《ほうこく》したい。そして、心《こころ》からお礼《れい》をいいたいと思《おも》っている。

第《だい》2章《しょう》　ライバル

ぼくたち小学《しょうがく》五年生《ねんせい》の間《あいだ》に突然《とつぜん》訪《おとず》れた将棋《しょうぎ》ブームもさすがに下火《したび》になってきたころ、そのふたりだけは毎日《まいにち》、おたがいに目《め》を血走《ちばし》らせて盤《ばん》をはさんでいた。

ひとりはもちろんぼく。そしてもうひとりが、この章《しょう》の主人公《しゅじんこう》である。

苅間澤先生《かりまさわせんせい》との出会《であ》いはぼくの人生《じんせい》のなかでまちがいなく、運命《うんめい》を変《か》えた最大《さいだい》の出来事《できごと》だった。だが、この男《おとこ》との出会《であ》いなくしても、いまのぼくはないといえるだろう。

いや、「運命《うんめい》」というならむしろ、かれとぼくの関係《かんけい》ほど運命的《うんめいてき》なものはない。

なにしろ誕生日《たんじょうび》はわずか六日《むいか》ちがい。生《う》まれた病院《びょういん》が同《おな》じなら、住《す》んでいる家《いえ》も向《む》かい合《あ》わせ。そんなふたりが、ほとんど同時《どうじ》に将棋《しょうぎ》というゲームにのめり込《こ》んでいったのである。

もしぼくにライバルという存在《そんざい》がいたとすれば、それはかれ、渡辺健弥《わたなべけんや》だけだった。だった、と過去形《かこけい》でいうのはいまはプロとアマチュアに立場《たちば》が分《わ》かれたからだが、かれにとってはカチンとくる言《い》い方《かた》かもしれない。

ここからはふたりの流儀《りゅうぎ》にのっとり、かれのことを「健弥《けんや》くん」と呼《よ》ばせていただく。健弥《けんや》くんのほうはぼくを「しょったん」と呼《よ》んでいる。

健弥《けんや》くんとぼくの関係《かんけい》は、読者《どくしゃ》のみなさんがイメージする「ライバル」のような美《うつく》しいものではないかもしれない。だが、ぼくがこうしてプロになれたのは、まちがいなく健弥《けんや》くんがいたおかげだった。ふたりの奇妙《きみょう》な関係《かんけい》は、いったいライバルと呼《よ》べるものなのか、あるいは親友《しんゆう》と呼《よ》べるものなのか、読者《どくしゃ》のみなさんにも考《かんが》えていただければうれしいと思《おも》う。こんなことを書《か》くと健弥《けんや》くんに鼻《はな》で笑《わら》われそうで恥《は》ずかしいのだが。

1

ふたりの出会《であ》いは、小学《しょうがく》五年生《ねんせい》の三学期《がっき》だった。いや厳密《げんみつ》にはそれ以前《いぜん》から家《いえ》が近《ちか》いだけにつきあいはあったのだが、ただの幼《おさな》なじみだったころのことはこの際《さい》、省略《しょうりゃく》したい。

下校途中《げこうとちゅう》に文房具店《ぶんぼうぐてん》に寄《よ》ってノートを買《か》ったぼくは、店《みせ》を出《で》たところでばったり健弥《けんや》くんに出《で》くわした。

クラスがちがっていたので直接話《ちょくせつはな》すことは少《すく》なかったが、かれが最近《さいきん》、将棋《しょうぎ》の腕《うで》を上《あ》げているらしいことは噂《うわさ》で聞《き》いていた。将棋《しょうぎ》ブームが去《さ》りつつあるなか依然《いぜん》として熱中《ねっちゅう》しているのは、ぼくのほかには健弥《けんや》くんくらいだということも知《し》っていた。「どっちが強《つよ》いの？」とクラスの子《こ》に聞《き》かれるとぼくは「ぼくのほうが強《つよ》い。」と答《こた》え、健弥《けんや》くんは「おれのほうが強《つよ》い。」と公言《こうげん》していた。しかし、ぼくたちはまだ対決《たいけつ》したことがなかった。

ぼくたちは鉢合《はちあ》わせした剣豪《けんごう》どうしのようににらみ合《あ》い、どちらからともなくいった。

「やる?」

「うん。」

これだけで意思《いし》は通《つう》じあい、ぼくたちは家《いえ》——どちらの家《いえ》かは忘《わす》れたが——に帰《かえ》るやいなや、将棋《しょうぎ》を指《さ》しはじめた。

結果《けっか》は二勝《しょう》二敗《はい》だった。「こいつ、なかなかやるな。」とぼくは思《おも》った。向《む》こうもそう思《おも》ったようだった。そしてほとんど無言《むごん》のまま、翌日《よくじつ》の再戦《さいせん》だけを約束《やくそく》して別《わか》れた。

これがぼくたちの奇妙《きみょう》な関係《かんけい》の始《はじ》まりだった。

それからは学校《がっこう》が終《お》わると毎日《まいにち》、どちらかの家《いえ》で指《さ》すようになった。おたがい早指《はやざ》しだったので、夕飯《ゆうはん》の時間《じかん》がきてお開《ひら》きになるまで三十局《きょく》から四十局《きょく》は指《さ》した。

将棋《しょうぎ》を知《し》らない方《かた》でも、テレビの将棋番組《しょうぎばんぐみ》でプロ棋士《きし》どうしの対局風景《たいきょくふうけい》をご覧《らん》になったことはあるかもしれない。勝負《しょうぶ》の最中《さいちゅう》は無言《むごん》で殺気立《さっきだ》っているように見《み》える対局者《たいきょくしゃ》も、戦《たたか》いが終《お》わればなごやかに感想戦《かんそうせん》というものを始《はじ》める。いま指《さ》した将棋《しょうぎ》のどの手《て》が悪《わる》い手《て》でどう指《さ》せばよかったか、とたがいに意見《いけん》を述《の》べ合《あ》い検討《けんとう》するのだ。感想戦《かんそうせん》こそが最高《さいこう》の上達法《じょうたつほう》、とはよくいわれるこ

とである。

しかしぼくたちの場合《ばあい》は、一局《きょく》が終《お》われば負《ま》けたほうが無言《むごん》のまま王様《おうさま》を定位置《ていいち》に叩《たた》きつけ、また駒《こま》を並《なら》べはじめるのが常《つね》だった。負《ま》けた悔《くや》しさを早《はや》く晴《は》らしたくて、感想戦《かんそうせん》などやっていられなかった。というより、そもそも感想戦《かんそうせん》というものを知《し》らなかったのだ。

小学《しょうがく》五年生《ねんせい》のとき指《さ》しはじめてから中学《ちゅうがく》三年生《ねんせい》でぼくが奨励会《しょうれいかい》に入《はい》ってふたりの道《みち》が分《わ》かれるまで、ぼくたちは通算《つうさん》で一万局《まんきょく》は指《さ》しただろう。

勝敗《しょうはい》をノートに記録《きろく》するのを途中《とちゅう》でやめてしまったので正確《せいかく》な対戦成績《たいせんせいせき》はわからないが、ぼくのほうが少《すこ》し勝《か》ち越《こ》していた気《き》がする。ただし健弥《けんや》くんは自分《じぶん》のほうが勝《か》ち越《こ》していると思《おも》っているにちがいない。ようするにいい勝負《しょうぶ》だったのだが、おたがいに自分《じぶん》のほうが強《つよ》いと信《しん》じて疑《うたが》わなかった。

当然《とうぜん》、どちらかに負《ま》けが込《こ》んでくると雰囲気《ふんいき》は険悪《けんあく》になる。

「最近《さいきん》うちばっかだし。次《つぎ》そっちね。」

あるときはぼくが憮然《ぶぜん》として必要最小限《ひつようさいしょうげん》の言葉《ことば》でそう抗議《こうぎ》した。通訳《つうやく》すると、調子《ちょうし》が出《で》ないのは最近《さいきん》うちでばかり指《さ》していて気《き》をつかってるからだ、次回《じかい》はそっちの家《いえ》で指《さ》すからな、という負《ま》け惜《お》しみである。

将棋《しょうぎ》には、ぼくたちにとってはやっかいな決《き》まりがひとつあった。いちばん大切《たいせつ》な駒《こま》、いわゆる王様《おうさま》には「王将《おうしょう》」と「玉将《ぎょくしょう》」の区別《くべつ》があって、上位者《じょういしゃ》（強《つよ》いほう）が王将《おうしょう》をもつとされているのだ。もっともこれは上位者《じょういしゃ》に敬意《けいい》を払《はら》うというマナーに属《ぞく》することで、そうしないとルール違《い》反《はん》というわけではない。

だが、ぼくたちにしてみれば重大《じゅうだい》な問題《もんだい》だった。どちらも自分《じぶん》が上位者《じょういしゃ》だと頭《あたま》から決《き》めてかかっていて、相手《あいて》が王将《おうしょう》をもつことは絶対《ぜったい》に許《ゆる》せなかったからだ。

そこでぼくたちは協定《きょうてい》を結《むす》んだ。健弥《けんや》くんの家《いえ》で指《さ》すときは、一局《きょく》ごとに王将《おうしょう》と玉将《ぎょくしょう》を交代《こうたい》でもつ。ぼくの家《いえ》で指《さ》すときは、将棋《しょうぎ》の駒《こま》が何組《なんくみ》かあったので別《べつ》の駒箱《こまばこ》から玉将《ぎょくしょう》をもってきて、ふたりとも玉将《ぎょくしょう》をもつ。この取《と》り決《き》めは厳重《げんじゅう》に守《まも》られた。

将棋《しょうぎ》を指《さ》している間《あいだ》、ぼくたちは学校《がっこう》の授業《じゅぎょう》のことも、先生《せんせい》や友人《ゆうじん》や女《おんな》の子《こ》のことも、ゆうべ観《み》たテレビのことも話《はな》さなかった。できればすべて無言《むごん》で通《とお》したいくらいだったが、将棋《しょうぎ》にはあいにく、負《ま》けたときは「負《ま》けました。」という意思表示《いしひょうじ》、つまり投了《とうりょう》をしないとゲームが終《お》わらないというルールがある。おたがい、その言葉《ことば》だけは絶対《ぜったい》に口《くち》にしたくなかった。

駒《こま》を盤《ばん》に打《う》ちつける音《おと》と、どちらかが発《はっ》する「負《ま》けました。」の声《こえ》。それだけが、ぼくたちのコミユニケーションだった。

なぜぼくたちはそれほどまで張《は》り合《あ》ったのだろうか。

誕生日《たんじょうび》も家《いえ》も近《ちか》くて生《う》まれた病院《びょういん》まで同《おな》じだったので、大人《おとな》たちによく比《くら》べられたせいもあっただろう。将棋《しょうぎ》という、負《ま》けると泣《な》きたいほど悔《くや》しくなるゲームが、おたがいの負《ま》けん気《き》を助長《じょちょう》したのかもしれない。ただ健弥《けんや》くんは、ぼくのほうが負《ま》けず嫌《ぎら》いだったという。

「ときどきテレビゲームをやっても、しょったんは勝《か》つまでやめなかった。負《ま》けると黙《だま》ってぼくの腕《うで》をつかんで、もう一回《いっかい》やるまでスッポンみたいに離《はな》さない。あのときの力《ちから》はすごく強《つよ》くて、ぼくは本当《ほんとう》に腕《うで》が痛《いた》かった。」

大人《おとな》になってから、健弥《けんや》くんがそういったことがあった。いったいぼくのどこにそんな負《ま》けん気《き》が秘《ひ》められていたのか、われながら不思議《ふしぎ》でならない。

ぼくたちは将棋《しょうぎ》だけではなく、マラソン大会《たいかい》でも、同《おな》じ塾《じゅく》に通《かよ》っていた算数《さんすう》でも張《は》り合《あ》った。健弥《けんや》くんがビリなら自分《じぶん》はビリから二番目《ばんめ》でよかった。どんな形《かたち》でも、どんな手《て》を使《つか》ってでも、負《ま》けたくなかった。

そのころ、ぼくの将棋《しょうぎ》の実力《じつりょく》はどの程度《ていど》だったのか。それを説明《せつめい》するかわりとして、当時《とうじ》のぼくの得意戦法《とくいせんぽう》を紹介《しょうかい》しよう。

桂馬《けいま》を三回動《かいうご》かして、敵陣《てきじん》の5三の地点《ちてん》に成《な》り込《こ》む。そのあと6三の歩《ふ》を成桂《なりけい》で取《と》って、また5三に成桂《なりけい》を戻《もど》す。あとはひたすら持《も》ち駒《ごま》に桂馬《けいま》が入《はい》るのを待《ま》つ。そう、6三にできた空間《くうかん》に桂《けい》馬《ま》を打《う》てば、相手《あいて》の玉《ぎょく》は一手詰《いってづ》みである。

なんとも他愛《たわい》ないものだが、ようするにこれが五年生当時《ねんせいとうじ》のぼくのレベルだった。それでも将《しょう》棋《ぎ》ブームの最中《さいちゅう》に学校《がっこう》で指《さ》しているときは、けっこう勝《か》てた。

しかし、健弥《けんや》くんには通用《つうよう》しなかった。お父《とう》さんも将棋《しょうぎ》が好《す》きなかれの家《いえ》には、将棋《しょうぎ》の本《ほん》がたくさんあり、健弥《けんや》くんは将棋《しょうぎ》の基本《きほん》が身《み》についていた。

次第《しだい》にぼくも将棋《しょうぎ》の本《ほん》を買《か》って勉強《べんきょう》するようになった。本《ほん》に書《か》いてあった戦法《せんぽう》を覚《おぼ》えて健弥《けんや》くんにぶつけると、その日《ひ》はおもしろいように勝《か》てた。だが次《つぎ》の日《ひ》にはもう効《き》き目《め》がない。今度《こんど》は健弥《けんや》くんがその対抗策《たいこうさく》を本《ほん》で仕入《しい》れてきて、ぼくの戦法《せんぽう》を打《う》ちやぶるのだ。

少《すこ》しでも気《き》を抜《ぬ》くと、健弥《けんや》くんにこてんぱんにされる。それだけはごめんだという一心《いっしん》で、ぼくは必死《ひっし》に将棋《しょうぎ》を勉強《べんきょう》した。

ある日《ひ》、健弥《けんや》くんに必勝《ひっしょう》の将棋《しょうぎ》を逆転《ぎゃくてん》負《ま》けして、熱《あつ》くなって上《うえ》を見上《みあ》げると妙《みょう》なものが目《め》に入《はい》った。天井《てんじょう》に紙《かみ》が貼《は》ってある。よく見《み》ると、詰《つ》め将棋《しょうぎ》の問題《もんだい》だった。

健弥《けんや》くんは、夜眠《よるねむ》る前《まえ》にもこれを解《と》いているんだ。なんてやつだ、と思《おも》った。詰《つ》め将棋《しょうぎ》を解《と》くのが大好《だいす》きだった健弥《けんや》くんの将棋《しょうぎ》は、じつに鋭《するど》かった。終盤戦《しゅうばんせん》で「もうこっちの勝《か》ちだろう。」と安心《あんしん》していた局面《きょくめん》から、信《しん》じられないような手順《てじゅん》で逆転《ぎゃくてん》負《ま》けすることが何度《なんど》もあった。異常《いじょう》ともいえる終盤《しゅうばん》の強《つよ》さだった。

健弥《けんや》くんと数《かぞ》えきれないほど指《さ》したことが、ぼくの将棋《しょうぎ》の原型《げんけい》をつくったのはまちがいない。ぼくも終盤《しゅうばん》は得意《とくい》なほうだったが、相手《あいて》が極端《きょくたん》な終盤型《しゅうばんがた》だけにそこで勝負《しょうぶ》するのは得策《とくさく》ではない。次第《しだい》にぼくは、成《な》り行《ゆ》きまかせで終盤《しゅうばん》になだれ込《こ》むのではなく、その手前《てまえ》でリードを築《きず》くことを意識《いしき》するようになった。また、どんなに優勢《ゆうせい》に思《おも》えても将棋《しょうぎ》は最後《さいご》まで何《なに》が起《お》きるかわからないことも身《み》にしみて覚《おぼ》えたと思《おも》う。

ぼくの心《こころ》に将棋《しょうぎ》の火《ひ》を灯《とも》したのが苅間澤先生《かりまさわせんせい》だとすれば、健弥《けんや》くんによってそれは大《おお》きな炎《ほのお》となって燃《も》え盛《さか》った。そして六年生《ねんせい》になる前《まえ》の春休《はるやす》み、さらにぼくが将棋《しょうぎ》にのめり込《こ》んでいくきっかけが訪《おとず》れる。

2

「さあ、着《つ》いたぞ。」

健弥《けんや》くんのお父《とう》さんにつづいてぼくたちは自転車《じてんしゃ》を降《お》り、チェーンの錠《じょう》をかけた。まだ肌寒《はださむ》いとはいえ、三十分《ぷん》も自転車《じてんしゃ》で走《はし》れば汗《あせ》だくになる。しかしぼくは疲《つか》れなどまったく感《かん》じず、これから向《む》かう場所《ばしょ》への期待《きたい》に胸《むね》を弾《はず》ませていた。

どんなところなんだろう?

前《まえ》を歩《ある》いていた健弥《けんや》くんのお父《とう》さんは、あるパチンコ屋《や》の前《まえ》で立《た》ち止《ど》まると、

「ここだ。」

と指《ゆび》さしてぼくたちのほうに振《ふ》り返《かえ》った。

えっ、パチンコ屋《や》？

だが、パチンコ屋《や》になっているのはビルの一階《かい》だけで、お父《とう》さんにつづいてパチンコ屋《や》の脇《わき》の薄暗《うすぐら》い階段《かいだん》を二階《かい》に上《あ》がると、どぎつい色《いろ》をしたスナックや雀荘《ジャンそう》の看板《かんばん》と並《なら》んで、めざす場所《ばしょ》の扉《とびら》はあった。

「港南台将棋《こうなんだいしょうぎ》センター」という表札《ひょうさつ》が、地味《じみ》な引《ひ》き戸《ど》に掲《かか》げられていた。それを見《み》てぼくの胸《むね》は、早鐘《はやがね》を打《う》つように高鳴《たかな》りはじめた。

「いつもふたりで指《さ》してばかりじゃつまらないだろう。」

健弥《けんや》くんとぼくの果《は》てしないバトルをあきれ顔《がお》で見《み》ていたお父《とう》さんが、ある日《ひ》、夢《ゆめ》のような提《てい》案《あん》をしてくれた。

「町《まち》には、将棋道場《しょうぎどうじょう》というところがある。そこには将棋《しょうぎ》の強《つよ》い人《ひと》がたくさん集《あつ》まってきていて、知《し》らない人《ひと》どうしでも、何番《なんばん》も何番《なんばん》も指《さ》すことができるんだ。今度《こんど》おまえたちをそこに連《つ》れていってやろう。」

将棋《しょうぎ》が強《つよ》い人《ひと》がたくさんいる！

頭《あたま》のなかで、ぱあっといくつも花《はな》が咲《さ》いた気《き》がした。

すでに、身近《みぢか》にいる人《ひと》でぼくと互角《ごかく》の相手《あいて》は健弥《けんや》くんだけになっていた。健弥《けんや》くんと指《さ》していて飽《あ》きることはまったくなかった。だが、「もっと強《つよ》い人《ひと》と指《さ》したい。」という欲求《よっきゅう》は、将棋《しょうぎ》にのめり込《こ》んだ人間《にんげん》にとって本能《ほんのう》のようなものなのだ。それは健弥《けんや》くんも同《おな》じだったにちがいない。

ぼくは焦《こ》がれるような思《おも》いで「将棋道場《しょうぎどうじょう》」へ連《つ》れていってもらう日《ひ》を待《ま》った。

そして、いよいよそのときがきたのだ。この扉《とびら》の向《む》こうに、強《つよ》い人《ひと》がたくさんいる。

ふとぼくは疑問《ぎもん》に思《おも》った。

強《つよ》い人《ひと》って、どんな顔《かお》をしてるんだろう?

なにしろぼくは健弥《けんや》くんより強《つよ》い人《ひと》をまだ見《み》たことがなかった。父《ちち》が初《はじ》めてぼくに買《か》ってくれた将棋《しょうぎ》の本《ほん》を書《か》いた「中原《なかはら》」という人《ひと》は、たぶん強《つよ》いのだろう。写真《しゃしん》を見《み》ると眼鏡《めがね》をかけていて、すごくまじめそうな顔《かお》をしている。なんとなくぼくは、何人《なんにん》もの「中原《なかはら》」が将棋盤《しょうぎばん》をはさんでいる光景《こうけい》を想像《そうぞう》しながら、港南台将棋《こうなんだいしょうぎ》センターのなかに入《はい》った。

うわっ。

まず驚《おどろ》いたのは、そこの空気《くうき》がほとんど真《ま》っ白《しろ》なことだった。煙草《たばこ》の煙《けむり》だった。目《め》がちかちかするのを我慢《がまん》して、室内《しつない》を見回《みまわ》す。

将棋盤《しょうぎばん》が、長《なが》い机《つくえ》にずらーっと二十面《めん》ほど並《なら》んでいた。それをはさんで、その倍《ばい》の人々《ひとびと》がずらーっと向《む》かい合《あ》い、駒音《こまおと》があちこちで高《たか》く響《ひび》き渡《わた》っていた。壮観《そうかん》、という言葉《ことば》はまだ知《し》らなかったが、まさにそういうのがぴったりの光景《こうけい》だった。ただし、指《さ》している人《ひと》たちは「中原《なかはら》」より年輩《ねんぱい》の人《ひと》が多《おお》く、みんなそうまじめには見《み》えなかったが。

これが将棋道場《しょうぎどうじょう》なのか……。

見《み》ているうちにぼくはうれしくてうれしくてたまらなくなってきた。体《からだ》がうずうずするのを抑《おさ》えきれなくなった。

「早《はや》く指《さ》したい！」

ぼくがせがむのと同時《どうじ》に、健弥《けんや》くんもお父《とう》さんの腕《うで》を引《ひ》っ張《ぱ》っていた。

外《そと》に出《で》ると、日《ひ》が落《お》ちようとしていた。

港南台将棋《こうなんだいしょうぎ》センターからの帰《かえ》り道《みち》、ぼくはがっくりと肩《かた》を落《お》としていた。

将棋道場《しょうぎどうじょう》では、初《はじ》めてのお客《きゃく》はまず、どのくらい実力《じつりょく》があるかを認定《にんてい》される。同《おな》じくらいの段《だん》、あるいは級《きゅう》の人《ひと》どうしが指《さ》せるようにするためだ。

だからぼくたちもこの日《ひ》は、とりあえず段級《だんきゅう》を認定《にんてい》してもらうためにいろいろなレベルの人《ひと》と対戦《たいせん》した。二十局《きょく》くらい指《さ》しただろうか。

その結果《けっか》というのが——。

港南台将棋《こうなんだいしょうぎ》センター5級《きゅう》、渡辺健弥《わたなべけんや》。同《どう》6級《きゅう》、瀬川晶司《せがわしょうじ》。

なんとぼくは、健弥《けんや》くんより1級下《きゅうした》と認定《にんてい》されたのである。ぼくたちの級《きゅう》と名前《なまえ》を書《か》いた新《あたら》しい名札《なふだ》は、センターの壁《かべ》にほかのお客《きゃく》さんのものと並《なら》んで掛《か》けられた。大《だい》ショックだった。

たしかにきょうは健弥《けんや》くんのほうがたくさん勝《か》ったけど、それはたまたまだ……。

憎《に》っくき健弥《けんや》くんはペダルをこぐ足《あし》も軽《かる》そうに、ずいぶん先《さき》を走《はし》っている。絶対《ぜったい》に追《お》い抜《ぬ》いてやる。ぼくは固《かた》く心《こころ》に誓《ちか》った。

だが風《かぜ》を受《う》けて走《はし》っているうちに、そんな悔《くや》しさも薄《うす》れてきた。というよりも、悔《くや》しさよりはるかに大《おお》きな喜《よろこ》びが、心《こころ》の底《そこ》からふつふつと湧《わ》いてきた。

こんなに楽《たの》しい場所《ばしょ》があったなんて！

ぼくは次第《しだい》に自転車《じてんしゃ》のスピードをぐんぐん上《あ》げ、夕陽《ゆうひ》に向《む》かって大声《おおごえ》で叫《さけ》び出《だ》したい気分《きぶん》になっていった。

「くさい、くさい！」

家《いえ》に帰《かえ》るやいなや、母《はは》が顔《かお》をしかめてぼくを手《て》であおぐしぐさをした。ぼくの体《からだ》じゅうに、煙草《たばこ》の臭《にお》いがしみついていたからだ。

「息《いき》をしていればいい。」という方針《ほうしん》で育《そだ》てられたぼくは、それまで母《はは》に何《なに》かを反対《はんたい》された記憶《きおく》

がなかった。ところがその母《はは》が、港南台将棋《こうなんだいしょうぎ》センターから帰《かえ》ったぼくに、

「煙草《たばこ》の煙《けむり》だけは許《ゆる》せないわね。」

というのである。その言《い》い分《ぶん》はこうだった。

「わたしは子《こ》どもが何《なに》をしてもいいと思《おも》ってる。だけど体《からだ》に悪《わる》いのだけはわたし、いやなの。体《からだ》に悪《わる》いことをするのだけは、許《ゆる》せないのよ。」

ぼくはうろたえた。よりによって、いままでいちばん楽《たの》しい遊《あそ》び場所《ばしょ》を見《み》つけたときに、そんなことをいわれるなんて……。

だが、疲《つか》れて眠《ねむ》ってしまったぼくは知《し》らなかったが、その夜《よる》、母《はは》は発明家《はつめいか》の父《ちち》に「将棋道場専用《しょうぎどうじょうせんよう》マスク」を考案《こうあん》するよう依頼《いらい》していた。父《ちち》はたちまち、見《み》た目《め》はふつうだが、裏側《うらがわ》に活性炭《かっせいたん》が仕込《しこ》まれていて有害物質《ゆうがいぶっしつ》をカットする特製《とくせい》マスクを完成《かんせい》させた。

次《つぎ》の土曜日《どようび》。喜《よろこ》び勇《いさ》んで港南台将棋《こうなんだいしょうぎ》センターに出発《しゅっぱつ》したぼくの手《て》には、父《ちち》が作《つく》ってくれたマスクが二個《こ》、握《にぎ》られていた。一個《こ》はぼくの分《ぶん》、もう一個《こ》は健弥《けんや》くんの分《ぶん》だった。

ぼくと健弥《けんや》くんの新《あたら》しい生活《せいかつ》が始《はじ》まった。平日《へいじつ》はいままでどおり学校《がっこう》から帰《かえ》ったあとふたりで指《さ》しつづけた。そして土日《どにち》はぼくたちの新天地《しんてんち》、港南台将棋《こうなんだいしょうぎ》センターで十一時《じ》の開店《かいてん》から夕方《ゆうがた》の六時《じ》まで、たくさんの人《ひと》と指《さ》しまくった。いろいろな将棋《しょうぎ》を指《さ》す、いろいろな相手《あいて》がいた。一階《かい》にパチンコ屋《や》、二階《かい》に雀荘《ジャンそう》やスナックがある雑居《ざっきょ》ビルが、ふたりの小学生《しょうがくせい》のパラダイスになった。

子《こ》どものころ、いつも広島《ひろしま》カープの野球帽《やきゅうぼう》をかぶって将棋《しょうぎ》を指《さ》していた羽生《はぶ》さんは「恐怖《きょうふ》の赤《あか》ヘル少年《しょうねん》」とあだ名《な》されたそうだが、ぼくはさしずめ「マスク少年《しょうねん》」だった。もっとも、健弥《けんや》くんはマスクをしていなかった気《き》がする。かれの性格《せいかく》からして、面倒《めんどう》くさかったのだろう。

しかし、羽生《はぶ》さんとちがってぼくたちはまだ「恐怖《きょうふ》」といわれるほどの存在《そんざい》ではなかった。まだ将棋《しょうぎ》センターの大人《おとな》たちを怖《おそ》れさせるよりは、お菓子《かし》をもらったりして可愛《かわい》がられるマスコットのような存在《そんざい》に近《ちか》かった。

ぼくたちの将棋《しょうぎ》が変《か》わったのは、この人《ひと》と出会《であ》ってからだった。

「こらあっ！　相手《あいて》が考《かんが》えてるときは静《しず》かに待《ま》ってろ！」

そんなふうに人《ひと》に怒《おこ》られたことがなかったぼくは、椅子《いす》から飛《と》び上《あ》がりそうにびっくりした。

そのときぼくは、あるおじさんと対局《たいきょく》していた。そのおじさんはじつに慎重《しんちょう》な人《ひと》で、一手一手《いってていって》、長考《ちょうこう》を繰《く》り返《かえ》した。いつも健弥《けんや》くんと猛《もう》スピードで指《さ》してきたぼくにとっては信《しん》じられないスローペースだった。しびれを切《き》らしたぼくはとうとう相手《あいて》の長考中《ちょうこうちゅう》に、「ねえ、早《はや》く指《さ》して。」と催促《さいそく》してしまったのだ。

もちろんマナーとしてはありえないことである。だがそのときぼくを叱《しか》りつけたのは、相手《あいて》のおじさんではない。遠《とお》くからぼくを監視《かんし》していた港南台将棋《こうなんだいしょうぎ》センターの席主《せきしゅ》、今野靖宣《こんのやすのぶ》さんだった。

「席主《せきしゅ》」とは、道場《どうじょう》の総責任者《そうせきにんしゃ》のようなものである。お客《きゃく》さんの実力《じつりょく》を判定《はんてい》して同《おな》じくらいのレベルの人《ひと》と対戦《たいせん》を組《く》み、待《ま》ちぼうけになっている人《ひと》がいないか目配《めくば》りし、対局中《たいきょくちゅう》のトラブルなどがあれば仲裁《ちゅうさい》に入《い》り、ときにみずから将棋《しょうぎ》の指導《しどう》もするなど、お客《きゃく》さんがまた来《き》てくれるようによい雰囲気《ふんいき》づくりに気《き》をつかう。その将棋道場《しょうぎどうじょう》が繁盛《はんじょう》するかどうかは、席主《せきしゅ》の才覚《さいかく》ひとつにかかっているといってもいい。

道場《どうじょう》のオーナー自身《じしん》が席主《せきしゅ》をつとめることもあれば、オーナーに委託《いたく》された人《ひと》が席主《せきしゅ》になる場合《ばあい》もある。今野《こんの》さんは後者《こうしゃ》で、平日《へいじつ》は会社勤《かいしゃづと》めをして、土日《どにち》だけ道場《どうじょう》に来《き》て席主《せきしゅ》をしていた。当時《とうじ》のぼくはそういった事情《じじょう》は知《し》らなかったが、家族《かぞく》もいるのに土日《どにち》を全部《ぜんぶ》つぶして、さほど収入《しゅうにゅう》になるわけでもない将棋道場《しょうぎどうじょう》の席主《せきしゅ》を引《ひ》き受《う》けるのは、大変《たいへん》なことだったにちがいない。

つまり今野《こんの》さんは、根《ね》っからの将棋人間《しょうぎにんげん》だった。当時《とうじ》は、まだ四十歳《さい》になったかどうかという若《わか》さで、ふだんは気《き》さくなおじさんという印象《いんしょう》だったが、曲《ま》がったことは許《ゆる》さんという迫力《はくりょく》は子《こ》ども心《ごころ》にも感《かん》じられた。

将棋《しょうぎ》はアマチュアの高段者《こうだんしゃ》だったが、子《こ》どものころは地方《ちほう》に住《す》んでいて家《いえ》も貧《まず》しく、将棋《しょうぎ》の本《ほん》を手《て》に入《い》れるのにも苦労《くろう》したという。そのため今野《こんの》さんは、自分《じぶん》も指導者《しどうしゃ》や環境《かんきょう》に恵《めぐ》まれればプロをめざせたのではないか、という悔《くや》しい思《おも》いをずっと抱《いだ》いていたようだ。

その気持《きも》ちが、自分《じぶん》が指《さ》すことより子《こ》どもたちへの指導《しどう》に情熱《じょうねつ》を向《む》かわせたのだろう。将棋道《しょうぎどう》場《じょう》の席主《せきしゅ》にはいかにも好々爺《こうこうや》といった感《かん》じのお年寄《としよ》りが多《おお》いものだが、今野《こんの》さんはセンターに来《く》る子《こ》どもたちをときにはびしびし叱《しか》った。なかでも、しつけのされていない子犬《こいぬ》のようだったぼくたちふたり組《ぐみ》は、若《わか》き席主《せきしゅ》の格好《かっこう》の標的《ひょうてき》となった。アイスをなめ、漫画《まんが》を読《よ》みながら指《さ》していた健弥《けんや》くんにはぼくの何倍《なんばい》ものカミナリが落《お》ちた。

しかし今野《こんの》さんは、マナーを注意《ちゅうい》しただけではなかった。

「いまの将棋《しょうぎ》だけどね。」

将棋《しょうぎ》に負《ま》けたぼくが所在《しょざい》なげに足《あし》をぶらぶらさせていると、いつのまにか今野《こんの》さんが横《よこ》に立《た》っていていう。

「最初《さいしょ》から、もう一度《いちど》並《なら》べなおしてごらん。」

そんなの無理《むり》だよ、と内心思《ないしんおも》いながらぼくは、いま指《さ》した将棋《しょうぎ》の手順《てじゅん》を盤《ばん》に再現《さいげん》する。だが、やっぱり途中《とちゅう》から思《おも》い出《だ》せなくなる。

「自分《じぶん》が指《さ》した将棋《しょうぎ》を自分《じぶん》で並《なら》べられなくてどうするんだ。」

そういうと今野《こんの》さんはぼくが指《さ》した将棋《しょうぎ》を最後《さいご》まで完璧《かんぺき》に再現《さいげん》してみせ、どの手《て》が悪《わる》かったと思《おも》うか、なぜそんな手《て》を指《さ》したのか、とぼくを質問攻《しつもんぜ》めにするのだった。

感想戦《かんそうせん》を必《かなら》ずやること。それを今野《こんの》さんは健弥《けんや》くんとぼくに口《くち》やかましくいった。いまの将棋《しょうぎ》はどこで形勢《けいせい》に差《さ》がついたのか。かわりにどう指《さ》せばよかったのか。どういう考《かんが》え方《かた》をすればその手《て》を発見《はっけん》できたのか。それがわかるまで考《かんが》え抜《ぬ》け、と説《と》きつづけた。

それまで一度《いちど》たりとも感想戦《かんそうせん》なるものをやったことがなかったぼくたちは、次第《しだい》にふたりで平《へい》日《じつ》に指《さ》しているときも、多少《たしょう》ではあるが感想戦《かんそうせん》をやるようになった。

少《すこ》しずつ、将棋《しょうぎ》というゲームがちがうものに見《み》えてくるのをぼくは感《かん》じていた。

いままでは、相手《あいて》に勝《か》つことだけが快感《かいかん》だった。それだけが、将棋《しょうぎ》を指《さ》す目的《もくてき》だった。

しかし、自分《じぶん》の将棋《しょうぎ》を反省《はんせい》することが習慣《しゅうかん》になるにつれ、自分《じぶん》がきのうよりも少《すこ》し強《つよ》くなったのを実感《じっかん》することが快感《かいかん》になってきた。今野《こんの》さんの指導《しどう》はときに厳《きび》しかったが、次第《しだい》にぼくは、強《つよ》くなるためなら何《なに》をいわれてもいいという気持《きも》ちになってきていた。おそらく、それは健弥《けんや》くんも同《おな》じだったと思《おも》う。将棋《しょうぎ》を生涯《しょうがい》の友《とも》とする者《もの》ならだれでも経験《けいけん》する瞬間《しゅんかん》が、ぼくたちにも訪《おとず》れていた。

ぼくたちが急速《きゅうそく》に強《つよ》くなったのは、それからだった。


とはいえ、健弥《けんや》くんとぼくの関係《かんけい》はあいかわらずだった。むしろ道場《どうじょう》に通《かよ》いはじめて、おたがいの負《ま》けん気《き》はより露骨《ろこつ》な形《かたち》で見《み》えるようになってきた。

たとえば、ぼくが苦《くる》しい将棋《しょうぎ》をうんうんうなりながら指《さ》しているのを、横《よこ》で健弥《けんや》くんが見《み》ている。そのままぼくが負《ま》けた場合《ばあい》、黙《だま》っていても健弥《けんや》くんが内心喜《ないしんよろこ》んでいるのがわかる。その証拠《しょうこ》にかれが一度《いちど》、「やった。」とうっかり口《くち》に出《だ》したのを聞《き》いたことがある。反対《はんたい》にぼくが苦《くる》しい形勢《けいせい》を粘《ねば》って逆転《ぎゃくてん》すると、勝負《しょうぶ》の途中《とちゅう》で健弥《けんや》くんはすっといなくなる。そのとき、ほんのかすかに「ちっ。」と舌打《したう》ちする音《おと》が聞《き》こえることもある。

ぼくが健弥《けんや》くんの立場《たちば》でも、その気持《きも》ちはまったく同《おな》じだった。そして健弥《けんや》くんが勝《か》つのを悔《くや》しがる自分《じぶん》に気《き》づくとき、ぼくは苅間澤先生《かりまさわせんせい》の言葉《ことば》を思《おも》い出《だ》すのだった。

「人《ひと》が喜《よろこ》んでいるときにいっしょに喜《よろこ》んであげられるのが、本当《ほんとう》の友《とも》だちです。」

ぼくと健弥《けんや》くんは、たぶん本当《ほんとう》の友《とも》だちではないのだろうと思《おも》った。

これだけいっしょにいながら、ぼくたちはおたがいの将棋《しょうぎ》以外《いがい》のことにほとんど関心《かんしん》がなかった。なのに将棋《しょうぎ》を指《さ》しているときだけは、たがいに相手《あいて》の気持《きも》ちが手《て》にとるようにわかるのだった。

小学校生活《しょうがっこうせいかつ》も終《お》わりに近《ちか》づいたころ、ぼくは初段《しょだん》を認定《にんてい》された。依然《いぜん》として少《すこ》し先《さき》をいっていた健弥《けんや》くんは一か月前《げつまえ》に初段《しょだん》になっていた。

健弥《けんや》くんのあとを、ぼくは必死《ひっし》で追《お》いかけていた。

3

ある日曜日《にちようび》の夕方《ゆうがた》。港南台将棋《こうなんだいしょうぎ》センターはその日《ひ》、人《ひと》が少《すく》なく、ぼくと健弥《けんや》くんは相手《あいて》がいないので手持《ても》ち無沙汰《ぶさた》のまま、本棚《ほんだな》の将棋雑誌《しょうぎざっし》をめくっていた。「将棋世界《しょうぎせかい》」を読《よ》んでいたぼくは、ふと気《き》になって健弥《けんや》くんに聞《き》いてみた。

「この人《ひと》たち、仕事《しごと》は何《なに》してるんだろう?」

この人《ひと》たちというのは、「将棋世界《しょうぎせかい》」の誌面《しめん》をにぎわす中原誠《なかはらまこと》と米長邦雄《よねながくにお》のことだった。当時《とうじ》、中原《なかはら》と米長《よねなが》のライバルはいつもタイトルを争《あらそ》っていた。タイトル戦《せん》というのは旅館《りょかん》に泊《と》まりがけで二日間《ふつかかん》かけて指《さ》すことが多《おお》い。移動日《いどうび》を入《い》れれば四日《よっか》もかかる。だからいま中原《なかはら》と米長《よねなが》はおたがい奥《おく》さんよりもいっしょにいる時間《じかん》が長《なが》い、という記事《きじ》を読《よ》んで、ぼくは疑問《ぎもん》に思《おも》ったのだ。

今野《こんの》さんでさえ「平日《へいじつ》は仕事《しごと》、土日《どにち》は将棋《しょうぎ》で家族《かぞく》に会《あ》うひまがない。」とこぼすことがある。平日《へいじつ》も将棋《しょうぎ》ばかり指《さ》している中原《なかはら》と米長《よねなが》は、奥《おく》さんに会《あ》うどころか仕事《しごと》をするひまもないんじゃないだろうか。いったい、ちゃんとご飯《はん》を食《た》べていけているのだろうか?

「うーん。」

聞《き》かれた健弥《けんや》くんもうなった。考《かんが》えたこともない、という様子《ようす》だった。

かれらが「将棋《しょうぎ》のプロ」だとは知《し》っていても、プロとはどういうものかが、ぼくたちにはわかっていなかったのだ。

「おまえら、そんなことも知《し》らんのか?」

今野《こんの》さんがあきれたような顔《かお》でやってきた。

「この人《ひと》たちは、将棋《しょうぎ》でお金《かね》を稼《かせ》いでいるんだよ。」

「ええっ？」

「それも、ふつうのサラリーマンの何倍《なんばい》も稼《かせ》いでるんだぞ。」

中原《なかはら》と米長《よねなが》だけじゃない。もっと弱《よわ》くてもプロであればだれでも、将棋《しょうぎ》を指《さ》して対局料《たいきょくりょう》をもらって生活《せいかつ》しているんだと、今野《こんの》さんは教《おし》えてくれた。

信《しん》じられない話《はなし》だった。

将棋《しょうぎ》を指《さ》すだけで、お金《かね》がもらえる。大好《だいす》きな将棋《しょうぎ》を仕事《しごと》にすることができる——。

なんていいんだろう、プロって。

ぼくもなりたい、将棋《しょうぎ》のプロに。

三月《がつ》。ぼくたちは小学校《しょうがっこう》を卒業《そつぎょう》した。卒業文集《そつぎょうぶんしゅう》にぼくは明確《めいかく》な意志《いし》をもってこう書《か》いた。

「将来《しょうらい》の夢《ゆめ》は、将棋《しょうぎ》のプロになることだ。その道《みち》はとても厳《きび》しい。しかし、自分《じぶん》の力《ちから》でいけるところまで夢《ゆめ》に向《む》かってつっ走《ぱし》りたい。」

健弥《けんや》くんとぼくは中学生《ちゅうがくせい》になった。とはいえ、生活《せいかつ》に大《おお》きな変化《へんか》があったわけではない。ぼくたちはただひたすら、将棋《しょうぎ》を指《さ》しつづけた。

一年《ねん》の夏《なつ》、ぼくたちは前後《ぜんご》してついに四段《だん》になった。アマチュアの四段《だん》といえば、趣味《しゅみ》で将棋《しょうぎ》を指《さ》す者《もの》が到達《とうたつ》できるひとつの限界点《げんかいてん》である。

ここへきて今野《こんの》さんは、ぼくたちにある決意《けつい》を求《もと》めた。

「おまえたちは、もっと上《うえ》をめざす気《き》があるか。」

もちろん、もっと強《つよ》くなれるならいくらでも強《つよ》くなりたい。ぼくたちはうなずいた。

「ここから先《さき》は、はっきりした目標《もくひょう》がなければ強《つよ》くなれない。どういうことかわかるか。」

ぼくたちは首《くび》をかしげた。

「プロをめざすということだ。」

今野《こんの》さんは、ぼくたちの目《め》をのぞき込《こ》むようにしていった。

「どうだ、おまえたち、プロになる気《き》があるか。」

ぼくたちは、反射的《はんしゃてき》にうなずいていた。

人生《じんせい》の意味《いみ》とか、生《い》きがいとかを考《かんが》えるにはぼくたちはまだ幼《おさな》かった。ただ単純《たんじゅん》に将棋《しょうぎ》のプロという存在《そんざい》を知《し》ったときから、ぼくはもともとそうなることが決《き》まっていたような気《き》がした。夢《ゆめ》というよりもごく当《あ》たり前《まえ》のこととして、ぼくはこれからずっと将棋《しょうぎ》を指《さ》しつづけていくのだと思《おも》った。プロになるのがどんなに大変《たいへん》でも、自分《じぶん》になれないわけがないと思《おも》った。

「よし。」

今野《こんの》さんはいった。

「だったら、これからは特訓《とっくん》だ。おれはどんな厳《きび》しいことをいうかわからない。それでもけっして音《ね》をあげるなよ。どんなつらいことでも我慢《がまん》する気持《きも》ちがなければ、絶対《ぜったい》にプロにはなれないぞ。」

これはあとになって今野《こんの》さんから聞《き》いた話《はなし》だが――。

最初《さいしょ》にぼくたちが港南台将棋《こうなんだいしょうぎ》センターを訪《おとず》れたころ、今野《こんの》さんにはぼくたちがプロをめざすほどの才能《さいのう》があるようにはとても見《み》えなかったそうだ。たくさんの子《こ》どもたちを指導《しどう》してきて、才《さい》能《のう》の「目利《めき》き」としては自信《じしん》を持《も》っていた今野《こんの》さんから見《み》てぼくたちは、

「ふたりとも並《な》みの将棋《しょうぎ》。並《な》みも並《な》みだった。」

という。ところが、健弥《けんや》くんとぼくは猛烈《もうれつ》な競争《きょうそう》をつづけるうちに、ものすごい勢《いきお》いで伸《の》びていった。それは今野《こんの》さんの予想《よそう》をはるかに超《こ》える成長《せいちょう》ぶりだった。それを見《み》て、今野《こんの》さんの胸《むね》に熱《あつ》い思《おも》いがたぎりはじめたのだという。こいつらならやれる。自分《じぶん》が果《は》たせなかったプロの夢《ゆめ》を、こいつらになら託《たく》すことができると。

特訓《とっくん》が始《はじ》まった。

「いま負《ま》けた将棋《しょうぎ》、どこが悪《わる》かったと思《おも》うかいってみろ。」

今野《こんの》さんは語気《ごき》鋭《するど》くきいてくる。

「ここで歩《ふ》をついた手《て》です。」

「ちがう！　それはだれでもいえる結果論《けっかろん》だ。本当《ほんとう》に悪《わる》いのはその五手前《てまえ》の銀《ぎん》が出《で》た手《て》なんだ。こんな方向《ほうこう》に手《て》がいく大局観《たいきょくかん》がまちがっているんだ。」

今野《こんの》さんはそれまでとちがって、将棋《しょうぎ》の奥深《おくふか》くまでえぐるような指導《しどう》を始《はじ》めた。

ぼくはときに、容赦《ようしゃ》なく罵《ののし》られた。

「なぜこんなチャンスを逃《のが》すんだ！　だからおまえはダメなんだ！」

今野《こんの》さんにいわせれば、ぼくの将棋《しょうぎ》は緩《ゆる》すぎたらしい。慎重《しんちょう》なのはいいが石橋《いしばし》を叩《たた》きすぎて、決《き》めるべきところでも平然《へいぜん》とチャンスを見送《みおく》ってしまうのだという。

反対《はんたい》に健弥《けんや》くんが勝負《しょうぶ》を決《き》めるときの鮮《あざ》やかさには、今野《こんの》さんも惚《ほ》れ惚《ぼ》れしていた。今野《こんの》さんはぼくの将棋《しょうぎ》を競馬《けいば》でいうステイヤー、健弥《けんや》くんの将棋《しょうぎ》をライオンにたとえた。ステイヤーとは長《なが》い距離《きょり》を平均的《へいきんてき》な速度《そくど》で走《はし》りつづける馬《うま》のことだ。今野《こんの》さんはぼくより健弥《けんや》くんの才能《さいのう》を買《か》っているのではないかと思《おも》ったりもした。

一方《いっぽう》で健弥《けんや》くんには、自信過剰《じしんかじょう》ですぐに相手《あいて》をなめてしまい、取《と》りこぼしをするという欠点《けってん》があった。だが今野《こんの》さんは健弥《けんや》くんのことはそれほど厳《きび》しく怒《おこ》らなかった。怒《おこ》るよりもほめてのせていくほうが力《ちから》を出《だ》すタイプだと考《かんが》えたのだろう。

しかしぼくは怒《おこ》られてこそ発奮《はっぷん》して伸《の》びる性格《せいかく》だと思《おも》われたらしく、将棋《しょうぎ》を指《さ》すたび、今野《こんの》さんに叱責《しっせき》されつづけた。

そんな今野《こんの》さんの指導《しどう》に、センターのほかのお客《きゃく》さんが眉《まゆ》をひそめることもあった。「中学生《ちゅうがくせい》にそこまでいうことないだろう。」と意見《いけん》する人《ひと》もいたという。

だが、ぼく自身《じしん》はいくら怒《おこ》られても、強《つよ》くなることがうれしかった。何事《なにごと》にも自信《じしん》がなかった以前《いぜん》とちがって「将棋《しょうぎ》」という居場所《いばしょ》をはっきりと持《も》ったぼくは、将棋《しょうぎ》についていくら怒《おこ》られても、不安《ふあん》も怖《おそ》れも感《かん》じなかった。

二年生《ねんせい》の夏休《なつやす》みに入《はい》ったころ、ついにぼくたちは今野《こんの》さんに負《ま》けなくなった。

「おれより強《つよ》い中学生《ちゅうがくせい》はそんなにいないぞ。」

と、今野《こんの》さんも言葉《ことば》少《すく》なにぼくたちの実力《じつりょく》を認《みと》めた。

だが、今野《こんの》さんのプロ棋士《きし》養成《ようせい》計画《けいかく》はそれからが本番《ほんばん》だった。

まず、今野《こんの》さんはぼくたちを、神奈川県内《かながわけんない》の大小《だいしょう》さまざまな将棋《しょうぎ》大会《たいかい》に参加《さんか》させはじめた。デパートで盛大《せいだい》に催《もよお》される将棋《しょうぎ》まつりから各道場《かくどうじょう》で毎週《まいしゅう》開《ひら》かれるトーナメント大会《たいかい》まで、その気《き》になれば参加《さんか》できる大会《たいかい》はたくさんある。今野《こんの》さんはそれらの参加費《さんかひ》や交通費《こうつうひ》を全部《ぜんぶ》自分《じぶん》で出《だ》して、ぼくたちを引率《いんそつ》してくれた。大会《たいかい》の会場《かいじょう》では昼食《ちゅうしょく》やジュースのめんどうも見《み》てくれた。横浜《よこはま》市《し》のはずれの港南台《こうなんだい》で腕《うで》を磨《みが》いたぼくたちは、初《はじ》めて県全体《けんぜんたい》のなかでもまれることになった。神奈川県《かながわけん》は将棋《しょうぎ》人口《じんこう》も多《おお》く、ハイレベルな県《けん》である。しかし場慣《ばな》れするにつれて、ふたりとも小《ちい》さな大会《たいかい》でときどきは優勝《ゆうしょう》するようになっていた。

また、今野《こんの》さんは港南台将棋《こうなんだいしょうぎ》センターで、優勝《ゆうしょう》すると賞金《しょうきん》がもらえるトーナメント大会《たいかい》をたび開《ひら》くようになった。賞金大会《しょうきんたいかい》があると聞《き》くと、県《けん》の内外《ないがい》からアマチュアの有名《ゆうめい》な強豪《きょうごう》がたくさん集《あつ》まってくるものだ。そうした強豪《きょうごう》たちとぼくたちを戦《たたか》わせるのが、今野《こんの》さんが大会《たいかい》を開《ひら》く狙《ねら》いだった。

「こいつらの天狗《てんぐ》の鼻《はな》をへし折《お》ってやってください。」

ぼくたちを強豪《きょうごう》に紹介《しょうかい》しながら、今野《こんの》さんはよくそういった。さすがにぼくたちが優勝《ゆうしょう》するのは難《むずか》しく、たいてい五万円《まんえん》だった優勝賞金《ゆうしょうしょうきん》はいつも強豪《きょうごう》のだれかが持《も》ち帰《かえ》った。すべて、今野《こんの》さんのポケットマネーから出《だ》されたものだった。

あるとき、大会《たいかい》が始《はじ》まる時間《じかん》になっても健弥《けんや》くんの姿《すがた》が見《み》えないことがあった。何時《なんじ》に家《いえ》を出《で》たか確認《かくにん》するため今野《こんの》さんが健弥《けんや》くんの家《いえ》に電話《でんわ》すると、なんと健弥《けんや》くん本人《ほんにん》が出《で》た。寝坊《ねぼう》して、いま起《お》きたところだという。しょうがないやつだな、といいながら今野《こんの》さんは健弥《けんや》くんの家《いえ》まで車《くるま》を飛《と》ばして、迎《むか》えに行《い》ったものだった。

そしてこのころ、ぼくと健弥《けんや》くんの名前《なまえ》がある地方紙《ちほうし》に、写真入《しゃしんい》りで載《の》った。県下《けんか》の各将棋道場《かくしょうぎどう じょう》での熱戦《ねっせん》を紹介《しょうかい》するというコーナーに、「港南台将棋《こうなんだいしょうぎ》センターの期待《きたい》の星《ほし》」としてぼくたちが指《さ》した将棋《しょうぎ》の棋譜《きふ》が掲載《けいさい》されたのである。この新聞社《しんぶんしゃ》に仲《なか》のいい記者《きしゃ》がいる今野《こんの》さんのはからいだった。ぼくと健弥《けんや》くんの顔写真《かおじゃしん》が並《なら》んだその新聞記事《しんぶんきじ》は、かなり変色《へんしょく》して、いまもぼくのスクラップブックにおさまっている。

八月《がつ》になったある日《ひ》。ぼくたちは大手《おおて》デパートが主催《しゅさい》する夏休《なつやす》み将棋《しょうぎ》まつりの会場《かいじょう》に来《き》ていた。もちろん、そこで開《ひら》かれる将棋大会《しょうぎたいかい》の中学生《ちゅうがくせい》の部《ぶ》に出場《しゅつじょう》するためである。

その開始《かいし》を待《ま》ってぼくたちが席《せき》についていると、向《む》こうで今野《こんの》さんがある男《おとこ》の子《こ》と話《はな》しているのが見《み》えた。

歳《とし》はぼくたちと同《おな》じくらいに見《み》えるが、とても背《せ》が高《たか》く、なにか非常《ひじょう》に落《お》ち着《つ》いた雰囲気《ふんいき》がある子《こ》だった。あの今野《こんの》さんがぼくたちには見《み》せたこともない柔和《にゅうわ》な表情《ひょうじょう》で、まるで大人《おとな》と話《はな》しているように言葉《ことば》をかわしている。

「さっき話《はな》していた人《ひと》はだれですか。」

デパートからの帰《かえ》り道《みち》、ぼくは今野《こんの》さんに気《き》になっていたことをたずねてみた。

「ああ、あの子《こ》か。前《まえ》に一度《いちど》、かれが指《さ》しているのを見《み》たことがあってね。それはもう、めちゃくちゃに強《つよ》かった。だから『きょうも優勝《ゆうしょう》しにきたのかい。』と話《はな》しかけたら『いえ、きょうは出《で》ていません。』と、なんだか口《くち》ごもってるんだ。それでよく聞《き》いてみたら、かれはもう奨励会《しょうれいかい》に入《はい》ったっていうんだな。たしかに奨励会員《しょうれいかいいん》じゃ出《で》られないからな。」

奨励会《しょうれいかい》――プロ棋士《きし》を志望《しぼう》する者《もの》すべてが入会《にゅうかい》しなければならない機関《きかん》である。そこに入《はい》った者《もの》は、アマチュアの大会《たいかい》にはいっさい出場《しゅつじょう》できないという規則《きそく》がある。

「あの子《こ》ならまちがいなくプロになれる。いや、名人《めいじん》にだってなれるかもしれない。名前《なまえ》はたしか森内俊之《もりうちとしゆき》くんといったな。おまえたちとは同《おな》い年《どし》のはずだ。」

その言葉《ことば》が二十年近《ねんちか》くたって現実《げんじつ》になるとは、今野《こんの》さん自身《じしん》、思《おも》っていなかっただろう。未来《みらい》のことはだれにもわからない。ぼくも、おそらく健弥《けんや》くんも、今野《こんの》さんの言葉《ことば》を聞《き》きながら心《こころ》のなかでは、自分《じぶん》こそが将来《しょうらい》の名人《めいじん》だと思《おも》っていた。

だが、その言葉《ことば》に焦《あせ》りを覚《おぼ》えたのは事実《じじつ》だった。ぼくたちと同《おな》い年《どし》の、めちゃくちゃに強《つよ》い子《こ》が、すでに奨励会《しょうれいかい》に入《はい》っている……。

もちろんぼくたちもそのころには、奨励会《しょうれいかい》のことは知《し》っていた。というより、ぼくたちはいつ奨励会《しょうれいかい》に入《はい》れるのかが最大《さいだい》の関心事《かんしんじ》だった。一日《いちにち》も早《はや》く奨励会《しょうれいかい》に入《はい》って、プロをめざす強《つよ》い人《ひと》たちのなかで戦《たたか》わなければ話《はなし》にならないのではないか。中学《ちゅうがく》二年生《ねんせい》というのは、奨励会《しょうれいかい》に入《はい》る年齢《ねんれい》としてけっして早《はや》いほうではなかった。

だが今野《こんの》さんはいつも、ぼくたちには奨励会《しょうれいかい》はまだ早《はや》いといっていた。奨励会《しょうれいかい》には年《ねん》に一度《ど》、入会試験《にゅうかいしけん》がある。その試験《しけん》をパスするだけの実力《じつりょく》は、まだぼくたちにはないというのだ。

いまにして思《おも》えば、今野《こんの》さんも内心悩《ないしんなや》んでいたのだろう。

自分《じぶん》の夢《ゆめ》を重《かさ》ねるようにこいつらをプロ志望《しぼう》の道《みち》に引《ひ》きずり込《こ》み、ずいぶんきついことをいってきた。だが、本当《ほんとう》にこれでいいのだろうか。これでもし、ものにならなかったらふたりの親《おや》にどう詫《わ》びればいいのか。奨励会《しょうれいかい》を受《う》けさせるのは、できるだけふたりの実力《じつりょく》を見《み》きわめてからにしよう。おそらくそう思《おも》っていたのではないだろうか。

しかし、年《ねん》に一度《ど》しかないチャンスをみすみす見送《みおく》るのは、あまりにもったいないことのようにぼくたちには思《おも》えてきた。今年《ことし》受《う》けなければ来年《らいねん》は中《ちゅう》三。もうプロをめざすにはぎりぎりの年《ねん》齢《れい》になってしまう。

奨励会《しょうれいかい》の試験《しけん》は毎年《まいとし》、十月《がつ》に行《おこな》われている。

港南台将棋《こうなんだいしょうぎ》センターからの帰《かえ》り道《みち》、ぼくたちはどちらからともなく、相手《あいて》の目《め》を見《み》ていった。

「受《う》けようか。」

これを以心伝心《いしんでんしん》というのだろう。今野《こんの》さんには内緒《ないしょ》で奨励会《しょうれいかい》を受験《じゅけん》することで、ぼくたちの考《かんが》えは一致《いっち》した。

奨励会《しょうれいかい》を受験《じゅけん》する場合《ばあい》にクリアすべき問題《もんだい》はふたつある。

ひとつは親《おや》。もうひとつは師匠《ししょう》である。

ふつう、子《こ》をもつ親《おや》の気持《きも》ちとしては、大事《だいじ》な息子《むすこ》を奨励会《しょうれいかい》に入《い》れるというのはよほどの決心《けっしん》がいることだろう。

入《はい》ってしまえば将棋《しょうぎ》が最優先《さいゆうせん》、人並《ひとな》みに進学《しんがく》して就職《しゅうしょく》というコースから外《はず》れることは確定《かくてい》する。それでもプロになれればいいが、奨励会員《しょうれいかいいん》のなかでプロになれるのはほんの二割程度《わりていど》にすぎない。あとは二十六歳《さい》の年齢制限《ねんれいせいげん》がくれば、問答無用《もんどうむよう》で追《お》い出《だ》されるのである。

夢《ゆめ》やぶれた奨励会員《しょうれいかいいん》の涙《なみだ》を誘《さそ》う物語《ものがたり》は小説《しょうせつ》や芝居《しばい》、テレビドラマなどによく描《えが》かれている。将《しょう》棋界《ぎかい》でもっとも多《おお》くドラマ化《か》されている部分《ぶぶん》といってもいいだろう。そうした物語《ものがたり》を見《み》れば、自《じ》分《ぶん》の息子《むすこ》にそんな思《おも》いは絶対《ぜったい》にさせたくないと思《おも》うのが親《おや》として当然《とうぜん》だ。

よほど小《ちい》さいうちから、よほど才能《さいのう》を発揮《はっき》し、よほど環境《かんきょう》に恵《めぐ》まれた子《こ》ども、つまり超《ちょう》エリートでなければ奨励会受験《しょうれいかいじゅけん》を親《おや》が許《ゆる》さないという傾向《けいこう》は、これから少子化《しょうしか》が進《すす》むにつれてどんどん強《つよ》まっていくような気《き》がする。

幸《こう》か不幸《ふこう》か——ぼくの場合《ばあい》は親《おや》を説得《せっとく》するのに何《なん》の苦労《くろう》もなかった。

物語《ものがたり》では子《こ》どもが親《おや》に奨励会《しょうれいかい》を受《う》けたいと決意《けつい》を明《あ》かす場面《ばめん》はひとつの山場《やまば》になることが多《おお》いが、ぼくの場合《ばあい》、ほとんど記憶《きおく》にさえないほどだ。

「奨励会《しょうれいかい》受《う》けたいんだけど。」

「あ、そう。」

「がんばれよ。」

そんな感《かん》じだったのではないか。両親《りょうしん》もぼくを見《み》ていて、いつかはそういいだすにちがいないと思《おも》っていたようだ。三男《なん》の気楽《きらく》さもあったのだろう。

健弥《けんや》くんは長男《ちょうなん》だった。そしてお母《かあ》さんは教育熱心《きょういくねっしん》——というかふつうのお母《かあ》さんだった。一度《いちど》、健弥《けんや》くんのお母《かあ》さんとぼくの母《はは》がそろって、港南台将棋《こうなんだいしょうぎ》センターを訪《たず》ねてきたことがあった。あいさつされた今野《こんの》さんは、てっきり日頃《ひごろ》の指導《しどう》のお礼《れい》をいわれるのだろうと思《おも》って、にこやかに応対《おうたい》した。ところが、ふたりの母親《ははおや》はこういった。

「明日《あした》から学校《がっこう》の試験《しけん》なんです。子《こ》どもに勉強《べんきょう》するようにいってください。」

今野《こんの》さんは、笑顔《えがお》が固《かた》まってしまったよ、と、あとでぼやいていた。

あのぼくの母親《ははおや》がそんな親《おや》らしいことを考《かんが》えるとは思《おも》えないから、おそらく健弥《けんや》くんのお母《かあ》さんにいわれて同行《どうこう》したのだろう。

健弥《けんや》くんのお父《とう》さんは自分《じぶん》が大《だい》の将棋《しょうぎ》ファンだったので奨励会受験《しょうれいかいじゅけん》も応援《おうえん》していたようだが、お母《かあ》さんと健弥《けんや》くんの間《あいだ》ではかなりの戦《たたか》いがあったのかもしれない。

もうひとつの問題《もんだい》が「師匠《ししょう》」である。

奨励会《しょうれいかい》を受《う》ける際《さい》には、だれかプロ棋士《きし》に、師匠《ししょう》になってもらわなくてはならないという決《き》まりがあるのだ。ただし、これは実際《じっさい》に将棋《しょうぎ》を教《おし》えてもらうというより、身元引受人《みもとひきうけにん》としての意味《いみ》が強《つよ》い。

こちらのほうは、すでに話《はなし》が進《すす》んでいた。健弥《けんや》くんのお父《とう》さんが安恵照剛《やすえてるたか》七段《だん》と知《し》り合《あ》いで、ふたりが奨励会《しょうれいかい》を受《う》ける際《さい》には師匠《ししょう》になっていただきたい、と前《まえ》からお願《ねが》いしていたのだった。

健弥《けんや》くんのお父《とう》さんに連《つ》れられて安恵先生《やすえせんせい》が開《ひら》いている会員制《かいいんせい》の教室《きょうしつ》に初《はじ》めてごあいさつに伺《うかが》ったときの印象《いんしょう》は、とにかく優《やさ》しそうな人《ひと》、というものだった。プロってどんな怖《こわ》い人《ひと》だろうと思《おも》っていたぼくは少《すこ》し安心《あんしん》した。

その日《ひ》、ぼくは安恵先生《やすえせんせい》の弟子《でし》の奨励会員《しょうれいかいいん》と将棋《しょうぎ》を指《さ》した。たまたま調子《ちょうし》がよかったのか、ぼくが勝《か》ってしまった。すると、それを見《み》ていた目《め》のぎょろりとした二十歳《はたち》くらいの先輩《せんぱい》が、「何《なに》やってんだ。」と冷《ひ》ややかにいった。ぼくとあまり年《とし》が変《か》わらなく見《み》えた奨励会員《しょうれいかいいん》はしょんぼりとうなだれてしまった。奨励会《しょうれいかい》に入《はい》ってしまったら、もうアマチュアに負《ま》けることは許《ゆる》されないのだな、とぼくは思《おも》った。怖《こわ》そうなその先輩《せんぱい》は、安恵門下《やすえもんか》の期待《きたい》の棋士《きし》、日浦市郎《ひうらいちろう》さんだった。安恵門下《やすえもんか》には有望《ゆうぼう》な棋士《きし》、奨励会員《しょうれいかいいん》が多《おお》かった。ぼくも晴《は》れて奨励会《しょうれいかい》に合格《ごうかく》すれば、安恵門下《やすえもんか》・瀬川晶司《せがわしょうじ》となるわけである。

試験《しけん》の日《ひ》がきた。会場《かいじょう》は将棋界《しょうぎかい》の総本山《そうほんざん》、東京《とうきょう》・千駄ヶ谷《せんだがや》の将棋会館《しょうぎかいかん》である。

「おまえたちにはまだ無理《むり》だ。」

といいつづけている今野《こんの》さんは、まさかぼくたちがきょう、奨励会《しょうれいかい》を受験《じゅけん》しているとは夢《ゆめ》にも思《おも》っていないだろう。

たしかにぼくたちは、まだ井《い》の中《なか》の蛙《かわず》だった。奨励会試験《しょうれいかいしけん》には、日本全国《にっぽんぜんこく》から天才少年《てんさいしょうねん》と呼《よ》ばれる子《こ》どもたちが集《あつ》まってくる。野球《やきゅう》でいえば甲子園《こうしえん》のエース級《きゅう》がごろごろしているのだ。それにひきかえぼくたちは、いってみれば地方《ちほう》の草野球少年《くさやきゅうしょうねん》のようなものだった。

だが、ぼくは自分《じぶん》でも予想《よそう》もしない快進撃《かいしんげき》をみせる。

奨励会試験《しょうれいかいしけん》は、簡単《かんたん》な筆記試験《ひっきしけん》のあと、本番《ほんばん》の実戦《じっせん》が行《おこな》われる。まず一次試験《じしけん》を二日間《ふつかかん》かけて三局《きょく》ずつ、全部《ぜんぶ》で六局指《きょくさ》す。そこで四勝《しょう》すれば二次試験《じしけん》に進《すす》むことができる。そしてその一次試験《じしけん》の初日《しょにち》、なんとぼくは三連勝《れんしょう》したのである。

帰《かえ》り道《みち》、ぼくは小《こ》おどりして歩《ある》いていた。明日《あした》あと一勝《しょう》すれば、一次試験《じしけん》を通過《つうか》するのだ。隣《となり》を歩《ある》いている健弥《けんや》くんは、一勝《しょう》だったか、二勝《しょう》したか覚《おぼ》えていない。

「しょったん、すげえな。おれも明日《あした》は負《ま》けられないな。」

世間《せけん》でいうところのライバルなら、そういっていっしょに喜《よろこ》ぶところだろう。だが、健弥《けんや》くんがそんなことを考《かんが》えているはずがない。黙《だま》っていても、自分《じぶん》の成績《せいせき》よりもぼくが三連勝《れんしょう》したことがおもしろくないのは手《て》にとるようにわかる。いっしょに試験《しけん》を受《う》けているこの期《ご》に及《およ》んでも、ぼくたちは心《こころ》の底《そこ》で自分《じぶん》だけが合格《ごうかく》してこいつは落《お》ちればいい、と思《おも》っていたのだ。

ところが——なんと二日目《ふつかめ》、ぼくは三連敗《れんぱい》してしまった。あと一勝《しょう》で一次試験通過《じしけんつうか》だったのに、その一勝《しょう》ができず、不合格《ふごうかく》となってしまったのだ。

三連勝《れんしょう》して油断《ゆだん》したつもりはなかった。負《ま》けた将棋《しょうぎ》は三局《きょく》とも、内容《ないよう》は接戦《せっせん》だった。それをものにできなかったということは、やはり今野《こんの》さんのいうようにぼくにはまだ合格《ごうかく》するだけの力《ちから》がなかったのだろう。いまから思《おも》えば、相手《あいて》も強《つよ》かった。三人《にん》のうちふたりは、その後《ご》、プロになって活躍《かつやく》する櫛田陽一《くしだよういち》さんと近藤正和《こんどうまさかず》くんだった。

だが、ぼくのショックは言葉《ことば》では表《あらわ》せないほどだった。健弥《けんや》くんも不合格《ふごうかく》だったが、帰《かえ》りのかれの様子《ようす》からはぼくも落《お》ちてほっとしているのがありありとわかった。しかし、それに腹《はら》を立《た》てる気力《きりょく》もなかった。

大《おお》きなチャンスを逃《のが》してしまった。合格《ごうかく》した子《こ》たちはさっそくプロに向《む》けての戦《たたか》いを始《はじ》める。なのにぼくは、あと一年《ねん》も待《ま》たなくてはならない。一年《ねん》は長《なが》い。

家《いえ》に着《つ》くと、夕食《ゆうしょく》が始《はじ》まろうとしているところだった。

家族《かぞく》が並《なら》ぶ食卓《しょくたく》に、ぼくもふらふらとついた。みんなぼくの顔《かお》を見《み》ていた。両親《りょうしん》も兄《あに》たちも、ぼくの試験《しけん》の結果《けっか》はさほど気《き》にしていなかったと思《おも》う。だがぼくは、報告《ほうこく》するのがあまりにもつらく、しばらく口《くち》を開《あ》けることができなかった。やっと、声《こえ》をふりしぼるようにしていった。

「だめだった。」

そのとたん、我慢《がまん》できなくなってぼくは泣《な》いた。声《こえ》をあげて泣《な》いた。ぼくが将棋《しょうぎ》で泣《な》いたのは、このときが初《はじ》めてだった。

4

健弥《けんや》くんとぼくの「秘密受験《ひみつじゅけん》」はむだではなかった。ぼくたちは、奨励会《しょうれいかい》に合格《ごうかく》するには自分《じぶん》たちにはまだ足《た》りないものがあることをはっきりと自覚《じかく》した。

ぼくたちが中学《ちゅうがく》三年生《ねんせい》になったころ、今野《こんの》さんの育成計画《いくせいけいかく》も最終段階《さいしゅうだんかい》を迎《むか》えていた。もはや技術的《ぎじゅつてき》に自分《じぶん》が教《おし》えることがなくなった今野《こんの》さんは、全国《ぜんこく》レベルのアマ強豪《きょうごう》を招《まね》き、ぼくたちをコーチするよう依頼《いらい》した。柳原《やなぎはら》さんという人《ひと》だった。

そして、自分《じぶん》はもっぱら勝負《しょうぶ》の心構《こころがま》えを説《と》くようになった。たとえばこんな話《はなし》だ。

「信長《のぶなが》と家康《いえやす》だったら、家康《いえやす》になれ。自分《じぶん》から強引《ごういん》に動《うご》くのではなく、どっしりと構《かま》えて相手《あいて》を自分《じぶん》の手《て》のうちに入《い》れてしまうんだ。自分《じぶん》は中学生《ちゅうがくせい》でいちばん強《つよ》いんだ、そういう気持《きも》ちで相手《あいて》に好《す》きなことをやらせるんだ。」

今野《こんの》さんは歴史好《れきしず》きだった。だが、申《もう》し訳《わけ》ないがぼくも健弥《けんや》くんも今野《こんの》さんの話《はなし》はあまり理解《りかい》できなかった。薄暗《うすぐら》い雑居《ざっきょ》ビルに入《い》り浸《びた》ってはいても、ぼくたちは精神的《せいしんてき》には幼《おさな》かったのだ。そんなぼくたちを、才能《さいのう》の化《ば》けものみたいな子《こ》どもたちが日本《にっぽん》じゅうから集《あつ》まってくる奨励会試験《しょうれいかいしけん》に合格《ごうかく》させるにはどうするか——。

育成計画《いくせいけいかく》の仕上《しあ》げとして今野《こんの》さんは、ぼくたちに「自信《じしん》」という鎧《よろい》をまとわせようと考《かんが》えた。

そのためにもくろんだのが、全国大会出場《ぜんこくたいかいしゅつじょう》だった。

もはやぼくたちの実力《じつりょく》は今野《こんの》さんも認《みと》めていた。しかし、将棋《しょうぎ》は強《つよ》ければ勝《か》てるというものではない。相手《あいて》や会場《かいじょう》の雰囲気《ふんいき》にのまれず、平常心《へいじょうしん》を保《たも》つ精神力《せいしんりょく》も必要《ひつよう》なのだ。それを養《やしな》うには全《ぜん》国《こく》の中学生《ちゅうがくせい》が集《あつ》まる大会《たいかい》に出《で》るしかない、と今野《こんの》さんは考《かんが》えたのだ。

中学生《ちゅうがくせい》の全国大会《ぜんこくたいかい》はふたつある。

ひとつは中学生選抜選手権《ちゅうがくせいせんばつせんしゅけん》。もうひとつが、中学生名人戦《ちゅうがくせいめいじんせん》。

いずれも夏休《なつやす》みに開催《かいさい》され、まず選抜選手権《せんばつせんしゅけん》、次《つぎ》に名人戦《めいじんせん》の順《じゅん》に行《おこな》われる。

中学生最後《ちゅうがくせいさいご》の夏《なつ》。ぼくたちの戦《たたか》いはまず、選抜選手権神奈川県予選《せんばつせんしゅけんかながわけんよせん》から始《はじ》まった。

高校野球《こうこうやきゅう》では神奈川県代表《かながわけんだいひょう》になるのは甲子園《こうしえん》で一勝《しょう》するより難《むずか》しいといわれるが、将棋《しょうぎ》でもこの県《けん》は超激戦区《ちょうげきせんく》である。

何人《なんにん》ものプロ棋士《きし》やアマ強豪《きょうごう》を出《だ》していることから教室《きょうしつ》や道場《どうじょう》の数《かず》も多《おお》く、それだけたくさんの有望《ゆうぼう》な才能《さいのう》が発掘《はっくつ》されているからだ。

中学生選抜選手権《ちゅうがくせいせんばつせんしゅけん》では、その神奈川県代表《かながわけんだいひょう》の枠《わく》はふたり。これだけ層《そう》の厚《あつ》い県下《けんか》の中学生《ちゅうがくせい》のなかでたったふたりに勝《か》ち残《のこ》るのは、気《き》の遠《とお》くなるような話《はなし》にも思《おも》えた。

だが終《お》わってみれば予選《よせん》を突破《とっぱ》して代表《だいひょう》の座《ざ》を勝《か》ちとったのは、県《けん》の将棋関係者《しょうぎかんけいしゃ》のだれもが予《よ》想《そう》もしなかったふたりだった。

瀬川晶司《せがわしょうじ》。

渡辺健弥《わたなべけんや》。

なんとまったく無名《むめい》だった港南台将棋《こうなんだいしょうぎ》センターのふたり組《ぐみ》が、そろって全国大会出場《ぜんこくたいかいしゅつじょう》の切符《きっぷ》を手《て》に入《い》れたのである。

あっけないほど楽《らく》な戦《たたか》いだった。実力《じつりょく》がつくとは、こういうことをいうのだろう。

愛弟子《まなでし》をふたりとも神奈川県代表《かながわけんだいひょう》にした今野《こんの》さんは、さしてうれしそうな顔《かお》もせず、ここまでは計算《けいさん》どおりという顔《かお》をしていた。

さあ、いよいよ全国大会《ぜんこくたいかい》である。

選抜選手権《せんばつせんしゅけん》の全国大会《ぜんこくたいかい》は例年《れいねん》、「将棋《しょうぎ》の里《さと》」として知《し》られる山形県《やまがたけん》の天童市《てんどうし》で開《ひら》かれる。将棋《しょうぎ》を指《さ》しにそんな遠《とお》くまで行《い》くのは初《はじ》めてのことだ。なんだかプロになった気分《きぶん》で、ぼくたちはわくわくしながら出発《しゅっぱつ》した。

同行《どうこう》するのは今野《こんの》さんと、コーチの柳原《やなぎはら》さん。東北新幹線《とうほくしんかんせん》に乗《の》っている間《あいだ》もぼくたちはひたすら、マグネットの将棋盤《しょうぎばん》で練習将棋《れんしゅうしょうぎ》を指《さ》しつづけていた。いったい、全国《ぜんこく》のレベルにぼくたちの力《ちから》がどこまで通用《つうよう》するのか。それだけは今野《こんの》さんにも未知数《みちすう》だった。

「滝《たき》の湯《ゆ》ホテル」のホールに設《もう》けられた大会会場《たいかいかいじょう》は、これまでぼくが出《で》たどんな大会《たいかい》の会場《かいじょう》よりも広《ひろ》かった。全国《ぜんこく》から集《あつ》まった選手《せんしゅ》は六十四人《にん》。それに付《つ》き添《そ》いや見物人《けんぶつにん》も入《い》れて、二百人《にん》くらいの人《ひと》がごったがえして開会式《かいかいしき》を待《ま》っていた。

こんなに広《ひろ》いところでやるのか……。

ぼくたちが茫然《ぼうぜん》としていると、小学生《しょうがくせい》くらいの小《ちい》さな子《こ》が、ぽつんと将棋盤《しょうぎばん》の前《まえ》に座《すわ》っていた。選手《せんしゅ》のだれかについてきた弟《おとうと》だろうか、と思《おも》ったら、胸《むね》に選手《せんしゅ》の名札《なふだ》をつけていた。

「北海道代表《ほっかいどうだいひょう》　屋敷伸之《やしきのぶゆき》」。

こんな小《ちい》さい子《こ》が中学生《ちゅうがくせい》なのか、と驚《おどろ》いていると、

「ちょっとやろうか。」

と声《こえ》がして屋敷《やしき》くんと指《さ》しはじめた選手《せんしゅ》がいた。名札《なふだ》を見《み》ると「大阪府代表《おおさかふだいひょう》　畠山鎮《はたけやままもる》」とある。北海道代表《ほっかいどうだいひょう》と大阪代表《おおさかだいひょう》がなぜ知《し》り合《あ》いなのかが、不思議《ふしぎ》だった。

開会式前《かいかいしきまえ》に、ときならぬ前哨戦《ぜんしょうせん》が始《はじ》まった。北海道《ほっかいどう》の屋敷《やしき》くんはものすごく強《つよ》かった。大阪《おおさか》の畠山《はたけやま》くんが討《う》ち取《と》られると、おれもおれもと次々《つぎつぎ》に選手《せんしゅ》が挑《いど》むのだが、ばたばたと簡単《かんたん》にやっつけてしまう。それも「ほい、ほい。」と人《ひと》を食《く》ったような笑顔《えがお》を浮《う》かべながら、ほとんどノータイムで指《さ》しているのだ。

今野《こんの》さんはぼくたちに、

「おまえたちも行《い》け。」

というように目《め》くばせしたが、ぼくと健弥《けんや》くんは尻込《しりご》みしてこそこそと人目《ひとめ》につかないところへ移《うつ》り、そこでふたりで将棋《しょうぎ》を指《さ》しはじめた。ぼくたちは完全《かんぜん》に気圧《けお》されていた。

「きゃーっ。」

今度《こんど》は女《おんな》の人《ひと》の悲鳴《ひめい》のような声《こえ》がした。驚《おどろ》いて顔《かお》を上《あ》げると、会場《かいじょう》の一角《いっかく》がすごい人《ひと》だかりになっている。声《こえ》をあげたのは選手《せんしゅ》のだれかのお母《かあ》さんのようだった。なぜかカメラのフラッシュも光《ひか》っている。

ぼくたちのまわりでもささやき声《ごえ》が広《ひろ》がった。

「山下《やました》くんだ。」

「あれが山下《やました》くんか。」

東京代表《とうきょうだいひょう》、山下雄《やましたゆう》くん。ぼくたちもその名前《なまえ》くらいは知《し》っていた。小学校六年生《しょうがっこうねんせい》のときに小学生名人戦《しょうがくせいめいじんせん》で決勝《けっしょう》まで進《すす》み、羽生善治選手《はぶよしはるせんしゅ》に惜《お》しくも敗《やぶ》れたがみごと準優勝《じゅんゆうしょう》に輝《かがや》いた、いわばジュニア将棋界《しょうぎかい》のスターである。

ぼくたちもひと目《め》その顔《かお》を見《み》ようと、ただの野次馬《やじうま》になって人《ひと》だかりの隙間《すきま》からのぞき込《こ》む。行儀《ぎょうぎ》よく座《すわ》っている山下《やました》くんは見《み》るからに品《ひん》がよく、頭《あたま》もよさそうで、なるほどこういう子《こ》が全《ぜん》国《こく》で優勝《ゆうしょう》するんだな、と素直《すなお》に思《おも》わせる雰囲気《ふんいき》があった。

激戦区《げきせんく》・神奈川県代表《かながわけんだいひょう》という自信《じしん》は消《け》し飛《と》んでいた。ぼくも健弥《けんや》くんも、この広《ひろ》い場内《じょうない》で自分《じぶん》たちが井《い》の中《なか》の蛙《かわず》だったことを思《おも》い知《し》らされていた。

全国大会《ぜんこくたいかい》は二日間《ふつかかん》かけて進行《しんこう》する。一日目《にちめ》は、六十四人《にん》の選手《せんしゅ》を半分《はんぶん》の三十二人《にん》にふるい落《お》とすための予選《よせん》。そして二日目《ふつかめ》が三十二人《にん》による決勝《けっしょう》トーナメントである。

予選《よせん》は三局指《きょくさ》して、二勝《しょう》すれば通過《つうか》、二敗《はい》すると失格《しっかく》という方式《ほうしき》だった。

すでに平常心《へいじょうしん》を失《うしな》いかけていたぼくたちだったが、いざ将棋《しょうぎ》を指《さ》しはじめると、盤上《ばんじょう》に没頭《ぼっとう》することができた。神奈川県代表《かながわけんだいひょう》のふたりは、二連勝《れんしょう》で難《なん》なく予選《よせん》を通過《つうか》した。

今野《こんの》さんは当然《とうぜん》、という表情《ひょうじょう》だった。

そのあとぼくたちは、せっかく山形《やまがた》まで来《き》ているのに、どこかへ見物《けんぶつ》に行《い》くわけでも、おいしいものを食《た》べるわけでもなく、宿舎《しゅくしゃ》の部屋《へや》でひたすら将棋《しょうぎ》を指《さ》しつづけて寝《ね》た。今野《こんの》さんは、観光《かん》《こう》などにはまったく興味《きょうみ》がない様子《ようす》だった。

二日目《ふつかめ》の朝《あさ》。大会会場《たいかいかいじょう》には予選《よせん》を勝《か》ち残《のこ》った三十二人《にん》による決勝《けっしょう》トーナメントの組《く》み合《あ》わせ表《ひょう》が張《は》り出《だ》されていた。

ぼくは健弥《けんや》くんとは反対側《はんたいがわ》のブロックにいた。もしふたりとも四連勝《れんしょう》すれば決勝戦《けっしょうせん》で会《あ》えるんだな。一瞬《いっしゅん》、そんな夢《ゆめ》のようなことを思《おも》った。

だが、トーナメント表《ひょう》には当然《とうぜん》のように、山下雄《やましたゆう》くんの名前《なまえ》がある。あの北海道《ほっかいどう》の屋敷伸之《やしきのぶゆき》くんもいる。しかもついてないことに、ふたりともぼくのほうのブロックにいるではないか。

こりゃだめかな……。

ひそかに狙《ねら》っていた優勝《ゆうしょう》は、はるか彼方《かなた》に遠《とお》のいた気《き》がした。

反対側《はんたいがわ》の健弥《けんや》くんのブロックには、ぼくが知《し》っているような「有名人《ゆうめいじん》」はいなかった。

まずい。ぼくがさっさと負《ま》けて、健弥《けんや》くんが決勝進出《けっしょうしんしゅつ》なんてことになったら最悪《さいあく》だ。それだけは避《さ》けなければならない。健弥《けんや》くんを自分《じぶん》で止《と》めることはできないが、かれが勝《か》ち残《のこ》っている間《あいだ》はぼくも絶対《ぜったい》に負《ま》けられないと思《おも》った。この全国大会《ぜんこくたいかい》の会場《かいじょう》でも、ぼくの敵《てき》はやはり渡辺健弥《わたなべけんや》ただひとりだ。そう思《おも》うと、不思議《ふしぎ》と気持《きも》ちが落《お》ち着《つ》いてくる気《き》がした。


ぼくたちは一回戦《かいせん》に勝《か》ち、二回戦《かいせん》にも勝《か》った。思《おも》ったよりも楽《らく》な戦《たたか》いで、ぼくたちはそろってベスト8《エイト》に進出《しんしゅつ》した。今野《こんの》さんはにこりともしなかった。

この二回戦《かいせん》で、異変《いへん》が起《お》こった。

場内《じょうない》の一角《いっかく》で、どよめきが起《お》きている。すでに対局《たいきょく》を終《お》えていたぼくは、何事《なにごと》かと様子《ようす》を見《み》にいき、その場《ば》に立《た》ちつくした。

山下《やました》くんが負《ま》けたのだ。

大勢《おおぜい》の視線《しせん》とため息《いき》を背《せ》にしながら、山下《やました》くんは耳《みみ》まで真《ま》っ赤《か》になって感想戦《かんそうせん》をしていた。相《あい》手《て》は、小柄《こがら》だがなんだかすごく意志《いし》が強《つよ》そうな、眉毛《まゆげ》の太《ふと》い子《こ》だった。卓上《たくじょう》に置《お》かれた駒《こま》の形《かたち》をした名札《なふだ》には「埼玉県代表《さいたまけんだいひょう》　深浦康市《ふかうらこういち》」とあった。ぼくが聞《き》いたこともない名前《なまえ》だった。

まだこんな強《つよ》い子《こ》がいたのか。

ぼくはあきれながらその顔《かお》を見《み》ていた。

準々決勝《じゅんじゅんけっしょう》。なんと、ぼくはまたしても勝《か》った。健弥《けんや》くんより先《さき》に負《ま》けたくない一心《いっしん》で指《さ》しているうちに、気《き》がつけば初《はじ》めての全国大会《ぜんこくたいかい》でベスト4《フォー》にまで駒《こま》を進《すす》めていたのである。

ところが、健弥《けんや》くんが負《ま》けてしまった。

相手《あいて》は埼玉県代表《さいたまけんだいひょう》の松本佳介《まつもとよしゆき》くんという子《こ》だった。文字《もじ》どおり、がっくり、といった様子《ようす》で健《けん》弥《や》くんは、今野《こんの》さんとぼくがいるところに引《ひ》きあげてきた。パイプ椅子《いす》にへたり込《こ》んだまま、顔《かお》も上《あ》げない。

敗戦《はいせん》の報《ほう》を聞《き》いたぼくはといえば、内心《ないしん》、ガッツポーズをしていた。これで安心《あんしん》して負《ま》けられる。

ところが、憔悴《しょうすい》しきっている健弥《けんや》くんに、今野《こんの》さんはカミナリを落《お》とした。

「ばかやろう！　こんなところで負《ま》けやがって、油断以外《ゆだんいがい》のなにものでもない！　だからおまえは自信過剰《じしんかじょう》だというんだ！　相手《あいて》をなめるのもいいかげんにしろ！」

通《とお》りかかる人《ひと》たちが思《おも》わずこちらを振《ふ》り返《かえ》る。いっしょにいた柳原《やなぎはら》さんが、

「そこまでいわなくても……負《ま》けた本人《ほんにん》がいちばん傷《きず》ついてるんですから。」

と止《と》めに入《はい》ってもなお、今野《こんの》さんはおさまらなかった。とうとう健弥《けんや》くんは泣《な》き出《だ》した。

息《いき》をのんで見《み》ていたぼくの心《こころ》から、安堵感《あんどかん》など消《き》え去《さ》っていた。

まだ負《ま》けることは許《ゆる》されないのか……。少《すこ》しお腹《なか》が痛《いた》くなってくるのを感《かん》じた。

準々決勝《じゅんじゅんけっしょう》では、ほかにも意外《いがい》なことが起《お》きていた。

あの北海道代表《ほっかいどうだいひょう》の屋敷《やしき》くんが負《ま》けたのである。相手《あいて》は二回戦《かいせん》で山下《やました》くんを倒《たお》した深浦《ふかうら》くんだった。ぼくの横《よこ》を早足《はやあし》で通《とお》り過《す》ぎた屋敷《やしき》くんは、きのうとは別人《べつじん》のように暗《くら》い顔《かお》で、いまにも泣《な》き出《だ》しそうだった。

いよいよ準決勝《じゅんけっしょう》である。ぼくの相手《あいて》は山下《やました》、屋敷《やしき》を連破《れんぱ》してきた強敵《きょうてき》、深浦《ふかうら》くんだった。勝《か》とうと思《おも》って勝《か》てる相手《あいて》ではなかった。勝《か》たなければという気持《きも》ちはまったく消《き》えていた。不思議《ふしぎ》なことに、このときどんな将棋《しょうぎ》を指《さ》したのかを、ぼくはまったく覚《おぼ》えていない。健弥《けんや》くんや今野《こんの》さんのことも頭《あたま》から消《き》えていた。まさに無我夢中《むがむちゅう》の状態《じょうたい》だった。

「負《ま》けました。」という声《こえ》で我《われ》に返《かえ》ると、深浦《ふかうら》くんが頭《あたま》を下《さ》げていた。

とうとうぼくは、決勝《けっしょう》に進出《しんしゅつ》した。

決勝戦《けっしょうせん》の相手《あいて》は、健弥《けんや》くんを倒《たお》した松本《まつもと》くんだった。だが健弥《けんや》くんの仇《かたき》をとるぞ、などという

気持《きも》ちはぼくたちの関係《かんけい》では生《う》まれない。

ぼくはまったく体《からだ》の力《ちから》が抜《ぬ》けていた。しかし、負《ま》ける気《き》はまったくしなかった。

この大会《たいかい》は将棋《しょうぎ》ファンとして知《し》られる三笠宮寛仁殿下《みかさのみやともひとでんか》が名誉総裁《めいよそうさい》をつとめている。対局室《たいきょくしつ》はそれまでのホールから特別《とくべつ》の和室《わしつ》に移《うつ》され、盤《ばん》のすぐ横《よこ》で殿下《でんか》が観戦《かんせん》するもとで、いよいよ決勝戦《けっしょうせん》が始《はじ》まった。

将棋《しょうぎ》は優勢《ゆうせい》だったぼくが決《き》めそこねて泥仕合《どろじあい》になった。それでも、ぼくは焦《あせ》りを感《かん》じなかった。おたがいに決《き》め手《て》がつかめない長《なが》い攻防戦《こうぼうせん》がつづいた。その間《あいだ》、今野《こんの》さんは「なにをやっとるんだ！」とやきもきし、健弥《けんや》くんはぼくが勝《か》ちそうになるたび胃《い》が痛《いた》くなっていたという。

ようやくとどめの一手《いって》を指《さ》すときに、ぼくは思《おも》った。健弥《けんや》くんが相手《あいて》だったら、最高《さいこう》に気分《きぶん》よかったろうな、と。

その手《て》を見《み》て、松本《まつもと》くんは投了《とうりょう》した。

ぼくは優勝《ゆうしょう》した。

まったく無名《むめい》だったぼくが、中学生《ちゅうがくせい》の日本一《にっぽんいち》になったのである。

うしろを振《ふ》り向《む》くと今野《こんの》さんが立《た》っていた。ぼくと目《め》が合《あ》うと、うむ、と大《おお》きくうなずいた。

あとになって今野《こんの》さんはこういっていた。

この大会《たいかい》、初日《しょにち》に行《おこな》われた予選《よせん》の将棋《しょうぎ》を全部見《ぜんぶみ》て回《まわ》って、自分《じぶん》は確信《かくしん》した。あいつらなら優勝《ゆうしょう》できる、このなかでふたりの実力《じつりょく》はずば抜《ぬ》けている、と。

だから今野《こんの》さんは夢《ゆめ》を見《み》た。ぼくたちが決勝《けっしょう》で戦《たたか》う夢《ゆめ》を。健弥《けんや》くんに激怒《げきど》したのは、そうした理由《りゆう》からだったのだ。

帰《かえ》りの新幹線《しんかんせん》では、さすがに将棋《しょうぎ》は指《さ》さなかった。ぼくと健弥《けんや》くんは何《なに》も話《はな》さず漫画《まんが》を読《よ》んでいた。だが黙《だま》っていても、健弥《けんや》くんがぼくの優勝《ゆうしょう》を心底悔《しんそこくや》しがっているのはわかった。

一方《いっぽう》でぼくは、あることが気《き》になっていた。

会場《かいじょう》にはプロ棋士《きし》も来《き》ていて、表彰式《ひょうしょうしき》のあと何人《なんにん》かの子《こ》に声《こえ》をかけていた。将来有望《しょうらいゆうぼう》と見込《みこ》んだ子《こ》に、自分《じぶん》の弟子《でし》になって奨励会《しょうれいかい》を受《う》けないかと誘《さそ》っていたのだ。しかし、優勝《ゆうしょう》したにもかかわらず、ぼくは声《こえ》をかけられなかった。健弥《けんや》くんも同《おな》じだった。どうやら三年生《ねんせい》には声《こえ》をかけていない様子《ようす》だった。二年生《ねんせい》と三年生《ねんせい》ではそれほどちがうものなのか、とぼくは考《かんが》えていた。もちろん奨励会《しょうれいかい》の年齢制限《ねんれいせいげん》のことなど、そのときはまったく意識《いしき》していなかったが。

ところで、このときの選抜選手権出場者《せんばつせんしゅけんしゅつじょうしゃ》からは、のちに多《おお》くのプロ棋士《きし》が出《で》ているので、その名前《なまえ》をあげておこう。成績《せいせき》はいずれも平成《へいせい》十八年《ねん》四月現在《がつげんざい》のものである。

丸山忠久《まるやまただひさ》　A級《エーきゅう》九段《だん》。名人位《めいじんい》を二期獲得《きかくとく》。

深浦康市《ふかうらこういち》　A級《エーきゅう》八段《だん》。

屋敷伸之《やしきのぶゆき》　B級《ビーきゅう》2組《くみ》九段《だん》。棋聖位《きせいい》を三期獲得《きかくとく》。
畠山　鎮《はたけやままもる》　B級《ビーきゅう》1組《くみ》七段《だん》。
松本佳介《まつもとよしゆき》　C級《シーきゅう》2組《くみ》五段《だん》。
増田裕司《ますだゆうじ》　C級《シーきゅう》2組《くみ》五段《だん》。

一夜明《いちやあ》けると、ぼくは有名人《ゆうめいじん》になっていた。新聞《しんぶん》の神奈川県版《かながわけんばん》は将棋《しょうぎ》の選抜選手権《せんばつせんしゅけん》で地元《じもと》の中学生《ちゅうがくせい》が優勝《ゆうしょう》したことを大《おお》きく紙面《しめん》をさいて報《ほう》じていた。家族《かぞく》はみんな大喜《おおよろこ》びしてくれた。夏休《なつやす》みだったが、学校《がっこう》の友《とも》だちからもお祝《いわ》いの電話《でんわ》がかかってきた。ふとぼくは、苅間澤先生《かりまさわせんせい》は新聞《しんぶん》を見《み》てくれたかな、と思《おも》った。

次《つぎ》の全国大会《ぜんこくたいかい》は、選抜選手権《せんばつせんしゅけん》からわずか一週間後《しゅうかんご》に行《おこな》われる中学生名人戦《ちゅうがくせいめいじんせん》である。

その出場《しゅつじょう》を待《ま》つばかりのある日《ひ》、港南台将棋《こうなんだいしょうぎ》センターで今野《こんの》さんは、いよいよぼくたちに最終的《さいしゅうてき》な意思確認《いしかくにん》をした。

「おまえたち、本当《ほんとう》に奨励会《しょうれいかい》を受《う》ける気《き》があるんだな。」

前《まえ》の年《とし》に受験《じゅけん》したことはぼくと健弥《けんや》くんの間《あいだ》での固《かた》い秘密《ひみつ》だった。

「はい。」

ぼくは一《いち》も二《に》もなく返事《へんじ》をした。

ところが、健弥《けんや》くんはこういった。

「いえ、中学生名人戦《ちゅうがくせいめいじんせん》で優勝《ゆうしょう》できなかったら、ぼくは奨励会《しょうれいかい》を受《う》けません。」

ぼくも、今野《こんの》さんも、驚《おどろ》いて健弥《けんや》くんの顔《かお》を見《み》た。

「どうしてだ？　いまのおまえなら合格《ごうかく》はまちがいないぞ。」

今野《こんの》さんはつい本音《ほんね》を口走《くちばし》ったように思《おも》えた。しかし、健弥《けんや》くんはそれ以上《いじょう》は何《なに》もいわず、何《なに》を聞《き》かれても黙《だま》ったままだった。

センターからの帰《かえ》り道《みち》、ふたりだけになっても、ぼくたちはその話題《わだい》にはふれなかった。何《なに》も話《はな》さないのはいつものことだったが、この日《ひ》は何《なに》か気《き》まずかった。

優勝《ゆうしょう》できなかったら奨励会《しょうれいかい》を受《う》けない。かれの性格《せいかく》からして、受《う》けないといったら受《う》けないだろう。でもなぜなんだ？　あれほどプロになりたがっていたのに。

ぼくはいまさらながら、健弥《けんや》くんの将棋《しょうぎ》以外《いがい》のことを、ほとんど知《し》らないのに気《き》がついた。健《けん》弥《や》くんの少《すこ》しうしろを歩《ある》きながら、ぼくはその背中《せなか》を初《はじ》めて見《み》たような気《き》がしていた。

中学生名人戦《ちゅうがくせいめいじんせん》の会場《かいじょう》は東京《とうきょう》・千駄ヶ谷《せんだがや》の将棋会館《しょうぎかいかん》である。ぼく、健弥《けんや》くん、今野《こんの》さんの三人《にん》は、その日《ひ》、早朝《そうちょう》に家《いえ》を出発《しゅっぱつ》し、東海道線《とうかいどうせん》に揺《ゆ》られていた。

すでにその前日《ぜんじつ》、同《おな》じ将棋会館《しょうぎかいかん》で予選《よせん》が行《おこな》われていた。そこで勝《か》ち残《のこ》った三十二人《にん》が、この日《ひ》の決勝《けっしょう》トーナメントに進《すす》むのである。ぼくも健弥《けんや》くんも、予選《よせん》は当然《とうぜん》のようにクリアしていた。

ぼくたちの向《む》かいの座席《ざせき》に座《すわ》っている今野《こんの》さんの表情《ひょうじょう》は硬《かた》かった。健弥《けんや》くんのことを考《かんが》えているのだろうと思《おも》った。健弥《けんや》くんとぼくがふたりとも奨励会《しょうれいかい》に入《はい》ることを願《ねが》って、今野《こんの》さんはここまで大《おお》きな犠牲《ぎせい》を払《はら》って指導《しどう》してきた。もしきょう健弥《けんや》くんが負《ま》ければ、その努力《どりょく》の半分《はんぶん》はむだになってしまうのだ。もちろん、健弥《けんや》くんなら優勝《ゆうしょう》する可能性《かのうせい》も十分《じゅうぶん》にあるのだが。

不意《ふい》にある考《かんが》えがよぎった。もしきょうぼくと健弥《けんや》くんが対戦《たいせん》することになったら、今野《こんの》さんは心《こころ》のなかで健弥《けんや》くんが勝《か》つように願《ねが》うのではないか。

そう願《ねが》っても当然《とうぜん》だと思《おも》った。しかし、ぼくたちのどちらかに肩入《かたい》れするなどということは、ふたりにひとしく情熱《じょうねつ》を注《そそ》いできた今野《こん》さんにはできないだろうとも思《おも》った。

ではこのぼくは、健弥《けんや》くんと当《あ》たったらどうするか……とは一瞬《いっしゅん》も考《かんが》えなかった。盤《ばん》をはさめば、ぶちのめす。それは本能《ほんのう》のようなものなのだ。

健弥《けんや》くんは、ずっと窓《まど》の外《そと》を見《み》つめたままだった。

おそろしいもので中学生名人戦《ちゅうがくせいめいじんせん》の会場《かいじょう》でのぼくの立場《たちば》は、一週間前《しゅうかんまえ》とは百八十度《ど》変《か》わっていた。天童《てんどう》での選抜選手権《せんばつせんしゅけん》のときは山下《やました》くんや屋敷《やしき》くんに圧倒《あっとう》されていたぼくが、

「あれがこの間優勝《あいだゆうしょう》した瀬川《せがわ》くんだ。」

とあちこちでささやかれるようになっていたのだ。ぼくは負《ま》ける気《き》がしなかった。今野《こんの》さんのいう自信《じしん》をつけるとは、こういうことなのだと実感《じっかん》した。

会場《かいじょう》には、決勝《けっしょう》トーナメントの組《く》み合《あ》わせ表《ひょう》が掲《かか》げられていた。

なんと、ぼくと健弥《けんや》くんは、同《おな》じブロックに配《はい》されていた。ともに二回勝《かいか》てば、準々決勝《じゅんじゅんけっしょう》で激《げき》突《とつ》することになる。

それを見《み》た今野《こんの》さんは、すぐさま大会関係者《たいかいかんけいしゃ》のところまで走《はし》っていった。

「この子《こ》たちは同《おな》じ中学校《ちゅうがっこう》なんです。反対《はんたい》のブロックにしてもらえませんか。」

食《く》ってかかるような声《こえ》は、ぼくたちのところまで聞《き》こえてきた。しかし、個々《ここ》の都合《つごう》で組《く》み合《あ》わせが変《か》わるわけもない。

重苦《おもくる》しい雰囲気《ふんいき》のなか、中学生名人戦決勝《ちゅうがくせいめいじんせんけっしょう》トーナメントは始《はじ》まった。

すでにぼくも健弥《けんや》くんも、この大会《たいかい》では頭《あたま》ひとつ抜《ぬ》けた存在《そんざい》になっていたのだろう。ぼくたちはいともあっさりと二連勝《れんしょう》して、ともにベスト8《エイト》に進出《しんしゅつ》した。

ついにぼくたちは、準決勝進出《じゅんけっしょうしんしゅつ》をかけて戦《たたか》うことになったのだ。

これまでも、県内《けんない》の大会《たいかい》で健弥《けんや》くんと顔《かお》を合《あ》わせたことはあった。しかし、こうした大舞台《おおぶたい》で戦《たたか》うのは初《はじ》めてだった。気《き》がつくと、ぼくたちのまわりに人《ひと》が集《あつ》まってきている。選抜《せんばつ》で優勝《ゆうしょう》したあの瀬川《せがわ》くんとライバルの大一番《おおいちばん》を観戦《かんせん》しようという人《ひと》たちだった。

ぼくの闘志《とうし》はかつてないほどに燃《も》え上《あ》がった。健弥《けんや》くんの奨励会入《しょうれいかいい》りがどうなろうと、知《し》ったことではなかった。絶対《ぜったい》にこいつを倒《たお》す。頭《あたま》のなかにはそれだけしかなくなっていた。

黙《だま》ってぼくの前《まえ》に座《すわ》った健弥《けんや》くんは、盤《ばん》の上《うえ》の「王将《おうしょう》」をつまむと駒箱《こまばこ》にしまい、使《つか》われていない隣《となり》の盤上《ばんじょう》から「玉将《ぎょくしょう》」を持《も》ってきて自分《じぶん》の定位置《ていいち》に置《お》いた。初《はじ》めてぼくたちが対戦《たいせん》した小学《しょうがく》五年生《ねんせい》のときからの取《と》り決《き》めは、いまだに厳守《げんしゅ》されていた。

しかし対局《たいきょく》が始《はじ》まると、きょうの健弥《けんや》くんがいままで一万局以上《まんきょくいじょう》も指《さ》してきたかれとはちがうのを感《かん》じた。いつもの隙《すき》あらば一気《いっき》におそいかかろうという、ぎらぎらした感《かん》じがまるでない。何《なに》か悟《さと》りきったように、淡々《たんたん》と指《さ》してくるのだ。

だったらこっちからつぶしてやる。肩《かた》に力《ちから》が入《はい》っているぼくは、ふだんやらないような強襲《きょうしゅう》をかけた。

だが、そこにとんでもない誤算《ごさん》があった。ぼくは健弥《けんや》くんの痛烈《つうれつ》な反撃《はんげき》を食《く》らい、あっというまに敗勢《はいせい》におちいってしまった。

横《よこ》で見《み》ていた今野《こんの》さんは、すっと席《せき》をはずし、どこかへいなくなった。それは、もう勝負《しょうぶ》がついたことを意味《いみ》していた。まだ粘《ねば》れる、まだ粘《ねば》れる、闘志《とうし》だけは燃《も》え盛《さか》っていたぼくは必死《ひっし》に食《く》い下《さ》がった。だが終盤《しゅうばん》の鬼《おに》、渡辺健弥《わたなべけんや》は一分《いちぶ》の隙《すき》もない手順《てじゅん》で網《あみ》をしぼり、ぼくの淡《あわ》い希望《きぼう》を打《う》ち砕《くだ》いた。

「……負《ま》けました。」

この相手《あいて》に対《たい》し五千回《かい》は口《くち》にした言葉《ことば》を、このときほどいうのがつらいと思《おも》ったことはなかった。

投了《とうりょう》するとぼくはすぐに席《せき》を立《た》ち、トイレに駆《か》け込《こ》んだ。猛烈《もうれつ》な悔《くや》しさに、涙《なみだ》があふれてきて止《と》まらなかった。ぼくはそのまま、しばらく泣《な》きつづけた。

それが、ぼくと健弥《けんや》くんの最後《さいご》の真剣勝負《しんけんしょうぶ》だった。

ようやく会場《かいじょう》に戻《もど》ると、もう健弥《けんや》くんは準決勝《じゅんけっしょう》の将棋《しょうぎ》を指《さ》していた。形勢《けいせい》は健弥《けんや》くんに有利《ゆうり》に進《すす》んでいた。

その将棋《しょうぎ》をぼくが身《み》を乗《の》り出《だ》して見《み》ている写真《しゃしん》が、いまも手元《てもと》に残《のこ》っている。取材《しゅざい》に来《き》ていたカメラマンがくれたものだ。その写真《しゃしん》のなかのぼくは、いつものように健弥《けんや》くんが負《ま》けることを願《ねが》っていたのか、それとも勝《か》ってほしいと思《おも》っていたのか、いまではまったく覚《おぼ》えていない。

ついに健弥《けんや》くんは決勝《けっしょう》まで進《すす》んだ。

あと一勝《しょう》――。今野《こんの》さんは、祈《いの》るような思《おも》いだったにちがいない。

決勝戦《けっしょうせん》の相手《あいて》は、丸山忠久《まるやまただひさ》くんだった。一週間前《しゅうかんまえ》、天童《てんどう》での選抜選手権《せんばつせんしゅけん》で健弥《けんや》くんは二回戦《かいせん》で丸山《まるやま》くんと当《あ》たり、圧倒的《あっとうてき》な大差《たいさ》で勝《か》っていた。

対局《たいきょく》が始《はじ》まった。しばらくして、隣《となり》で見《み》ている今野《こんの》さんが小声《こごえ》でいった。

「これは天童《てんどう》のときとまったく同《おな》じ手順《てじゅん》じゃないか。」

大敗《たいはい》した丸山《まるやま》くんが、そのときと同《おな》じ手《て》を指《さ》しつづけているというのだ。今野《こんの》さんの表情《ひょうじょう》が不《ふ》安《あん》げになった。


「いける。」と健弥《けんや》くんは思《おも》ったのだろう、駒音《こまおと》が次第《しだい》に高《たか》くなってきた。

しかし、それは丸山《まるやま》くんの待《ま》ちうけるところだった。屈辱《くつじょく》を味《あじ》わったかれはおそらくこの一週《しゅう》間《かん》で、対策《たいさく》を用意《ようい》してきたのだ。


丸山《まるやま》くんに天童《てんどう》のときとはちがう一手《いって》が出《で》た。とたんに健弥《けんや》くんは長考《ちょうこう》に沈《しず》んだ。そこから形《けい》勢《せい》は丸山《まるやま》くんに傾《かたむ》いていき、とうとう挽回《ばんかい》は不可能《ふかのう》になった。

だが、敗勢《はいせい》になってからの健弥《けんや》くんは持《も》ち駒《ごま》をすべて自陣《じじん》に打《う》ちつけて、すさまじい抵抗《ていこう》をみせた。

もうこの将棋《しょうぎ》を勝《か》つ望《のぞ》みはない。だが、せめて一手《いって》でも、最後《さいご》のときが来《く》るのを遅《おく》らせたい。一分《ぷん》でも長《なが》く、将棋《しょうぎ》だけに熱中《ねっちゅう》できる時間《じかん》を過《す》ごしていたい。一手《いって》一手《いって》がそう訴《うった》えているようだった。


しかし、ついにそのときは来《き》た。

健弥《けんや》くんは投了《とうりょう》した。隣《となり》を見《み》ると、今野《こんの》さんの目《め》が潤《うる》んでいた。

帰《かえ》りの電車《でんしゃ》で、ぼくたち三人《にん》は茫然《ぼうぜん》としていた。夕陽《ゆうひ》がぼくたちの顔《かお》を赤《あか》く照《て》らしていた。きょうをもって、今野《こんの》さんによるぼくたちの育成計画《いくせいけいかく》はすべて終了《しゅうりょう》したのだ。

ぼくは中学生日本一《ちゅうがくせいにっぽんいち》の勲章《くんしょう》を手《て》に入《い》れた。おそらく、奨励会《しょうれいかい》の試験《しけん》も合格《ごうかく》するだろう。港南台《こうなんだい》将棋《しょうぎ》センターに通《かよ》いはじめた当初《とうしょ》、今野《こんの》さんにほとんど評価《ひょうか》されていなかったぼくが、健弥《けんや》くんと猛烈《もうれつ》な競争《きょうそう》をつづけるうちに、ここまで強《つよ》くなったのだ。

その健弥《けんや》くんとは、別々《べつべつ》の道《みち》を進《すす》むことになる。これからは、ぼくはひとりでプロ棋士《きし》をめざすのだ。

電車《でんしゃ》が横浜駅《よこはまえき》のホームに入《はい》った。今野《こんの》さんが降《お》りる駅《えき》だ。

「じゃ、な。」

とだけいって今野《こんの》さんは席《せき》を立《た》った。

これがお別《わか》れになることを、ぼくたちは暗黙《あんもく》のうちに了解《りょうかい》していた。奨励会《しょうれいかい》を受《う》けるぼくは、これからは師匠《ししょう》となる安恵先生《やすえせんせい》の教室《きょうしつ》にできるかぎり通《かよ》うことになる。そして健弥《けんや》くんはおそらく、受験勉強《じゅけんべんきょう》をするのだろう。

ぼくと健弥《けんや》くんは顔《かお》を見合《みあ》わせ、立《た》ち上《あ》がって今野《こんの》さんにお辞儀《じぎ》をした。礼儀作法《れいぎさほう》については、何度《なんど》この人《ひと》にカミナリを落《お》とされたかわからない。

今野《こんの》さんはぼくたちの顔《かお》を一瞥《いちべつ》すると、何《なに》もいわずに電車《でんしゃ》を降《お》りていった。

ゆっくりと電車《でんしゃ》が走《はし》りはじめたとき、ぼくはホームで腕組《うでぐ》みをして、じっとこちらを見《み》ている今野《こんの》さんに気《き》づいた。窓《まど》に顔《かお》を近《ちか》づけると、今野《こんの》さんはとたんにいつもの厳《きび》しい顔《かお》になった。電《でん》車《しゃ》はスピードを上《あ》げ、今野《こんの》さんの姿《すがた》が小《ちい》さくなる。今野《こんの》さんが何《なに》かを叫《さけ》んだ。口《くち》の動《うご》きが「がんばれよ。」といったように見《み》えた。どんどん小《ちい》さくなって見《み》えなくなる寸前《すんぜん》、今野《こんの》さんは笑《わら》って手《て》を振《ふ》ったように見《み》えたが、夕陽《ゆうひ》が目《め》に入《はい》ってよくわからなかった。

バスを降《お》りたときは、もう暗《くら》くなっていた。家《いえ》が真向《まむ》かいのぼくと健弥《けんや》くんは、同《おな》じ方向《ほうこう》をいつものように黙《だま》って歩《ある》いていた。風《かぜ》が少《すこ》し涼《すず》しくなっていた。

不思議《ふしぎ》と、きょう健弥《けんや》くんにやられた悔《くや》しさはもう消《き》えていた。それはぼくたちの関係《かんけい》がきょうで変《か》わったことを意味《いみ》していた。

これからもぼくたちは毎日《まいにち》のように顔《かお》を合《あ》わせるだろう。だけどもう、いままでのように将棋《しょうぎ》を指《さ》すことは二度《にど》とないだろう。

そう思《おも》うと湧《わ》いてくる気持《きも》ちを何《なに》か言葉《ことば》にしたい気《き》もしたが、なんといったらいいのかわからなかった。そのうち、健弥《けんや》くんの家《いえ》の前《まえ》に着《つ》いた。

「じゃね。」

いつものあいさつでぼくたちは別《わか》れた。ところが。

「しょったん。」

健弥《けんや》くんがぼくを呼《よ》びとめた。

「おれ、知《し》ってるよ。」

にこっと笑《わら》いながら健弥《けんや》くんが口《くち》にした次《つぎ》の言葉《ことば》を聞《き》いたとき、ぼくはきょうこの男《おとこ》に負《ま》けたことを激《はげ》しく後悔《こうかい》した。

「しょったん、泣《な》いてたろ。」

トイレから戻《もど》ったぼくの目《め》が腫《は》れていることに、大勝負《おおしょうぶ》を戦《たたか》っている最中《さいちゅう》だったというのに、健弥《けんや》くんは気《き》がついていたのだ。

もし健弥《けんや》くんも奨励会《しょうれいかい》に入《はい》っていたら、ぼくのその後《ご》の歩《あゆ》みはかなりちがうものになっていただろう。ぼくと健弥《けんや》くんは、おたがいの健闘《けんとう》を称《たた》えあったことなど一度《いちど》もなかった。相手《あいて》のために何《なに》かをしたこともなかった。しかし、ぼくたちは、おたがいのおかげで強《つよ》くなれた。そして強《つよ》くなることこそ、おたがいがいちばん望《のぞ》んでいることだった。その意味《いみ》でぼくたちはライバルであり、親友《しんゆう》だったのかもしれない。


やがて今野《こんの》さんが港南台将棋《こうなんだいしょうぎ》センターを去《さ》ったことは、ぼくが奨励会《しょうれいかい》に入《はい》ってだいぶたってから、人《ひと》づてに聞《き》かされた。

第《だい》3章《しょう》　奨励会《しょうれいかい》

昭和《しょうわ》五十九年《ねん》十月《がつ》、ぼくは奨励会試験《しょうれいかいしけん》に合格《ごうかく》した。安恵照剛門下《やすえてるたかもんか》、十四歳《さい》の瀬川晶司《せがわしょうじ》6級《きゅう》が誕生《たんじょう》したのだ。

これから二十六歳《さい》で退会《たいかい》するまでの奨励会《しょうれいかい》での苦闘《くとう》は、けっしてみなさんに自慢《じまん》できるものではない。というより、後悔《こうかい》だらけの十二年間《ねんかん》だった。

後悔《こうかい》の理由《りゆう》は、全力《ぜんりょく》でぶつかれば夢《ゆめ》をつかむチャンスがありながら、それをしなかったことに尽《つ》きる。ぼくは、プロ棋士《きし》になるという夢《ゆめ》から逃《に》げてしまった。

だが、ぼくのような若者《わかもの》が、奨励会《しょうれいかい》には大勢《おおぜい》いたこともたしかだ。

自分《じぶん》には将棋《しょうぎ》しかないことは、だれもがわかっていた。それでも将棋《しょうぎ》を指《さ》すことが苦《くる》しくなり、将棋《しょうぎ》から逃《に》げ出《だ》したくなってしまう。それが奨励会《しょうれいかい》というところなのだ。

奨励会《しょうれいかい》のなかで、プロ棋士《きし》の夢《ゆめ》をつかむことができる者《もの》は二割《わり》ほどである。では、ほかの大多数《だいたすう》の敗者《はいしゃ》は、いったい何《なに》が足《た》りなかったのだろうか。それは才能《さいのう》という言葉《ことば》でかたづけるしかないことなのだろうか。もう一度《いちど》、考《かんが》えてみようと思《おも》う。

そして読者《どくしゃ》のみなさんには、どうか、奨励会《しょうれいかい》の若者《わかもの》たちがどんな気持《きも》ちで戦《たたか》っているかを知《し》っていただきたい。これまでもドラマや小説《しょうせつ》で描《えが》かれてはきたが、ぼくのような敗北者《はいぼくしゃ》がみずからの言葉《ことば》で語《かた》るのは、初《はじ》めてのことかもしれない。負《ま》けていく者《もの》の本当《ほんとう》の気持《きも》ちを知《し》っていただければ幸《さいわ》いである。

1

中学《ちゅうがく》三年生《ねんせい》で奨励会員《しょうれいかいいん》になったぼくの生活《せいかつ》が、どう変《か》わったかといえば――。

奨励会員《しょうれいかいいん》にとって命《いのち》の次《つぎ》に大切《たいせつ》なのは、毎月《まいつき》二回《かい》、千駄ケ谷《せんだがや》の将棋会館《しょうぎかいかん》で行《おこな》われる「例会《れいかい》」である。そこで奨励会員《しょうれいかいいん》どうしが対局《たいきょく》し、その成績《せいせき》によって明暗《めいあん》が分《わ》かれていく。例会《れいかい》は平日《へいじつ》なので、学校《がっこう》は休《やす》むことになる。

新参《しんざん》の奨励会員《しょうれいかいいん》はだいたい、6級《きゅう》からスタートする。

将棋《しょうぎ》の段位《だんい》・級位《きゅうい》というのは一般《いっぱん》の方《かた》には煩雑《はんざつ》だと思《おも》うが、ようするにプロの段《だん》・級《きゅう》と、アマチュアのそれとはまったくの別物《べつもの》で、港南台将棋《こうなんだいしょうぎ》センターで最後《さいご》は五段《だん》を認定《にんてい》されていたぼくが、奨励会《しょうれいかい》では6級《きゅう》なのだ。

そこを振《ふ》り出《だ》しに、5級《きゅう》、……1級《きゅう》、初段《しょだん》、二段《だん》、三段《だん》と上《あ》がっていき、三段《だん》から四段《だん》に上《あ》がれれば、晴《は》れてプロ棋士《きし》となる。四段《だん》と三段《だん》のちがいは、まさに天国《てんごく》と地獄《じごく》だ。昇級《しょうきゅう》・昇段《しょうだん》には規定《きてい》の勝《か》ち星《ぼし》をあげなくてはならない。たとえばぼくが入会《にゅうかい》したときの規定《きてい》では、三段《だん》から四段《だん》に上《あ》がるためには九連勝《れんしょう》、または十三勝《しょう》四敗《はい》以上《いじょう》の星《ほし》が必要《ひつよう》だった。

だが、これだけでは奨励会《しょうれいかい》の説明《せつめい》の半分《はんぶん》にもならないだろう。奨励会《しょうれいかい》が奨励会《しょうれいかい》である理由《りゆう》、それが年齢制限《ねんれいせいげん》である。

二十六歳《さい》の誕生日《たんじょうび》までに四段《だん》になれなければ退会《たいかい》。

この規定《きてい》こそが、奨励会《しょうれいかい》を題材《だいざい》にした数々《かずかず》のドラマを生《う》んでいるのだ。

もちろん、どんな世界《せかい》でもプロになることは厳《きび》しい。だがほとんどの世界《せかい》では、その意欲《いよく》さえあれば、何歳《なんさい》になっても挑戦《ちょうせん》しつづけることは可能《かのう》である。

しかし、こと将棋界《しょうぎかい》においては、二十六歳《さい》までにプロになれなければ、どんなに才能《さいのう》や情熱《じょうねつ》があっても、もう二度《にど》とチャンスは与《あた》えられない。それまでの、将棋《しょうぎ》だけにすべてを捧《ささ》げてきた時間《じかん》は、すべて無意味《むいみ》になる。その恐怖《きょうふ》と戦《たたか》いながら夢《ゆめ》を追《お》う若者《わかもの》たちの姿《すがた》が、多《おお》くの人《ひと》の胸《むね》を締《し》めつけるのだろう。

だが、ぼくが年齢制限《ねんれいせいげん》におびえるのは、まだ先《さき》のことである。奨励会《しょうれいかい》に入《はい》ったばかりのこのころは、とにかくたくさんの強《つよ》い相手《あいて》と指《さ》せることがうれしくて、月《つき》二回《かい》の例会《れいかい》を心待《こころま》ちにしていた。

奨励会《しょうれいかい》には、幹事《かんじ》をつとめるプロ棋士《きし》がいる。奨励会員《しょうれいかいいん》は、すべて幹事《かんじ》の先生《せんせい》たちの指示《しじ》にしたがって行動《こうどう》する。その指導《しどう》は厳格《げんかく》で、態度《たいど》のよくない者《もの》は容赦《ようしゃ》なく叱《しか》られた。

「そんな大《おお》きな駒音《こまおと》を立《た》てるな！　将棋《しょうぎ》はケンカじゃないんだ！」

「ばかやろう、今度遅刻《こんどちこく》したら退会《たいかい》にするからな！」

すべては未来《みらい》のプロ棋士《きし》を育《そだ》てているという責任感《せきにんかん》からだった。今野《こんの》さんに厳《きび》しく仕込《しこ》まれたことをぼくは感謝《かんしゃ》した。

新入会員《しんにゅうかいいん》のなかでは、ぼくは強《つよ》いほうだった。例会《れいかい》ではコンスタントによい成績《せいせき》をあげることができた。順調《じゅんちょう》なスタートが切《き》れたことで、ぼくは自信《じしん》をつけていた。

あるときぼくは、母《はは》といっしょに将棋会館《しょうぎかいかん》から千駄ケ谷駅《せんだがやえき》までの道《みち》を歩《ある》いていた。この日《ひ》、行《おこな》われた奨励会員《しょうれいかいいん》の父母会《ふぼかい》の帰《かえ》りだった。奨励会《しょうれいかい》では定期的《ていきてき》にそうした会《かい》を開《ひら》いて、奨励会員《しょうれいかいいん》の心構《こころがま》えについて親《おや》にも理解《りかい》を求《もと》めている。ぼくたちは入会《にゅうかい》して初《はじ》めての父母会《ふぼかい》にふたりで出席《しゅっせき》したのだ。

歩《ある》きながら、母《はは》がきいてきた。

「ねえショウ、名人《めいじん》ってなに？」

息子《むすこ》が奨励会《しょうれいかい》に入《はい》ったというのにそんなことも知《し》らないのか、とぼくはあきれた。母《はは》はきょう初《はじ》めて、「将棋《しょうぎ》の名人《めいじん》」になるのは大変《たいへん》なことだと知《し》ったらしい。

父母会《ふぼかい》が始《はじ》まるのを待《ま》つ間《あいだ》、母《はは》は、同《おな》じ新入会員《しんにゅうかいいん》のお母《かあ》さんと知《し》り合《あ》いになって話《はなし》をしていた。そのお母《かあ》さんは息子《むすこ》の進学《しんがく》のことがとても心配《しんぱい》そうだった。ぼくの母《はは》にも、心配《しんぱい》がないわけではなかった。ぼくが奨励会《しょうれいかい》に入《はい》る前《まえ》、たまたまあるベテランのプロ棋士《きし》と話《はな》す機会《きかい》があった母《はは》が、「今度《こんど》うちの子《こ》が奨励会《しょうれいかい》を受《う》けるんです。」というとその棋士《きし》は即座《そくざ》に、「奨励会《しょうれいかい》に入《はい》ってもほとんどはプロになれないんですよ。ぼくはすすめません。」といったというのだ。

母親《ははおや》どうしがそんな話《はなし》をしているとき、ある男《おとこ》の子《こ》が入室《にゅうしつ》してきた。一瞬《いっしゅん》、その場《ば》の全員《ぜんいん》の視線《しせん》が、そこに集《あつ》まった。度《ど》の強《つよ》い眼鏡《めがね》をかけた、ぼくと同《おな》じ年《とし》くらいの子《こ》だった。あちこちでひそひそ声《ごえ》が聞《き》こえはじめた。

母《はは》と話《はな》していたお母《かあ》さんが耳打《みみう》ちした。

「あの子《こ》が羽生《はぶ》くんよ。」

と、いわれても母《はは》には何《なん》のことかわからない。

「いまに絶対《ぜったい》に名人《めいじん》になる子《こ》よ。」

ぼくと年齢《ねんれい》は同《おな》じだが、二年早《ねんはや》く入会《にゅうかい》した羽生善治《はぶよしはる》という奨励会員《しょうれいかいいん》のことを将棋界《しょうぎかい》で知《し》らない者《もの》はなかった。なにしろ中学《ちゅうがく》三年生《ねんせい》の当時《とうじ》、すでに三段《だん》に昇《のぼ》っていたのだ。史上《しじょう》三人目《にんめ》の中学生《ちゅうがくせい》プロ棋士《きし》の誕生《たんじょう》は確実《かくじつ》といわれていた。

あれが羽生善治《はぶよしはる》か——。

初《はじ》めて見《み》る実物《じつぶつ》は、どこかふわっとした感《かん》じで、のんきそうに見《み》えた。そのうしろから、羽生《はぶ》三段《だん》のお母《かあ》さんも入《はい》ってきた。びしっと和服《わふく》を着《き》ていて、それなのに大股《おおまた》で歩《ある》きながらあちこちのお母《かあ》さんに大《おお》きな声《こえ》であいさつをしている。元気《げんき》なお母《かあ》さんだと思《おも》った。

しかしぼくの母《はは》はといえば、隣《となり》にいるお母《かあ》さんの説明《せつめい》を聞《き》きながら「名人《めいじん》」とは何《なに》かもわからず、ぽかんとしていたのだった。

「名人《めいじん》には、将棋《しょうぎ》の神様《かみさま》に選《えら》ばれた者《もの》しかなれない。」

ぼくは、そのころの将棋《しょうぎ》の本《ほん》によく書《か》かれていたとおりを母《はは》に講義《こうぎ》した。

江戸時代《えどじだい》に棋士《きし》の最高位《さいこうい》の称号《しょうごう》が「名人《めいじん》」とされたとき、将棋《しょうぎ》は家元制度《いえもとせいど》のようなものに近《ちか》く、名人《めいじん》になるには実力《じつりょく》だけではなく家柄《いえがら》や政治力《せいじりょく》のようなものも必要《ひつよう》だった。ところが昭和《しょうわ》の初《はじ》めに関根金次郎《せきねきんじろう》という名人《めいじん》が、これからは実力《じつりょく》だけで名人《めいじん》を争《あらそ》うことにする、と制度《せいど》を大改革《だいかいかく》し、年《ねん》に一度《ど》の名人戦《めいじんせん》が行《おこな》われるようになった。

それから約《やく》五十年《ねん》がすぎた。名人《めいじん》は毎年《まいとし》のように替《か》わってもおかしくないはずだったが、実際《じっさい》に名人《めいじん》になれた棋士《きし》は木村義雄《きむらよしお》、大山康晴《おおやまやすはる》、中原誠《なかはらまこと》らごくわずかでしかない。十年《ねん》、いや二十年《ねん》にひとりしか、その時代《じだい》を制《せい》する名人《めいじん》は現《あらわ》れないのだ。才能《さいのう》ある多《おお》くの棋士《きし》が、なぜか紙一重《かみひとえ》のところで名人《めいじん》になれず、涙《なみだ》をのんだ。こうした名人《めいじん》の重《おも》みが、将棋界《しょうぎかい》では「神様《かみさま》に選《えら》ばれた者《もの》」という言葉《ことば》で表現《ひょうげん》されているのである。そしてぼくが奨励会《しょうれいかい》に入《はい》った当時《とうじ》は、谷川浩司《たにがわこうじ》が新《あたら》しく神《かみ》に選《えら》ばれた者《もの》として時代《じだい》を築《きず》きつつあった。ぼくにとっても谷川浩司《たにがわこうじ》はいちばんの憧《あこが》れの棋士《きし》だった。

聞《き》いていた母《はは》は、ぼくの顔《かお》をのぞき込《こ》んでいった。

「ショウ、まさかあんたも名人《めいじん》になろうと思《おも》ってるの？」

当《あ》たり前《まえ》じゃないか。ぼくはうなずいた。奨励会《しょうれいかい》に入《はい》った人間《にんげん》で、そう思《おも》わない者《もの》がいたらそのほうが不思議《ふしぎ》だ。しかし、そのとたんに母《はは》は笑《わら》い出《だ》した。

「あっはは、そんな子《こ》がうちから生《う》まれるわけないじゃない。歌手《かしゅ》ならわかるけど、将棋《しょうぎ》の名人《めいじん》なんて、考《かんが》えられないわ。」

あいかわらず親《おや》とも思《おも》えない発言《はつげん》にむっとしながらも、ぼくは自分《じぶん》がいま母《はは》にした話《はなし》が自分《じぶん》で気《き》になっていた。

名人《めいじん》が時代《じだい》にひとりしか出《で》ないとすれば、「絶対《ぜったい》に名人《めいじん》になる。」といわれている羽生善治《はぶよしはる》とぼくの、どちらかは名人《めいじん》になれないということか？

まあ、いままでも「名人《めいじん》まちがいなし。」といわれて、なれなかった人《ひと》はたくさんいるからな、とぼくは思《おも》い直《なお》した。

「あと何連勝《なんれんしょう》すれば名人《めいじん》になれるかな。」

そのころ、ぼくはよく寝《ね》る前《まえ》にそんな夢《ゆめ》のような星勘定《ほしかんじょう》をした。いまから全勝《ぜんしょう》で四段《だん》まで駆《か》け上《あ》がり、プロになってからも全勝《ぜんしょう》して名人戦《めいじんせん》に出場《しゅつじょう》する。そこまでには百連勝《れんしょう》？　いやもう少《すこ》し必要《ひつよう》かな。たぶん相手《あいて》は谷川名人《たにがわめいじん》だろう。谷川対瀬川《たにがわたいせがわ》って、マスコミに「川川決戦《かわかわけっせん》」とかいわれそうだな。そして七番勝負《ばんしょうぶ》でも四連勝《れんしょう》して、ぼくは、瀬川晶司名人《せがわしょうじめいじん》になる……。

このように何連勝《なんれんしょう》で名人《めいじん》、と数《かぞ》えるのはぼくにかぎらず、夢《ゆめ》に胸《むね》ふくらませた新入会員《しんにゅうかいいん》がよくやる数字遊《すうじあそ》びのようだ。

ある日《ひ》の夕食《ゆうしょく》の時間《じかん》。父《ちち》がぼくにたずねた。

「ショウは、高校《こうこう》はどうするんだ。」

世《よ》の中《なか》は受験《じゅけん》シーズンになっていた。

奨励会員《しょうれいかいいん》が高校《こうこう》に進学《しんがく》するか否《いな》かは、人《ひと》それぞれだ。昔《むかし》は進学《しんがく》など修業《しゅぎょう》の妨《さまた》げと考《かんが》える人《ひと》が多《おお》く、中卒《ちゅうそつ》がほとんどだったが、ぼくたちのころには、どちらかといえば進学組《しんがくぐみ》のほうが多《おお》かった気《き》がする。高校《こうこう》で勉強《べんきょう》して視野《しや》を広《ひろ》げることはけっして将棋《しょうぎ》にマイナスにはならないという考《かんが》え方《かた》に変《か》わってきたのだろう。また、もしも棋士《きし》になれなかった場合《ばあい》を考《かんが》えて高校《こうこう》は出《で》ておかなければ、という意味合《いみあ》いもあるだろう。

しかし、ぼくは高校《こうこう》に行《い》く気《き》はなかった。

「行《い》かない。どうせ棋士《きし》になるんだから、中卒《ちゅうそつ》でいいでしょ。」

父《ちち》は黙《だま》っていた。ところが、母《はは》がいった。

「ショウ、高校《こうこう》には行《い》って。」

息《いき》をしていればいいんじゃなかったのか。ぼくが戸惑《とまど》っていると、母《はは》はいった。

「あなたが名人《めいじん》になるにしても何《なん》にしても、高校《こうこう》に行《い》くことは、息《いき》をするくらい当《あ》たり前《まえ》のことなの。だから行《い》って。」

そこまでいわれて逆《さか》らうほどの決心《けっしん》でもなかった。ぼくは高校《こうこう》へ行《い》くことにした。母《はは》がぼくの決《き》めたことに反対《はんたい》したのは、後《あと》にも先《さき》にもこの一度《ど》だけだった。

「ショウ、ショウ、ちょっと来《き》てくれ。」

ある日《ひ》の夕方《ゆうがた》、学校《がっこう》から帰《かえ》って家《いえ》にいたぼくを、次兄《じけい》の隆司《りゅうじ》が手招《てまね》きした。次兄《じけい》は家《いえ》からすぐ近《ちか》くの高校《こうこう》に通《かよ》っている。長兄《ちょうけい》が卒業《そつぎょう》し、春《はる》からぼくが通《かよ》うことになる高校《こうこう》でもある。

「学校《がっこう》にすごく将棋《しょうぎ》が好《す》きな先生《せんせい》がいてさ、弟《おとうと》が奨励会員《しょうれいかいいん》だっていったら、おまえと勝負《しょうぶ》したいから連《つ》れてきてくれっていうんだ。」

先生《せんせい》のお呼《よ》びとあればしかたがない。次兄《じけい》の用心棒《ようじんぼう》になったような気分《きぶん》で、ぼくは腰《こし》を上《あ》げた。

「油断《ゆだん》するなよ。その先生《せんせい》、けっこう強《つよ》いぞ。」

歩《ある》きながら次兄《じけい》は念《ねん》を押《お》すようにいった。

「お、来《き》たな、奨励会員《しょうれいかいいん》。」

先生《せんせい》はにこにこしながら職員室《しょくいんしつ》で待《ま》っていた。だが、駒《こま》を並《なら》べはじめると、手《て》つきにやたらと力《ちから》が入《はい》っている。奨励会員《しょうれいかいいん》に本気《ほんき》で勝《か》つつもりでいるように見《み》えた。

「お手柔《てやわ》らかにね。」

というあいさつに黙《だま》ってお辞儀《じぎ》すると、ぼくはすべてノータイムで指《さ》した。

勝負《しょうぶ》はあっというまに終《お》わった。最後《さいご》の局面《きょくめん》のあまりの無残《むざん》さに、先生《せんせい》の顔《かお》から笑《え》みが消《き》えていた。最初《さいしょ》は笑《わら》いをかみ殺《ころ》していた次兄《じけい》も、こわばった顔《かお》になっていた。

少《すこ》しは手加減《てかげん》して、先生《せんせい》も楽《たの》しめるように指《さ》せばよかったのかもしれない。しかし指導《しどう》に慣《な》れたプロならともかく、奨励会《しょうれいかい》に入《はい》りたてのぼくにそんな器用《きよう》な真似《まね》はできなかった。

「……強《つよ》い。人間《にんげん》とは思《おも》えん。」

先生《せんせい》は、やっとそういって笑《わら》った。

その言葉《ことば》に、ぼくは最近《さいきん》、将棋雑誌《しょうぎざっし》で読《よ》んだ話《はなし》を思《おも》い出《だ》した。

ある席《せき》で、何人《なんにん》かのプロ棋士《きし》が談笑《だんしょう》していた。奨励会員《しょうれいかいいん》もいた。だれかがおもしろい冗談《じょうだん》をいった。その場《ば》のみんなが笑《わら》った。奨励会員《しょうれいかいいん》も笑《わら》った。すると、あるプロ棋士《きし》が奨励会員《しょうれいかいいん》にいった。「きみは笑《わら》うな。」と。奨励会員《しょうれいかいいん》は人間《にんげん》じゃない、だから笑《わら》う資格《しかく》がない、というのだ。

すると、プロから見《み》ればまだ人間《にんげん》じゃないぼくは、ふつうの人《ひと》から見《み》ても、もう人間《にんげん》じゃないということか。アマとプロ、どちらの側《がわ》から見《み》ても人間《にんげん》じゃない、それが奨励会員《しょうれいかいいん》なんだ、とぼくは思《おも》った。

べつに悲愴感《ひそうかん》のようなものはなかった。だから早《はや》くプロになるんだ、と思《おも》った。ぼくがプロになることは、ぼくが人間《にんげん》であることと同《おな》じくらい当然《とうぜん》のことだった。自分《じぶん》が蝶《ちょう》になれないのではないかと疑《うたが》う芋虫《いもむし》がいないように、ぼくは自分《じぶん》がプロになることを、一瞬《いっしゅん》たりとも疑《うたが》わなかった。

2

春《はる》が来《き》て、高校生《こうこうせい》になったぼくは、師匠《ししょう》にごあいさつに伺《うかが》った。

安恵《やすえ》先生《せんせい》は「奨励会員《しょうれいかいいん》は人間《にんげん》じゃない。」などという言葉《ことば》はまちがっても口《くち》にしない、穏《おだ》やかな方《かた》である。

プロの世界《せかい》では、師匠《ししょう》が弟子《でし》に将棋《しょうぎ》を教《おし》えることはほとんどない。もう将棋《しょうぎ》はだれかに教《おそ》わるものではなく、ひとりで努力《どりょく》して強《つよ》くなるものなのだ。師匠《ししょう》はプロとしての心構《こころがま》えを説《と》いたり、修業《しゅぎょう》しやすい環境《かんきょう》を整《ととの》えたり、生活面《せいかつめん》の心配《しんぱい》をしたりと、遠《とお》くから弟子《でし》を見守《みまも》ることになる。ぼくも安恵《やすえ》先生《せんせい》の門下《もんか》になったおかげで、将棋界《しょうぎかい》のスーパースターに会《あ》うことができた。先生《せんせい》の兄《きょう》弟子《だいでし》である中原誠先生《なかはらまことせんせい》である。ぼくは中原先生《なかはらせんせい》が主宰《しゅさい》する研究会《けんきゅうかい》に参加《さんか》させていただくことになった。研究会《けんきゅうかい》の日《ひ》は、この世界《せかい》に入《はい》った喜《よろこ》びを感《かん》じる待《ま》ち遠《どお》しい日《ひ》になった。

高校《こうこう》に入学《にゅうがく》したぼくに、安恵《やすえ》先生《せんせい》は意外《いがい》なアドバイスをした。

「瀬川《せがわ》くんね、彼女《かのじょ》をつくるのはプロになるまで我慢《がまん》したほうがいいね。彼女《かのじょ》ができると、どうしても将棋《しょうぎ》がおろそかになっちゃうからね。」

いわれるまでもなく、ぼくは彼女《かのじょ》がほしいなどと思《おも》ったこともなかった。なぜわざわざそんなことをいうのか不思議《ふしぎ》だった。堅物《かたぶつ》そうに見《み》える先生《せんせい》が「彼女《かのじょ》」というのもアンバランスでおかしかったが、ぼくは素直《すなお》に「はい。」と返事《へんじ》をした。

高校《こうこう》では、親《した》しい友人《ゆうじん》を別《べつ》とすれば、ぼくが将棋《しょうぎ》のプロをめざしていることを知《し》る生徒《せいと》は少《すく》なかった。べつに隠《かく》していたわけではなく、自分《じぶん》からいうことでもないからだ。しかしぼくがときどき妙《みょう》な行動《こうどう》をとるので、瀬川《せがわ》はおれたちとは住《す》む世界《せかい》がちがうらしい、とはみんな思《おも》っていたようだ。

まず月《つき》に二回《かい》は例会《れいかい》があるので必《かなら》ず休《やす》む。ほかに対局《たいきょく》の記録係《きろくがかり》などをつとめる日《ひ》も休《やす》む。ところが、そのため現代国語《げんだいこくご》の時間《じかん》をほとんど欠席《けっせき》することになってしまった。ぼくは、ついに職員室《しょくいんしつ》に呼《よ》び出《だ》された。

「おまえ、おれの授業《じゅぎょう》の単位《たんい》はやらんから覚悟《かくご》しておけ。」

先生《せんせい》はかなり怒《おこ》っていた。棋士《きし》に学歴《がくれき》は関係《かんけい》ないが、せっかく通《かよ》っている以上《いじょう》、卒業《そつぎょう》はしたい。ぼくは自分《じぶん》が将棋《しょうぎ》のプロをめざしていることを説明《せつめい》した。

すると先生《せんせい》は、そうだったのか、とうなずき、しばらく考《かんが》えてからぼくにたずねた。

「最初《さいしょ》の何分《なんぷん》かでも出《で》られないか。」

「二十分《ぷん》でしたら、なんとか……。」

「よし、それで出席《しゅっせき》と認《みと》めよう。二十分《ぷん》たったら、教室《きょうしつ》を出《で》ていってよろしい！」

それから現代国語《げんだいこくご》の時間《じかん》は、二十分《ぷん》すぎるとぼくが何《なに》もいわずに席《せき》を立《た》って教室《きょうしつ》を出《で》ていき、先生《せんせい》はそしらぬ顔《かお》で授業《じゅぎょう》をつづけることになった。ほかの生徒《せいと》から見《み》れば、さぞ不思議《ふしぎ》な光景《こうけい》だっただろう。

だが、そうした特別《とくべつ》な日《ひ》をのぞけば、学校《がっこう》の帰《かえ》りに友《とも》だちとゲームセンターに寄《よ》ったり、だれかの家《いえ》でファミコンをやったり、ぼくはふつうの高校生《こうこうせい》だった。奨励会員《しょうれいかいいん》とのつきあいより、高《こう》校《こう》の友《とも》だちと遊《あそ》ぶほうが断然多《だんぜんおお》かった。

ただ、たとえばみんなでマクドナルドに入《はい》っていて、こんな会話《かいわ》になることがある。

「おまえ、国立《こくりつ》受《う》けるの？」

「あー無理無理《むりむり》。親《おや》も浪人《ろうにん》はダメだっていうし。」

「おれは文系《ぶんけい》か理系《りけい》かもまだ決《き》まらないんだよな。」

高校生《こうこうせい》ならだれもが抱《かか》える、進路《しんろ》についての悩《なや》みだった。

そんなとき、ふとかれらはぼくのほうを向《む》いていう。

「瀬川《せがわ》はいいよな。もう進《すす》む道《みち》が決《き》まってるから。」

いやみではなく、心《こころ》からうらやましそうにいうのである。ぼくも疎外感《そがいかん》を感《かん》じることなどなく、笑《わら》いながら半分《はんぶん》はかれらの話《はなし》を聞《き》き、半分《はんぶん》は有線放送《ゆうせんほうそう》に耳《みみ》を傾《かたむ》けたりしていた。そのころ、人気《にんき》ドラマ「男女《だんじょ》7人夏物語《にんなつものがたり》」の主題歌《しゅだいか》「CHA-CHA-CHA《チャチャチャ》」が、あちこちで流《なが》れていた。

二学期《がっき》が始《はじ》まったばかりのある日《ひ》、隣《となり》の席《せき》の女《おんな》の子《こ》が話《はな》しかけてきた。

「瀬川《せがわ》くんって、何《なに》かのプロをめざしてるんだって？　ねえ何《なん》のプロ？」

将棋《しょうぎ》、とだけぼくはそっけなく答《こた》えた。だいたいの女《おんな》の子《こ》は「将棋《しょうぎ》」と聞《き》くと、そこで会話《かいわ》が止《と》まってしまう。多《おお》くを語《かた》ってもむだなのはわかっていた。

ところが、その子《こ》はちがった。

「えっ、将棋《しょうぎ》って、日曜日《にちようび》のお昼《ひる》にテレビでやってるやつでしょ？　和服《わふく》とか着《き》て、『じゅうびょおー、にじゅうびょおー。』とかいって。じゃあ瀬川《せがわ》くんもそのうち和服着《わふくき》てテレビに出《で》るんだ。わあ、かっこいい。」

日《ひ》に焼《や》けた、よくしゃべる子《こ》だった。それが、彼女《かのじょ》と話《はな》すようになったきっかけだった。

中学《ちゅうがく》まで小柄《こがら》だったぼくは、このころ、急《きゅう》に背《せ》が伸《の》びていたが、どこか幼《おさな》いところは変《か》わらなかった。それがとっつきやすく思《おも》われたのか、ぼくは女子《じょし》たちによく話《はな》しかけられた。しかし、自分《じぶん》から女子《じょし》に話《はな》しかけることはほとんどなかった。

だが、不思議《ふしぎ》とぼくは、その子《こ》とはよく話《はな》した。彼女《かのじょ》もぼくと話《はな》したがっているようだった。

ぼくたちは、休《やす》み時間《じかん》や放課後《ほうかご》の少《すこ》しの時間《じかん》を見《み》つけては話《はなし》をするようになった。

「瀬川《せがわ》くん、これありがと。怖《こわ》かったー！　でも次《つぎ》も貸《か》してね。」

そのうち漫画《まんが》の貸《か》し借《か》りもするようになった。ぼくは『ドラえもん』はさすがに卒業《そつぎょう》していたが、あいかわらず藤子不二雄《ふじこふじお》の作品《さくひん》は好《す》きで、『魔太郎《またろう》がくる!!』などを彼女《かのじょ》に貸《か》した。

放課後《ほうかご》だけでは話《はな》し足《た》りず、学校《がっこう》からいっしょに帰《かえ》ることもあった。漫画《まんが》のこと、テレビのこと、他愛《たわい》もない話題《わだい》ばかりだったが、彼女《かのじょ》が話《はな》すとありふれたことでも新鮮《しんせん》に聞《き》こえた。ほとんどぼくは聞《き》き役《やく》だったが、彼女《かのじょ》の話《はなし》を聞《き》くのが楽《たの》しかった。

やがてぼくは、例会《れいかい》の結果《けっか》も翌日《よくじつ》、彼女《かのじょ》に報告《ほうこく》するようになった。ぼくはいうつもりはなかったが、彼女《かのじょ》のほうが聞《き》いてくるのだ。

「あ、瀬川《せがわ》くん。きのうはどうだった？」

「二連勝《れんしょう》。」

と答《こた》えたときは、

「やるじゃなーい。」

とぼくの肩《かた》をばしっと叩《たた》く。

「……二連敗《れんぱい》。」

と答《こた》えたときは、

「ふーん、そう。それでさー、きのう数学《すうがく》の時間《じかん》に友《とも》だちとしゃべってたら先生《せんせい》にすっごい怒《おこ》られちゃってー。」

とすぐに話題《わだい》を変《か》える。彼女《かのじょ》は奨励会《しょうれいかい》がどういうところかも知《し》らない。勝敗《しょうはい》を聞《き》くのもあいさつ代《が》わりのようなものなのだろうと思《おも》った。

ある日《ひ》の学校《がっこう》の帰《かえ》り道《みち》に、それぞれの将来《しょうらい》の話《はなし》になった。

その子《こ》はスポーツが好《す》きで、なかでもラグビーの大《だい》ファンだった。

「本当《ほんとう》はわたしがプレーできれば最高《さいこう》なんだけど、さすがに女《おんな》は無理《むり》でしょ？　だから大学《だいがく》に行《い》ったら、ラグビー部《ぶ》のマネージャーになりたいの。」

そのあと、彼女《かのじょ》はぼくに聞《き》いてきた。

「瀬川《せがわ》くんは、いつになったら将棋《しょうぎ》のプロになれるの？」

将棋界《しょうぎかい》の制度《せいど》について、いままで友《とも》だちに話《はな》したことはなかった。ぼくは奨励会員《しょうれいかいいん》がどうすればプロ棋士《きし》になれるかを、時間《じかん》をかけて説明《せつめい》した。

聞《き》いていた彼女《かのじょ》の足《あし》が止《と》まった。明《あき》らかな動揺《どうよう》を目《め》に浮《う》かべて、彼女《かのじょ》はいった。

「それって、すごく大変《たいへん》なんじゃないの？」

声《こえ》が少《すこ》し震《ふる》えていた。意外《いがい》な反応《はんのう》に戸惑《とまど》いながらぼくは、だいじょうぶ、とだけ答《こた》えた。

それから彼女《かのじょ》は、黙《だま》って歩《ある》いた。やがてたがいの道《みち》が分《わ》かれるところまで来《く》ると、ぼくたちは、じゃあね、とあいさつして別《わか》れた。が、少《すこ》し歩《ある》いたところで、

「瀬川《せがわ》くん。」

と彼女《かのじょ》は振《ふ》り返《かえ》ってぼくを呼《よ》びとめた。そして、びっくりするほどすてきな笑顔《えがお》になって、こういった。

「がんばってね。わたし、応援《おうえん》するから。」

家《いえ》に帰《かえ》って少《すこ》し将棋《しょうぎ》の勉強《べんきょう》をしたぼくは、「男女《だんじょ》7人夏物語《にんなつものがたり》」を観《み》ていた。

ドラマのなかの恋愛《れんあい》は、ぼくには別世界《べっせかい》のことに思《おも》えた。クラスにはいくつかカップルができていたが、恋愛《れんあい》に夢中《むちゅう》になる人間《にんげん》がぼくには理解《りかい》できなかった。

しかし、きょうはなぜか、登場人物《とうじょうじんぶつ》たちの気持《きも》ちが切《せつ》なく感《かん》じられる気《き》がする。

「わたし、応援《おうえん》するから。」

彼女《かのじょ》の笑顔《えがお》を思《おも》い出《だ》してみた。そのとたん胸《むね》のあたりが心地《ここち》よいような苦《くる》しいような、妙《みょう》な感《かん》じになった。ドラマの世界《せかい》のことが急《きゅう》に現実《げんじつ》になった気《き》がした。テレビからはBGM《ビージーエム》の「CHA-CHA-CHA《チャチャチャ》」が流《なが》れていた。

あの声《こえ》が耳《みみ》によみがえったのは、そのときだった。

「彼女《かのじょ》をつくるのはプロになるまで我慢《がまん》したほうがいいね。」

すっかり忘《わす》れていた、安恵先生《やすえせんせい》の教《おし》えだった。

その言葉《ことば》の重《おも》みが、いまやっとわかった気《き》がした。彼女《かのじょ》をつくることは、我慢《がまん》するのがとても難《むずか》しいことなのだ。

しかし、なぜ彼女《かのじょ》をつくってはいけないのだろうか。

きっと先生《せんせい》は、彼女《かのじょ》をつくってから将棋《しょうぎ》がおろそかになった弟子《でし》をたくさん見《み》てきたのだろう。だけどぼくは、あの子《こ》の笑顔《えがお》を見《み》ていると元気《げんき》になれる気《き》がする。それでも、我慢《がまん》しなくてはいけないのだろうか。

とにかく、将棋《しょうぎ》をがんばればいいんだ。ぼくはテレビを消《け》し、また将棋《しょうぎ》の勉強《べんきょう》にとりかかった。

しばらくしたある日《ひ》。ぼくたち一年生《ねんせい》は放課後《ほうかご》、体育館《たいいくかん》に集《あつ》められた。たしか文化祭《ぶんかさい》について、学校《がっこう》が生徒《せいと》に説明《せつめい》を行《おこな》うためだったと思《おも》う。始《はじ》まるまでの時間《じかん》、生徒《せいと》たちは体育館《たいいくかん》で思《おも》い思《おも》いに体《からだ》を動《うご》かしたり、雑談《ざつだん》したりして待《ま》っていた。ぼくは三人《にん》の女《おんな》の子《こ》のグループに話《はな》しかけられるまま、とりとめのない会話《かいわ》をしていた。そのなかに、彼女《かのじょ》もいた。

そのうち、ほかのふたりが彼女《かのじょ》に笑《わら》いながら何《なに》やらささやきはじめた。彼女《かのじょ》は「やだ、やだ。」と笑《わら》いながら首《くび》を振《ふ》った。顔《かお》が赤《あか》くなっていた。

おそらくそのころ、ぼくたちが「あやしい。」という話《はなし》が女子《じょし》の間《あいだ》で広《ひろ》まっていたのだろう。当時《とうじ》のぼくは気《き》づきもしなかったが。

ふたりはなおも彼女《かのじょ》の手《て》を引《ひ》っ張《ぱ》り、彼女《かのじょ》は笑《わら》いながらそれに抵抗《ていこう》していた。そんな彼女《かのじょ》をぼんやりと見《み》ていたぼくは、いつのまにか、ゆうべから解《と》けない詰《つ》め将棋《しょうぎ》を頭《あたま》のなかで解《と》くことに気持《きも》ちが集中《しゅうちゅう》していた。

「それっ。」

女《おんな》の子《こ》たちの声《こえ》で我《われ》に返《かえ》ると、ふたりに思《おも》いきり背中《せなか》を押《お》された彼女《かのじょ》が、その勢《いきお》いでぼくの胸《むね》に飛《と》び込《こ》んでくるところだった。

「ちょっとやめてよ！」

といいながら、彼女《かのじょ》の顔《かお》は上気《じょうき》していた。その目《め》は、ぼくの目《め》を見《み》つめていた。

とっさにぼくは右手《みぎて》を上《あ》げ、彼女《かのじょ》の体《からだ》をつき飛《と》ばした。うしろに弾《はじ》き返《かえ》され、危《あや》うく転倒《てんとう》しそうになった彼女《かのじょ》は大《おお》きく目《め》を見開《みひら》き、

どうして？

という顔《かお》でぼくを見《み》た。

ぼく自身《じしん》、いま自分《じぶん》がしたことに驚《おどろ》き、茫然《ぼうぜん》としていた。取《と》り返《かえ》しがつかないことをしたと思《おも》った。

悲《かな》しそうにぼくを見《み》ていた彼女《かのじょ》は、やがて目《め》を伏《ふ》せ、しばらくうつむいていた。それから、もう一度《いちど》顔《かお》を上《あ》げて、ぼくに微笑《ほほえ》んだ。いままで見《み》たことがない、さびしい笑顔《えがお》だった。そして、ぽかんとしているふたりの友人《ゆうじん》に声《こえ》をかけると、彼女《かのじょ》はぼくから遠《とお》ざかっていった。そのうしろ姿《すがた》を見《み》つめるぼくの頭《あたま》のなかで、なぜか「CHA-CHA《チャチャ》-CHA《チャ》」が鳴《な》っていた。

それ以来《いらい》、ぼくたちが前《まえ》のように話《はな》すことはなくなった。彼女《かのじょ》は会《あ》えば明《あか》るくあいさつはしてきたが、意識《いしき》してぼくと距離《きょり》をおくようになった。

あのとき、なぜあんなことをしてしまったのだろう。ぼくはしばらくの間《あいだ》、そのことを考《かんが》えつづけていた。

いまでも「CHA-CHA《チャチャ》-CHA《チャ》」が聞《き》こえてくると、あの高校《こうこう》の日々《ひび》の記憶《きおく》がよみがえる。記憶《きおく》の真《ま》ん中《なか》には、十代《だい》のだれにも訪《おとず》れるように、ぼくにも訪《おとず》れた青春《せいしゅん》を、右手《みぎて》でつき飛《と》ばしたときの感触《かんしょく》がある。

3

奨励会《しょうれいかい》では、ぼくは順調《じゅんちょう》だった。高校《こうこう》に入《はい》ってすぐに5級《きゅう》になり、その後《ご》もおよそ半年《はんとし》に一度《ど》のペースで昇級《しょうきゅう》し、高校《こうこう》三年生《ねんせい》のときに1級《きゅう》になった。

そのころ、日本将棋連盟《にほんしょうぎれんめい》は、奨励会《しょうれいかい》の大改革《だいかいかく》を決定《けってい》した。三段《だん》から四段《だん》への昇段《しょうだん》は、三段《だん》すべてが参加《さんか》するリーグ戦《せん》を行《おこな》い、その上位《じょうい》二名《めい》のみとする、と決《き》まったのである。

これを「三段《だん》リーグ」という。

こうした決定《けってい》はいつも、当《とう》の奨励会員《しょうれいかいいん》たちの意思《いし》はまったく反映《はんえい》されない。ぼくたちは目《め》を皿《さら》のようにして新《あたら》しい規定《きてい》を読《よ》んだ。

三段《だん》リーグは半年《はんとし》に一回《かい》しか行《おこな》われない。ということは四段《だん》になれるのは半年《はんとし》にふたり、年《ねん》に四人《にん》と決《き》まってしまうのだ。どんなに三段《だん》の数《かず》がふえても、その数《かず》は変《か》わらない。

いままでは二段《だん》までの仕組《しく》みと同様《どうよう》、規定《きてい》の勝《か》ち数《すう》さえあげればよかったのだが、これからはそのわずかな枠《わく》をめぐっての三段《だん》どうしの競争《きょうそう》になるわけだ。これは、プロ棋士《きし》の数《かず》がふえて日《に》本将棋連盟《ほんしょうぎれんめい》の財政《ざいせい》が圧迫《あっぱく》されるのを防《ふせ》ぐ、いわば「産児制限《さんじせいげん》」ともいえる措置《そち》だった。この三段《だん》リーグによって、奨励会《しょうれいかい》はますます過酷《かこく》さを増《ま》していくことになるのである。

「まあ、だいじょうぶだろう。」

とぼくは思《おも》った。ただ、ちょっと面倒《めんどう》くさいことになったな、とも感《かん》じていた。

ぼくが1級《きゅう》になる前後《ぜんご》には、そろそろぼくと同期《どうき》に入会《にゅうかい》した会員《かいいん》たちのなかにも退会《たいかい》する人《ひと》が出《で》てきた。奨励会《しょうれいかい》の年齢制限《ねんれいせいげん》には「二十六歳《さい》の誕生日《たんじょうび》までに四段《だん》」の手前《てまえ》にもうひとつ、

る。だが、それは偶然《ぐうぜん》ではない。苦《くる》しいときに投《な》げ出《だ》さず、歯《は》を食《く》いしばって自分《じぶん》の姿《すがた》を見《み》つめなおし、冷静沈着《れいせいちんちゃく》にやるべきことをやる。そうした努力《どりょく》の蓄積《ちくせき》がすさまじいパワーとなって、ウサギの跳躍《ちょうやく》を生《う》みだすのだ。初段《しょだん》になった深浦《ふかうら》くんの顔《かお》には、それをなしとげた意志《いし》の強《つよ》さが表《あらわ》れていた。現在《げんざい》、第一線《だいいっせん》の棋士《きし》として活躍《かつやく》しているかれの原点《げんてん》は、この5、6級《きゅう》のときの苦《くる》しみなのではないだろうか。

そしてぼくも、この苦《くる》しい時期《じき》を前向《まえむ》きに対処《たいしょ》することで乗《の》り切《き》ろうとしていた。

ぼくは自分《じぶん》の将棋《しょうぎ》の改造《かいぞう》を試《こころ》みた。考《かんが》えてみれば、ここに至《いた》るまでのぼくの将棋《しょうぎ》は健弥《けんや》くんとケンカ腰《ごし》で毎日《まいにち》指《さ》していたころから、本質的《ほんしつてき》には変《か》わっていなかった。自分《じぶん》の将棋《しょうぎ》とプロの将棋《しょうぎ》がどうちがうかなどと考《かんが》えたことがなかった。腕力《わんりょく》だけは強《つよ》くなっても、将棋《しょうぎ》に対《たい》する考《かんが》え方《かた》はまだアマチュアのままだったのだ。

だが、もうそれでは通用《つうよう》しない。ぼくは意識的《いしきてき》に、プロらしい戦《たたか》い方《かた》を真似《まね》ることにした。ひとことで言《い》えば、それは「手厚《てあつ》さ」である。具体的《ぐたいてき》には、勝《か》つ手《て》よりも負《ま》けにくい手《て》、自分《じぶん》の指《さ》したい手《て》よりも相手《あいて》の手《て》を殺《ころ》す手《て》を選《えら》ぶことだ。地味《じみ》でつまらないようだが、「1級《きゅう》リーグ」を抜《ぬ》けていった人《ひと》たちはみな、そういう戦《たたか》い方《かた》をしていた。奨励会《しょうれいかい》を勝《か》ち抜《ぬ》くにはそれを会《え》得《とく》しなくてはならないことに、ようやくぼくは気《き》づいたのだ。

少《すこ》しずつ、少《すこ》しずつ白星《しろぼし》がふえるようになっていた。奨励会最初《しょうれいかいさいしょ》の危機《きき》を、ぼくは自分《じぶん》の力《ちから》で切《き》り抜《ぬ》けつつあった。

「まあ、スタートとしてはこんなもんだろう。上等《じょうとう》、上等《じょうとう》。」

父《ちち》が畳《たたみ》をパンパンと叩《たた》きながらいうと、ほこりがもわっと舞《ま》い上《あ》がった。

昭和《しょうわ》六十三年《ねん》の春《はる》、1級《きゅう》のまま高校《こうこう》を卒業《そつぎょう》したぼくはほどなく、長年《ながねん》住《す》み慣《な》れた家《いえ》を出《で》て、念願《ねんがん》のひとり暮《ぐ》らしを始《はじ》めた。

場所《ばしょ》は東京《とうきょう》の中野《なかの》である。それまで二時間《じかん》かけて通《かよ》っていた千駄ケ谷《せんだがや》には電車《でんしゃ》で一本《ぽん》。近《ちか》くに住《す》む先輩《せんぱい》の棋士《きし》や奨励会員《しょうれいかいいん》も多《おお》く、研究会《けんきゅうかい》にも参加《さんか》しやすい。将棋《しょうぎ》の勉強《べんきょう》に専念《せんねん》するには申《もう》し分《ぶん》のない環境《かんきょう》だった。

下宿探《げしゅくさが》しには父《ちち》がつきあってくれた。結局《けっきょく》、家賃《やちん》二万《まん》四千円《えん》という安《やす》さにひかれて選《えら》んだのは、四畳半一間《よじょうはんひとま》、風呂《ふろ》なし、トイレ共同《きょうどう》、日当《ひあ》たりなし、というドラマに出《で》てくるような古《ふる》いアパートだった。

引《ひ》っ越《こ》しがひととおりかたづくと、手伝《てつだ》ってくれた父《ちち》と出前《でまえ》を取《と》って夕飯《ゆうはん》を食《た》べた。

「素子《もとこ》がやんちゃでなあ。」

父《ちち》はほこりだらけの畳《たたみ》に座《すわ》って、さっきからうちの猫《ねこ》の話《はなし》ばかりしている。

大学《だいがく》に行《い》かず、就職《しゅうしょく》するわけでもないぼくのために、これからは毎月仕送《まいつきしおく》りをしてくれることになるのだ。ふつうの父親《ちちおや》ならハッパのひとつもかけたくなるところだろうが、父《ちち》は将棋《しょうぎ》の話《はなし》にはいっさいふれなかった。

「じゃ、なるべく栄養《えいよう》のあるもの食《く》えよ。」

といって父《ちち》は帰《かえ》った。その背中《せなか》にぼくは、四段《だん》になったら恩返《おんがえ》しをするからね、と心《こころ》のなかでいって手《て》を合《あ》わせた。

ひとりになると、ぼくは畳《たたみ》の上《うえ》に寝転《ねころ》んだ。腹《はら》の底《そこ》からうれしさがこみ上《あ》げてきた。これからは思《おも》う存分《ぞんぶん》、将棋《しょうぎ》に時間《じかん》を使《つか》えるのだ。

同《おな》じ十八歳《さい》の羽生善治《はぶよしはる》は、すでに将棋界《しょうぎかい》のスターとなって大活躍《だいかつやく》している。それにひきかえぼくは、まだ奨励会《しょうれいかい》1級《きゅう》のままだ。

だけど、ようやくトンネルの出口《でぐち》は見《み》えてきた。いまに必《かなら》ず追《お》いついてやる。勝負《しょうぶ》は、これからだ。

平成元年《へいせいがんねん》三月《がつ》、ぼくは一年《ねん》九か月《げつ》も足踏《あしぶ》みした1級《きゅう》を抜《ぬ》けて初段《しょだん》になった。以後《いご》は順調《じゅんちょう》なペースを取《と》り戻《もど》し、平成《へいせい》四年《ねん》一月《がつ》、ついに三段《だん》に昇《のぼ》った。

いよいよプロへの最後《さいご》の関門《かんもん》、三段《だん》リーグを戦《たたか》うのである。

4

チャンスは、八回《かい》。

開幕《かいまく》の朝《あさ》。春《はる》の日射《ひざ》しを浴《あ》びながら千駄ケ谷駅《せんだがやえき》から将棋会館《しょうぎかいかん》へとつづく街路樹《がいろじゅ》を見上《みあ》げ、ぼくは心《こころ》のなかでそうつぶやいた。

三段《だん》リーグが行《おこな》われるのは、四月《がつ》から九月《がつ》までと、十月《がつ》から翌年《よくとし》三月《がつ》までの年《ねん》二回《かい》である。どんなに強《つよ》い者《もの》でも、チャンスは年《ねん》に二回《かい》しかない。年齢制限《ねんれいせいげん》の二十六歳《さい》までの残《のこ》り年数《ねんすう》の二倍《ばい》が、それぞれの三段《だん》に残《のこ》されたチャンスの数《かず》ということになる。

ぼくの場合《ばあい》は二十二歳《さい》からの参加《さんか》なので、四年《ねん》の二倍《ばい》、つまり八回《かい》チャンスがあるというわけだ。これを八回《かい》もあると見《み》るか、八回《かい》しかないと見《み》るか。

鳩森八幡神社《はとのもりはちまんじんじゃ》の境内《けいだい》に入《はい》った。それが将棋会館《しょうぎかいかん》への近道《ちかみち》だからだ。この神社《じんじゃ》は「将棋《しょうぎ》の神様《かみさま》」ともいわれていて、勝負《しょうぶ》の前《まえ》には願《がん》をかけていく奨励会員《しょうれいかいいん》も多《おお》い。だが、ぼくは社《やしろ》の前《まえ》を素通《すどお》りした。

八回《かい》もあればたくさんだ。

それがぼくの気持《きも》ちだった。遅《おそ》くとも四期目《きめ》までには四段《だん》に上《あ》がるつもりでいた。

三段《だん》リーグの戦場《せんじょう》は、それまでの例会《れいかい》の部屋《へや》とは異《こと》なり、将棋会館《しょうぎかいかん》でいちばん位《くらい》の高《たか》い部屋《へや》である特別対局室《とくべつたいきょくしつ》、通称《つうしょう》「特対《とくたい》」になる。これからは毎月《まいつき》二回《かい》ここに来《き》て、二局《きょく》ずつ指《さ》すことになる。二段《だん》までのぼくは、三段《だん》の人《ひと》たちが「特対《とくたい》」に向《む》かうのを見《み》てはうらやましく思《おも》っていた。初《はじ》めて対局中《たいきょくちゅう》の室内《しつない》をのぞいたときは、襖《ふすま》を開《あ》けただけで弾《はじ》き飛《と》ばされそうな殺気《さっき》を感《かん》じたものだった。

その戦場《せんじょう》に、いま自分《じぶん》も立《た》った。そのことに武者震《むしゃぶる》いをおぼえつつ、平成《へいせい》四年《ねん》四月《がつ》、ぼくの初《はじ》めての三段《だん》リーグは始《はじ》まった。

プロへの切符《きっぷ》は二枚《まい》だけである。総勢《そうぜい》三十人余《にんよ》の三段《だん》が十八局《きょく》ずつ指《さ》す三段《だん》リーグでそれを勝《か》ちとるためには、最低《さいてい》でも十二勝《しょう》、できれば十四勝《しょう》はしたい。

もちろん一期《き》で決《き》めるに越《こ》したことはないが、ぼくはまず勝《か》ち越《こ》しを最低目標《さいていもくひょう》においた。負《ま》け越《こ》すようでは話《はなし》にならないと思《おも》った。

ところが、いきなり三連敗《れんぱい》してしまった。

ぼくは、三段《だん》リーグがそれまでの戦《たたか》いとはまったくちがうことを思《おも》い知《し》らされた。勝負《しょうぶ》への執《しゅう》念《ねん》が、けたちがいなのだ。その戦《たたか》い方《かた》をひとことでいえば、「友《とも》だちを失《うしな》う指《さ》し方《かた》」だった。

プロの世界《せかい》ではたまに使《つか》われる言葉《ことば》なのだが、たとえば優勢《ゆうせい》のときは冒険《ぼうけん》して勝《か》ちにいくことはせず、気《き》の遠《とお》くなるような回《まわ》り道《みち》をして、より確実《かくじつ》なチャンスを待《ま》つ。そして勝勢《しょうせい》になってからも相手《あいて》を斬《き》りにはいかず、受《う》けに回《まわ》って戦意《せんい》を喪失《そうしつ》させる。そうした、相手《あいて》に夢《ゆめ》や希望《きぼう》のかけらも抱《いだ》かせない指《さ》し方《かた》をそういうのである。

それはぼくが1級《きゅう》のときに会得《えとく》した「手厚《てあつ》さ」を、究極《きゅうきょく》まで徹底《てってい》させた指《さ》し方《かた》だった。三段《だん》リーグとは、「友《とも》だちを失《うしな》う手《て》」が当《あ》たり前《まえ》のように指《さ》されるところだったのだ。

考《かんが》えてみれば無理《むり》もない。三段《だん》になった者《もの》はみな、すでに膨大《ぼうだい》な時間《じかん》を将棋《しょうぎ》だけに捧《ささ》げている。いまさら後戻《あともど》りはできない。四段《だん》になれないことは、それまでの自分《じぶん》がゼロになることを意《い》味《み》する。挫折《ざせつ》などというなまやさしいものではないのだ。

しかし、プロ棋士《きし》とは、ファンに将棋《しょうぎ》を見《み》せて喜《よろこ》んでもらうことで成《な》り立《た》っている職業《しょくぎょう》のはずである。自分《じぶん》がプロになったとき、このような将棋《しょうぎ》を見《み》せていったいファンは喜《よろこ》ぶだろうか。そもそも自分《じぶん》がプロを志《こころざ》したのは、このような将棋《しょうぎ》を指《さ》すためだったのか――。

そんな疑問《ぎもん》はだれも抱《いだ》かない。そんなことを考《かんが》えるより、すぐうしろに迫《せま》る恐怖《きょうふ》から逃《のが》れることで精一杯《せいいっぱい》なのだ。三段《だん》リーグを戦《たたか》う者《もの》にとって、二十六歳《さい》の誕生日《たんじょうび》を迎《むか》えることは、生《い》きながら死《し》を迎《むか》えることにひとしい。そして、それ以外《いがい》のすべての誕生日《たんじょうび》は、死《し》に一歩《ぽ》近《ちか》づく怖《おそ》ろしい日《ひ》でしかないのである。

そんな三段《だん》リーグには、実力《じつりょく》が同《おな》じならば、格下《かくした》の者《もの》は、格上《かくうえ》の者《もの》にまず勝《か》てないという法則《ほうそく》がある。格《かく》とは何《なん》で決《き》まるかといえば、年齢《ねんれい》である。年長者《ねんちょうしゃ》のほうが格上《かくうえ》なのではない。若《わか》いほど、格《かく》が上《うえ》なのだ。

二十四歳《さい》くらいになると、自分《じぶん》の「命《いのち》」の残《のこ》りが気《き》になってくる。これまで何度《なんど》も昇段《しょうだん》を逃《のが》しつづけて自信《じしん》も失《うしな》ってきている。そうした年長者《ねんちょうしゃ》の三段《だん》と、まだ何《なん》の怖《おそ》れもない若《わか》い三段《だん》が戦《たたか》えば、実力《じつりょく》は同《おな》じでも結果《けっか》はほぼ見《み》えている。見《み》えない影《かげ》におびえる年長者《ねんちょうしゃ》は我慢《がまん》すべきときに暴《ぼう》発《はっ》し、踏《ふ》み込《こ》むべきときに萎縮《いしゅく》して、自滅《じめつ》していくのだ。若《わか》い三段《だん》は、年長者《ねんちょうしゃ》の三段《だん》と当《あ》たるときは最初《さいしょ》から一勝《しょう》を計算《けいさん》に入《い》れているほどである。

そうした三段《だん》リーグの特殊《とくしゅ》さに気《き》づいてから、ぼくは星《ほし》を持《も》ち直《なお》した。その後《ご》の八局《きょく》は七勝《しょう》一敗《ぱい》。なかでもうれしかったのは、秋山太郎《あきやまたろう》さんという先輩《せんぱい》に勝《か》てたことだ。秋山《あきやま》さんは当時《とうじ》の三段陣《だんじん》ではもっとも実力《じつりょく》を評価《ひょうか》されていて、四段《だん》になるのはまちがいなし、といわれていた人《ひと》だった。この勝利《しょうり》は大《おお》きな自信《じしん》になった。

結局《けっきょく》、初《はじ》めての三段《だん》リーグをぼくは十勝《しょう》八敗《ぱい》で終《お》えた。すべり出《だ》しこそ苦戦《くせん》したが、そのあとは十分《じゅうぶん》な手《て》ごたえがあった。これならそう遠《とお》くないうちに四段《だん》に上《あ》がれると思《おも》った。チャンスは、あと七回《かい》。

このころ、ぼくは将棋界《しょうぎかい》に「兄《あに》」と呼《よ》べる人《ひと》をもった。名前《なまえ》を、小野敦生《おのあつお》さんという。安恵《やすえ》門下《もんか》の兄弟子《あにでし》で、当時《とうじ》、五段《だん》のプロ棋士《きし》だった。年《とし》はぼくより七歳上《さいうえ》である。

小野《おの》さんは、ふつうではない経歴《けいれき》の持《も》ち主《ぬし》だった。奨励会《しょうれいかい》に入《はい》ったのが、なんと高校卒業後《こうこうそつぎょうご》の十八歳《さい》のとき。高校《こうこう》一年《ねん》でも遅《おそ》すぎるといわれるこの世界《せかい》では、極度《きょくど》の晩学《ばんがく》だった。ところがさらに驚《おどろ》くべきことに、小野《おの》さんはたった三年《ねん》で奨励会《しょうれいかい》を卒業《そつぎょう》して、四段《だん》になってしまったのだ。これはあの羽生《はぶ》さんをもしのぐスピードである。

しかし、将棋界《しょうぎかい》ではだれも小野《おの》さんを「天才《てんさい》」とは呼《よ》ばなかった。かわりに、すさまじい「努《ど》力《りょく》の人《ひと》」と呼《よ》んだ。

北海道《ほっかいどう》の旭川出身《あさひかわしゅっしん》で、卒業《そつぎょう》した高校《こうこう》は地元《じもと》ではかなりの進学校《しんがくこう》だった。友《とも》だちはみんな当然《とうぜん》のように大学《だいがく》に進《すす》んだろうし、おそらくご両親《りょうしん》もそれを望《のぞ》んでいただろう。

だが、小野《おの》さんは心《こころ》ひそかに抱《いだ》いていた夢《ゆめ》を、どうしてもあきらめきれなかった。十八歳《さい》で奨《しょう》励会《れいかい》に入《はい》るという、だれがみても正気《しょうき》の沙汰《さた》とは思《おも》えない冒険《ぼうけん》に、人生《じんせい》を賭《か》けたのだ。おそらく周囲《しゅうい》は猛反対《もうはんたい》しただろう。

勝算《しょうさん》がほとんどないその賭《か》けに勝《か》つために、小野《おの》さんがいったいどんな努力《どりょく》をしたのか、ぼくは直接《ちょくせつ》は知《し》らない。だが、尋常《じんじょう》ではないものだったことだけはまちがいない。

人《ひと》づてに、こんな話《はなし》を聞《き》いたことがある。

小野《おの》さんがプロになってからのことだが、小野《おの》さんの高校《こうこう》のずっと後輩《こうはい》で、もうすぐ卒業《そつぎょう》するという、ある高校生《こうこうせい》から、小野《おの》さんに手紙《てがみ》が届《とど》いた。面識《めんしき》はなかった。

手紙《てがみ》の内容《ないよう》は、自分《じぶん》も将棋《しょうぎ》が大好《だいす》きで、できれば小野《おの》さんのようにプロになりたい、どうすればいいかアドバイスがほしい、というものだった。

小野《おの》さんは、こんな返事《へんじ》を書《か》いたという。

「詰《つ》め将棋《しょうぎ》の本《ほん》に、『詰《つ》むや詰《つ》まざるや』という問題集《もんだいしゅう》があります。それを買《か》って、全部解《ぜんぶと》くことができたら、もう一度相談《いちどそうだん》してください。」

その高校生《こうこうせい》は言《い》われたとおりにその本《ほん》を買《か》って、さあ、と開《ひら》いて啞然《あぜん》とした。すべての問題《もんだい》が、図面《ずめん》いっぱいに膨大《ぼうだい》な数《かず》の駒《こま》がごちゃごちゃと配置《はいち》されていた。こんな詰《つ》め将棋《しょうぎ》を見《み》たことがなかった。これが詰《つ》め将棋《しょうぎ》だとも信《しん》じられなかった。とても考《かんが》える気《き》が起《お》きなかった。そのとき、その高校生《こうこうせい》はきっぱりとプロになる夢《ゆめ》をあきらめた、というのである。

『詰《つ》むや詰《つ》まざるや』は江戸時代《えどじだい》に作《つく》られた、超《ちょう》のつく難問《なんもん》ぞろいの古典作品集《こてんさくひんしゅう》である。将棋界《しょうぎかい》には、これを全部解《ぜんぶと》けばそれだけでプロになれる、という伝説《でんせつ》まであるほどだ。

おそらく小野《おの》さんはその高校生《こうこうせい》に、きみには無理《むり》だ、と伝《つた》えようとしたのだろう。きみがどれだけ強《つよ》いかは知《し》らない。しかし、高校《こうこう》を卒業《そつぎょう》する年齢《ねんれい》になってプロになろうなどと、けっして考《かんが》えてはいけない。自分《じぶん》がプロになれたのは、努力《どりょく》をしたからだ。だが、その努力《どりょく》とは、とても人《ひと》が真似《まね》できるようなものではない。道《みち》を誤《あやま》ってはいけない。

そう小野《おの》さんは教《おし》えようとしたのだと思《おも》う。

プロになってからも、対局《たいきょく》のときはいつも持《も》ち時間《じかん》を使《つか》いきってがんばっていた。終了《しゅうりょう》が深夜《しんや》になって電車《でんしゃ》がなくなると、そのまま将棋会館《しょうぎかいかん》の宿泊室《しゅくはくしつ》に泊《と》まることもあった。新宿《しんじゅく》でひとり暮《ぐ》らしをする小野《おの》さんの家《いえ》まではタクシーでも近《ちか》いのだが、対局《たいきょく》に全精力《ぜんせいりょく》を使《つか》い果《は》たし、車《くるま》をひろう体力《たいりょく》さえも残《のこ》っていなかったらしい。

小野《おの》さんは、才能《さいのう》と努力《どりょく》ということをつねに考《かんが》えていた気《き》がする。

ふだんあまり棋士《きし》のことを話題《わだい》にしない小野《おの》さんが、名前《なまえ》を口《くち》にした棋士《きし》がふたりいた。

ひとりは、羽生《はぶ》さんである。

「年上《としうえ》の棋士《きし》はみんな羽生《はぶ》くん、羽生《はぶ》くんって呼《よ》んでるけど、ぼくはどうしてもそう呼《よ》べないんだ。『羽生《はぶ》くん』と呼《よ》ぼうとしても、どうしても『羽生《はぶ》さん』になっちゃうんだよ。」

ぼくと同年《どうねん》の羽生《はぶ》さんは小野《おの》さんから見《み》れば七歳下《さいした》だから、「くん」と呼《よ》んでもなんら失礼《しつれい》には当《あ》たらない。才能《さいのう》に対《たい》する畏敬《いけい》の念《ねん》が、小野《おの》さんは人一倍強《ひといちばいつよ》かったのだろう。

そんな小野《おの》さんの棋士《きし》としての自慢《じまん》は、昭和《しょうわ》六十一年《ねん》、十五連勝《れんしょう》と手《て》がつけられないほど勝《か》っていた羽生《はぶ》さんを負《ま》かして連勝《れんしょう》を止《と》めたことではないだろうか。けっして自分《じぶん》からそんな話《はなし》をする人《ひと》ではないのだが。

名前《なまえ》を聞《き》いたもうひとりは、井上慶太《いのうえけいた》さんという棋士《きし》である。

次《つぎ》の対局《たいきょく》で井上《いのうえ》さんと当《あ》たるというときに、小野《おの》さんがいったことがあった。

「ぼくは秒読《びょうよ》みの勝負《しょうぶ》になれば、井上《いのうえ》さんには絶対負《ぜったいま》けないからね。」

ふだんそんなことをいわない人《ひと》だけに、印象《いんしょう》に残《のこ》った。

井上《いのうえ》さんも、奨励会《しょうれいかい》に入《はい》ったのは遅《おそ》いほうの晩学《ばんがく》の棋士《きし》である。おそらく小野《おの》さんには内心《ないしん》、強烈《きょうれつ》な自負心《じふしん》があったのではないだろうか。才能《さいのう》のあるやつには負《ま》けるかもしれないが、努力《どりょく》だけは絶対《ぜったい》に、だれにも負《ま》けない、というプライドが。

そんな小野《おの》さんが、なぜかぼくを可愛《かわい》がってくれたのである。

優《やさ》しい人《ひと》だった。初対面《しょたいめん》はぼくが安恵門下《やすえもんか》に入門《にゅうもん》したときだったが、ぼくが中野《なかの》でひとり暮《ぐ》らしを始《はじ》めてからは、何《なに》かにつけてめんどうを見《み》てくれるようになった。ぼくが三段《だん》になったときも、手放《てばな》しで喜《よろこ》んでくれた。安恵先生《やすえせんせい》を別《べつ》とすれば、将棋界《しょうぎかい》でぼくのことをこれほど気《き》にかけてくれた人《ひと》はいない。

小野《おの》さんは、ぼくが将棋界《しょうぎかい》で初《はじ》めて出会《であ》った肉親《にくしん》ともいえた。兄弟子《あにでし》を超《こ》えて、まさに兄《あに》と呼《よ》べる存在《そんざい》だった。小野《おの》さんに喜《よろこ》んでもらうためにも、早《はや》く四段《だん》になりたい。ぼくはそう思《おも》うようになっていた。

平成《へいせい》四年《ねん》十月《がつ》、ぼくにとって二期目《きめ》となる三段《だん》リーグが始《はじ》まった。

前期《ぜんき》、初参加《はつさんか》で勝《か》ち越《こ》したぼくは、今度《こんど》はかなりやれるだろうと自信《じしん》をもって臨《のぞ》んだ。

だが、初日《しょにち》に二連敗《れんぱい》。その後《ご》も思《おも》うように星《ほし》は伸《の》びなかった。

二勝《しょう》四敗《はい》で迎《むか》えた七戦目《せんめ》は、大阪《おおさか》での対局《たいきょく》だった。相手《あいて》は関西《かんさい》の新鋭《しんえい》、久保利明《くぼとしあき》くん。まだ十七歳《さい》の若《わか》さだった。年齢制限《ねんれいせいげん》などまったく気《き》にせずに、自分《じぶん》が指《さ》したいように将棋《しょうぎ》が指《さ》せる、数《かず》少《すく》ないエリート組《ぐみ》のひとりである。

評判《ひょうばん》の若手《わかて》に一泡吹《ひとあわふ》かせようと、ぼくは闘志満々《とうしまんまん》で大阪《おおさか》に乗《の》り込《こ》んだが、結果《けっか》は、惨敗《ざんぱい》だった。伸《の》び伸《の》びとした久保《くぼ》くんの指《さ》しっぷりに、ぼくはなすすべもなく土俵《どひょう》を割《わ》った。

帰《かえ》りの新幹線《しんかんせん》の車中《しゃちゅう》、ぼくは暗《くら》い気分《きぶん》で窓《まど》の外《そと》を眺《なが》めていた。

これで、もう五敗目《はいめ》。早《はや》くもぼくは、昇段戦線《しょうだんせんせん》から脱落《だつらく》してしまった。

ふとぼくは、三段《だん》リーグのもうひとつの落《お》とし穴《あな》に気《き》づいた。

リーグ戦《せん》はこの先《さき》、まだ四か月《げつ》も行《おこな》われる。その間《あいだ》、いったいぼくは何《なに》を目標《もくひょう》に戦《たたか》えばいいのか。

二段《だん》までの昇段規定《しょうだんきてい》なら、いくら負《ま》けが込《こ》んでも、次《つぎ》の例会《れいかい》から新《あたら》しく星《ほし》を作《つく》っていけばいい。リセットはいつでも可能《かのう》だった。だが、三段《だん》リーグではスタートでつまずいてしまうと、そのあとの数《すう》か月間《げつかん》を、何《なん》の望《のぞ》みもないまま戦《たたか》わなければならないのだ。前期《ぜんき》も出《で》だしは三連敗《れんぱい》だったが、初参加《はつさんか》で無我夢中《むがむちゅう》だったぼくはそのことに気《き》づかなかった。

ぼくは奨励会《しょうれいかい》に入《はい》って初《はじ》めて、少《すこ》しうんざりした気持《きも》ちになっていた。

大阪《おおさか》から帰《かえ》って何日《なんにち》かすると、小野《おの》さんから電話《でんわ》があった。そろそろかかってくるころかもしれないと思《おも》っていた。今度《こんど》の日曜日《にちようび》、競馬《けいば》に行《い》こう、という。

ぼくが痛《いた》い敗戦《はいせん》を喫《きっ》すると、決《き》まって小野《おの》さんから電話《でんわ》がある。そしてぼくを、さりげなく食事《しょくじ》や遊《あそ》びに誘《さそ》ってくれるのである。だが、ぼくと会《あ》っても小野《おの》さんが将棋《しょうぎ》の話《はなし》をすることはほとんどなかった。「がんばれ。」ともいわなかった。

日曜日《にちようび》、ぼくたちは大井競馬場《おおいけいばじょう》に行《い》った。

小野《おの》さんは棋士《きし》のご多分《たぶん》にもれず、大変《たいへん》なギャンブル好《ず》きだった。ぼくといっしょのときはいつも熱心《ねっしん》に競馬《けいば》や競艇《きょうてい》の研究《けんきゅう》をしていた。だが、そのわりには勝《か》てなかった。

「あはは、また負《ま》けたか。まあしゃあない。」

その日《ひ》も小野《おの》さんは負《ま》けつづけた。しかし小野《おの》さんが独特《どくとく》なのは、どんなに負《ま》けても、けっして熱《あつ》くならないところだった。こういう人《ひと》は、ふつうギャンブルには凝《こ》らないものだ。

この人《ひと》は本当《ほんとう》にギャンブルが好《す》きなんだろうか、とさえぼくは思《おも》っていた。

だがその日《ひ》、大負《おおま》けしたとは思《おも》えないすっきりした顔《かお》で競馬場《けいばじょう》をあとにする小野《おの》さんを見《み》ていて、その奇妙《きみょう》なギャンブル熱《ねつ》の謎《なぞ》が解《と》けた気《き》がした。

この人《ひと》は、時間《じかん》を取《と》り戻《もど》そうとしているのではないか、と。

三年間《ねんかん》の奨励会生活《しょうれいかいせいかつ》は、他人《たにん》から見《み》れば驚異的《きょういてき》な短《みじか》さだが、小野《おの》さんにとっては人《ひと》の何十年分《なんじゅうねんぶん》もの努力《どりょく》をした、血《ち》を吐《は》くような時間《じかん》だったはずだ。プロになって、そのころに犠牲《ぎせい》にしたものを取《と》り戻《もど》そうとしたとき、たまたまそこにあったのが、ギャンブルだったのではないだろうか。

そのあとぼくたちは新宿《しんじゅく》の居酒屋《いざかや》で食事《しょくじ》をした。競馬《けいば》で負《ま》けたうえにぼくにごちそうまでしながら、小野《おの》さんは敗戦《はいせん》の弁《べん》を楽《たの》しそうに、いつまでもいつまでも繰《く》り返《かえ》すのだった。

昇段《しょうだん》の目《め》はなくなった。だが本当《ほんとう》は、目標《もくひょう》がなくなったわけではない。三段《だん》リーグでは、それぞれの三段《だん》は前期《ぜんき》の成績順《せいせきじゅん》に、相撲《すもう》の番付《ばんづけ》のように順位《じゅんい》が決《き》められる。そして同《おな》じ成績《せいせき》の者《もの》がふたりいてどちらかが昇段《しょうだん》という場合《ばあい》は、その順位《じゅんい》が上《うえ》の者《もの》が昇段《しょうだん》となるのだ。

順位《じゅんい》の差《さ》で涙《なみだ》をのんだ三段《だん》は数《かぞ》えきれない。大阪《おおさか》でぼくがやられた久保《くぼ》くんにしても、前期《ぜんき》は十三勝《しょう》をあげながら、その憂《う》き目《め》をみた。たとえいま戦《たたか》っているリーグでの昇段《しょうだん》が絶望的《ぜつぼうてき》でも、ひとつでも多《おお》く勝《か》って来期《らいき》の順位《じゅんい》を上《あ》げておくことは、意味《いみ》があることなのである。だが、昇段《しょうだん》の目《め》がなくなってからのぼくは、気持《きも》ちに粘《ねば》りを欠《か》いてしまった。最後《さいご》まで星《ほし》は伸《の》びず、この二期目《きめ》の三段《だん》リーグを八勝《しょう》十敗《ぱい》と負《ま》け越《こ》してしまったのだった。

ぼくは気《き》づいていなかった。勝利《しょうり》の女神《めがみ》は結局《けっきょく》、そのとき置《お》かれた状況《じょうきょう》で最善《さいぜん》を尽《つ》くせる者《もの》だけに微笑《ほほえ》むということに。

久保《くぼ》くんはこのリーグで四段《だん》に昇段《しょうだん》した。前期《ぜんき》の痛手《いたで》は、並《なみ》の三段《だん》なら自暴自棄《じぼうじき》になってもおかしくなかったが、かれにはそれを引《ひ》きずらないだけの才能《さいのう》と若《わか》さがあった。

不本意《ふほんい》な二期目《きめ》を終《お》えて、ぼくは、

そう簡単《かんたん》には上《あ》がれないかもしれない。

と思《おも》いはじめていた。チャンスは、あと六回《かい》。

このリーグが終《お》わってすぐに、ぼくは二十三歳《さい》になった。

第《だい》三期目《きめ》の三段《だん》リーグ。

スタートが大切《たいせつ》なことを思《おも》い知《し》らされたぼくは、初日《しょにち》から肩《かた》に力《ちから》が入《はい》っていた。それが裏目《うらめ》に出《で》た。またしても二連敗《れんぱい》。これで三期連続《きれんぞく》、初日《しょにち》は白星《しろぼし》なしである。

さすがにがっくりしていると、何日《なんにち》かして小野《おの》さんから電話《でんわ》がかかってきた。飯《めし》でも食《く》おう、という。

新宿《しんじゅく》の居酒屋《いざかや》で小野《おの》さんは、例《れい》によって競馬《けいば》で当《あ》たりを逃《のが》した話《はなし》ばかりを悔《くや》しそうに何度《なんど》も繰《く》り返《かえ》した。

飯《めし》が終《お》わって、ちょっと喫茶店《きっさてん》にでも寄《よ》ろうということになった。歌舞伎町《かぶきちょう》の適当《てきとう》な店《みせ》に入《はい》り、さすがに競馬《けいば》の話《はなし》も尽《つ》きたとき、小野《おの》さんは鞄《かばん》からおもむろに一冊《さつ》の本《ほん》を取《と》り出《だ》した。詰《つ》め将棋《しょうぎ》の作品集《さくひんしゅう》だった。

「きょう買《か》ったんだ。」

かなりのマニア向《む》けの、難《むずか》しそうな本《ほん》だった。

「ちょっと酔《よ》いざましをするか。」

といって小野《おの》さんはテーブルに本《ほん》を広《ひろ》げ、第《だい》一問《もん》を考《かんが》えはじめた。酒《さけ》を飲《の》んだあとに詰《つ》め将棋《しょうぎ》を解《と》く気《き》になる棋士《きし》も珍《めずら》しいだろう。努力《どりょく》の人《ひと》たるゆえんだった。

だが、小野《おの》さんは眉間《みけん》にしわを寄《よ》せたまま、苦戦《くせん》している。向《む》かい側《がわ》に座《すわ》っていたぼくは、考《かんが》えるつもりもなく逆《さか》さまにその問題《もんだい》を眺《なが》めていたが、やがて正解《せいかい》がひらめいた。

「できました。」

「なに、ほんとか。」

「1二銀《ぎん》から入《はい》って、3二玉《ぎょく》、3四香《きょう》、3三桂《けい》、2一銀《ぎん》成《な》らず……。」

正解手順《せいかいてじゅん》を示《しめ》すと小野《おの》さんは、そうかあ、と感心《かんしん》して、

「よし、じゃ次《つぎ》。」

と第《だい》二問《もん》のページを開《ひら》いた。

「できました。」

「ええっ、もう?」

「はい、３二飛車成《ひしゃな》り、同金《どうきん》……。」

「くそっ、じゃあ次《つぎ》！」

いつのまにか、詰《つ》め将棋早解《しょうぎはやと》き競争《きょうそう》が始《はじ》まっていた。

「できました。」

「おいおい、ほんとかよ……。」

ぼくは勝《か》ちつづけ、小野《おの》さんは次第《しだい》に泣《な》きそうな声《こえ》になった。水《みず》を取《と》り替《か》えにきたウェイトレスは明《あき》らかに気味悪《きみわる》がっていたが、ぼくたちはまったく気《き》にせず、本《ほん》をはさんで向《む》き合《あ》いながら、詰《つ》め将棋《しょうぎ》に熱中《ねっちゅう》しつづけた。

ついに小野《おの》さんはギブアップした。

「いやー参《まい》った。早《はや》いな、瀬川《せがわ》くんは。」

頭脳《ずのう》をフル回転《かいてん》させてのどが渇《かわ》いたらしく、小野《おの》さんはコップの水《みず》を一気《いっき》に飲《の》み干《ほ》した。そのあと、ぽつりとこういった。

「きみには、才能《さいのう》がある。ぼくはその才能《さいのう》がうらやましいよ。」

ぼくは黙《だま》っていた。小野《おの》さんも、それからしばらく黙《だま》った。

ウェイトレスがおずおずと、閉店《へいてん》の時間《じかん》になったことを知《し》らせた。すると小野《おの》さんは、妙《みょう》に明《あか》るい声《こえ》になって、奇妙《きみょう》な話《はなし》を始《はじ》めた。

「瀬川《せがわ》くん、言葉《ことば》って難《むずか》しいよね。」

ぼくとは目《め》を合《あ》わせず、下《した》を向《む》きながら話《はな》す小野《おの》さんは、まるでコーヒーカップに語《かた》りかけているようだった。

「たとえば、がんばれっていう言葉《ことば》がある。あれは、いわれたほうはかえって困《こま》ると思《おも》うんだ。いわれなくても本人《ほんにん》はそのつもりなんだし、いうほうは具体的《ぐたいてき》にどうしろとは何《なに》もいってない。ある意味《いみ》、無責任《むせきにん》な言葉《ことば》だよね。だけど、本当《ほんとう》はいうほうもそれはわかってるんだ。もっとぴったりした日本語《にほんご》があればいいと思《おも》いながら、それが見《み》つからないから、しかたなくそういうんだろうな……。」

話《はなし》の途中《とちゅう》から、小野《おの》さんの気持《きも》ちは痛《いた》いほど伝《つた》わってきた。不器用《ぶきよう》な小野《おの》さんは、いままでけっしてぼくにいわなかったことを、いま、なんとかして伝《つた》えようと、こんな回《まわ》りくどいことをいっているのだ。本当《ほんとう》はただひとこと、こういいたいのだ。

がんばれ、と。

小野《おの》さんはがんばることの大変《たいへん》さをだれよりも知《し》っているだけに、いままでぼくにも軽々《かるがる》しくその言葉《ことば》を口《くち》にしなかった。その小野《おの》さんがいま、ぼくに「がんばれ。」といっている。その才《さい》能《のう》がありながら、なぜもっと努力《どりょく》しないのだ、といっているのだ。ぼくは返事《へんじ》のしようもなく、黙《だま》って聞《き》いていた。

ぼくはがんばっているつもりだった。それでも、類《たぐ》いまれな努力《どりょく》の人《ひと》の目《め》には、ぼくの姿《すがた》は歯《は》がゆく映《うつ》っていたのだ。いまにして思《おも》う。何《なに》が足《た》りないのか、ぼくはこのとき深《ふか》く考《かんが》えるべきだったと。

外《そと》に出《で》ると、深夜《しんや》の新宿《しんじゅく》は早《はや》くも夏《なつ》が訪《おとず》れたかのような気温《きおん》だった。いつも判《はん》で押《お》したように同《おな》じものを着《き》ている小野《おの》さんの紺《こん》のブレザーが、暑《あつ》そうに見《み》えた。

「小野《おの》さん。」

「ん？」

ぼくは兄弟子《あにでし》に、いつも聞《き》きそびれていたことをたずねてみた。

「小野《おの》さんは、ブレザーをその一着《ちゃく》しか持《も》ってないんですか？」

すると小野《おの》さんは、よくぞ聞《き》いてくれた、という顔《かお》になってこういった。

「じつは同《おな》じものを何着《なんちゃく》も持《も》ってるんだ。考《かんが》える時間《じかん》が省《はぶ》けるだろ？」

そして、子《こ》どものような顔《かお》で笑《わら》った。

電話《でんわ》が鳴《な》った。こんな朝早《あさはや》くに鳴《な》るのは珍《めずら》しい。

「瀬川《せがわ》くん？」

安恵先生《やすえせんせい》の夫人《ふじん》だった。

「あ、おはようございます。」

「小野《おの》くんが、亡《な》くなったの。」

そのあと何《なに》を話《はな》したか、まったく覚《おぼ》えていない。

気《き》がつくとぼくは大井町《おおいまち》の警察署《けいさつしょ》にいて、警察《けいさつ》の説明《せつめい》を聞《き》いていた。夫人《ふじん》は警察《けいさつ》から連絡《れんらく》を受《う》けて、小野《おの》さんがいちばん可愛《かわい》がっていたぼくに真《ま》っ先《さき》に知《し》らせたのだった。

死亡《しぼう》は昨夜《さくや》、五月《がつ》二十二日深夜《にちしんや》。場所《ばしょ》は大井町《おおいまち》のカプセルホテル。発見《はっけん》されたときはすでに息《いき》を引《ひ》きとっていた。死因《しいん》は心臓《しんぞう》の発作《ほっさ》ということだった。

心臓《しんぞう》が悪《わる》いなどという話《はなし》を、ぼくは一度《いちど》も聞《き》いたことがなかった。

そういえば……。

健康診断《けんこうしんだん》で一度《いちど》、「要検査《ようけんさ》になっちゃった。」と小野《おの》さんが笑《わら》っていたのを思《おも》い出《だ》した。すると、本人《ほんにん》は知《し》っていたのだろうか。

やがて急《きゅう》を聞《き》いた小野《おの》さんのご両親《りょうしん》が、旭川《あさひかわ》から駆《か》けつけた。ぼくは警察《けいさつ》を出《で》た。ご両親《りょうしん》の泣《な》き崩《くず》れる声《こえ》を聞《き》く自信《じしん》はとてもなかった。

二日後《ふつかご》、告別式《こくべつしき》になった。

安恵一門《やすえいちもん》は、棺《ひつぎ》に納《おさ》められ、斎場《さいじょう》に向《む》かう小野《おの》さんと最後《さいご》の対面《たいめん》をした。

小野《おの》さんらしい、優《やさ》しい顔《かお》だった。

ぼくは、小野《おの》さんの最期《さいご》の場所《ばしょ》が大井町《おおいまち》だったことを思《おも》い出《だ》した。当然《とうぜん》、大井競馬場《おおいけいばじょう》に行《い》っていたのだろう。

いつも負《ま》けてばかりだった小野《おの》さん、最後《さいご》のレースくらいは勝《か》てたのだろうか。そんなことを考《かんが》えたら涙《なみだ》があふれてきた。どうしてぼくが四段《だん》になるまで待《ま》っていてくれないんだ。

十八歳《さい》で奨励会《しょうれいかい》に入《はい》り、二十一歳《さい》で四段《だん》になった小野敦生《おのあつお》五段《だん》は、三十一歳《さい》でこの世《よ》を去《さ》った。天才《てんさい》たちに努力《どりょく》だけを武器《ぶき》に戦《たたか》いを挑《いど》み、戦《たたか》い半《なか》ばで逝《い》った壮絶《そうぜつ》な生涯《しょうがい》だった。

棺《ひつぎ》の蓋《ふた》が閉《と》じられるとき、将棋《しょうぎ》だけでなく、遊《あそ》びにも、兄弟子《あにでし》としても、すべてのことに全力《ぜんりょく》でがんばった小野《おの》さんに、ぼくは心《こころ》のなかで、

「おつかれさまでした。」

といって深《ふか》く頭《あたま》を下《さ》げた。

皮肉《ひにく》なことに、小野《おの》さんが亡《な》くなってから三段《だん》リーグでは白星《しろぼし》がつづいた。だが、ぼくの心《こころ》はさびしかった。勝《か》ったときにいっしょに喜《よろこ》んでくれる人《ひと》がいることが、どれだけありがたいことかを初《はじ》めて知《し》った。

結局《けっきょく》、第三期目《だいきめ》は九勝《しょう》九敗《はい》の指《さ》し分《わ》けで終《お》わった。

つづく第四期目《だいきめ》も、初《はじ》めて好調《こうちょう》にスタートは切《き》れたものの、後半失速《こうはんしっそく》して十勝《しょう》八敗《ぱい》。

過去《かこ》の三段《だん》リーグの例《れい》をみると、四段《だん》になった者《もの》のほとんどは、上《あ》がれなかったときでも十一勝《しょう》以上《いじょう》はあげている。いつもは冴《さ》えない者《もの》が突然《とつぜん》勝《か》ちはじめて上《あ》がるというケースはめったにないのだ。十一勝《しょう》にもなかなか届《とど》かないぼくは、焦《あせ》りを感《かん》じていた。

ぼくの将棋《しょうぎ》は弱《よわ》くない。まわりの三段《だん》を見《み》ていて、自分《じぶん》の才能《さいのう》が劣《おと》っていると思《おも》ったことはない。三段《だん》らしい負《ま》けない指《さ》し方《かた》も身《み》についてきた。いままでこんなに自分《じぶん》を殺《ころ》して将棋《しょうぎ》を指《さ》したことはなかった。これだけやっているのに、なぜ勝《か》てないんだ……。

それからまもなく、ぼくは二十四歳《さい》の誕生日《たんじょうび》を迎《むか》えた。その年齢《ねんれい》は、三段《だん》リーグでは「格下《かくした》」とみなされはじめるターニングポイントである。このころからぼくは、ひとつ負《ま》けるたびに、ぱたん、ぱたん、と体《からだ》のなかの扉《とびら》がひとつずつ閉《と》じられていくような感覚《かんかく》をおぼえはじめていた。

チャンスは、あと四回《かい》。

この前後《ぜんご》にも、何人《なんにん》かの奨励会員《しょうれいかいいん》が退会《たいかい》していった。

なかでも秋山太郎《あきやまたろう》さんが退会《たいかい》したのは、三段一同《だんいちどう》にとって信《しん》じられないことだった。それこそ毎回《まいかい》十一勝《しょう》、十二勝《しょう》をあげていた秋山《あきやま》さんは、周囲《しゅうい》から「プロになれなければおかしい。」とまでいわれていた。しかし、年齢制限《ねんれいせいげん》を迎《むか》えた最後《さいご》のリーグを八勝《しょう》十敗《ぱい》と負《ま》け越《こ》し、「秋山四段《あきやまだん》」はついに幻《まぼろし》となった。昇段《しょうだん》が絶望的《ぜつぼうてき》になったリーグ中盤以降《ちゅうばんいこう》、星取《ほしと》り表《ひょう》にずらりと並《なら》んだ黒星《くろぼし》はとても秋山《あきやま》さんのものとは思《おも》えず、無残《むざん》だった。

やがて、

「秋山《あきやま》さんは退会駒《たいかいごま》を置《お》いていったらしい。」

という話《はなし》が、ぼくの耳《みみ》にも聞《き》こえてきた。

退会《たいかい》していく奨励会員《しょうれいかいいん》は、記念《きねん》として駒《こま》を一組《ひとくみ》、贈《おく》られる。これを「退会駒《たいかいごま》」と呼《よ》ぶ。そんな習慣《しゅうかん》があると知《し》ったときは、もう将棋《しょうぎ》を断念《だんねん》せざるをえない者《もの》に駒《こま》を贈《おく》って何《なん》になるのか、と思《おも》ったものだ。秋山《あきやま》さんはそれを受《う》け取《と》らず、対局室《たいきょくしつ》に置《お》き去《ざ》りにして奨励会《しょうれいかい》を去《さ》ったという。

おそらく、その話《はなし》を聞《き》いた奨励会員《しょうれいかいいん》すべての頭《あたま》に「おれならどうするか。」という思《おも》いがよぎっただろう。そして次《つぎ》の瞬間《しゅんかん》には、たとえ一瞬《いっしゅん》でもそんな状況《じょうきょう》を想像《そうぞう》した自分《じぶん》を、激《はげ》しく責《せ》めただろう。

退会駒《たいかいごま》。いやな響《ひび》きだと思《おも》った。

三段《だん》のなかには、心身《しんしん》に変調《へんちょう》をきたして去《さ》っていく者《もの》もいた。天才少年《てんさいしょうねん》の呼《よ》び声《ごえ》が高《たか》かったその三段《だん》は、だれもが認《みと》める才能《さいのう》の持《も》ち主《ぬし》だった。四段《だん》はおろか、谷川《たにがわ》、羽生《はぶ》らとタイトル争《あらそ》いもできる逸材《いつざい》といわれた。かれ自身《じしん》も、ただ勝《か》つだけではなく、将棋《しょうぎ》の真理《しんり》を究《きわ》めたいとまでいっていた。だが、あまりに鋭《するど》い感性《かんせい》は、三段《だん》リーグのどろどろした戦《たたか》いには不向《ふむ》きだったのかもしれない。才能《さいのう》に見合《みあ》わない不本意《ふほんい》な成績《せいせき》がつづいたかれは、あるときから、だれかをつかまえては宇宙《うちゅう》や神《かみ》についての話《はなし》を延々《えんえん》とするようになった。ほかの三段《だん》たちは、そんな話《はなし》につきあって時間《じかん》をむだにはできないと、かれを避《さ》けるようになった。ぼくも、そうした。仲間《なかま》の異変《いへん》を気《き》づかう余裕《よゆう》はだれにもなかった。

あるとき、対局《たいきょく》の合間《あいま》に部屋《へや》の外《そと》で煙草《たばこ》を吸《す》っていると、すぐそばにかれがいた。気《き》づくのが遅《おく》れたぼくは、一瞬《いっしゅん》、立《た》ち去《さ》るのをちゅうちょしたため、声《こえ》をかけられた。

「瀬川《せがわ》さん。」

しまった、大事《だいじ》な対局《たいきょく》のときに宇宙《うちゅう》の話《はなし》か、と後悔《こうかい》していると、かれは、

「煙草《たばこ》をください。」

といった。セブンスターを一本差《ぽんさ》し出《だ》して火《ひ》をつけると、かれはうまそうに吸《す》い、吸《す》い終《お》えるといつもの話《はなし》はせずに去《さ》っていった。ぼくはほっとした。

そんなことがあったあと、かれが退会《たいかい》するという話《はなし》が聞《き》こえてきた。かれは将棋会館《しょうぎかいかん》でぼくの姿《すがた》を見《み》つけると、近《ちか》づいてきていった。

「退会《たいかい》することになりました。」

返事《へんじ》のしようがなくて、そう、とだけいうとかれは笑《わら》っていった。

「瀬川《せがわ》さんはいい人《ひと》だった。」

意味《いみ》がわからない。かれはいった。

「ぼくに、煙草《たばこ》をくれた。」

ちがう。あのときぼくは、きみから逃《に》げようとしたんだ。

その言葉《ことば》を胸《むね》にしまい込《こ》んで、ぼくはかれと最後《さいご》の煙草《たばこ》を吸《す》った。苦《にが》い味《あじ》がした。

5

第五期目《だいきめ》の三段《だん》リーグ、初日《しょにち》こそ二連勝《れんしょう》したぼくは、そのあと痛《いた》い四連敗《れんぱい》を喫《きっ》した。またしても早々《そうそう》に昇段《しょうだん》レースから脱落《だつらく》してしまったのだ。また半年近《はんとしちか》くも、目標《もくひょう》のない日々《ひび》を過《す》ごさなくてはならなくなった。

「お帰《かえ》り、瀬川《せがわ》さん。腹《はら》へってたら、もうひとり分《ぶん》つくろうか？」

足取《あしど》りも重《おも》く中野《なかの》の下宿《げしゅく》に戻《もど》ると、だれかがジュッジュッとスパゲティを炒《いた》めていた。部屋《へや》に入《はい》ると、別《べつ》のふたりが、「あーっ。」とか「くっそー。」とか叫《さけ》びながらテレビゲームをしていた。きょうは三人《にん》か、と数《かぞ》えてから、わずかな空間《くうかん》に寝転《ねころ》んで雑誌《ざっし》を眺《なが》めていると、

「ここのトイレはほんと、きったねえなあ。」

といいながらもうひとりがドアを開《あ》けて入《はい》ってきた。

しばらくすると、外《そと》で自転車《じてんしゃ》が止《と》まる音《おと》がする。そして、

「瀬川《せがわ》ちゃーん、一局《きょく》どう？」

とまたひとり。その人とぼくは何番か将棋を指し、終わるといつものようにいっしょに銭湯に出かけた。部屋《へや》に残《のこ》った面々《めんめん》はぼくに見向《みむ》きもせず、テレビゲームに熱中《ねっちゅう》していた。

いつのころからか、ぼくの下宿《げしゅく》はそんな状態《じょうたい》になっていた。

当時《とうじ》、ぼくは最初《さいしょ》に住《す》んだ四畳半《よじょうはん》のアパートを出《で》て、すぐ近《ちか》くに引《ひ》っ越《こ》していた。広《ひろ》さは六畳《じょう》に「グレードアップ」したものの、やはり風呂《ふろ》なし、トイレは共同《きょうどう》。すきま風《かぜ》がまるで外《そと》にいるように吹《ふ》きつけてくる、おそろしく古《ふる》いアパートだった。

そして、このぼくの下宿《げしゅく》に、いつしか何人《なんにん》もの棋士《きし》や奨励会員《しょうれいかいいん》が出入《でい》りするようになった。それも、ぼくがふだん下宿《げしゅく》に鍵《かぎ》をかけないのをいいことに、ぼくがいないときでも勝手《かって》に上《あ》がり込《こ》むようになっていたのだ。その常連《じょうれん》は、五人《にん》いた。

まず、プロ棋士《きし》の豊川孝弘《とよかわたかひろ》さん。この本《ほん》の「はじめに」で、試験将棋《しけんしょうぎ》に負《ま》けたぼくをカラオケに連《つ》れていってくれた先輩《せんぱい》である。近所《きんじょ》に住《す》んでいる豊川《とよかわ》さんは、夕方《ゆうがた》になると自転車《じてんしゃ》でぼくの下宿《げしゅく》にやってきて、将棋《しょうぎ》を指《さ》してからいっしょに銭湯《せんとう》に行《い》くのを日課《にっか》にしていた。なぜひとりで行《い》かないんだろうと思《おも》わないでもなかったが、ぼくも断《ことわ》ったことはなかった。

銭湯《せんとう》ではおたがい背中《せなか》を流《なが》し合《あ》った。豊川《とよかわ》さんは体育会気質《たいいくかいきしつ》なのだ。背中《せなか》を流《なが》されながら豊川《とよかわ》さんはときどき「遊《あそ》びてえー。」とか、「瀬川《せがわ》ちゃーん、青春《せいしゅん》したいよなあ。」と奇声《きせい》をあげた。

そのころ、手痛《ていた》い失恋《しつれん》をしたらしい。

カラオケに行《い》くと豊川《とよかわ》さんは決《き》まって、

〜負《ま》けない事《こと》　投《な》げ出《だ》さない事《こと》
　逃《に》げ出《だ》さない事《こと》　信《しん》じ抜《ぬ》く事《こと》

と大好《だいす》きな大事《だいじ》MAN《マン》ブラザーズバンドの歌《うた》を熱唱《ねっしょう》した。失恋《しつれん》した自分《じぶん》を、あるいは奨励会同期《しょうれいかいどうき》の羽生《はぶ》さんたちに差《さ》をつけられた自分《じぶん》を叱咤激励《しったげきれい》していたのかもしれない。だが正直《しょうじき》にいえば、ぼくはこの歌詞《かし》を聴《き》くたびにぼくがそういわれているようで「わかってるよ。」と反発《はんぱつ》したい気《き》持《も》ちになった。豊川《とよかわ》さんにそんなつもりがないことは百《ひゃく》も承知《しょうち》だったが。

　さらにプロ棋士《きし》の常連《じょうれん》には川上猛《かわかみたけし》くん、通称《つうしょう》「猛《もう》やん」がいた。自分《じぶん》のパジャマまで置《お》いていたから、ほとんど同居《どうきょ》である。年《とし》はぼくより二歳若《さいわか》い。

　猛《もう》やんは三段《だん》リーグをたった一期《き》で勝《か》ち抜《ぬ》いて昇段《しょうだん》してしまうという離《はな》れ業《わざ》をやってのけた。ぼくが二期目《きめ》のときだった。天才《てんさい》といえば天才《てんさい》なのだろうが、いつも飄々《ひょうひょう》としていて、勝負《しょうぶ》には淡泊《たんぱく》なところがある。なぜか「ぼくは瀬川派《せがわは》です。」といって、いつもぼくを気《き》づかってくれた。

　奨励会員《しょうれいかいいん》では、三段《だん》の田畑良太《たばたりょうた》さん。ぼくより七歳年上《さいとしうえ》で、三段《だん》の最年長《さいねんちょう》である。とっくに二十六歳《さい》はすぎていたが、田畑《たばた》さんが奨励会《しょうれいかい》に入《はい》ったときは、まだ「三十一歳《さい》の誕生日《たんじょうび》までに四段《だん》」という古《ふる》い規定《きてい》だったので、田畑《たばた》さんにはそれが適用《てきよう》されているのだ。

　ぼくが三段《だん》リーグ五期目《きめ》のこのころ、田畑《たばた》さんはその三十一歳《さい》になっていたが、そうした状況《じょうきょう》にいることを周囲《しゅうい》に忘《わす》れさせるほど、いつもニコニコと笑《わら》っていた。絵《え》に描《か》いたようないい人《ひと》とは、田畑《たばた》さんのことをいうのかもしれない。

三段《だん》の田村康介《たむらこうすけ》くん。ぼくより六歳《さい》も若《わか》く、当時《とうじ》はまだ十代《だい》だった。その意味《いみ》ではエリート組《ぐみ》のひとりだろう。十七歳《さい》で三段《だん》リーグに初参加《はつさんか》したとき、いきなり十四勝《しょう》をあげたが、順位《じゅんい》の差《さ》で昇段《しょうだん》を逃《のが》した。見《み》た目《め》からして、いかにもやんちゃ坊主《ぼうず》で、先輩《せんぱい》にもずけずけとものをいった。

「三段《だん》にも『つよ三段《だん》』『並三段《なみだん》』『よわ三段《だん》』があります。悪《わる》いけど、瀬川《せがわ》さんは並《なみ》ですね。」

と、ぼくも面《めん》と向《む》かっていわれたものである。

三段《だん》の近藤正和《こんどうまさかず》くん。ぼくが最初《さいしょ》に奨励会《しょうれいかい》を受験《じゅけん》して、三連勝《れんしょう》のあと三連敗《れんぱい》したときの相手《あいて》のひとりである。ぼくよりひとつ年下《としした》だが、三段《だん》リーグではかれのほうが先輩《せんぱい》だった。そして、かれもなかなか上《あ》がれず苦《くる》しんでいた。

しかし底抜《そこぬ》けに明《あか》るく、大変《たいへん》なおしゃべり好《ず》きで、電話《でんわ》をかければ二時間《じかん》くらい話《はな》すのはふつうだった。のちにプロになったかれが開発《かいはつ》する新戦法《しんせんぽう》は「ゴキゲン中飛車《なかびしゃ》」と名《な》づけられるのだが、その名前《なまえ》がぴったりの性格《せいかく》だった。

この五人《にん》を常連《じょうれん》として、ほかにもさまざまな棋士《きし》や奨励会員《しょうれいかいいん》が、ぼくの下宿《げしゅく》にやってくるようになったのである。

千駄ケ谷《せんだがや》や新宿《しんじゅく》に近《ちか》いという地《ち》の利《り》のせいもあったのだろう。

最初《さいしょ》のうちはそれでも、みんな電話《でんわ》してから来《き》ていた。だが、そのうち、ぼくがいなくても部屋《へや》に上《あ》がり込《こ》むようになった。やがて、ぼくが外《そと》から帰《かえ》るとだれかがいるのが当《あ》たり前《まえ》になっていた。

そんな様子《ようす》を見《み》て、いくらなんでもひどいんじゃないか、と心配《しんぱい》してくれる先輩棋士《せんぱいきし》もいたが、ぼくはべつに困《こま》りはしなかった。むしろ将棋《しょうぎ》に負《ま》けた日《ひ》は、だれもいないよりもいいと思《おも》った。もし来《こ》られるのがいやだったら、下宿《げしゅく》に鍵《かぎ》をかければすむことなのである。だが、ぼくは鍵《かぎ》をかけなかった。

みんな、将棋《しょうぎ》のためになることはほとんどしなかった。だいたいはテレビゲームや博打《ばくち》である。夜中《よなか》に「チンチロリン」で大騒《おおさわ》ぎして、隣《となり》の住人《じゅうにん》にどなられたこともあった。

ケンカもあった。こんなことを思《おも》い出《だ》す。

その夜《よる》、鈴木大介《すずきだいすけ》くんというプロ棋士《きし》が遊《あそ》びに来《き》ていて、将棋《しょうぎ》を指《さ》していた。かれもよく下宿《げしゅく》に来《き》たひとりである。常連《じょうれん》の近藤《こんどう》くんや猛《もう》やんもいて、将棋《しょうぎ》の相手《あいて》はそのどちらかだったはずだ。

午前《ごぜん》二時《じ》ころ、新宿《しんじゅく》で飲《の》んでいた田畑《たばた》さんが田村《たむら》くんをつれてやってきた。ぼくたちを誘《さそ》って、どこかへ遊《あそ》びにいくつもりだったらしい。ところが鈴木《すずき》くんが将棋《しょうぎ》を指《さ》している。鈴木《すずき》くんと田村《たむら》くんは同《おな》じ一門《いちもん》の兄弟弟子《きょうだいでし》で、後《おく》れをとった田村《たむら》くんは鈴木《すずき》くんに強烈《きょうれつ》な対抗《たいこう》意識《いしき》があった。その夜《よる》は虫《むし》の居《い》どころが悪《わる》かったのだろうか、田村《たむら》くんはいった。

「そんなヘボ将棋《しょうぎ》やめて、遊《あそ》びに行《い》こうよ。」

とたんに鈴木《すずき》くんがどなった。

「ヘボ将棋《しょうぎ》とはなんだ！」

「ヘボだからヘボっていってんだよ。」

「それが先輩《せんぱい》に対《たい》する口《くち》のきき方《かた》か！」

おたがい、相手《あいて》の胸《むな》ぐらに手《て》がいった。この狭《せま》い部屋《へや》で取《と》っ組《く》み合《あ》いになるのは困《こま》るなあとぼくは思《おも》った。

ついに鈴木《すずき》くんは、逆上《ぎゃくじょう》のあまりこう叫《さけ》んだ。

「おまえなんか、ここから出《で》ていけ！」

一瞬《いっしゅん》、ぼくはここがだれの家《いえ》だかわからなくなった。田村《たむら》くんが切《き》り返《かえ》した。

「瀬川《せがわ》さんがいうならわかるけど、なんでおまえにいわれなくちゃいけないんだ！」

そうだそうだ、とぼくは心《こころ》のなかでうなずいた。

そこへ近藤《こんどう》くんが、

「まああまああまあ。」

といいながらふたりの間《あいだ》に入《はい》った。こういう役回《やくまわ》りにはかれはぴったりだった。近藤《こんどう》くんが何《なに》やらのんきな口調《くちょう》でなだめるうちに、やっとふたりはおさまった。と、そのとき、

「つまんねえな。」

ぼそっと声《こえ》がした。一瞬《いっしゅん》みんな、え？　という顔《かお》で声《こえ》のほうを見《み》ると、テレビゲームに没頭《ぼっとう》していたはずの田畑《たばた》さんだった。かれはもっと派手《はで》なケンカになるのを期待《きたい》していたのだ。なんとなく手持《ても》ち無沙汰《ぶさた》になったとき、猛《もう》やんが、おっとりした声《こえ》でいった。

「じゃあ、トランプでもやろうか。」

そのひとことで、ぼくたちはなぜか輪《わ》になって「大貧民《だいひんみん》」を始《はじ》めた。鈴木《すずき》くんも、田村《たむら》くんもやった。

やがてくたびれて、ぼくたち六人《にん》は六畳間《じょうま》に重《かさ》なり合《あ》って雑魚寝《ざこね》した。そして翌日《よくじつ》は、みんなで仲《なか》よく競馬場《けいばじょう》に出《で》かけたのだった。

結局《けっきょく》、このころに遊《あそ》びすぎたのがいけなかったのかもしれない。あそこで踏《ふ》ん張《ば》っていれば、ぼくは四段《だん》になれたのかもしれない。それまでもほどほどに遊《あそ》んではいた。だが、あのころのぼくは、遊《あそ》びに流《なが》されていた。

つねに精神《せいしん》が張《は》りつめている奨励会員《しょうれいかいいん》にとって、遊《あそ》ぶことは必要《ひつよう》である。次《つぎ》の戦《たたか》いのために遊《あそ》ぶのであれば。だがぼくは、何《なに》かから目《め》をそむけるために遊《あそ》んだ。

その何《なに》かとは、死《し》にひとしい年齢制限《ねんれいせいげん》の恐怖《きょうふ》だった。

努力《どりょく》をするためには、現状《げんじょう》の把握《はあく》が必要《ひつよう》である。それができて初《はじ》めて、どんな努力《どりょく》をすべきかがわかる。だが、ぼくにはそれができなかった。現状《げんじょう》を直視《ちょくし》することは、死《し》が自分《じぶん》にどれだけ迫《せま》っているかを直視《ちょくし》することにほかならない。そのあまりの怖《おそ》ろしさに、ぼくは逃《に》げた。逃《に》げて、流《なが》されて、それでも自分《じぶん》が四段《だん》になることは疑《うたが》おうとしなかった。

いま、もしぼくが苦《くる》しんでいる奨励会員《しょうれいかいいん》にいえることがあるとすれば、逃《に》げないでほしい、ということだけだ。逃《に》げずに恐怖《きょうふ》を見《み》つめてほしい。前進《ぜんしん》はその向《む》こうにしかない。逃《に》げて悔《く》いを残《のこ》さないでほしい。

ただ、一方《いっぽう》でぼくは思《おも》う。もしいまのぼくがあのころからやり直《なお》せたとしても、やはり下宿《げしゅく》に鍵《かぎ》をかけることはできないかもしれない、と。

奨励会《しょうれいかい》に入《はい》って、ぼくは十年《ねん》になっていた。その間《あいだ》、奨励会員《しょうれいかいいん》のだれもがそうであるように、ぼくはずっと自分《じぶん》のことしか考《かんが》えてこなかった。他人《たにん》がどうなろうと知《し》ったことではなかった。田畑《たばた》さん、近藤《こんどう》くん、田村《たむら》くんらにしても、それはぼくと変《か》わらない。三段《だん》リーグで顔《かお》を合《あ》わせれば、おたがい命《いのち》ほど大切《たいせつ》な白星《しろぼし》を争《あらそ》う敵《てき》どうしなのだ。

そんなぼくたちが、なぜかあの下宿《げしゅく》に寄《よ》り添《そ》っていたのである。

語《かた》り好《ず》きの近藤《こんどう》くんが、こんなことをいっていた。

「いってみれば瀬川《せがわ》ちゃんの家《いえ》はさ、奨励会員《しょうれいかいいん》の止《と》まり木《ぎ》なんだろうね。だれだって、負《ま》けたときにはひとりになりたくない。さびしいんだ。だから、みんな瀬川《せがわ》ちゃんの家《いえ》に集《あつ》まるんだ。」

そう、ぼくの下宿《げしゅく》は、かれらだけでなく、ぼく自身《じしん》にとっても止《と》まり木《ぎ》だったのだ。

しかし、近藤《こんどう》くんの話《はなし》にはつづきがある。

「でも、そういうぼくたちは甘《あま》いんだよね。統計的《とうけいてき》に見《み》ても、強《つよ》い人《ひと》たちは負《ま》けたときこそ、さびしさをぐっとこらえてひとりになってる。そして唇《くちびる》をかみしめて、負《ま》けた将棋《しょうぎ》を反省《はんせい》しているんだ。」

三段《だん》でくすぶり、四段《だん》になっても思《おも》うように活躍《かつやく》できない当時《とうじ》のぼくたちは、どこか甘《あま》かったのだろう。そして甘《あま》い人間《にんげん》は必《かなら》ず敗《やぶ》れるのが、奨励会《しょうれいかい》であり、将棋界《しょうぎかい》なのだ。

第《だい》五期目《きめ》の三段《だん》リーグは十勝《しょう》八敗《ぱい》に終《お》わった。チャンスは、あと三回《かい》になった。このリーグで、三十一歳《さい》の田畑《たばた》さんが退会《たいかい》した。

久《ひさ》しぶりに実家《じっか》に帰《かえ》った。

そのころには、ぼくの家族《かぞく》も「ショウは四段《だん》になれないのではないか。」と心配《しんぱい》しはじめていた。両親《りょうしん》や兄《あに》たちは顔《かお》を合《あ》わせれば、その話題《わだい》になっていたようだ。とくに長兄《ちょうけい》の敦司《あつし》は、一度《ど》ぼくの下宿《げしゅく》を見《み》に来《き》て、ぼくの生活《せいかつ》が荒《あ》れていると感《かん》じたらしい。

「ショウ、おまえ、そろそろ見切《みき》りをつけたらどうなんだ。」

久《ひさ》しぶりに家族全員《かぞくぜんいん》がそろった夕食《ゆうしょく》の時間《じかん》に、長兄《ちょうけい》はいった。

「二十六歳《さい》ぎりぎりまでやってだめだったら、もう社会《しゃかい》に出《で》て遅《おく》れを取《と》り戻《もど》すのは大変《たいへん》なことだぞ。いまならまだ、なんとかなる。もう奨励会《しょうれいかい》はやめたらどうだ。」

ぼくは、ただ黙《だま》っていた。もしもだめだったら、ということを考《かんが》えられないので、返事《へんじ》のしようもなかった。

長兄《ちょうけい》は話《はな》しはじめると熱《あつ》くなるタイプである。そして責任感《せきにんかん》が人一倍強《ひといちばいつよ》い。

「どうも最近《さいきん》、遊《あそ》んでばかりいるようじゃないか。」

と強《つよ》い口調《くちょう》でぼくを問《と》い詰《つ》めた。

「いまのおまえを見《み》ていると、とても充実《じゅうじつ》しているようには見《み》えない。自分《じぶん》には将棋《しょうぎ》しかないこと、将棋《しょうぎ》を取《と》ったら何《なに》も残《のこ》らないことを本当《ほんとう》にわかってるのか。」

わかってるよ。心《こころ》のなかで、ぼくは言《い》い返《かえ》した。父《ちち》も、母《はは》も、何《なに》もいわなかった。

実家《じっか》にいるのがいたたまれなくなって、ぼくは下宿《げしゅく》に戻《もど》った。田畑《たばた》さんと田村《たむら》くんがいた。田《た》畑《ばた》さんはホテルの囲碁教室《いごきょうしつ》でインストラクターの仕事《しごと》に就《つ》いていた。そのころ、ふたりは田畑《たばた》さんの仕事《しごと》が終《お》わったあと新宿《しんじゅく》で合流《ごうりゅう》して、ぼくの下宿《げしゅく》に来《く》るのがお決《き》まりのコースになっていたのだ。ぼくたちはそれから麻雀《マージャン》を打《う》ち、少《すこ》し寝《ね》てから朝《あさ》十時《じ》にはパチンコ屋《や》の開店《かいてん》の行列《ぎょうれつ》に並《なら》んだ。

六期目《きめ》の三段《だん》リーグ。異変《いへん》が起《お》こった。

ぼくは開幕《かいまく》からなんと無傷《むきず》の六連勝《れんしょう》と勝《か》ちまくり、九局《きょく》を終《お》えた時点《じてん》で八勝《しょう》一敗《ぱい》と、堂々《どうどう》の首《しゅ》位《い》に立《た》っていたのである。

とくにそれまでと何《なに》かが変《か》わったわけではない。一戦《せん》一戦《せん》を見《み》れば、幸運《こううん》な勝利《しょうり》もあった。だが上《あ》がるときというのは、そうした運《うん》がつきものである。初《はじ》めてのチャンスらしいチャンスに、ついにきた、とぼくの心《こころ》はおどった。

ここからが正念場《しょうねんば》である。現在《げんざい》、二敗《はい》でぼくを追《お》いかけている三段《だん》は三人《にん》。その三人《にん》と、これから三局連続《きょくれんぞく》で当《あ》たるのだ。ここで二勝《しょう》すれば、昇段《しょうだん》はまずまちがいないだろう。

いよいよ十局目《きょくめ》。相手《あいて》は勝又清和《かつまたきよかず》さんだった。

勝又《かつまた》さんは、このリーグの期間中《きかんちゅう》に二十六歳《さい》の誕生日《たんじょうび》を迎《むか》える。かれの人生《じんせい》にとっても、この将棋《しょうぎ》は絶対《ぜったい》に負《ま》けられない一局《きょく》だった。

将棋《しょうぎ》は、少《すこ》しずつ、ぼくに分《ぶ》がある局面《きょくめん》になっていった。苦《くる》しそうに考《かんが》える勝又《かつまた》さんはついに持《も》ち時間《じかん》を使《つか》いきり、一手《いって》六十秒以内《びょういない》の秒読《びょうよ》みになった。ぼくのほうは、まだ時間《じかん》を残《のこ》していた。秒読《びょうよ》みの声《こえ》に追《お》われながら、勝又《かつまた》さんはしきりに身《み》じろぎしていた。

まだまだ戦《たたか》いは長《なが》いと思《おも》われた矢先《やさき》、信《しん》じられないことが起《お》きた。

一手指《いってさ》した勝又《かつまた》さんが、突然立《とつぜんた》ち上《あ》がったかと思《おも》うと、ダダダッとものすごい勢《いきお》いで部屋《へや》を飛《と》び出《だ》していったのである。

ぼくはあっけにとられてそれを見《み》ていた。そして、すぐに理解《りかい》した。

トイレに行《い》ったのだ。

ありえないことだった。トイレに行《い》っている間《あいだ》も、自分《じぶん》の手番《てばん》であれば、秒《びょう》は読《よ》まれる。六十秒以内《びょういない》に戻《もど》って指《さ》さなければ、時間切《じかんぎ》れ負《ま》けになるのだ。だからプロでも秒読《びょうよ》みに入《はい》る前《まえ》には、あらかじめ用《よう》を済《す》ませて備《そな》えておくものである。ぼくの経験《けいけん》でも、秒読《びょうよ》みの相手《あいて》がトイレに立《た》ったことなど、それまで一度《いちど》もなかった。

取《と》り残《のこ》されたぼくに、奇妙《きみょう》な時間《じかん》が訪《おとず》れた。

——いますぐ指《さ》せ。

心《こころ》のなかに、そう命《めい》じる自分《じぶん》がいた。

いますぐに一手指《いってさ》せば、勝又《かつまた》さんは時間内《じかんない》に戻《もど》れないかもしれない。ぼくは労《ろう》せずして勝《か》ち、四段《だん》に大《おお》きく前進《ぜんしん》する。この際《さい》、どんな手《て》でもいい、いますぐに指《さ》せば――。

だが、ぼくの手《て》は動《うご》かなかった。

指《さ》す手《て》が決《き》められなかったのだ。

とりあえず指《さ》そうと思《おも》えば、指《さ》す手《て》はいくらでもあった。だが、ぼくはその局面《きょくめん》での最善《さいぜん》の一《いっ》手《て》を探《さが》していた。

そのまま時間《じかん》は経過《けいか》した。やがて、ドドドドと音《おと》を立《た》てて勝又《かつまた》さんは戻《もど》ってきた。ぼくがまだ指《さ》していないのを確認《かくにん》した勝又《かつまた》さんは、はーっ、と、深《ふか》く、深《ふか》く息《いき》を吐《は》いた。

その後《ご》、戦《たたか》いは延々《えんえん》とつづいた。そして、ぼくは敗《やぶ》れた。

勝又《かつまた》さんが去《さ》ったあと、悔《くや》しさで立《た》ち上《あ》がれないぼくに、ある三段《だん》がたずねた。

「どうして指《さ》さなかったの？」

対局《たいきょく》を見《み》ていたその三段《だん》は、勝又《かつまた》さんがトイレに立《た》ったとき、当然《とうぜん》ぼくがすぐに指《さ》すものと思《おも》ったという。ぼくは落胆《らくたん》のあまり、口《くち》を開《ひら》くこともできなかった。

あのときぼくは、自分《じぶん》のほうが少《すこ》し優勢《ゆうせい》だと思《おも》っていた。だから時間切《じかんぎ》れではなく、ちゃんと将棋《しょうぎ》で勝《か》ちたいと思《おも》ったのだ。

もし、すぐに指《さ》していたら――。

勝又《かつまた》さんは、時間内《じかんない》に戻《もど》ったかもしれない。いや何《なに》が何《なん》でも戻《もど》るつもりで勝又《かつまた》さんはトイレに立《た》ったのだろう。しかし、戻《もど》れたとしても残《のこ》りは十秒《びょう》もないはずだ。そのなかでぼくの指《さ》した手《て》に正《ただ》しく対応《たいおう》するのは難《むずか》しかったのではないか。

だが、ぼくは大《おお》きな一番《ばん》に敗《やぶ》れたことは悔《くや》しかったが、指《さ》さなかったことはけっして後悔《こうかい》はしていなかった。その気持《きも》ちは、当時《とうじ》もいまも変《か》わっていない。

ただ、奨励会《しょうれいかい》を退会《たいかい》してからもときどき、いまの自分《じぶん》が当時《とうじ》の状況《じょうきょう》にいたら、と考《かんが》えることはあった。

やはり指《さ》さないかもしれない、とそのたびにぼくは思《おも》った。少《すく》なくとも必《かなら》ず指《さ》すとはいいきれない。だが、自分《じぶん》のほうが苦《くる》しい将棋《しょうぎ》だったら指《さ》している気《き》がする。ぼくはけっして聖人君子《せいじんくんし》ではない。

ほかの奨励会員《しょうれいかいいん》に聞《き》けば、形勢《けいせい》がどうであれ指《さ》すに決《き》まっている、という者《もの》がおそらく多数派《たすうは》だろう。将棋《しょうぎ》の内容《ないよう》を問《と》われるプロとちがって、奨励会員《しょうれいかいいん》は勝《か》たなければ話《はなし》にならないのだから、それは当然《とうぜん》の選択《せんたく》だとぼくも思《おも》う。いまいえるのは、ぼくの勝負《しょうぶ》に対《たい》する考《かんが》え方《かた》は奨励会員《しょうれいかいいん》の平均《へいきん》より少《すこ》し甘《あま》めだったということだけだ。

それよりも、いま振《ふ》り返《かえ》ってぼくが感《かん》じるのは、勝負《しょうぶ》というものの微妙《びみょう》さである。

おそらく勝又《かつまた》さんは、人生《じんせい》が懸《か》かった一局《きょく》という極限状況《きょくげんじょうきょう》のため、つい事前《じぜん》の備《そな》えを忘《わす》れてしまったのだろう。秒読《びょうよ》みのなかで尿意《にょうい》が切迫《せっぱく》してきたとき勝又《かつまた》さんは、この大事《だいじ》なときに、と自《じ》分《ぶん》の不注意《ふちゅうい》を呪《のろ》ったはずだ。このとき、勝利《しょうり》の女神《めがみ》は明《あき》らかにぼくのほうを向《む》いていた。

だが、勝又《かつまた》さんは賭《か》けに出《で》た。あそこでトイレに立《た》つことは大《おお》げさではなく、人生《じんせい》をあずけた賭《か》けだった。そして勝又《かつまた》さんは賭《か》けに勝《か》った。そのとき、女神《めがみ》は向《む》きを変《か》えたのかもしれない。

結局《けっきょく》、このリーグで勝又《かつまた》さんが、年齢制限《ねんれいせいげん》ぎりぎりの二十六歳《さい》での昇段《しょうだん》を勝《か》ちとったことを思《おも》えば、この賭《か》けのもつ意味《いみ》はあまりにも大《おお》きかった。

直接対決《ちょくせつたいけつ》の三連戦《れんせん》、次《つぎ》の相手《あいて》は、近藤《こんどう》くんだった。

勝又《かつまた》さんに敗《やぶ》れ同率首位《どうりつしゅい》に並《なら》ばれたぼくを、かれは星《ほし》ひとつの差《さ》で追《お》っていた。盤《ばん》の前《まえ》に座《すわ》った近藤《こんどう》くんは、無言《むごん》のまま、すさまじい気合《きあい》を発散《はっさん》していた。ふだんのへらへらしているかれとは似《に》ても似《に》つかない。それが対局《たいきょく》のときの、いつものかれなのである。一度《いちど》、三段《だん》リーグでぼくに負《ま》けたとき、かれは感想戦《かんそうせん》の最中《さいちゅう》に自分《じぶん》が指《さ》してしまった悪手《あくしゅ》に怒《いか》り、持《も》っていた扇子《せんす》を両手《りょうて》でへし折《お》ったことがあった。こと将棋《しょうぎ》にかんしては、近藤《こんどう》くんほど自分《じぶん》に妥協《だきょう》を許《ゆる》さない人間《にんげん》もめずらしかった。

かれにとってもぼくにとっても、これからの人生《じんせい》を大《おお》きく左右《さゆう》しかねない勝負《しょうぶ》である。日頃《ひごろ》のつきあいなど、まったく頭《あたま》にはなかった。ぼくたちは、自分《じぶん》が勝《か》つことしか眼中《がんちゅう》にない奨励会員《しょうれいかいいん》の姿《すがた》そのものになって、向《む》かい合《あ》った。

どちらもひとことも発《はっ》せず、対局《たいきょく》は進《すす》んだ。

近藤《こんどう》くんの気迫《きはく》に、ぼくは少《すこ》しずつ押《お》されていった。それは追《お》う者《もの》と、追《お》われる者《もの》の差《さ》だったのかもしれない。やがて、

「負《ま》けました。」

と頭《あたま》を下《さ》げたのはぼくのほうだった。近藤《こんどう》くんの完璧《かんぺき》な勝利《しょうり》だった。

勝負《しょうぶ》が終《お》わり、感想戦《かんそうせん》をしていると、頭《あたま》のなかが少《すこ》しずつ日常《にちじょう》に戻《もど》っていく。ぼくたちは、ふだんは仲間《なかま》であることを思《おも》い出《だ》す。そのとき気《き》まずさをおぼえるのは、負《ま》けたほうではなく、勝《か》ったほうだ。自分《じぶん》が負《ま》けたような憂鬱《ゆううつ》な顔《かお》で、近藤《こんどう》くんは盤《ばん》を離《はな》れた。

気落《きお》ちしたぼくは、もうひとりの競争相手《きょうそうあいて》、北島忠雄《きたじまただお》さんにも敗《やぶ》れた。

悪夢《あくむ》のような三連敗《れんぱい》だった。この間《あいだ》までトップを走《はし》っていたのがうそのように、ぼくは昇段《しょうだん》レースから大《おお》きく後退《こうたい》した。

ぼくはひとりで下宿《げしゅく》に帰《かえ》った。おそらく、みんなぼくの結果《けっか》を知《し》っていたのだろう、この日《ひ》はだれも来《こ》なかった。

ぼくに並《なら》んだ近藤《こんどう》くんは、このあと勝又《かつまた》さんを猛然《もうぜん》と追《お》い上《あ》げ、最終的《さいしゅうてき》に同《おな》じ勝《か》ち数《すう》をあげるが、順位《じゅんい》の差《さ》で昇段《しょうだん》できなかった。このときの悔《くや》しさがかれを変《か》えた。たとえ目先《めさき》の希望《きぼう》はなくとも、次《つぎ》に来《く》るチャンスのため、すべての対局《たいきょく》に全力《ぜんりょく》を尽《つ》くすべきだと学《まな》んだのだ。結局《けっきょく》、それ

ができる者《もの》だけが生き残《のこ》れるのだということを。

ぼくにも三連敗《れんぱい》のあと、数字《すうじ》の上《うえ》では可能性《かのうせい》はあった。だが、このあと気持《きも》ちが切《き》れたぼくは、十勝《しょう》八敗《ぱい》という変《か》わりばえのしない成績《せいせき》に終《お》わった。そして、ぼくは二十五歳《さい》の誕生日《たんじょうび》を迎《むか》えた。体《からだ》のなかの扉《とびら》が、ばたばたと一気《いっき》に何枚《なんまい》も閉《と》じられた気《き》がした。チャンスはあと二回《かい》を残《のこ》すのみになった。


その次《つぎ》のリーグについて、語《かた》るべきことは何《なに》もない。前期《ぜんき》のショックを引《ひ》きずるように初戦《しょせん》から四連敗《れんぱい》したぼくはずるずると黒星《くろぼし》を重《かさ》ね、七勝《しょう》十一敗《ぱい》という過去最悪《かこさいあく》の結果《けっか》に終《お》わった。八回《かい》あったチャンスは、七回《かい》までが煙《けむり》のように消《き》えてしまった。

しかし、ぼくの下宿《げしゅく》はこのとき、にぎやかな笑《わら》い声《ごえ》に包《つつ》まれていた。このリーグで、田村《たむら》くんが四段《だん》になったのである。ふだんは天邪鬼《あまのじゃく》で感情《かんじょう》を素直《すなお》に表《あらわ》さないかれが、これほどうれしそうにしているのを初《はじ》めて見《み》た。後日《ごじつ》、田村《たむら》くんはぼくや近藤《こんどう》くんらを北海道《ほっかいどう》への祝勝旅行《しゅくしょうりょこう》に誘《さそ》い、食事《しょくじ》をごちそうしてくれた。

仲間《なかま》に訪《おとず》れた喜《よろこ》びをぼくは心《こころ》から祝福《しゅくふく》したかった。しかし、取《と》り残《のこ》されるさびしさを感《かん》じてしまうのを、どうしようもなかった。

ぼくの胸《むね》をうずかせるニュースが、もうひとつあった。

それは、アマチュア名人戦《めいじんせん》で神奈川県代表《かながわけんだいひょう》の渡辺健弥《わたなべけんや》が優勝《ゆうしょう》し、アマ名人《めいじん》となった、というものだった。

あれから高校《こうこう》、大学《だいがく》と進《すす》んだ健弥《けんや》くんは、その後《ご》もときどきはぼくの下宿《げしゅく》に遊《あそ》びに来《き》ていたが、かれが就職《しゅうしょく》してからは会《あ》うことが少《すく》なくなっていた。健弥《けんや》くんは、しっかりと自分《じぶん》の足《あし》で生《い》きる力《ちから》を身《み》につけながら、趣味《しゅみ》としての将棋《しょうぎ》にも大《おお》きな花《はな》を咲《さ》かせたのである。

なのにぼくは、いまだに親《おや》から仕送《しおく》りをもらい、プロでもなくアマでもない宙《ちゅう》ぶらりんの状態《じょうたい》のままだ。あの中学生名人戦《ちゅうがくせいめいじんせん》の日《ひ》におたがいの道《みち》が分《わ》かれてから、二十五歳《さい》になったいま、ふたりの差《さ》はこんなにも広《ひろ》がってしまった。プロをめざしたぼくよりも、夢《ゆめ》をあきらめたはずの健弥《けんや》くんのほうが、いつのまにか輝《かがや》いていた。

このころの楽《たの》しかった思《おも》い出《で》は、秋《あき》にみんなで旅行《りょこう》に出《で》かけたことである。猛《もう》やん、近藤《こんどう》くん、それに奨励会初段《しょうれいかいしょだん》の大野暁弘《おおのあきひろ》くんと、二泊三日《はくみっか》で伊勢《いせ》に行《い》ったのだ。大野《おおの》くんも、よくぼくの下宿《げしゅく》に出入《でい》りしていたメンバーのひとりだった。あだ名《な》は「ガブ」。

なぜ目的地《もくてきち》を伊勢《いせ》にしたかといえば、ぼくたちは対局《たいきょく》でよく大阪《おおさか》には行《い》くが、いつも将棋《しょうぎ》を指《さ》すだけで、その途中《とちゅう》の町《まち》に立《た》ち寄《よ》ったことが一度《いちど》もなかったからだった。

いつもは何《なに》もしない猛《もう》やんが、旅行《りょこう》ガイドを熱心《ねっしん》に調《しら》べて宿《やど》を予約《よやく》した。

行《い》きの列車《れっしゃ》で近藤《こんどう》くんがビールを飲《の》みながら、

「猛《もう》やんは瀬川《せがわ》ちゃんがいっしょのときは張《は》り切《き》るねえ。」

と冷《ひ》やかすと、猛《もう》やんは、

「ぼくは瀬川派《せがわは》ですから。」

とまじめな顔《かお》で答《こた》えていた。

伊勢神宮《いせじんぐう》へお参《まい》りしてから船《ふね》で答志島《とうしじま》に渡《わた》って一泊《ぱく》した。近藤《こんどう》くんのいびきがすさまじく、眠《ねむ》れないぼくたちはしかたなく夜明《よあ》けまでトランプをした。

翌日《よくじつ》は鳥羽水族館《とばすいぞくかん》に行《い》った。水族館好《すいぞくかんず》きの猛《もう》やんの希望《きぼう》だった。

その道《みち》すがら、なぜかワニの話《はなし》になり、だれかがいった。

「ワニは爬虫類《はちゅうるい》の王様《おうさま》だね。」

そのとたん、大野《おおの》くんが反論《はんろん》した。

「何《なに》いってるんですか。ワニは両生類《りょうせいるい》ですよ。」

大野《おおの》くんは偏差値《へんさち》が高《たか》いことで有名《ゆうめい》な都立高校《とりつこうこう》を出《で》ていて「ぼくは奨励会《しょうれいかい》に入《はい》らなければ東大《とうだい》に行《い》っていた。」が口癖《くちぐせ》だった。ぼくより二歳年下《さいとしした》だが、だれに対《たい》しても自分《じぶん》の信念《しんねん》を曲《ま》げない頑固《がんこ》さがあった。

近藤《こんどう》くんが、あきれたようにいった。

「バカじゃないの。爬虫類《はちゅうるい》に決《き》まってるだろ。」

「うん、どこからどう見《み》たってワニの顔《かお》は爬虫類《はちゅうるい》だよ。」

猛《もう》やんも同調《どうちょう》する。

だが、大野《おおの》くんはむきになって、いまどき小学生《しょうがくせい》でもいわないことをいった。

「両生類《りょうせいるい》です！　一億円《おくえんか》賭《か》けてもいいです。」

賭《か》けと聞《き》いたとたん、近藤《こんどう》くんは本気《ほんき》になった。

「よーし、じゃあ水族館《すいぞくかん》に着《つ》いたら確《たし》かめてみよう。本当《ほんとう》に一億円《おくえん》だからな。瀬川《せがわ》ちゃんはどっちなの？」

ぼくもワニは爬虫類《はちゅうるい》に決《き》まっていると思《おも》ったが、大野《おおの》くんが一億円《おくえん》とあまりにも自信《じしん》たっぷりにいうので、つい、そうかもしれないと思《おも》ってしまった。

「……両生類《りょうせいるい》。」

これで二対《たい》二だ。ぼくたちは水族館《すいぞくかん》に着《つ》くと、脇目《わきめ》もふらずワニの檻《おり》をめざした。そこに、ワニについての解説《かいせつ》が書《か》かれたプレートがあった。それを見《み》た瞬間《しゅんかん》、

「えーーっ！」

と大野《おおの》くんは絶叫《ぜっきょう》した。

水族館《すいぞくかん》からの帰《かえ》り、大野《おおの》くんはまだ信《しん》じられないという顔《かお》をしていた。一億円《おくえん》、一億円《おくえん》、と爬《は》

虫類組は両生類組をはやしたてた。大野《おおの》くんは真剣《しんけん》な顔《かお》になって、頭《あたま》を下《さ》げた。

「昼飯代《ひるめしだい》で、勘弁《かんべん》してください。」

一億円《おくえん》じゃないのか、と不服《ふふく》そうな爬虫類組《はちゅうるいぐみ》は、思《おも》いきり高《たか》い昼飯《ひるめし》をぼくたちにおごらせた。

「ガブが一億円《おくえん》なんていうからだ。」

ぼくが大野《おおの》くんを責《せ》めると、大野《おおの》くんはきっぱりした声《こえ》で、

「今度《こんど》、競馬《けいば》で当《あ》てて返《かえ》します。」

と、またしても非現実的《ひげんじってき》なことをいうのだった。

そんなとりとめもない思《おも》い出《で》が、なぜこんなに懐《なつ》かしいのだろう。いい歳《とし》をして、ぼくたちは子《こ》どもだった。「瀬川《せがわ》さんはずる賢《がしこ》くないからいい。」と下宿《げしゅく》に出入《でい》りするだれかがいったことがあるが、それはあのころ、ぼくのまわりにいたすべての人《ひと》に共通《きょうつう》することだった。ぼくたちはずる賢《がしこ》さを何《なに》より嫌《きら》った。人《ひと》を評価《ひょうか》するとき、もっとも重《おも》きをおいたのは打算《ださん》がないことだった。計算高《けいさんだか》い立《た》ち回《まわ》りをした人間《にんげん》は、絶交《ぜっこう》されることもあった。

将棋《しょうぎ》こそは打算《ださん》のゲームではないか、と思《おも》う人《ひと》もいるかもしれない。だがぼくたちは幼《おさな》いころ、ただの遊《あそ》びとして将棋《しょうぎ》に夢中《むちゅう》になり、その延長《えんちょう》としてプロをめざしたにすぎない。ところがプロをめざしたとたん、将棋《しょうぎ》はぼくたちに、それまで思《おも》いもしなかった打算《ださん》や非情《ひじょう》さを求《もと》めてきた。そのつらさが、将棋盤《しょうぎばん》を離《はな》れたところでは打算《ださん》を憎《にく》み、友情《ゆうじょう》を大切《たいせつ》にしようとさせるのかも

しれない。

伊勢《いせ》ではそのあと、ぼくはひいていた風邪《かぜ》をこじらせてしまい、先《さき》に東京《とうきょう》に帰《かえ》ることになった。瀬川派《せがわは》を自任《じにん》する猛《もう》やんが、

「ぼくは瀬川《せがわ》さんに付《つ》き添《そ》います。」

といっていっしょに帰《かえ》ってくれることになった。

残《のこ》って旅《たび》をつづける近藤《こんどう》くんと大野《おおの》くんは、ぼくたちが列車《れっしゃ》に乗《の》るまで見送《みおく》ってくれた。

「瀬川《せがわ》ちゃんだいじょうぶ？　気《き》をつけて帰《かえ》るんだよ。」

近藤《こんどう》くんは心配《しんぱい》そうに、ぼくを気《き》づかった。大野《おおの》くんはワニの件《けん》をまだ気《き》にやんでいるのか、ぼくに何度《なんど》も頭《あたま》を下《さ》げていた。

列車《れっしゃ》が走《はし》り出《だ》しても、ふたりはホームに並《なら》んで、手《て》を振《ふ》っていた。やがてひとりはプロになり、ひとりは奨励会《しょうれいかい》を退会《たいかい》した。もう将棋《しょうぎ》は二度《にど》と指《さ》すまいと心《こころ》に決《き》めた大野《おおの》くんは、その後《ご》、テレビのディレクターの仕事《しごと》に就《つ》いた。それまで知《し》らなかった社会《しゃかい》に出《で》てたくさんの苦労《くろう》をしたかれは、いま映像関係《えいぞうかんけい》の会社《かいしゃ》を立《た》ち上《あ》げて、新《あたら》しい夢《ゆめ》を追《お》っている。

平成七年十月《へいせいねんがつ》、最後《さいご》の三段《だん》リーグを迎《むか》えたぼくは、こんなはずではなかった、という思《おも》いを抑《おさ》えられなかった。

港南台将棋《こうなんだいしょうぎ》センターでその思《おも》いにとりつかれた幼《おさな》い日《ひ》から、ぼくという人間《にんげん》は、頭《あたま》も、心《こころ》も、体《からだ》も、プロになることを前提《ぜんてい》に成長《せいちょう》してきた。いまさらプロになれなければ、それは挫折《ざせつ》どころではなく、ぼくのすべての崩壊《ほうかい》、死《し》そのものだった。その恐怖《きょうふ》がついに、現実《げんじつ》に目《め》の前《まえ》に訪《おとず》れたのだ。

しかし、この期《ご》に及《およ》んでもぼくは、このワンチャンスで四段《だん》になれると思《おも》っていた。いまにして思《おも》えばこっけいなほど、ぼくは現実《げんじつ》を自覚《じかく》できていなかった。

スタートは三勝《しょう》一敗《ぱい》と上々《じょうじょう》だった。それ見《み》たことか、と思《おも》った。

だが、そのあと四連敗《れんぱい》した。

三勝《しょう》五敗《はい》。事実上《じじつじょう》、これで昇段《しょうだん》は絶望的《ぜつぼうてき》になった。

が、三段《だん》リーグにはひとつ、規定《きてい》がある。年齢制限《ねんれいせいげん》を迎《むか》えた者《もの》でも、そのリーグを勝《か》ち越《こ》せば、次《つぎ》のリーグにも参加《さんか》できる、というものだ。その後《ご》も、毎回《まいかい》勝《か》ち越《こ》してさえいれば、二十九歳《さい》まではリーグに在籍《ざいせき》できる。三段《だん》リーグの過酷《かこく》さを緩和《かんわ》する目的《もくてき》でつくられた規定《きてい》だった。ぼくは、十勝《しょう》八敗《ぱい》の勝《か》ち越《こ》しに目標《もくひょう》を切《き》り替《か》えた。

勝《か》ち越《こ》すくらいはたやすいはずだ。そして、来期《らいき》の三段《だん》リーグで四段《だん》になればいい。来期《らいき》がだめでも、勝《か》ち越《こ》せばまた次《つぎ》がある。それがだめでも、また勝《か》ち越《こ》せばいい……。

八敗《ぱい》目《め》を喫《きっ》して六勝《しょう》八敗《ぱい》になったのは、年《とし》が明《あ》けて最初《さいしょ》の例会《れいかい》だった。ぼくに許《ゆる》される最後《さいご》の

のだという。

この八敗目《ぱいめ》の対局《たいきょく》のあと、将棋会館《しょうぎかいかん》のトイレで近藤《こんどう》くんと顔《かお》を合《あ》わせたぼくは、こういった

黒星《くろぼし》だった。

「もうだめだ。ぼくを殺《ころ》してくれ。」

自分《じぶん》では、まったくそんな記憶《きおく》がない。

その前後《ぜんご》のこと。ぼくの下宿《げしゅく》に健弥《けんや》くんが久《ひさ》しぶりに遊《あそ》びにきていた。ぼくはお湯《ゆ》を沸《わ》かすためにガスコンロの火《ひ》をつけた。ところが、コンロが故障《こしょう》していたのか、ありえないところから変《へん》な炎《ほのお》が出《で》ていた。健弥《けんや》くんは危険《きけん》を感《かん》じていった。

「しょったん、あれ、消《け》したほうがいい。」

だが、ぼくはその炎《ほのお》を見《み》てもまったく無表情《むひょうじょう》のまま、

「いいんだよ。もうどうなっても。」

といったのだという。健弥《けんや》くんはぼくの状態《じょうたい》に深刻《しんこく》なものを感《かん》じたが、どう声《こえ》をかけていいかわからず黙《だま》っていたそうだ。

それも、ぼくはまったく覚《おぼ》えていない。あまりの恐怖《きょうふ》が、ぼくとは別《べつ》のもうひとりのぼくを作《つく》りだしていたとしか思《おも》えない。

ただ、うっすらと覚《おぼ》えているのは、近藤《こんどう》くんと河口湖《かわぐちこ》に行《い》ったことである。あるとき、「東京《とうきょう》

にいたくないな。」とぼくがいうと、かれが「湖《みずうみ》に行《い》こう。」といった。かれもそのリーグ、不《ふ》調《ちょう》で苦《くる》しんでいた。ぼくの下宿《げしゅく》の常連《じょうれん》も、田畑《たばた》さんが退会《たいかい》し、田村《たむら》くんが四段《だん》になって、まだ三段《だん》リーグを戦《たたか》っているのはぼくと近藤《こんどう》くんだけになっていた。

冬《ふゆ》の河口湖《かわぐちこ》の真《ま》っ暗《くら》な湖面《こめん》は、ぼくたちの心《こころ》をますます暗《くら》くした。おたがいほとんど無言《むごん》だった。名物《めいぶつ》のわかさぎ定食《ていしょく》を食《た》べて、ぼくたちは東京《とうきょう》へ帰《かえ》った。

その朝《あさ》、千駄ヶ谷《せんだがや》へ向《む》かう電車《でんしゃ》に乗《の》っているぼくは、何《なに》も考《かんが》えていなかった。あとひとつでも負《ま》ければ、すべてが終《お》わる。だが、手《て》が汗《あせ》ばむことも、膝《ひざ》が震《ふる》えることもなかった。

落《お》ち着《つ》いているのではない。何《なに》かを感《かん》じる機能《きのう》を、ぼくは失《うしな》っていた。空洞《くうどう》のような頭《あたま》でぼくは、繰《く》り返《かえ》し同《おな》じことを思《おも》いつづけていた。一局目《きょくめ》の相手《あいて》の三須《みす》くんは調子《ちょうし》が悪《わる》いから確実《かくじつ》に勝《か》てる。その勢《いきお》いで残《のこ》りを全勝《ぜんしょう》して勝《か》ち越《こ》せば流《なが》れが変《か》わって、来期《らいき》こそ四段《だん》になれるだろう……。

一局目《きょくめ》、三須智弘《みすともひろ》三段《だん》との対局《たいきょく》が始《はじ》まった。

指《さ》しているうちに、ぼくは奇妙《きみょう》なことに気《き》づいた。どうも、ぼくのほうが形勢《けいせい》が悪《わる》いのである。変《へん》なこともあるものだな、と思《おも》いながら指《さ》すうちに、どんどん差《さ》は開《ひら》いていった。

やがて、手《て》の施《ほどこ》しようがなくなった。

おかしいな、こんなところで負《ま》けるはずがないのにな。

ぼくには、目《め》の前《まえ》にある局面《きょくめん》が現実《げんじつ》のものとは思《おも》えなかった。だが、すでにぼくにできることは、自分《じぶん》で自分《じぶん》に最後《さいご》の宣告《せんこく》をすることしかなくなっていた。

おい、ここで負《ま》けたらぼくは終《お》わっちゃうじゃないか。

それはわかっているが、負《ま》けは負《ま》けなのだから、しかたがない。現実《げんじつ》を受《う》け入《い》れる準備《じゅんび》がまったくできていないまま、ぼくはそのひとことを発《はっ》した。

「負《ま》けました。」

その瞬間《しゅんかん》、対局室《たいきょくしつ》には何《なん》の変化《へんか》もなかった。ほかの対局《たいきょく》も次々《つぎつぎ》に終《お》わり、感想戦《かんそうせん》の声《こえ》があちこちから聞《き》こえてきた。だれかがぼくに声《こえ》をかけるわけでもなかった。これまでたくさんの奨励会《しょうれいかい》員《いん》に訪《おとず》れた瞬間《しゅんかん》が、ぼくの上《うえ》にも訪《おとず》れただけのことだった。

すべては終《お》わったというのに、すぐにもう一局指《きょくさ》さなくてはならない。ぼくは将棋《しょうぎ》をおぼえて初《はじ》めて、勝《か》とうという意志《いし》をもたずに将棋《しょうぎ》を指《さ》し、簡単《かんたん》に負《ま》けた。

あとは用《よう》もないので、将棋会館《しょうぎかいかん》を出《で》た。猛《もう》やんがぼくを見《み》ていた気《き》もするが、よく覚《おぼ》えていない。

いつものように千駄ケ谷《せんだがや》で電車《でんしゃ》に乗《の》り、中野《なかの》で降《お》りた。いつものように改札《かいさつ》を抜《ぬ》けて大通《おおどお》りに出《で》た。ぼくの下宿《げしゅく》は細《ほそ》い道《みち》を右《みぎ》に曲《ま》がった先《さき》にある。だがぼくはその道《みち》を通《とお》り過《す》ぎ、まっすぐに大通《おおどお》りの人混《ひとご》みのなかに入《はい》っていった。やがて通《とお》りの端《はし》まで来《く》ると、横断歩道《おうだんほどう》を渡《わた》り、通《とお》りの反《はん》対側《たいがわ》を、駅《えき》に向《む》かって歩《ある》いた。駅《えき》まで来《く》ると、また横断歩道《おうだんほどう》を渡《わた》り、さっき歩《ある》いた通《とお》りを歩《ある》いた。

そんなふうに夕方《ゆうがた》の大通《おおどお》りを、ぼくは何周《なんしゅう》もぐるぐると歩《ある》いた。

歩《ある》いているうちに、きょう起《お》こったことがだんだん、わかってきた。

ぼくは年齢制限《ねんれいせいげん》になった。奨励会《しょうれいかい》を退会《たいかい》になった。ぼくはもう一生《いっしょう》、プロになれない。ぼくが谷川《たにがわ》や羽生《はぶ》と名人位《めいじんい》を争《あらそ》うことは、もう絶対《ぜったい》にない。

ぼくはゼロになった。小学五年生《しょうがくねんせい》からこの歳《とし》になるまで将棋《しょうぎ》しかやってこなくて、将棋《しょうぎ》がなくなったんだから、ゼロだ。残《のこ》りは一ミリもない。ゼロだ、ゼロ。

そこまで理解《りかい》したぼくは自分《じぶん》の腕《うで》を切《き》り落《お》とし、目《め》をえぐり出《だ》し、頭《あたま》を叩《たた》きつぶしたくなる衝《しょう》動《どう》に駆《か》られた。こんなもの、もうあってもしょうがない。ないほうがいい。無意味《むいみ》で無能《むのう》で、かっこだけ人間《にんげん》みたいなのがよけい腹立《はらだ》たしい、ぼくの体《からだ》、ぼくの全部《ぜんぶ》。ぼくはぼくを消《け》したかった。消《き》えてなくなりたかった。青酸《せいさん》カリを飲《の》むとこうなるのかと思《おも》うほど苦《くる》しかった。

次《つぎ》に、とてつもない後悔《こうかい》がおそってきた。

なぜもっとがんばらなかったんだ。時間《じかん》は、ありあまるほどあったのに。こんなことになるな

ら、もっとがんばればよかった。もっと詰《つ》め将棋《しょうぎ》を解《と》いて、もっと棋譜《きふ》を並《なら》べて……。あまりにつらい後悔《こうかい》に耐《た》えきれず、ぼくは矛先《ほこさき》を変《か》えた。

全部《ぜんぶ》将棋《しょうぎ》のせいだ。将棋《しょうぎ》なんかやらなきゃ、こんな目《め》にあわずにすんだんだ。ふつうに暮《く》らしていけたんだ。どうして将棋《しょうぎ》なんか、将棋《しょうぎ》なんかやってしまったんだ……。

すれちがう人《ひと》たちが、ぼくを見《み》てはっとした顔《かお》になっている。それで気《き》がついた。ぼくは涙《なみだ》を流《なが》しながら歩《ある》いていた。

二時間《じかん》ほどさまよったぼくは、横断歩道《おうだんほどう》で何度目《なんどめ》かの信号待《しんごうま》ちをしていた。スピードを上《あ》げた車《くるま》が何台《なんだい》も通《とお》るのを見《み》ているうちに、ふと思《おも》った。

生《い》きていてもしかたがない。

ぼくは車道《しゃどう》に飛《と》び込《こ》んで死《し》ぬことにした。早《はや》くこの苦《くる》しみから逃《のが》れたかった。歩道《ほどう》のいちばん端《はし》に立《た》ち、右足《みぎあし》のつま先《さき》に重心《じゅうしん》を乗《の》せ、跳躍《ちょうやく》するために膝《ひざ》を曲《ま》げた。

こちらに向《む》かって走《はし》ってくる乗用車《じょうようしゃ》に、ぼくは照準《しょうじゅん》を定《さだ》めた。

いまだ。

その車《くるま》めがけて飛《と》び込《こ》もうとしたそのとき、車《くるま》に乗《の》っている人《ひと》たちの顔《かお》が目《め》に入《はい》った。家族連《かぞくづ》れだった。ハンドルを握《にぎ》る父親《ちちおや》も、助手席《じょしゅせき》の母親《ははおや》も、うしろに乗《の》っている子《こ》どもたちも、楽《たの》しそうに笑《わら》っていた。

父《ちち》の、母《はは》の、兄《あに》たちの顔《かお》が浮《う》かんだ。右足《みぎあし》にかかっていた力《ちから》が緩《ゆる》んだ。

乗用車《じょうようしゃ》は走《はし》り去《さ》っていた。

ぼくは下宿《げしゅく》に帰《かえ》った。そして、すぐに布団《ふとん》をかぶると、泣《な》きどおしに泣《な》きつづけた。


三段《だん》リーグは、あと一日残《いちにちのこ》っていた。

あと二局《きょく》、まったく意味《いみ》のない将棋《しょうぎ》だったが、ぼくは指《さ》した。退会《たいかい》が決《き》まると、そのあとはすべて不戦敗《ふせんぱい》にする人《ひと》や、指《さ》そうとしても一手《いって》も指《さ》せず泣《な》きながら投了《とうりょう》する人《ひと》もいる。だが、ぼくは最後《さいご》まで指《さ》すのが奨励会員《しょうれいかいいん》のつとめだと思《おも》った。最後《さいご》は勝《か》って去《さ》りたいという気持《きも》ちもあった。あれから泣《な》きつづけて、少《すこ》し気持《きも》ちは落《お》ち着《つ》いていた。

結果《けっか》は二連勝《れんしょう》。気楽《きらく》に伸《の》び伸《の》び指《さ》せたぼくは、どちらも快勝《かいしょう》した。

ぼくは幹事《かんじ》の先生《せんせい》に、最後《さいご》のあいさつをした。

「長《なが》い間《あいだ》、お世話《せわ》になりました。」

するとその先生《せんせい》はいった。

「将棋《しょうぎ》って不思議《ふしぎ》だよね。」

どういうことかと首《くび》をかしげると、先生《せんせい》はいった。

「プレッシャーがなくなったとたん、勝《か》てるようになるんだよね。」

そういうものかもしれないな、と思《おも》ったが、もうぼくには関係《かんけい》ないことなので、深《ふか》くは考《かんが》えなかった。

それから幹事《かんじ》の先生《せんせい》は、ぼくに四角《しかく》い箱《はこ》を手渡《てわた》した。なんだろうと思《おも》ったぼくは、それを両手《りょうて》で受《う》け取《と》ったとき、やっと思《おも》い出《だ》した。そういえば、そんなものがあった。退会駒《たいかいごま》だった。とうとうぼくもこれをもらうことになった。そう思《おも》うと、もう流《なが》し尽《つ》くしたはずの涙《なみだ》がまた少《すこ》しにじんできた。

ぼくは将棋会館《しょうぎかいかん》を出《で》た。最後《さいご》にもう一度《いちど》振《ふ》り返《かえ》り、その古《ふる》びたレンガ色《いろ》の建物《たてもの》を見上《みあ》げた。十二年間《ねんかん》もここに通《かよ》いながら、ぼくはこのなかの人間《にんげん》になることはできなかった。

千駄ケ谷《せんだがや》の駅《えき》につづく街路樹《がいろじゅ》の下《した》を、ぼくはうつむきながら歩《ある》いた。春《はる》の訪《おとず》れに楽《たの》しげな人《ひと》たちとすれちがいながら、ぼくはもう二度《にど》とこの道《みち》を歩《ある》くことはないのだと思《おも》った。

平成《へいせい》八年《ねん》三月《がつ》、ぼくは十二年間在籍《ねんかんざいせき》した奨励会《しょうれいかい》を退会《たいかい》した。

部屋《へや》のなかは、見《み》ちがえるようにかたづいた。もう東京《とうきょう》で暮《く》らす必要《ひつよう》がなくなったぼくは、下宿《げしゅく》を引《ひ》き払《はら》うことにしたのだ。

奨励会《しょうれいかい》でぼくが指《さ》した何百局《なんびゃっきょく》という将棋《しょうぎ》の棋譜《きふ》をすべて捨《す》て、散乱《さんらん》していた将棋《しょうぎ》の本《ほん》をあらかた処分《しょぶん》すると、もう残《のこ》っているものはほとんどなかった。部屋《へや》の隅《すみ》にどんと鎮座《ちんざ》する、この部屋《へや》には不釣《ふつ》り合《あ》いに大《おお》きなテレビをのぞいては。

豊川《とよかわ》さんが、「瀬川《せがわ》ちゃん、頼《たの》む。これで借《か》りた四万円《まんえん》、チャラにしてくれ。」と置《お》いていったものだった。中古《ちゅうこ》でも四万円《まんえん》ではとても買《か》えそうにないその立派《りっぱ》なテレビを、いま健弥《けんや》くんが運《うん》転《てん》してきた車《くるま》に運《はこ》び込《こ》もうとしていた。ぼくはテレビを健弥《けんや》くんにあげることにしたのだ。健弥くんはぼくの下宿《げしゅく》の最後《さいご》の荷物《にもつ》を車《くるま》に載《の》せると、何《なに》もいわず去《さ》っていった。

部屋《へや》に何《なに》もなくなると、畳《たたみ》の染《し》みがやたらと目《め》についた。ほとんどは、ここに来《き》ていた常連《じょうれん》が飲《の》み食《く》いしていてこぼしたものだった。煙草《たばこ》で焦《こ》がした跡《あと》もあった。あの紫色《むらさきいろ》の大《おお》きな染《し》みは、癇癪《かんしゃく》を起《お》こしただれかが安《やす》ワインのボトルを蹴《け》飛《と》ばしたときのものだろうか。

ほとんど使《つか》わなかった鍵《かぎ》を大家《おおや》さんに返《かえ》す前《まえ》に、ぼくはもう一度《いちど》忘《わす》れ物《もの》がないか、部屋《へや》を見回《みまわ》した。柱《はしら》に、細長《ほそなが》いカレンダーが残《のこ》っていた。それを取《と》り外《はず》しながら、あっとぼくは気《き》づいた。

きょうはぼくの二十六歳《さい》の誕生日《たんじょうび》だった。奨励会員《しょうれいかいいん》だったぼくが、死《し》と同《おな》じくらい恐怖《きょうふ》していた日《ひ》が、きょう訪《おとず》れたのだ。

これで本当《ほんとう》にぼくは死《し》んだ。

そう思《おも》いながらぼくはカレンダーをゴミ箱《ばこ》に捨《す》てた。

第《だい》4章《しょう》 再生《さいせい》

1

奨励会《しょうれいかい》を退会《たいかい》してまもなく、桜《さくら》が満開《まんかい》になった。桜《さくら》の花《はな》をこれほど悲《かな》しい気持《きも》ちで見《み》たことは、いままでなかった。

豊川《とよかわ》さんは、ぼくのお別《わか》れ会《かい》をやろうといってくれたが、ぼくは断《ことわ》った。気《き》持《も》ちはうれしかったが、ぼくはひっそりと去《さ》りたかった。いままで奨励会《しょうれいかい》を去《さ》った人《ひと》たちがそうだったように。

将棋《しょうぎ》とは縁《えん》を切《き》るつもりだった。奨励会退会者《しょうれいかいたいかいしゃ》には、すぐにアマチュアとして指《さ》しはじめる者《もの》と、二度《にど》と指《さ》さない者《もの》の二通《ふたとお》りいるが、ぼくはもう将棋《しょうぎ》を指《さ》すつもりはなかった。ぼくは、ぼくを殺《ころ》した将棋《しょうぎ》を憎《にく》んでいた。

だが、奨励会《しょうれいかい》を去《さ》るにあたり、けじめをつけなくてはならないことがある。

そのためにぼくは、原宿《はらじゅく》の竹下通《たけしたどお》りを歩《ある》いていた。そこに、ぼくが個人指導《こじんしどう》をしている将棋《しょうぎ》ファンの方《かた》が住《す》んでいた。

もともとは安恵先生《やすえせんせい》の生徒《せいと》だったが、ぼくが奨励会《しょうれいかい》1級《きゅう》のときにその仕事《しごと》を引《ひ》き継《つ》いで、週《しゅう》に一度《ど》、お宅《たく》に通《かよ》って将棋《しょうぎ》を教《おし》えていたのである。

平井《ひらい》さんというその方《かた》は、ぼくの父《ちち》と同《おな》じ年《とし》だった。将棋《しょうぎ》に落語《らくご》にと幅広《はばひろ》い趣味人《しゅみじん》で、いつも和服《わふく》を着《き》ていた。ぼくは平井《ひらい》さんと駒落《こまお》ちで将棋《しょうぎ》を指《さ》し、月《つき》に五万円《まんえん》の指導料《しどうりょう》をいただいた。奨《しょう》励会員《れいかいいん》にとっては大《おお》きな収入《しゅうにゅう》である。しかも、奥様《おくさま》の手料理《てりょうり》もよくごちそうになった。

ぼくは平井《ひらい》さんにはずっと、申《もう》し訳《わけ》ない気持《きも》ちを抱《かか》えていた。これだけよくしていただいているのに、平井《ひらい》さんはちっとも将棋《しょうぎ》が強《つよ》くならないのである。むしろ、弱《よわ》くなっていた。ぼくが通《かよ》いはじめたころはぼくと飛車落《ひしゃお》ちでいい勝負《しょうぶ》だったのに、やがてぼくが飛車角《ひしゃかく》を落《お》としても平井《ひらい》さんが負《ま》けるようになっていたのだ。これはぼくの指導《しどう》が悪《わる》いせいとしか思《おも》えない。

もっとも、平井《ひらい》さんもそれほど将棋《しょうぎ》に熱心《ねっしん》だったわけではない。なにしろぼくと指《さ》す以外《いがい》は、たまにテレビゲームで指《さ》すくらいだという。それでは何《なん》のためにぼくにお金《かね》を払《はら》って将棋《しょうぎ》を教《おそ》わっているのかわからない。そのうち、平井《ひらい》さんはぼくと話《はなし》をしている時間《じかん》のほうが長《なが》くなり、将棋《しょうぎ》はそのついでに指《さ》すだけになってしまった。とはいえ、ぼくにそんなにおもしろい話《はなし》ができるわけでもない。

「元気《げんき》かい？」

「はあ、まあ。」

会話《かいわ》といってもその程度《ていど》だった。これでは平井《ひらい》さんも飽《あ》きてしまうだろう。ついには、ぼくの顔《かお》を見《み》るためだけにお金《かね》を払《はら》っているような状態《じょうたい》になっていた。

だが、そんな平井《ひらい》さんの指導《しどう》もこれで終《お》わりである。ぼくが安恵門下《やすえもんか》の奨励会員《しょうれいかいいん》だからこそのご縁《えん》なのであって、もう将棋界《しょうぎかい》の人間《にんげん》でなくなったぼくが平井《ひらい》さんに将棋《しょうぎ》を教《おし》える理由《りゆう》がない。

ぼくは、お別《わか》れのごあいさつをするために平井《ひらい》さんのお宅《たく》に伺《うかが》ったのだった。

「……というわけで奨励会《しょうれいかい》を退会《たいかい》することになりました。ご期待《きたい》にこたえられなくて申《もう》し訳《わけ》ありません。いままで、本当《ほんとう》にお世話《せわ》になりました。」

最初《さいしょ》に指導《しどう》にきたのは十九歳《さい》のときだった。七年間《ねんかん》も、よく我慢《がまん》していただいたという感謝《かんしゃ》と、お詫《わ》びの気持《きも》ちを込《こ》めて、ぼくは頭《あたま》を下《さ》げた。

平井《ひらい》さんはうなずきながら、

「残念《ざんねん》だったね。」

と江戸《えど》っ子《こ》らしい、さっぱりした口調《くちょう》でいった。

それからぼくは、最後《さいご》の指導将棋《しどうしょうぎ》を、心《こころ》を込《こ》めて指《さ》した。

将棋《しょうぎ》も終《お》わり、それでは、とぼくは席《せき》を立《た》った。そのとき、平井《ひらい》さんがぼくを呼《よ》びとめた。

「瀬川《せがわ》くん。」

ぼくが振《ふ》り返《かえ》ると、平井《ひらい》さんはいった。

「きみさえよければ、これからも来《き》てくれないか。」

信《しん》じられない言葉《ことば》に、耳《みみ》を疑《うたが》った。

「そのうちきみも就職《しゅうしょく》したりして忙《いそが》しくなるだろう。でもそれまでは、いままでのようにぼくに将棋《しょうぎ》を教《おし》えてくれ。」

平井《ひらい》さんは優《やさ》しく笑《わら》っていた。ぼくはその気持《きも》ちになんと答《こた》えていいかわからず、

「ありがとうございます。」

というのが精一杯《せいいっぱい》だった。

それからは、将棋《しょうぎ》は指《さ》さないと決《き》めたぼくにとって平井《ひらい》さんのお宅《たく》に伺《うかが》う日《ひ》だけが駒《こま》にふれる時間《じかん》となった。平井《ひらい》さんは、いまも忘《わす》れられない恩人《おんじん》のひとりである。


実家《じっか》に戻《もど》ったぼくは、何《なに》もしなかった。

ただ毎日《まいにち》、寝《ね》て起《お》きて、ぼんやりと過《す》ごした。まさに生《い》ける屍《しかばね》のようだった。

そんなぼくを、長兄《ちょうけい》の敦司《あつし》が苦々《にがにが》しい顔《かお》で見《み》ているのには気《き》づいていた。

ある夜《よる》、父《ちち》も兄《あに》たちも帰《かえ》りが早《はや》く、久《ひさ》しぶりに一家《いっか》で夕食《ゆうしょく》をとっていた。二階《かい》でうたた寝《ね》して

いたぼくは、ぼさぼさの髪《かみ》のまま下《した》に降《お》りて、遅《おく》れて食卓《しょくたく》についた。そのとたん、長兄《ちょうけい》が爆発《ばくはっ》した。

「おいショウ！　おまえいつまでふらふらしてるんだ！」

始《はじ》まった、と思《おも》った。

「もう将棋《しょうぎ》はダメだったんだよ！　気持《きも》ちを切《き》り替《か》えないとダメなんだよ！　何《なに》かやりたいことを見《み》つけて、自分《じぶん》で動《うご》き出《だ》せよ！　おまえ、いくつだと思《おも》ってるんだ。うちだって、いつまでもおまえにぶらぶらされてたら困《こま》るんだよ！」

いつにもまして、長兄《ちょうけい》の怒《いか》りは激《はげ》しかった。ぼくはひたすら、嵐《あらし》が通《とお》り過《す》ぎるのを待《ま》った。

父《ちち》は、何《なに》もいわなかった。母《はは》は、ときどきうなずきながら聞《き》いていた。次兄《じけい》は、ただ食《た》べ物《もの》を口《くち》に運《はこ》んでいた。

「本当《ほんとう》に、このままじゃ許《ゆる》さないからな！」

最後《さいご》にそう言《い》い捨《す》てて、長兄《ちょうけい》は自室《じしつ》に引《ひ》きあげた。

残《のこ》った四人《にん》は、無言《むごん》のまま食事《しょくじ》を終《お》えた。ぼくは心《こころ》の傷口《きずぐち》に塩《しお》を塗《ぬ》られたようなつらさを感《かん》じていた。

長兄《ちょうけい》がいうことは痛《いた》いほどわかった。子《こ》ども三人《にん》を育《そだ》ててきた家計《かけい》はけっして楽《らく》ではなかった。上《うえ》のふたりが就職《しゅうしょく》してやっと一息《ひといき》ついたが、父《ちち》は定年《ていねん》も近《ちか》い。いつまでもぼくが働《はたら》かずにいられる余裕《よゆう》はないはずだった。

しかし、どうしても何《なに》かをする気力《きりょく》が起《お》きない。心《こころ》も体《からだ》も、石《いし》になったように何《なん》の意欲《いよく》も湧《わ》かないのだ。ぼくはまた、将棋《しょうぎ》を恨《うら》んだ。

「おい、ショウ。」

父《ちち》が、あらたまった声《こえ》でいった。ぼくは唇《くちびる》をかんだ。奨励会《しょうれいかい》にいたころ、父《ちち》はけっしてぼくに小言《こごと》めいたことはいわなかった。いつも黙《だま》って見守《みまも》ってくれた。その父《ちち》にいま、何《なに》かをいわせることが、父《ちち》の気持《きも》ちを無《む》にしてしまったようでつらかった。だれより父《ちち》が、ぼくを叱《しか》らざるをえないことを悲《かな》しんでいるはずだった。

うつむいているぼくに、父《ちち》はいった。

「ゆっくり休《やす》め。」

ぼくは思《おも》わず父《ちち》の顔《かお》を見《み》た。

「おまえは本当《ほんとう》に奨励会《しょうれいかい》でがんばった。どんなに大変《たいへん》だったか、父《とう》さんはわかってるつもりだ。敦司《あつし》は責任感《せきにんかん》が強《つよ》いからああいってるけど、なに父《とう》さんだってまだ働《はたら》けるんだ。当分《とうぶん》はおまえが稼《かせ》がなくたってだいじょうぶさ。だから心配《しんぱい》しないで、しばらく休《やす》め。これからのことは、そのあとゆっくり考《かんが》えればいい。」

無口《むくち》な父《ちち》がこんなに話《はな》すのを見《み》たことがなかった。母《はは》も、次兄《じけい》も、じっと聞《き》いていた。

ぼくは、胸《むね》が苦《くる》しくてたまらなくなった。

ふだんは息子《むすこ》たちに何《なに》もいわない父《ちち》がたったひとつ、言《い》いつづけたのが「自分《じぶん》の好《す》きな道《みち》を進《すす》め。」ということだった。就職《しゅうしょく》を控《ひか》えた次兄《じけい》が、いくつか内定《ないてい》をもらって迷《まよ》っているときも、父《ちち》はこういった。

「やりたいことをやれ。収入《しゅうにゅう》や安定《あんてい》で職業《しょくぎょう》を選《えら》んではいかん。好《す》きなことだから、苦労《くろう》にも耐《た》えられるんだ。」

次兄《じけい》はその言葉《ことば》で、大手《おおて》のメーカーよりも好《す》きな鳥《とり》の観察《かんさつ》を仕事《しごと》にできる現在《げんざい》の会社《かいしゃ》を選《えら》んだのだった。

そんな父《ちち》だから、プロ棋士《きし》をめざすぼくを応援《おうえん》してくれた。だが、ぼくは父《ちち》が思《おも》っているほど、将棋《しょうぎ》をがんばらなかった。全力《ぜんりょく》を尽《つ》くさなかった。ぼくは、父《ちち》を裏切《うらぎ》ってしまったのだ。しかし、それをこの場《ば》でいうことはできなかった。父《ちち》の言葉《ことば》が優《やさ》しければ優《やさ》しいほど、ぼくは苦《くる》しかった。

それから、ようやく気持《きも》ちが動《うご》きはじめたぼくは、弁護士《べんごし》をめざすことにした。直接《ちょくせつ》の理由《りゆう》は他愛《たわい》のないものである。子《こ》どものころ、ぼくは推理小説《すいりしょうせつ》が好《す》きで、そのなかに登《とう》場《じょう》する弁護士《べんごし》のかっこよさに憧《あこが》れていたのだ。

だが、本心《ほんしん》では不純《ふじゅん》な動機《どうき》もあった。聞《き》こえのいい仕事《しごと》に就《つ》いて、棋士《きし》になった仲間《なかま》たちを見《み》返《かえ》したいという思《おも》いがあったのだ。

ぼくは家族《かぞく》にそう宣言《せんげん》して、司法試験突破《しほうしけんとっぱ》のための勉強《べんきょう》を始《はじ》めた。大学《だいがく》を出《で》ていないぼくの場合《ばあい》、試験《しけん》は一次《じ》から受《う》けなくてはならない。一次試験《じしけん》の科目《かもく》は広《ひろ》く浅《あさ》くで、化学《かがく》まである。ぼくはまったくの独学《どくがく》で修得《しゅうとく》するつもりで、毎日《まいにち》、図書館《としょかん》に通《かよ》いはじめた。とにかく一次試験《じしけん》を突破《とっぱ》して、そのあと司法試験《しほうしけん》の予備校《よびこう》に通《かよ》うというのがぼくのもくろみだった。

勉強《べんきょう》では英語《えいご》が好《す》きだった。試《ため》しに英検《えいけん》を受《う》けてみたら、最初《さいしょ》は3級《きゅう》の試験《しけん》でもさっぱりわからなかったが、その後《ご》、一年《ねん》の間《あいだ》に準《じゅん》2級《きゅう》、2級《きゅう》まで合格《ごうかく》した。

だがその一方《いっぽう》で、図書館《としょかん》では本《ほん》を読《よ》むことにも熱中《ねっちゅう》した。奨励会《しょうれいかい》にいたころにまったく読《よ》まなかった反動《はんどう》なのだろうか、何《なに》を読《よ》んでもおもしろかった。三国志《さんごくし》から赤川次郎《あかがわじろう》まで、それこそ片《かた》っ端《ぱし》から読《よ》みあさった。

こうして、何《なに》はともあれ動《うご》きはじめたぼくを見《み》て、長兄《ちょうけい》の怒《いか》りもおさまったようだった。

この年《とし》の夏《なつ》、ぼくは将棋《しょうぎ》を指《さ》した。

中学時代《ちゅうがくじだい》の友人《ゆうじん》に誘《さそ》われて、その友人《ゆうじん》の車《くるま》で大阪《おおさか》に旅行《りょこう》に行《い》ったときのことだった。友人《ゆうじん》も昔《むかし》からの将棋《しょうぎ》ファンで、アマチュアとしてはかなりの実力者《じつりょくしゃ》だった。ちょうど大阪《おおさか》で、全国《ぜんこく》からアマチュアの強豪《きょうごう》が集《あつ》まる「平成最強戦《へいせいさいきょうせん》」という大会《たいかい》が開《ひら》かれていて、かれにとってはそれに出場《しゅつじょう》するのも旅行《りょこう》の大《おお》きな目的《もくてき》だった。

かれは、ぼくもいっしょに出《で》ないかと誘《さそ》った。

奨励会《しょうれいかい》を退会《たいかい》した直後《ちょくご》ほどの将棋《しょうぎ》への憎《にく》しみは薄《うす》れていた。もともと怒《いか》りや憎《にく》しみという感情《かんじょう》は持続《じぞく》しないタイプである。

かといって将棋《しょうぎ》を指《さ》したいとはまったく思《おも》わなかったが、友人《ゆうじん》の誘《さそ》いをあえて断《ことわ》ることもない気《き》がして、ぼくも大会《たいかい》に出場《しゅつじょう》することにした。

奨励会退会《しょうれいかいたいかい》の日《ひ》以来《いらい》、初《はじ》めての勝負《しょうぶ》だった。しかし、何《なん》の感慨《かんがい》もなかった。アマチュアと指《さ》して負《ま》けるはずがないと思《おも》ったが、本気《ほんき》で指《さ》す気《き》にもなれず、ぼくはベスト8《エイト》にも入《はい》れずに負《ま》けた。悔《くや》しくもなんともなかった。

半年《はんとし》ぶりの勝負《しょうぶ》は、ぼくの心《こころ》に何《なに》も訴《うった》えてこなかった。

やっぱり、将棋《しょうぎ》なんか指《さ》すべきじゃない。

退会《たいかい》してから自分《じぶん》がまだ一歩《ぽ》も前《まえ》に進《すす》んでいないのに将棋《しょうぎ》を指《さ》してしまったという後味《あとあじ》の悪《わる》さだけが残《のこ》った。

だんだん独学《どくがく》で司法試験《しほうしけん》の一次《じ》を突破《とっぱ》することが困難《こんなん》に思《おも》えてきたぼくは、大学《だいがく》に行《い》くことにした。大学《だいがく》を出《で》れば、一次試験《じしけん》は免除《めんじょ》になる。だがそれよりも、大学生《だいがくせい》という身分《みぶん》を手《て》に入《い》れることで、少《すく》なくとも何者《なにもの》でもない宙《ちゅう》ぶらりんの状態《じょうたい》からは抜《ぬ》けだしたい、という気持《きも》ちのほうが強《つよ》かった。

二月《がつ》に神奈川大学法学部《かながわだいがくほうがくぶ》の二部《ぶ》を受験《じゅけん》して合格《ごうかく》した。二部《ぶ》なら学費《がくひ》が安《やす》く、アルバイトをしながら通《かよ》える。奨励会退会《しょうれいかいたいかい》から一年《ねん》がすぎた春《はる》、ぼくは二十七歳《さい》の大学生《だいがくせい》になった。働《はたら》きながら学《まな》ぶ、新《あたら》しい生活《せいかつ》が始《はじ》まった。

朝七時《あさじ》、ぼくはアルバイト先《さき》のスーパーに出勤《しゅっきん》する。その日《ひ》に売《う》られる商品《しょうひん》がトラックで運《はこ》ばれてくると、それらを売《う》り場《ば》にせっせと運《はこ》び込《こ》む。十時《じ》の開店《かいてん》になると、ぼくは精肉売《せいにくう》り場《ば》に回《まわ》り、肉《にく》や卵《たまご》のパックの数《かず》を管理《かんり》し、足《た》りなくなれば倉庫《そうこ》から補充《ほじゅう》する。その間《あいだ》、「いらっしゃいませ。」と接客《せっきゃく》もする。そんな仕事《しごと》を昼《ひる》までやった。

楽《らく》な仕事《しごと》ではなかった。ぼくはお金《かね》を稼《かせ》ぐことの大変《たいへん》さを知《し》った。物入《ものい》りの月《つき》にはスーパーのあと、横浜中華街《よこはまちゅうかがい》でウェイターのアルバイトもした。

奨励会《しょうれいかい》では、原則《げんそく》として将棋《しょうぎ》の仕事以外《しごといがい》のアルバイトは禁止《きんし》されていた。修業《しゅぎょう》の妨《さまた》げになるとの配慮《はいりょ》からだが、仲間《なかま》のなかにはこっそりハンバーガーショップで働《はたら》く者《もの》や、深夜《しんや》に工事現場《こうじげんば》で汗《あせ》を流《なが》す者《もの》もいた。もちろん生活《せいかつ》が苦《くる》しかったせいもある。だが、アルバイトをする本当《ほんとう》の理由《りゆう》は別《べつ》にあった。かれらは、将棋《しょうぎ》しか知《し》らない自分《じぶん》に疑問《ぎもん》を感《かん》じ、少《すこ》しでも外《そと》の世界《せかい》の空気《くうき》を吸《す》おうとしたのだ。幼《おさな》いときに奨励会《しょうれいかい》に入《はい》り、ずっと同《おな》じような顔《かお》ぶれと競争《きょうそう》をつづける日々《ひび》は、この先《さき》、プロになれたとしても変《か》わらない。いったい、そんな人生《じんせい》でいいんだろうか。

ふと、そうした疑問《ぎもん》にとりつかれる奨励会員《しょうれいかいいん》は少《すく》なくなかった。アルバイトこそしなかったが、ぼく自身《じしん》、そんな瞬間《しゅんかん》があった。

「おれ、ハンバーガー焼《や》くのけっこううまいんだぜ。」

誇《ほこ》らしげにそういっていた奨励会員《しょうれいかいいん》の顔《かお》を思《おも》い出《だ》す。当然《とうぜん》ながらかれらのほとんどは、何《なん》の疑《ぎ》問《もん》も持《も》たずに将棋《しょうぎ》に打《う》ち込《こ》む者《もの》たちの前《まえ》に敗《やぶ》れ去《さ》っていった。

スーパーと倉庫《そうこ》を毎日忙《まいにちいそが》しく往復《おうふく》しながらぼくは、いま自分《じぶん》はようやく、外《そと》の世界《せかい》の空気《くうき》にふれているのだ、と思《おも》った。体《からだ》のなかを、新《あたら》しい風《かぜ》が吹《ふ》きはじめるのを感《かん》じていた。

アルバイトが終《お》わると、家《いえ》で少《すこ》し休《やす》んで、夕方《ゆうがた》から大学《だいがく》に通《かよ》う。講義《こうぎ》はだいたい六時《じ》から十時《じ》までだった。ぼくはいつも教室《きょうしつ》の前《まえ》に座《すわ》って、まじめに講義《こうぎ》を聴《き》いた。そんなぼくのノートは試《し》験前《けんまえ》には重宝《ちょうほう》がられ、よくコピーさせてほしいと頼《たの》まれた。

二十七歳《さい》の奇妙《きみょう》な大学生《だいがくせい》に、まわりの学生《がくせい》たちはみんな何《なん》の隔《へだ》てもなく接《せっ》してくれた。なぜこんな歳《とし》になって大学《だいがく》に通《かよ》っているかについては、「将棋《しょうぎ》のプロをめざしていたから。」とだけ説明《せつめい》すれば、それ以上《いじょう》は聞《き》かれなかった。ぼくが十二年《ねん》いた将棋界《しょうぎかい》のことなど、外《そと》の世界《せかい》ではだれも知《し》らなかった。

あるときクラスの飲《の》み会《かい》で、ぼくがめずらしく泥酔《でいすい》したことがあった。二次会《じかい》に向《む》かう道《みち》で、ぼくはそれまで話《はな》したこともない学生《がくせい》をつかまえて、「おまえはいったい何《なん》なんだ。」とからみはじめ、胸《むな》ぐらをつかんだらしい。「瀬川《せがわ》さんがおかしくなった。」とまわりが止《と》めに入《はい》ると、ぼくはそのまま道《みち》に寝転《ねころ》んでしまったという。そんなことをした記憶《きおく》はまったくないのだが、ぼくにからまれた学生《がくせい》とは、それ以来《いらい》、親《した》しくなった。好《す》きな女《おんな》の子《こ》ができたぼくが彼女《かのじょ》を映画《えいが》に誘《さそ》って断《ことわ》られたときは、チケットが余《あま》るのがもったいなくて、その友人《ゆうじん》に来《き》てもらっていっしょに映《えい》画《が》を観《み》た。

アルバイト先《さき》の友人《ゆうじん》たちともよく遊《あそ》んだ。みんな二十歳《はたち》前後《ぜんご》の大学生《だいがくせい》で、やはりぼくは飛《と》びぬけて年上《としうえ》だったが、まったく意識《いしき》することなくつきあってくれた。かれらとの楽《たの》しかった思《おも》い出《で》は、みんなでプールへ行《い》ったことだ。といっても、夜中《よなか》のプールである。

その夜《よる》、九時《じ》ごろ、ぼくの家《いえ》に五、六人《にん》のバイト仲間《なかま》が集《あつ》まっていた。しばらくゲームなどをしていたがそれも飽《あ》きてきたころ、だれかが、

「何《なに》かおもしろいことはないかな。」

といった。

「おもしろいことって、そんなにないよなあ。」

とだれかが答《こた》えた。そのうち、別《べつ》のだれかが提案《ていあん》した。

「プールに行《い》こうぜ。おれが出《で》た高校《こうこう》なら、夜《よる》でも忍《しの》び込《こ》める。」

よし、とぼくたちは仲間《なかま》が乗《の》ってきた車《くるま》二台《だい》で、その高校《こうこう》に向《む》かった。たしかに、簡単《かんたん》に忍《しの》び込《こ》むことができた。

ほのかな灯《あか》りに照《て》らされた夜中《よなか》のプールは、何《なに》かぼくたちを興奮《こうふん》させた。奇声《きせい》を上《あ》げながら、ぼくたちは次々《つぎつぎ》に服《ふく》を脱《ぬ》ぎ、素《す》っ裸《ぱだか》になってプールに飛《と》び込《こ》んだ。そして大笑《おおわら》いしながら、やみくもに泳《およ》いだ。ぼくも、なぜだか笑《わら》いがこみ上《あ》げてきてしかたがなかった。こんなに笑《わら》ったのはいつ以来《いらい》か、思《おも》い出《だ》せないほどだった。

プールに飛《と》び込《こ》み台《だい》があるのを見《み》つけると、みんな先《さき》を争《あらそ》って登《のぼ》り、思《おも》い思《おも》いのポーズで飛《と》び込《こ》んだ。そのたびに大《おお》きな水《みず》しぶきが上《あ》がるのを、ぼくだけ下《した》から笑《わら》いながら見《み》ていた。ぼくは高《たか》いところが苦手《にがて》だったのだ。だが、そのうちだれかが、

「瀬川《せがわ》さんもやろうよ！」

と声《こえ》をかけた。

そうだな、やってみるか。ぼくは飛《と》び込《こ》み台《だい》に登《のぼ》った。真《ま》っ暗《くら》な水面《すいめん》を見下《みお》ろすと足《あし》がすくんだが、えい、と思《おも》いきりカッコをつけて飛《と》び込《こ》んだ。ざぶん、と水中深《すいちゅうふか》く沈《しず》んだあと、勢《いきお》いよく水面《すいめん》から顔《かお》を出《だ》すと、おーっと声《こえ》が上《あ》がった。

こういうのを青春《せいしゅん》っていうのかな。素《す》っ裸《ぱだか》で笑《わら》いあうかれらを見《み》ながら、ぼくは思《おも》った。みんな、何《なん》の屈託《くったく》もなく気《き》を許《ゆる》しあっていた。いまこのときを、何《なん》の不安《ふあん》もなく楽《たの》しんでいた。かげりのかけらもないかれらの笑顔《えがお》を見《み》ながらぼくは、しかし、あの下宿《げしゅく》に集《あつ》まっていた仲間《なかま》たちとの日々《ひび》を、なぜか懐《なつ》かしく思《おも》い出《だ》していた。

2

とりあえず、という気持《きも》ちで始《はじ》めた学生生活《がくせいせいかつ》は、思《おも》った以上《いじょう》に楽《たの》しく、充実《じゅうじつ》していた。半面《はんめん》、司法試験《しほうしけん》をめざすという当初《とうしょ》の意気込《いきご》みは次第《しだい》に薄《うす》れてきていた。結局《けっきょく》、まわりを見返《みかえ》そうなどという動機《どうき》では、長《なが》つづきするはずがなかったのだ。

それでも、こうして働《はたら》きながら大学《だいがく》で勉強《べんきょう》して、いずれは就職《しゅうしょく》して、なんとか社会《しゃかい》に出《で》てやっていけるんじゃないか。そんな自信《じしん》が、ぼくのなかに芽生《めば》えてきていた。ずっと中途半端《ちゅうとはんぱ》な身分《みぶん》だった自分《じぶん》が、やっと、この世界《せかい》の一員《いちいん》になれたような気《き》がした。

初夏《しょか》がすぎ、梅雨《つゆ》の季節《きせつ》になった。

ある休日《きゅうじつ》、ぼくは健弥《けんや》くんの家《いえ》にいた。実家《じっか》に戻《もど》ってからは、ぼくはまた健弥《けんや》くんとよく会《あ》うようになっていた。なにしろ目《め》と鼻《はな》の先《さき》に住《す》んでいるのである。将棋《しょうぎ》こそ指《さ》さないものの、ぼくたちは子《こ》どものころのつきあいに戻《もど》っていた。

いっしょにいてもたいした話《はなし》をしないのも昔《むかし》のままだ。その日《ひ》、健弥《けんや》くんは詰《つ》め将棋《しょうぎ》の本《ほん》をにらみつづけ、ぼくは漫画《まんが》を読《よ》んでいた。二年前《ねんまえ》にアマ名人戦《めいじんせん》で優勝《ゆうしょう》した健弥《けんや》くんは、いまやアマチュア将棋界最強《しょうぎかいさいきょう》といわれる存在《そんざい》になっていた。そしてこの六月《がつ》、かれはアマ名人戦《めいじんせん》と並《なら》ぶ大《おお》きな大会《たいかい》であるアマ竜王戦《りゅうおうせん》の全国大会出場《ぜんこくたいかいしゅつじょう》を控《ひか》えていた。アマ名人《めいじん》につづいてアマ竜王《りゅうおう》をも手《て》にすれば、健弥《けんや》くんは名実《めいじつ》ともに日本一《にっぽんいち》のアマチュアとなる。

健弥《けんや》くん、本気《ほんき》で優勝《ゆうしょう》を狙《ねら》ってるな。熱心《ねっしん》に詰《つ》め将棋《しょうぎ》を考《かんが》えている姿《すがた》を見《み》ながらそう思《おも》った。そもそも、こんなに強《つよ》い男《おとこ》がプロをめざさなかったことがおかしいのだ。

しとしと降《ふ》る雨《あめ》のせいもあったかもしれない。ぼくはふと、昔《むかし》からずっと気《き》になっていたことを聞《き》いてみたくなった。

「どうして中学生名人戦《ちゅうがくせいめいじんせん》に優勝《ゆうしょう》しなければ奨励会《しょうれいかい》は受《う》けないといったの？」

健弥《けんや》くんは、最近《さいきん》ちょっと太《ふと》ってきた顔《かお》をぼくに向《む》けた。なんでいまさらそんなことを聞《き》くんだ、といいたげだった。しかし、やがて少《すこ》し遠《とお》い目《め》になっていった。

「親《おや》が受《う》けるなといった。中《ちゅう》二のとき、最初《さいしょ》の奨励会試験《しょうれいかいしけん》に落《お》ちたあと、来年《らいねん》は高校受験《こうこうじゅけん》があるからだめだって。それに反発《はんぱつ》して、大会《たいかい》に優勝《ゆうしょう》したら受《う》けるからなっていった。」

受験《じゅけん》のためだろうとは思《おも》っていたが、中《ちゅう》二のときから反対《はんたい》されていたとは知《し》らなかった。それからの一年間《ねんかん》、健弥《けんや》くんはずっと親《おや》に反対《はんたい》されながら、大会優勝《たいかいゆうしょう》にプロへの夢《ゆめ》を賭《か》けていたのだ。中学生名人戦《ちゅうがくせいめいじんせん》の決勝戦《けっしょうせん》で、敗勢《はいせい》になってからすさまじい抵抗《ていこう》をつづけた健弥《けんや》くんの姿《すがた》を思《おも》い出《だ》した。

「絶対《ぜったい》に優勝《ゆうしょう》できると思《おも》った。優勝《ゆうしょう》もできないようじゃ、奨励会《しょうれいかい》に入《はい》ってもしょうがない。」

健弥《けんや》くんが少《すこ》し先《さき》を行《い》き、ぼくが必死《ひっし》に追《お》いかけるという関係《かんけい》が、ふたりを日本最強《にっぽんさいきょう》レベルの中学生《ちゅうがくせい》にした。だが、全国大会《ぜんこくたいかい》でぼくは優勝《ゆうしょう》し、健弥《けんや》くんは優勝《ゆうしょう》を逃《のが》した。ふたりの関係《かんけい》が入《い》れ替《か》わった瞬間《しゅんかん》、ぼくたちの進《すす》む道《みち》は分《わ》かれたのだった。

やはり雨《あめ》のせいだろうか。健弥《けんや》くんが、かれらしくないしんみりした口調《くちょう》でいった。

「もし、ぼくも奨励会《しょうれいかい》に入《はい》っていたら。」

そのあと、よけいなことをいったという顔《かお》になって口《くち》をつぐんだ。言葉《ことば》はそこでとぎれたが、ぼくには察《さっ》しがついた。健弥《けんや》くんも同《おな》じことを考《かんが》えているのだと思《おも》った。もし健弥《けんや》くんも奨励会《しょうれいかい》に入《はい》っていたら、もしふたりの猛烈《もうれつ》な競争《きょうそう》が奨励会《しょうれいかい》でもつづいていたら——ふたりともプロになれたかもしれないと健弥《けんや》くんはいおうとしたのだろう。

追憶《ついおく》の時間《じかん》が、ぼくたちをあのころに還《かえ》していた。やがて健弥《けんや》くんはごく自然《しぜん》な動作《どうさ》で、あのころ、ふたりの間《あいだ》に必《かなら》ずあったものをぼくたちの間《あいだ》に置《お》いた。

木目《もくめ》の模様《もよう》まで脳裡《のうり》に焼《や》きついている、渡辺家《わたなべけ》の将棋盤《しょうぎばん》を。

健弥《けんや》くんは何《なに》もいわず駒箱《こまばこ》を開《あ》け、さらさらと駒《こま》を盤《ばん》に広《ひろ》げた。

ぼくは磁石《じしゃく》に吸《す》い寄《よ》せられるように、盤《ばん》の前《まえ》に座《すわ》った。そして何《なに》も考《かんが》えず、学校《がっこう》から帰《かえ》ればすぐにどちらかの家《いえ》で指《さ》していたあのころのように、駒《こま》に手《て》を伸《の》ばした。

が、そこで手《て》が止《と》まった。

えーと……。

ふたりの間《あいだ》で厳重《げんじゅう》に守《まも》られてきた、上位者《じょういしゃ》がもつ「王将《おうしょう》」をどちらがもつかの順番《じゅんばん》を思《おも》い出《だ》そうとしていたのだ。健弥《けんや》くんと最後《さいご》に指《さ》したのは中学生名人戦《ちゅうがくせいめいじんせん》の準々決勝《じゅんじゅんけっしょう》だった。あのときはどうしたんだっけ……。

ぼくが古《ふる》い記憶《きおく》をたどっていると、健弥《けんや》くんが、すっ、と中指《なかゆび》で王将《おうしょう》をぼくのほうにすべらせてきた。

「いいの？」

思《おも》わずぼくは聞《き》いた。

「三段《だん》リーグを戦《たたか》ってきた人《ひと》には敬意《けいい》を表《ひょう》さなくちゃね。」

健弥《けんや》くんはそういって、にっと笑《わら》った。

ぼくは健弥《けんや》くんと一万局《まんきょく》指《さ》したあのころのように、無心《むしん》で将棋《しょうぎ》を指《さ》した。指先《ゆびさき》は、駒《こま》が生《い》き物《もの》

のように吸《す》い付《つ》いてくる感覚《かんかく》を忘《わす》れていたが、それでも駒《こま》にふれるたびに、ぼくの体《からだ》のなかで何《なに》かがよみがえってくるのを感《かん》じた。

アマ最強《さいきょう》・渡辺健弥《わたなべけんや》は強《つよ》かった。ぼくたちは数局指《すうきょくさ》して、すべて健弥《けんや》くんが勝《か》った。

ぼくは呆然《ぼうぜん》としていた。

健弥《けんや》くんにこっぴどくやられたからではない。ぼくは、いま通《とお》り過《す》ぎていった時間《じかん》の、あまりの楽《たの》しさに驚《おどろ》いていた。

自分《じぶん》の思《おも》い描《えが》いた構図《こうず》を盤上《ばんじょう》に自由《じゆう》に表現《ひょうげん》する快感《かいかん》。成功《せいこう》するかどうかわからない攻《せ》めを思《おも》いきって決行《けっこう》するスリル。いま健弥《けんや》くんと指《さ》した将棋《しょうぎ》は、ぼくが好《す》きだった将棋《しょうぎ》の楽《たの》しさに満《み》ちていた。いったい三段《だん》リーグでぼくが指《さ》していた、あれは何《なん》だったのだろうと思《おも》った。年齢制限《ねんれいせいげん》の恐怖《きょうふ》におびえ、自分《じぶん》を殺《ころ》し、ひたすら安全確実《あんぜんかくじつ》な道《みち》ばかりを求《もと》めていた、あの陰気《いんき》で楽《たの》しさのかけらもない将棋《しょうぎ》に似《に》て非《ひ》なるものは。

まるで、まったく別《べつ》の新《あたら》しいゲームに出会《であ》ったように興奮《こうふん》したぼくは、

「今度《こんど》の日曜日《にちようび》、道場《どうじょう》に連《つ》れてってよ。」

と、思《おも》わず健弥《けんや》くんに頼《たの》んでいた。

そのころ、健弥《けんや》くんがよく通《かよ》っていたのは、東京《とうきょう》の蒲田《かまた》にある蒲田将棋道場《かまたしょうぎどうじょう》だった。元奨励会《もとしょうれいかい》

員《いん》がひとりで道場《どうじょう》に行《い》くのは、なんだかばつが悪《わる》い気《き》がして、ぼくは健弥《けんや》くんに案内《あんない》を頼《たの》んだのだ。

また将棋《しょうぎ》を指《さ》していいのか？

道場《どうじょう》に足《あし》を踏《ふ》み入《い》れるとき、いちおう自分《じぶん》に問《と》いかけてみた。だいじょうぶ、とぼくは答《こた》えた。いまのぼくは、奨励会《しょうれいかい》を退会《たいかい》したころのぼくではない。宙《ちゅう》ぶらりんの状態《じょうたい》を脱《だっ》し、まがりなりにも外《そと》の世界《せかい》で歩《ある》き出《だ》しているのだ。

道場《どうじょう》のなかを見渡《みわた》したぼくは、かつて港南台将棋《こうなんだいしょうぎ》センターを初《はじ》めて訪《おとず》れたときのような胸《むね》の高《たか》鳴《な》りをおぼえた。そう、あのときぼくは、プロになるために将棋《しょうぎ》を指《さ》していたわけじゃない。ただ将棋《しょうぎ》が好《す》きだったのだ。ぼくはまた、あのころの自分《じぶん》に戻《もど》っていくだけなのだ。

この道場《どうじょう》はアマチュアの強豪《きょうごう》もよく顔《かお》を見《み》せることで知《し》られている。みんな、ぼくが奨励会《しょうれいかい》三段《だん》だったと聞《き》くと、自然《しぜん》に敬意《けいい》を払《はら》ってくれた。ぼくはかれらと何番《なんばん》か指《さ》し、また将棋《しょうぎ》の楽《たの》しさに酔《よ》った。何《なに》ものにもとらわれず、自分《じぶん》の指《さ》したい手《て》を指《さ》す楽《たの》しさに。

それからぼくは休日《きゅうじつ》にときどき蒲田将棋道場《かまたしょうぎどうじょう》に通《かよ》うようになった。しかしそのときはまだ、ささやかに将棋《しょうぎ》を楽《たの》しみたいと思《おも》ったにすぎなかった。ほどなくして健弥《けんや》くんがアマ竜王《りゅうおう》になったことを聞《き》いても、とくに意識《いしき》することはなかった。

大学《だいがく》は夏休《なつやす》みに入《はい》っていた。

その日《ひ》、ぼくは貯《た》めていたお金《かね》をおろし、大阪《おおさか》行《い》きの新幹線《しんかんせん》に乗《の》った。昨年《さくねん》、まったく気乗《きの》りしないまま出場《しゅつじょう》してあっさり敗《やぶ》れた「平成最強戦《へいせいさいきょうせん》」にもう一度《いちど》出場《しゅつじょう》するためだった。将棋《しょうぎ》を楽《たの》しむ者《もの》の自然《しぜん》の流《なが》れとして、大会《たいかい》で真剣勝負《しんけんしょうぶ》を指《さ》したくなったのである。

退会《たいかい》した奨励会員《しょうれいかいいん》は、すぐにはアマの大会《たいかい》に出《で》られない。初段以上《しょだんいじょう》は二年間《ねんかん》、級位者《きゅういしゃ》なら一年《ねん》間《かん》は出場《しゅつじょう》できないという規定《きてい》があるからだ。この間《あいだ》まで現役《げんえき》の奨励会員《しょうれいかいいん》だった者《もの》に出《で》られては、純粋《じゅんすい》なアマチュアは勝《か》てるはずがないという配慮《はいりょ》によるものだ。

ぼくは退会《たいかい》してまだ一年半《ねんはん》しかたっていない。だが平成最強戦《へいせいさいきょうせん》は、この規定《きてい》の例外《れいがい》として出場《しゅつじょう》が認《みと》められる数少《かずすく》ない大会《たいかい》なのである。

そんな規定《きてい》があるのもしかたないよな。

新幹線《しんかんせん》の車内《しゃない》で遠足《えんそく》にでも行《い》くように心弾《こころはず》ませながら、ぼくはそう思《おも》った。この大会《たいかい》、ぼくが優勝《ゆうしょう》するのは目《め》に見《み》えている。道場《どうじょう》に通《かよ》いはじめて、かなり勘《かん》は戻《もど》っていた。プロの一歩手前《ぽてまえ》、三段《だん》リーグで去年《きょねん》まで戦《たたか》っていたぼくが、アマチュアに負《ま》けるはずがないのだ。

ふと、ぼくがアマ大会《たいかい》で優勝《ゆうしょう》したことを知《し》ったら、奨励会時代《しょうれいかいじだい》の仲間《なかま》はどう思《おも》うだろうか、と考《かんが》えた。下宿《げしゅく》の常連《じょうれん》たちなら喜《よろこ》んでくれる気《き》がする。だが、冷《ひ》ややかに見《み》る者《もの》もけっして少《すく》なくはないだろう。

将棋界《しょうぎかい》には、奨励会退会者《しょうれいかいたいかいしゃ》がアマの大会《たいかい》に出《で》ることを潔《いさぎよ》しとしない風潮《ふうちょう》がある。失格《しっかく》の烙印《らくいん》を押《お》された者《もの》が未練《みれん》がましいというわけだ。年配《ねんぱい》の棋士《きし》のなかには「アマ大会《たいかい》への出場《しゅつじょう》など永久《えいきゅう》に認《みと》めるな。」という極論《きょくろん》まである。昔《むかし》ほどではなくなっているが、依然《いぜん》としてそういう声《こえ》をぼくも耳《みみ》にすることがあった。

だが、ぼくにはなぜ潔《いさぎよ》くないことなのか、わからなかった。多《おお》くの犠牲《ぎせい》を払《はら》って身《み》につけた将棋《しょうぎ》の技術《ぎじゅつ》を、プロにはなれなかったけれど別《べつ》の場所《ばしょ》で発揮《はっき》することが、そんなに未練《みれん》がましいことだろうか。

奨励会《しょうれいかい》を退会《たいかい》した者《もの》たちのなかには、潔《いさぎよ》く将棋《しょうぎ》を捨《す》てた者《もの》も多《おお》い。しかしかれらは、年齢制《ねんれいせい》限《げん》を気《き》にせず伸《の》び伸《の》びと指《さ》す楽《たの》しさに、ぼくのように気《き》づくことは一生《いっしょう》ないのだ。それはあまりにも悲《かな》しいことのような気《き》がする。自分《じぶん》はそんな潔《いさぎよ》さよりも、将棋《しょうぎ》を指《さ》す楽《たの》しさを選《えら》びたかった。そして、自分《じぶん》が十二年間《ねんかん》やってきたことがむだではないことを、確《たし》かめたかった。

そのためにも優勝《ゆうしょう》するしかない。

ぼくは久《ひさ》しぶりに、闘志《とうし》が燃《も》え上《あ》がるのを感《かん》じていた。

平成最強戦《へいせいさいきょうせん》の会場《かいじょう》にはたくさんのアマが集《あつ》まり、思《おも》い思《おも》いに談笑《だんしょう》したり、練習将棋《れんしゅうしょうぎ》を指《さ》したりしていた。有名強豪《ゆうめいきょうごう》とおぼしき人《ひと》のまわりには人垣《ひとがき》ができていた。だれも元奨励会《もとしょうれいかい》三段《だん》がいることに気《き》づかない。ぼくはあの天童《てんどう》での中学生選抜選手権《ちゅうがくせいせんばつせんしゅけん》を思《おも》い出《だ》していた。あのときはぼくが全《ぜん》国《こく》から集《あつ》まった選手《せんしゅ》たちにのまれていた。だが、いまはぼくのほうが、ここにいるアマ全員《ぜんいん》をのんでかかっていた。大会《たいかい》が終《お》わるときには、みんなが元奨励会《もとしょうれいかい》三段《だん》の実力《じつりょく》を認《みと》めることになるだろう。

勝負《しょうぶ》が始《はじ》まると、ぼくはいとも簡単《かんたん》に勝《か》ち進《すす》んだ。ベスト16、ベスト8《エイト》、ベスト4《フォー》……まったく危《あぶ》なげなかった。

やがてぼくが勝《か》つたびに、まわりでざわざわとどよめきが起《お》きはじめた。一局《きょく》ごとに、観戦者《かんせんしゃ》がふえているのがわかった。「強《つよ》い。」という声《こえ》が聞《き》こえてきた。

準決勝《じゅんけっしょう》の相手《あいて》は、いきなり自分《じぶん》から一手損《いってそん》してしまった。奨励会《しょうれいかい》では考《かんが》えられない田舎《いなか》くさい将棋《しょうぎ》に思《おも》えた。これがアマチュアのレベルなのか。ぼくは少《すこ》し幻滅《げんめつ》さえおぼえた。

ところが、なんとその相手《あいて》に、ぼくは負《ま》けてしまったのである。

信《しん》じられない結果《けっか》に、ぼくは終《お》わってからもしばらく呆然《ぼうぜん》としていた。

やがて我《われ》に返《かえ》ると、アマに負《ま》けた元奨励会《もとしょうれいかい》三段《だん》の姿《すがた》を人目《ひとめ》にさらしてはならないと思《おも》った。みじめな気持《きも》ちで、ぼくは出口《でぐち》へと急《いそ》いだ。

そこへ、声《こえ》をかけてきた人《ひと》がいた。

「ねえ、きみ、きみ。」

振《ふ》り返《かえ》ると、大会《たいかい》の運営委員《うんえいいいん》だった。

「きみ、瀬川《せがわ》くんといったね。」

はい、と暗《くら》い声《こえ》で答《こた》えると、その人《ひと》は興奮《こうふん》したようにいった。

「すごいじゃないか、ベスト4《フォー》なんて。たしか、いままで大会《たいかい》に出《で》たりしてないよね。それでいきなりこんな成績《せいせき》をあげるなんて、驚異《きょうい》の新人出現《しんじんしゅつげん》だな。」

ありがとうございます、といいながら、ぼくは愕然《がくぜん》としていた。

そんなにぼくの名前《なまえ》は知《し》られていないのか——。

するとそこへ、

「いやいやいや。」

と、やたら体格《たいかく》のいい柔道選手《じゅうどうせんしゅ》のような人《ひと》が、手《て》を振《ふ》りながら割《わ》って入《はい》ってきた。

「何《なに》いってるんです。瀬川《せがわ》さんは、奨励会《しょうれいかい》の三段《だん》だった方《かた》ですよ。そんなことといったら失礼《しつれい》でしょう。」

蒲田《かまた》の道場《どうじょう》で会《あ》ったことがある、遠藤正樹《えんどうまさき》さんというアマ強豪《きょうごう》だった。

「ねえ?」

と遠藤《えんどう》さんはぼくに人《ひと》なつこい笑《え》みを投《な》げかけた。委員《いいん》の人《ひと》も失礼《しつれい》を詫《わ》びた。

もし遠藤《えんどう》さんが説明《せつめい》してくれていなかったら、ぼくの心《こころ》はさらに荒《すさ》んでいただろう。たいして面識《めんしき》もないぼくのプライドを守《まも》るために気《き》を回《まわ》してくれた遠藤《えんどう》さんに、感謝《かんしゃ》した。

しかし、帰《かえ》りの新幹線《しんかんせん》の車内《しゃない》でも、ぼくのショックは尾《お》をひいていた。缶《かん》ビールを飲《の》んでも、気持《きも》ちはますます逆立《さかだ》つばかりだった。

——すごいじゃないか、ベスト4《フォー》なんて。

負《ま》けたことはもちろん悔《くや》しかった。だがそれ以上《いじょう》に、元奨励会《もとしょうれいかい》三段《だん》がアマの世界《せかい》ではまったく無名《むめい》の存在《そんざい》であることにぼくの心《こころ》は傷《きず》ついた。自分《じぶん》が奨励会《しょうれいかい》でやってきた十二年間《ねんかん》が、まったく否定《ひてい》された気《き》がした。

勝《か》つしかない。

ぼくは空《から》になったビールの缶《かん》を握《にぎ》りつぶした。勝《か》って勝《か》ちまくって、アマの世界《せかい》のすべての人《ひと》に自分《じぶん》の存在《そんざい》を認《みと》めさせてやる。

大阪《おおさか》から帰《かえ》ると、ぼくはただちに、奨励会時代《しょうれいかいじだい》のように将棋盤《しょうぎばん》に向《む》かった。アマチュアは思《おも》っていた以上《いじょう》に強《つよ》い。昔《むかし》の貯金《ちょきん》だけでは勝《か》てない。勝《か》つためには、プロの夢《ゆめ》を追《お》っていたあのころのように、勉強《べんきょう》が必要《ひつよう》だ。

具体的《ぐたいてき》な目標《もくひょう》があるわけではない。アマの頂点《ちょうてん》に立《た》ったからといって、何《なに》か特別《とくべつ》なものが得《え》られるわけでもない。だがぼくは、自分《じぶん》が存在《そんざい》する証《あか》しを得《え》るために、勝《か》てるかぎり勝《か》とうと思《おも》った。その先《さき》に、何《なに》があるかはわからないが。

ぼくは部屋《へや》の隅《すみ》でほこりをかぶっている桐《きり》の箱《はこ》に手《て》を伸《の》ばすと、それまで一度《いちど》も取《と》り出《だ》したことなかった中身《なかみ》を将棋盤《しょうぎばん》の上《うえ》に広《ひろ》げた。

退会駒《たいかいごま》だった。

初《はじ》めて外気《がいき》にふれる駒《こま》たちは、孵化《ふか》したばかりの生《い》き物《もの》のように白《しろ》く光《ひか》っていた。その一枚《まい》一枚《まい》を盤《ばん》に打《う》ちつけていくうちに、生命《せいめい》を吹《ふ》き込《こ》まれたかれらの喜《よろこ》びが、指先《ゆびさき》から伝《つた》わってくる気《き》がした。

いい駒《こま》じゃないか。

ぼくはこれからの研究用《けんきゅうよう》に、この駒《こま》を使《つか》うことにした。ぼくは駒《こま》たちに、こう伝《つた》えた。

ぼくはおまえたちを、ときどき眺《なが》めては昔《むかし》を懐《なつ》かしんだり、心《こころ》の支《ささ》えにしたりするためには使《つか》わない。これからのぼくの戦《たたか》いのために、目《め》いっぱい働《はたら》いてもらうからな――。

それからは、大学《だいがく》へ行《い》く時間《じかん》とアルバイトをする時間《じかん》以外《いがい》は、すべて将棋《しょうぎ》の勉強《べんきょう》にあてた。奨励会時代《しょうれいかいじだい》の最後《さいご》は将棋盤《しょうぎばん》に向《む》かうのもつらかったのがうそのようだった。さらにアマ強豪《きょうごう》の研究会《けんきゅうかい》にも積極的《せっきょくてき》に参加《さんか》した。

アマ強豪《きょうごう》とのつきあいは、ぼくにとっては驚《おどろ》きの連続《れんぞく》だった。

何《なに》よりまず、かれらはとてつもなく将棋《しょうぎ》が好《す》きだった。研究会《けんきゅうかい》で指《さ》すだけでは飽《あ》き足《た》らず、そのあとの居酒屋《いざかや》でも小《ちい》さなマグネット盤《ばん》で指《さ》している。たまにみんなで旅行《りょこう》に行《い》っても、宿《やど》に着《つ》くなり指《さ》しはじめ、せっかくの温泉《おんせん》にも入《はい》らず朝《あさ》まで指《さ》しつづける。奨励会員《しょうれいかいいん》どうしでは考《かんが》えられないことだった。

正直《しょうじき》にいえば、プロ棋士《きし》や奨励会員《しょうれいかいいん》のなかには、アマ強豪《きょうごう》をどこか煙《けむ》たがる気分《きぶん》がある。いや、少《すく》なくともぼくにはあった。いまさらプロになれるわけでもないのに、こんなに将棋《しょうぎ》を一生《いっしょう》懸命勉強《けんめいべんきょう》してどうしようというのか。趣味《しゅみ》なら趣味《しゅみ》らしく、もっと適当《てきとう》にやればいいじゃないかと。

そんな見方《みかた》はまちがっていたとぼくは思《おも》った。かれらはほかに仕事《しごと》をもちながら、何《なん》の見返《みかえ》りも求《もと》めず将棋《しょうぎ》に打《う》ち込《こ》み、これだけの実力《じつりょく》を身《み》につけたのだ。それをどうしてプロが、奨励会員《しょうれいかいいん》が笑《わら》えるだろうか。将棋《しょうぎ》を一生《いっしょう》かけて究《きわ》めていくことは、なにもプロだけの特権《とっけん》ではないのだ。

もうひとつ驚《おどろ》いたのが、かれらの多《おお》くが将棋《しょうぎ》の未来《みらい》を心《こころ》から憂《うれ》えていることだ。将棋《しょうぎ》ファンの数《かず》は年々《ねんねん》、減少《げんしょう》している。どうしたらファンをふやせるか、将棋《しょうぎ》が人々《ひとびと》に関心《かんしん》をもたれるか、酒《さけ》を飲《の》めばしばしば、大声《おおごえ》で熱《あつ》い議論《ぎろん》がかわされた。

なかでも熱《あつ》かったひとりが、あの遠藤正樹《えんどうまさき》さんである。

ぼくはそれほど親《した》しくしていたわけではないが、がっしりした体《からだ》といい、親分肌《おやぶんはだ》の言動《げんどう》といい、強《つよ》く印象《いんしょう》に残《のこ》る人《ひと》だった。静岡県《しずおかけん》の、甲子園《こうしえん》に何度《なんど》も出《で》た高校《こうこう》で野球部《やきゅうぶ》に入《はい》っていた経験《けいけん》からか、損得抜《そんとくぬ》きで若《わか》いアマチュアのめんどうをよく見《み》ていた。

遠藤《えんどう》さんからひしひしと伝《つた》わってくるものをひとことでいえば、将棋《しょうぎ》への愛《あい》だと思《おも》う。

かれはよく、こういった。

「おれは、趣味《しゅみ》は将棋《しょうぎ》です、と世《よ》の中《なか》に胸《むね》を張《は》っていえるようになりたいんだ。」

それは多《おお》くのアマチュアの気持《きも》ちを代弁《だいべん》する言葉《ことば》だった。

自分《じぶん》が大好《だいす》きな将棋《しょうぎ》の魅力《みりょく》を、もっと世《よ》の中《なか》の人《ひと》に理解《りかい》してほしい。こんなにおもしろいゲームが、こんなにすばらしい世界《せかい》があることを、もっと知《し》ってもらいたい。

奨励会《しょうれいかい》にいたころ、ぼくはそんなことを一瞬《いっしゅん》も考《かんが》えたことがなかった。多《おお》くのプロや奨励会員《しょうれいかいいん》がそうであるように、ぼくは将棋《しょうぎ》を覚《おぼ》えて以来《いらい》、自分《じぶん》が勝《か》つことしか考《かんが》えてこなかった。

アマの人々《ひとびと》との出会《であ》いは、ぼくにとって目《め》から鱗《うろこ》が落《お》ちる経験《けいけん》だった。

3

奨励会《しょうれいかい》を退会《たいかい》したときには思《おも》いもしなかった充実《じゅうじつ》した日々《ひび》がすぎ、ぼくは大学《だいがく》二年生《ねんせい》になった。

その年《とし》の夏《なつ》が近《ちか》づくころ、いっしょに住《す》んでいる祖母《そぼ》が亡《な》くなった。ぼくにとっては父《ちち》の母親《ははおや》である。もう何年《なんねん》も寝《ね》たきりの生活《せいかつ》がつづいていて、母《はは》がずっとその介護《かいご》をしていた。例《れい》の性格《せいかく》なのでつらさを人《ひと》に見《み》せることはなかったが、その間《あいだ》の母《はは》の苦労《くろう》は大変《たいへん》なものだったにちがいない。身内《みうち》の不幸《ふこう》は悲《かな》しいことにはちがいないが、母《はは》が大《おお》きな荷《に》を下《お》ろしたこともたしかだった。母《はは》は自分《じぶん》への慰労《いろう》のつもりで、念願《ねんがん》のオペラ三昧《ざんまい》の日々《ひび》を過《す》ごすためウィーンへ海外旅行《かいがいりょこう》に出《で》かけた。

残《のこ》ったのは、ぼくと父《ちち》のふたりだった。そのころ、長兄《ちょうけい》は結婚《けっこん》し、次兄《じけい》は地方勤務《ちほうきんむ》になり、いずれも家《いえ》を出《で》ていた。夕食《ゆうしょく》の支度《したく》はぼくがすることになった。

ある夜《よる》のこと、ぼくは電気炊飯器《でんきすいはんき》の操作《そうさ》をまちがえて、ご飯《はん》を生炊《なまだ》きにしてしまった。固《かた》くて食《た》べられたものではなかったが、父《ちち》は、

「こりゃまずいな。」

と笑《わら》いながら、納豆《なっとう》をかけて全部食《ぜんぶた》べてくれた。そして、

「母《かあ》さんはいまごろ、うまいもの食《た》べてるのかなあ。」

と、自分《じぶん》のことのようにうれしそうにいった。

それが、ぼくが記憶《きおく》している父《ちち》の最後《さいご》の言葉《ことば》だった。

翌日《よくじつ》の夜《よる》、ぼくは友人《ゆうじん》の家《いえ》に泊《と》まって帰《かえ》らなかった。父《ちち》に食事《しょくじ》を作《つく》らなくて悪《わる》いことをしたと思《おも》いながら翌朝《よくあさ》、家《いえ》に帰《かえ》ると、長兄《ちょうけい》からの伝言《でんごん》が書《か》かれた紙切《かみき》れがあった。すぐに病院《びょういん》に来《こ》い、

とある。指示《しじ》された病院《びょういん》に向《む》かう途中《とちゅう》で、すでにその病院《びょういん》にいる長兄《ちょうけい》を電話《でんわ》で呼《よ》び出《だ》し、何《なに》が起《お》きたのかを知《し》った。

昨夜《さくや》、父《ちち》が車《くるま》にひかれたという。

病院《びょういん》に着《つ》くと、父《ちち》はすでに病室《びょうしつ》ではなく、遺体安置室《いたいあんちしつ》にいた。長兄《ちょうけい》が、寝台《しんだい》に横《よこ》たわる父《ちち》のそばに立《た》っていた。こちらを振《ふ》り向《む》いた長兄《ちょうけい》は、目《め》を泣《な》きはらしていた。父《ちち》の顔《かお》には、白《しろ》い布《ぬの》がかぶせられていた。ぼくは駆《か》け寄《よ》って布《ぬの》をはずし、もう息《いき》をしていない父《ちち》の顔《かお》を見《み》た。額《ひたい》に、傷口《きずぐち》を縫《ぬ》い合《あ》わせた大《おお》きな痕《あと》があった。

亡《な》くなったのは昨夜《さくや》。父《ちち》は家《いえ》の周囲《しゅうい》をジョギングしていて、若《わか》い女性《じょせい》が運転《うんてん》する車《くるま》の前方不注《ぜんぽうふちゅう》意《い》により、はねられたのだという。

ついおととい、生炊《なまだ》きの米《こめ》を笑《わら》いながらいっしょに食《た》べた父《ちち》が、いま遺体《いたい》になっているのはどう考《かんが》えても冗談《じょうだん》としか思《おも》えなかった。ジョギングは、体《からだ》によいことが好《す》きな父《ちち》の昔《むかし》からの日課《にっか》なのだ。その甲斐《かい》あって父《ちち》は、還暦《かんれき》をすぎても健康《けんこう》そのものだった。体《からだ》にいいからやっていることで命《いのち》を縮《ちぢ》めるというのも冗談《じょうだん》のような話《はなし》だと思《おも》った。

現実《げんじつ》を認識《にんしき》しきれないままぼくは、小学五年生《しょうがくごねんせい》の冬《ふゆ》、父《ちち》のすすめにしたがってひとりで毎日《まいにち》ジョギングをしていたことを思《おも》い出《だ》した。父《ちち》はそれをすごく喜《よろこ》び、「ひろば」にもそのことを書《か》いてくれた。だからジョギングは、ぼくと父《ちち》との大切《たいせつ》な思《おも》い出《で》なのだ。それが、こんなことで踏《ふ》みにじられるなんて。

「お通夜《つや》は母《かあ》さんが帰《かえ》ってからだ。いま日本《にっぽん》に向《む》かっている。」

長兄《ちょうけい》の声《こえ》で我《われ》に返《かえ》った。

そうだった。ぼくは自分《じぶん》の悔《くや》しさを忘《わす》れ、母《はは》の気持《きも》ちを思《おも》った。ようやく長年《ながねん》の介護《かいご》から解放《かいほう》され、海外《かいがい》で羽《はね》を伸《の》ばしていた矢先《やさき》の、夫《おっと》の急死《きゅうし》。旅行《りょこう》を中止《ちゅうし》して飛行機《ひこうき》に乗《の》ったという母《はは》は、いまどんな思《おも》いでいるのだろう。

やがて九州《きゅうしゅう》に出張《しゅっちょう》していた次兄《じけい》も駆《か》けつけた。ぼくたち三人《にん》は家《いえ》に帰《かえ》ると、茫然《ぼうぜん》としたまま、母《はは》の帰国《きこく》を待《ま》った。その取《と》り乱《みだ》した姿《すがた》を想像《そうぞう》すると、気《き》が重《おも》くてやりきれなかった。

翌日《よくじつ》、母《はは》が帰《かえ》ってきた。家《いえ》に入《はい》って荷物《にもつ》を置《お》くなり、母《はは》はこう第一声《だいいっせい》をあげた。

「すぐに、父《とう》さんの預金《よきん》を全部《ぜんぶ》おろしなさい。」

死亡届《しぼうとどけ》を出《だ》して遺産《いさん》の扱《あつか》いになると、相続《そうぞく》の対象《たいしょう》になって自由《じゆう》におろせなくなる。そうなると葬式代《そうしきだい》も出《だ》せない、というのだ。飛行機《ひこうき》のなかで、母《はは》はただ悲嘆《ひたん》にくれていただけではなかった。その強《つよ》さにあおり立《た》てられるように、息子《むすこ》たち三人《にん》は腰《こし》を上《あ》げた。

通夜《つや》の晩《ばん》おそく、母《はは》や兄《あに》たちは疲《つか》れきって寝息《ねいき》を立《た》てていた。あわただしく物事《ものごと》が進《すす》むなか、束《つか》の間《ま》の静寂《せいじゃく》が訪《おとず》れていた。

ぼくはひとり、父《ちち》が眠《ねむ》る棺《ひつぎ》の横《よこ》に座《すわ》っていた。無口《むくち》で、照《て》れ屋《や》だった父《ちち》と、こんなに長《なが》く向《む》かい合《あ》うのは初《はじ》めてだった。

いま父《ちち》に心残《こころのこ》りがあるとすれば、それはまちがいなく、棋士《きし》になれなかったぼくの将来《しょうらい》のことだろう。

ごめん、本当《ほんとう》は、ぼくは父《とう》さんが思《おも》っているほど将棋《しょうぎ》をがんばらなかった。

父《ちち》にいわなければと思《おも》っていた言葉《ことば》は、結局伝《けっきょくつた》えられないままだった。優《やさ》しい父《ちち》の顔《かお》は、気《き》にするな、といっているように見《み》えた。その顔《かお》を見《み》ているうちに、涙《なみだ》がこらえきれなくなった。ぼくは、子《こ》どものように泣《な》きじゃくった。

そのうち、夜《よ》が明《あ》けてきた。

ぼくは父《ちち》に償《つぐな》いをしなくてはならないと思《おも》った。もうすぐ体《からだ》は灰《はい》になってしまうけれど、父《ちち》はぼくのなかでこれからも生《い》きつづける。その父《ちち》は、どうすれば喜《よろこ》んでくれるだろうか、と考《かんが》えた。

ほかのことは何《なに》もいわなかった父《ちち》が、息子《むすこ》たちに望《のぞ》んでいたことはひとつだけだった。

自分《じぶん》の好《す》きな道《みち》を行《い》け。

それしかない、とぼくは思《おも》った。

ぼくはもう将棋《しょうぎ》のプロにはなれない。しかしこの先《さき》、どんな険《けわ》しい道《みち》であれ、ぼくが好《す》きだと思《おも》えることが見《み》つかったら、今度《こんど》こそ逃《に》げずに、勇気《ゆうき》を出《だ》して、その道《みち》を進《すす》もう。将棋《しょうぎ》で味《あじ》わっ

た後悔《こうかい》を、二度《にど》と繰《く》り返《かえ》してはならない。

父《ちち》に償《つぐな》いをするには、それしかない。


葬儀《そうぎ》が終《お》わった。そこまでを自分《じぶん》のつとめと言《い》い聞《き》かせていたのだろう、涙《なみだ》も見《み》せずに気丈《きじょう》に振《ふ》る舞《ま》っていた母《はは》は、そのあと、気《き》が抜《ぬ》けたようになった。ふと見《み》ると父《ちち》の写真《しゃしん》を見《み》ながら泣《な》いていることがあった。

だが兄《あに》たちは、それぞれの家《いえ》に帰《かえ》らなくてはならなかった。母《はは》の様子《ようす》を気《き》にしながらも帰《かえ》り支度《じたく》を始《はじ》める兄《あに》たちを見《み》ているうちに、ぼくは不安《ふあん》になってきた。この家《いえ》には、母《はは》とぼくのふたりしかいなくなる。打《う》ちひしがれている母《はは》を、ぼくひとりで支《ささ》えていくことなどできるのだろうか。

「ショウ。」

立《た》ちつくしているぼくに、荷物《にもつ》をまとめ終《お》わった次兄《じけい》が声《こえ》をかけてきた。次兄《じけい》はぼくの肩《かた》に手《て》をかけ、じっとぼくの目《め》を見《み》つめながらいった。

「おかんを頼《たの》むぞ。」

次兄《じけい》は母《はは》のことを「おかん」と呼《よ》んでいる。

「いままでおまえは、家族《かぞく》から守《まも》られている立場《たちば》だった。だけどこれからは、おかんのそばにいてやれるのはおまえだけなんだ。しっかり、支《ささ》えてやってくれ。」

そうだ。ぼくはいままで、家族《かぞく》に心配《しんぱい》されるばかりで、心配《しんぱい》してあげたことは一度《いちど》もなかった。この歳《とし》になっても、ぼくはまだ子《こ》どもだった。だけどリュウくんはいま、ぼくを一人前《いちにんまえ》の男《おとこ》と見込《みこ》んで、母《はは》のことを託《たく》している。ぼくがしっかりしなくてはいけないのだ。

「だいじょうぶだって。」

ぼくはそういいながら、家族《かぞく》のなかでぼくを初《はじ》めて大人扱《おとなあつか》いしてくれたリュウくんにパンチを繰《く》り出《だ》すしぐさをした。リュウくんはにこっと笑《わら》いながら、ぼくの拳《こぶし》をがっしりと受《う》けとめた。


とはいえ、大海《たいかい》に突然《とつぜん》、小舟《こぶね》で放《ほう》り出《だ》されたような心境《しんきょう》にちがいない母《はは》を、ぼくが元気《げんき》づけるのは難《むずか》しいことだった。ぼくが見《み》ていていちばん気《き》の毒《どく》だったのは、近所《きんじょ》の人《ひと》たちが、母《はは》と道《みち》で会《あ》っても気楽《きらく》に話《はな》しかけなくなってしまったことだ。声《こえ》のかけようがなかったのだろうが、にぎやかなことが好《す》きな母《はは》には、何《なに》よりつらいことだろうと思《おも》った。

なんとか母《はは》に笑顔《えがお》を取《と》り戻《もど》させたい。しかし、将棋《しょうぎ》しかやってこなかったぼくには母《はは》の好《す》きな歌《うた》や詩《し》を贈《おく》ることもできなかった。情《なさ》けない思《おも》いでぼくは、こういうとき、将棋《しょうぎ》ほど役《やく》に立《た》たないものはないと思《おも》った。

母《はは》を気《き》づかいながら日々《ひび》を送《おく》るうちに、平成《へいせい》十一年《ねん》の年《とし》が明《あ》けた。奨励会退会者《しょうれいかいたいかいしゃ》の出場制限《しゅつじょうせいげん》がとけたぼくは、いよいよ本格的《ほんかくてき》にアマ大会《たいかい》に参戦《さんせん》しようとしていた。

ぼくが狙《ねら》いを定《さだ》めたのは、その秋《あき》に行《おこな》われるアマ名人戦《めいじんせん》だった。数《かず》あるアマチュアの大会《たいかい》のなかでも、五十年《ねん》以上《いじょう》の歴史《れきし》があるアマ名人戦《めいじんせん》はアマ最高峰《さいこうほう》の名《な》にふさわしい。夏《なつ》までに各県《かくけん》で予選《よせん》が行《おこな》われ、その代表《だいひょう》がアマ名人《めいじん》の座《ざ》をめざして、九月《がつ》の全国大《ぜんこくたい》会《かい》で覇《は》を競《きそ》うのだ。

その神奈川県予選《かながわけんよせん》の日《ひ》がきた。ぼくが神奈川県代表《かながわけんだいひょう》となるためには、当然《とうぜん》、ぼくの家《いえ》の真向《まむ》かいに住《す》む強敵《きょうてき》を倒《たお》さねばならないはずだった。だが、出場者《しゅつじょうしゃ》のなかに渡辺健弥《わたなべけんや》の名《な》はなかった。健弥《けんや》くんがいない県予選《けんよせん》は、ぼくが制《せい》するところとなった。

それからしばらくしたある日《ひ》。ぼくは健弥《けんや》くんの家《いえ》にいた。ぼくは詰《つ》め将棋《しょうぎ》の本《ほん》をにらみ、健《けん》弥《や》くんは漫画《まんが》を読《よ》んでいた。雨《あめ》がしとしと降《ふ》る梅雨《つゆ》の季節《きせつ》になっていた。

やがて詰《つ》め将棋《しょうぎ》を解《と》くのに飽《あ》きたぼくは、いつものように将棋盤《しょうぎばん》をふたりの間《あいだ》に置《お》いた。だが、健弥《けんや》くんはそれをちらと横目《よこめ》で見《み》ただけで、こういった。

「きょうはいいや。」

ぼくはショックを受《う》けた。出会《であ》ってからいままで、健弥《けんや》くんが将棋《しょうぎ》の誘《さそ》いを断《ことわ》ったことなど、ただの一度《いちど》もなかった。

ぼくたちは沈黙《ちんもく》したまま、またそれぞれ、詰《つ》め将棋《しょうぎ》の本《ほん》と漫画《まんが》に視線《しせん》を落《お》としつづけた。

しかしぼくはたまらなくなって、健弥《けんや》くんにたずねた。

「どうして予選《よせん》に来《こ》なかったの。」

健弥《けんや》くんは漫画《まんが》から目《め》を離《はな》さずに答《こた》えた。

「行《い》くつもりだった。でも寝坊《ねぼう》しちゃって。」

アマ竜王《りゅうおう》を獲《と》ったあと、健弥《けんや》くんの将棋《しょうぎ》への情熱《じょうねつ》が薄《うす》れてきているのは感《かん》じていた。

「仕事《しごと》、忙《いそが》しくなったの。」

ぼくがさらにたずねると、健弥《けんや》くんはこういった。

「もう将棋《しょうぎ》のことだけ考《かんが》えているわけにはいかなくなった。」

そういう年齢《ねんれい》なのかもしれない。ぼくたちはもう二十九歳《さい》なのだ。ぼくはまだ気楽《きらく》な大学生《だいがくせい》だが、職場《しょくば》では責任《せきにん》も重《おも》くなってくるころなのだろう。いつまでも将棋《しょうぎ》に変《か》わらぬ情熱《じょうねつ》を燃《も》やしつづけることは、アマチュアの場合《ばあい》、非常《ひじょう》に難《むずか》しいのだ。

漫画《まんが》を読《よ》みふける健弥《けんや》くんを見《み》ながら、もうぼくたちはあのころには戻《もど》れないのだ、と思《おも》った。ぼくは家《いえ》に戻《もど》るため立《た》ち上《あ》がった。アマ名人戦《めいじんせん》に向《む》けて勉強《べんきょう》しなくてはならない。

平成《へいせい》十一年《ねん》九月六日《がつむいか》。第《だい》五十三回《かい》アマチュア名人戦全国大会《めいじんせんぜんこくたいかい》で、ぼくは決勝戦《けっしょうせん》を戦《たたか》っていた。決勝《けっしょう》に進出《しんしゅつ》するまで、立《た》ちはだかる相手《あいて》はみんな強《つよ》かった。だがぼくは、負《ま》ける気《き》がしなかった。というよりも、勝敗《しょうはい》をまったく意識《いしき》せずに、自分《じぶん》が指《さ》したい手《て》を指《さ》しつづけた。

そしてその先《さき》に、勝利《しょうり》の女神《めがみ》は微笑《ほほえ》んでいた。

決勝戦《けっしょうせん》を戦《たたか》いながら、不意《ふい》にぼくは思《おも》った。

生《い》きていてよかった。

絶望《ぜつぼう》のどん底《ぞこ》にいたあの日《ひ》、みっともなく泣《な》きながら命《いのち》だけは絶《た》たずにいたから、いまこんなにも充実《じゅうじつ》した時間《じかん》を過《す》ごしている。しびれるような生《い》きている実感《じっかん》を味《あじ》わっている。

いま、ぼくは幸《しあわ》せだ。

そう思《おも》いながら、ぼくはゴールに飛《と》び込《こ》んだ。


父《ちち》の遺影《いえい》の前《まえ》に、新《しん》アマ名人誕生《めいじんたんじょう》を報《ほう》じるたくさんの新聞記事《しんぶんきじ》が並《なら》べられた。

アマ名人戦優勝《めいじんせんゆうしょう》から数日後《すうじつご》、母《はは》と兄《あに》たちがささやかにぼくを祝《いわ》ってくれた。父《ちち》が亡《な》くなってから、一年《ねん》と三か月《げつ》がたっていた。

「やっぱり、奨励会《しょうれいかい》三段《だん》っていうのはたいしたものなんだなあ。」

長兄《ちょうけい》が、うまそうにビールを飲《の》みながらいった。

「やっとわかったの？」

といって、ぼくは笑《わら》った。

「すごいのは三段《だん》じゃなくてショウだって。おれが子《こ》どものころにしごいたおかげさ。」

という次兄《じけい》はもう酔《よ》っ払《ぱら》っている。

そこへ、手作《てづく》りの餃子《ギョーザ》を台所《だいどころ》から運《はこ》んできた母《はは》が、

「ねえショウ。」

と聞《き》いてきた。

「やっぱりこれじゃ、あんたの夢《ゆめ》がかなったことにはならない？」

母《はは》がいうには、ぼくがアマ名人《めいじん》になったことは近所《きんじょ》でも知《し》れ渡《わた》り、道《みち》で会《あ》うとみんなお祝《いわ》いをいってくれるのはうれしいのだが、「やっと名人《めいじん》の夢《ゆめ》がかないましたね。」といわれるとちがうともいいにくく、返事《へんじ》に困《こま》るというのだ。将棋《しょうぎ》を知《し》らない人《ひと》には、奨励会《しょうれいかい》のときにぼくが夢見《ゆめみ》た名人《めい》人《じん》と、アマ名人《めいじん》の区別《くべつ》がつかないらしい。

「そんなわけないだろ。」

といいかけて、ぼくはやめた。

父《ちち》の死以来《しいらい》、母《はは》に遠慮《えんりょ》して腫《は》れものにさわるようにしていた近所《きんじょ》の人《ひと》たちが、ぼくがアマ名人《めいじん》になったことで気軽《きがる》に声《こえ》をかけてくれるようになった。母《はは》は明《あか》るさを取《と》り戻《もど》していた。ぼくは将《しょう》棋《ぎ》を指《さ》すことで、初《はじ》めて家族《かぞく》の役《やく》に立《た》つことができたのだ。

ぼくは、餃子《ギョーザ》を口《くち》に入《い》れながら母《はは》に答《こた》えた。

「いや、少《すこ》しだけ、かなったかな。」

4

平成《へいせい》十二年《ねん》三月《がつ》、ぼくは三十歳《さい》になった。

世間《せけん》でいえばどうみても一人前《いちにんまえ》の年齢《ねんれい》だが、ぼくはまだやっと大学《だいがく》四年生《ねんせい》になるところだった。大《おお》きく後《おく》れをとっていることに焦《あせ》りがないわけではなかったが、それより、このころのぼくには新《あら》たな目標《もくひょう》が生《う》まれていた。

各新聞社《かくしんぶんしゃ》やテレビ局《きょく》が主催《しゅさい》するプロの将棋《しょうぎ》の公式戦《こうしきせん》のうちいくつかは、成績優秀《せいせきゆうしゅう》なアマチュアに特別《とくべつ》に予選《よせん》に出場《しゅつじょう》する資格《しかく》を与《あた》えている。プロとアマトップの対決《たいけつ》を見《み》たいというファンの声《こえ》に応《こた》えたものだ。そしてぼくは、アマ名人《めいじん》になったことでその資格《しかく》を得《え》た。奨励会《しょうれいかい》にいたころ、あれほど夢見《ゆめみ》たプロの舞台《ぶたい》に立《た》つチャンスが、まがりなりにも与《あた》えられたのだ。

初《はじ》めてのプロとの対局《たいきょく》は、三十歳《さい》の誕生日《たんじょうび》の直前《ちょくぜん》だった。「棋王戦《きおうせん》」の予選《よせん》、相手《あいて》は中座真《ちゅうざまこと》四段《だん》である。

中座《ちゅうざ》さんは三段《だん》リーグをともに戦《たたか》った懐《なつ》かしい先輩《せんぱい》である。同《おな》い年《どし》だが、入会《にゅうかい》はぼくより三年《ねん》早《はや》く、よくぼくのめんどうをみてくれた。三段時代《だんじだい》にいっしょに飲《の》んでいて酔《よ》いつぶれたぼくを、中座《ちゅうざ》さんが介抱《かいほう》して家《いえ》に泊《と》めてくれたこともあった。タクシーのなかで、ぼくが気持《きも》ち悪《わる》くなるたびに中座《ちゅうざ》さんは何度《なんど》も車《くるま》を止《と》めてはぼくを外《そと》に引《ひ》きずり出《だ》し、背中《せなか》をさすってくれた。ふたりだけの研究会《けんきゅうかい》もよく開《ひら》いた。将棋《しょうぎ》を指《さ》しながら中座《ちゅうざ》さんはよく「がんばって早《はや》く四段《だん》になろうな。」と声《こえ》をかけてくれた。

ぼくにとって最後《さいご》の三段《だん》リーグは、二十六歳《さい》になっていた中座《ちゅうざ》さんにとっても最後《さいご》のチャンスだった。最終戦《さいしゅうせん》、勝《か》てば昇段《しょうだん》という勝負《しょうぶ》に負《ま》けた中座《ちゅうざ》さんが絶望《ぜつぼう》して将棋会館《しょうぎかいかん》を去《さ》ろうとしたとき、奇跡的《きせきてき》に競争相手《きょうそうあいて》がすべて敗《やぶ》れて昇段《しょうだん》が決《き》まった。腰《こし》が抜《ぬ》けたようにその場《ば》にへたり込《こ》む中座《ちゅう》さんを、ぼくは心《こころ》のなかで祝福《しゅくふく》した。大好《だいす》きな先輩《せんぱい》の幸運《こううん》は、奨励会最後《しょうれいかいさいご》の日《ひ》の、たったひとつの心《こころ》の救《すく》いだった。

だが、いま向《む》かい合《あ》っている中座《ちゅうざ》さんの表情《ひょうじょう》は硬《かた》く、そんな思《おも》い出《で》を懐《なつ》かしむ様子《ようす》はまったくない。将棋界《しょうぎかい》では、プロがアマに敗《やぶ》れることはこのうえない恥《はじ》とされているのだ。アマがプロと戦《たたか》えば、勝《か》てる割合《わりあい》は二割《わり》くらいといわれる。そして、その二割《わり》にあたってしまったプロは、仲《なか》間《ま》からもファンからも厳《きび》しい批判《ひはん》にさらされるのだ。

将棋《しょうぎ》は激戦《げきせん》の末《すえ》、中座《ちゅうざ》さんが勝《か》った。

感想戦《かんそうせん》を終《お》えると、中座《ちゅうざ》さんはほっとしたように席《せき》を立《た》った。敗《やぶ》れたぼくは、プロの力《ちから》を見《み》せつけたかつての先輩《せんぱい》に、深《ふか》く一礼《いちれい》した。心《こころ》のなかが喜《よろこ》びで満《み》たされていくのを感《かん》じながら。

プロと指《さ》すのは、なんて楽《たの》しいんだ。

かつてぼくは、ただ強《つよ》い人《ひと》を求《もと》めて港南台将棋《こうなんだいしょうぎ》センターの扉《とびら》を開《あ》けた。そしていま、同《おな》じ気持《きも》ちでぼくは、できるかぎりプロと戦《たたか》うチャンスをつくりたいと思《おも》った。

その年《とし》の夏《なつ》、二度目《どめ》のチャンスがめぐってきた。今度《こんど》は「銀河戦《ぎんがせん》」という、テレビで放送《ほうそう》される勝《か》ち抜《ぬ》き戦《せん》である。

初戦《しょせん》の池田修一《いけだしゅういち》六段戦《だんせん》は、不戦勝《ふせんしょう》だった。そのあとぼくは窪田義行《くぼたよしゆき》五段《だん》に勝《か》ち、中尾敏之《なかおとしゆき》四段《だん》に勝《か》ち、藤原直哉《ふじわらなおや》五段《だん》に勝《か》ち、豊川孝弘《とよかわたかひろ》五段《だん》に勝《か》ち、小林裕士《こばやしひろし》四段《だん》に勝《か》ち、松本佳介《まつもとよしゆき》四段《だん》に勝《か》った。

なんと、対《たい》プロ戦《せん》にぼくは七連勝《れんしょう》したのである。


どうしてこんなに勝《か》てるんだろう？　ぼくは狐《きつね》につままれたような気持《きも》ちだった。

将棋《しょうぎ》の勉強方法《べんきょうほうほう》は奨励会時代《しょうれいかいじだい》と変《か》わらない。しかし大学《だいがく》とアルバイトがあるぶん、やはり勉強《べんきょう》時間《じかん》は当時《とうじ》より減《へ》っているだろう。だから実力《じつりょく》が急《きゅう》に上《あ》がったわけではない。

なのに、奨励会《しょうれいかい》を落《お》ちこぼれたぼくが、どうしてプロに七連勝《れんしょう》もできたのだろう。

（将棋《しょうぎ》って不思議《ふしぎ》だよね。）

ぼくは、あの奨励会退会《しょうれいかいたいかい》の日《ひ》に、幹事《かんじ》の先生《せんせい》がいった言葉《ことば》を思《おも》い出《だ》した。

(プレッシャーがなくなったとたん、勝《か》てるようになるんだよね。)

あれは、こういうことをいっていたのだ。

奨励会時代《しょうれいかいじだい》のプレッシャーから解《と》き放《はな》たれたぼくは、指《さ》したい手《て》を伸《の》び伸《の》びと、思《おも》いきり指《さ》せるようになった。それがぼくに、将棋《しょうぎ》の楽《たの》しさを再発見《さいはっけん》させた。だが楽《たの》しんで指《さ》すことは、勝負《しょうぶ》という観点《かんてん》からはけっしてプラスではないとぼくは思《おも》っていた。やはり奨励会《しょうれいかい》のときのように自《じ》分《ぶん》を殺《ころ》して指《さ》さなければ、アマにはともかく、プロには勝《か》てるものではないと。

ところが、そうではなかった。楽《たの》しんで指《さ》すほうが、むしろ勝《か》つ確率《かくりつ》も高《たか》くなることに、ぼくは気《き》づいた。

奨励会元《しょうれいかいもと》三段《だん》のぼくと、プロの技術的《ぎじゅってき》な差《さ》はわずかでしかない。しかし、アマに負《ま》けられないというプレッシャーがかかるプロのほうはどうしても、行《い》くべきときに優柔不断《ゆうじゅうふだん》になり、待《ま》つべきときに暴発《ぼうはつ》するという判断《はんだん》ミスをおかしがちになる。ぼくが伸《の》び伸《の》びと楽《たの》しんで指《さ》せば指《さ》すほど、そのちがいは明《あき》らかになり、それはときに技術的《ぎじゅってき》な差《さ》を逆転《ぎゃくてん》させる。

ぼくは、将棋《しょうぎ》というゲームの本質《ほんしつ》に開眼《かいがん》した思《おも》いがした。

コンピュータならいざ知《し》らず、実力《じつりょく》に大差《たいさ》ない人間《にんげん》どうしが勝負《しょうぶ》するとき、勝敗《しょうはい》を分《わ》けるもっとも大《おお》きな要素《ようそ》は、プレッシャーがあるかどうかなのだ。将棋《しょうぎ》とは、それほど精神面《せいしんめん》に左右《さゆう》されるゲームなのだ。

銀河戦《ぎんがせん》の活躍《かつやく》でぼくは「プロ殺《ごろ》し」の異名《いみょう》をとるようになり、専門誌《せんもんし》ばかりかNHK《エヌエイチケー》のテレビでも、アマチュアの対《たい》プロ七連勝《れんしょう》のニュースが紹介《しょうかい》された。

楽《たの》しんで指《さ》せばプロに勝《か》てる。

この発見《はっけん》を証明《しょうめい》するため、ぼくは次《つぎ》のチャンスを待《ま》ちわびた。


大学生活《だいがくせいかつ》も残《のこ》り少《すく》なくなり、ぼくは就職活動《しゅうしょくかつどう》を始《はじ》めた。いくらアマチュアとして将棋《しょうぎ》に勝《か》っていても、それはあくまでも趣味《しゅみ》なのだ。趣味《しゅみ》を充実《じゅうじつ》させるためにも、しっかりと経済的《けいざいてき》に自立《じりつ》しなくてはならない。

だが、三十歳《さい》のぼくをまともに相手《あいて》にしてくれるところはほとんどなかった。

「大学《だいがく》に入《はい》るまで何《なに》やってたの？　この奨励会《しょうれいかい》って何《なん》のこと？」

ぼくの履歴書《りれきしょ》を見《み》た企業《きぎょう》の採用担当者《さいようたんとうしゃ》は決《き》まってけげんな顔《かお》になる。

「将棋《しょうぎ》のプロをめざしていました。」

「それじゃ資格《しかく》にもならないな。悪《わる》いけど、うちじゃ試験《しけん》を受《う》けるだけムダだね。」

奨励会《しょうれいかい》で遠回《とおまわ》りしたハンディキャップを、ぼくは初《はじ》めて痛感《つうかん》した。就職《しゅうしょく》できなければ、条件《じょうけん》のきつい仕事《しごと》を見《み》つけるしかなく、将棋《しょうぎ》どころではなくなる。

だが、ある情報処理会社《じょうほうしょりがいしゃ》が、幸運《こううん》にもぼくを採用《さいよう》してくれた。

その会社《かいしゃ》、ワイイーシーソリューションズはNEC《エヌイーシー》の関連会社《かんれんがいしゃ》である。NEC《エヌイーシー》といえば、将棋《しょうぎ》部《ぶ》の活動《かつどう》が非常《ひじょう》に盛《さか》んな会社《かいしゃ》だ。ぼくはふつうに試験《しけん》を受《う》けて入《はい》ったのだが、もしかしたらNEC《エヌイーシー》将棋部《しょうぎぶ》から「アマ強豪《きょうごう》の瀬川《せがわ》というのが受《う》けるらしいが、できれば入《い》れてほしい。」といった口添《くちぞ》えなどはあったのかもしれない。

平成《へいせい》十三年《ねん》の春《はる》、ぼくは大学《だいがく》を卒業《そつぎょう》し、サラリーマンになることができた。会社《かいしゃ》ではシステムエンジニアの仕事《しごと》を希望《きぼう》し、そこに配属《はいぞく》された。大学時代《だいがくじだい》に情報処理《じょうほうしょり》の授業《じゅぎょう》を受《う》けて興味《きょうみ》を持《も》っていたからだ。仕事《しごと》はやりがいがあり、おもしろかった。

これでやっとぼくは、人生《じんせい》の出遅《でおく》れを取《と》り戻《もど》せたと思《おも》った。これからは仕事《しごと》と趣味《しゅみ》を両立《りょうりつ》させて、思《おも》う存分《ぞんぶん》、前《まえ》に進《すす》むだけだ。

入社《にゅうしゃ》して三年目《ねんめ》の平成《へいせい》十五年《ねん》の秋《あき》、ぼくは再《ふたた》び銀河戦《ぎんがせん》に出場《しゅつじょう》する資格《しかく》を得《え》た。前回《ぜんかい》よりさらに徹底《てってい》して、過激《かげき》なほど伸《の》び伸《の》びと指《さ》すことを試《こころ》みたぼくは、またしても三人《にん》のプロをやぶった。自分《じぶん》の発見《はっけん》に自信《じしん》を深《ふか》めたぼくは、翌平成《よくへいせい》十六年《ねん》、ついに最強《さいきょう》の相手《あいて》と対戦《たいせん》することになった。久保利明《くぼとしあき》八段《だん》である。

三段時代《だんじだい》のぼくは、当時《とうじ》十七歳《さい》、天才《てんさい》と呼《よ》ばれた久保《くぼ》三段《だん》にいいところなく敗《やぶ》れ、三段《だん》リーグ二期目《きめ》にして初《はじ》めて屈辱感《くつじょくかん》を味《あじ》わった。そのリーグで四段《だん》になった久保《くぼ》くんは以後《いご》、出世街道《しゅっせかいどう》をひた走《はし》り、すでに一流棋士《いちりゅうきし》の証明《しょうめい》である「A級《エーきゅう》」の座《ざ》に昇《のぼ》りつめていた。

およそ百五十人《にん》いるプロ棋士《きし》のなかで、名人《めいじん》への挑戦権《ちょうせんけん》を争《あらそ》う資格《しかく》をもつA級棋士《エーきゅうきし》はわずか十人《にん》しかいない。それは棋士《きし》になった者《もの》すべての憧《あこが》れであり、A級棋士《エーきゅうきし》はみな、将棋界《しょうぎかい》を代表《だいひょう》する者《もの》としての自信《じしん》と誇《ほこ》りに満《み》ちている。

「おはようございます。」

対局前《たいきょくまえ》、控《ひか》え室《しつ》に現《あらわ》れた久保《くぼ》八段《だん》に、ぼくは懐《なつ》かしさを込《こ》めてあいさつした。しかし、久保《くぼ》八段《だん》はわずかに会釈《えしゃく》を返《かえ》したのみで、その表情《ひょうじょう》には明《あき》らかに緊張《きんちょう》があった。無理《むり》もない。公式戦《こうしきせん》でA級棋士《エーきゅうきし》がアマと対戦《たいせん》するなど、異例中《いれいちゅう》の異例《いれい》のことだった。ふつうアマがここまで勝《か》ち上《あ》がってくることなどないのである。そして万《まん》が一《いち》、A級棋士《エーきゅうきし》がアマに敗《やぶ》れるようなことがあれば、将《しょう》棋史《ぎし》始《はじ》まって以来《いらい》の大事件《だいじけん》となる。

ぼく自身《じしん》、とても勝《か》てるとは思《おも》っていなかった。ただ奨励会《しょうれいかい》を退会《たいかい》した者《もの》がA級棋士《エーきゅうきし》と戦《たたか》うチャンスを得《え》た喜《よろこ》びをかみしめながら、この一局《きょく》に臨《のぞ》んだ。

対局《たいきょく》は、激戦《げきせん》となった。

優劣不明《ゆうれつふめい》の中盤戦《ちゅうばんせん》、次《つぎ》の手《て》を考《かんが》えていたぼくはふと、とても奇妙《きみょう》な一手《いって》を思《おも》いついた。それはとても素朴《そぼく》な、というよりむしろ素人《しろうと》くさい手《て》だった。将棋《しょうぎ》に精通《せいつう》していればいるほど、ありえないと一笑《いっしょう》に付《ふ》すような手《て》だった。奨励会時代《しょうれいかいじだい》のぼくなら、たとえ思《おも》いついても指《さ》せなかっただろう。だが局面《きょくめん》を見《み》れば見《み》るほど、その手《て》しかないように思《おも》えてくる。

ぼくがここまで来《き》たのは、指《さ》したい手《て》を指《さ》してきたからじゃないか。

その手《て》を指《さ》して負《ま》けるより、指《さ》さないで負《ま》けたときの後悔《こうかい》のほうが大《おお》きいと思《おも》った。ぼくは思《おも》いきって、その手《て》、5三桂《けい》を着手《ちゃくしゅ》した。

久保《くぼ》八段《だん》の顔《かお》に一瞬《いっしゅん》、軽蔑《けいべつ》の色《いろ》が浮《う》かんだように見《み》えた。だが、盤面《ばんめん》を凝視《ぎょうし》するうち、久保《くぼ》八段《だん》は石《いし》のように固《かた》まったまま動《うご》かなくなった。やがて、がくっとその肩《かた》が落《お》ちた。

5三桂《けい》は、A級《エーきゅう》棋士《きし》が築《きず》き上《あ》げた将棋観《しょうぎかん》の死角《しかく》を痛烈《つうれつ》にとらえていた。

形勢《けいせい》をリードしたぼくは、無我夢中《むがむちゅう》で戦《たたか》った。このまま終《お》われば大変《たいへん》なことになると頭《あたま》の隅《すみ》ではわかっていたが、現実《げんじつ》にそんなことが起《お》きるとも思《おも》えなかった。

だが、やがて久保《くぼ》八段《だん》は居住《いず》まいを正《ただ》すと、駒台《こまだい》に手《て》を置《お》き、

「負《ま》けました。」

と、ぼくに頭《あたま》を下《さ》げた。信《しん》じられない光景《こうけい》に、ぼくは茫然《ぼうぜん》としていた。

アマチュアがA級《エーきゅう》八段《だん》に勝《か》った。

そのニュースは、全国紙《ぜんこくし》の社会面《しゃかいめん》にも大《おお》きく報《ほう》じられた。

奨励会《しょうれいかい》を卒業《そつぎょう》できなかったぼくが、羽生善治《はぶよしはる》、谷川浩司《たにがわこうじ》らの超一流《ちょういちりゅう》棋士《きし》と並《なら》んで、銀河戦《ぎんがせん》トーナメントのベスト8《エイト》に名《な》を連《つら》ねたのである。

プロはアマに負《ま》けてはならない。

つねづねぼくは、そう思《おも》っていた。アマなど寄《よ》せつけない強《つよ》さを見《み》せつけてこそプロ棋士《きし》の値《ね》打《う》ちがあり、ぼくのように奨励会《しょうれいかい》を退会《たいかい》した者《もの》も救《すく》われる。だが、現実《げんじつ》には奨励会《しょうれいかい》の落《お》ちこぼれに、こんなにプロが負《ま》けつづけている。うれしさの一方《いっぽう》で、ぼくは複雑《ふくざつ》な心境《しんきょう》だった。

もしかしたら、将棋《しょうぎ》の強《つよ》さとは一通《ひととお》りではないのかもしれない、ともぼくは考《かんが》えた。

いまのプロの強《つよ》さとは、あの奨励会《しょうれいかい》での苦《くる》しみに耐《た》え抜《ぬ》くことで培《つちか》われたものだ。それはプロならだれであれ変《か》わらない。だが、もしかしたら別《べつ》の道筋《みちすじ》を通《とお》ることで、まったく異質《いしつ》の強《つよ》さを身《み》につけることができるのではないか。奨励会《しょうれいかい》を卒業《そつぎょう》した人間《にんげん》にはけっして気《き》づかない、ぼくのように奨励会《しょうれいかい》で泣《な》き、外《そと》の世界《せかい》に出《で》て将棋《しょうぎ》の楽《たの》しさに目覚《めざ》めた者《もの》にしか会得《えとく》できない強《つよ》さというものがあるのではないか、と。

久保《くぼ》八段《だん》に勝《か》ったあと準々決勝《じゅんじゅんけっしょう》で敗《やぶ》れたぼくは、同《おな》じ平成《へいせい》十六年《ねん》の暮《く》れ、三《み》たび銀河戦《ぎんがせん》の出場《しゅつじょう》権《けん》を得《え》ると、またしても勝《か》ちつづけた。最終的《さいしゅうてき》にぼくは六連勝《れんしょう》し、この時点《じてん》で対《たい》プロ戦《せん》の成績《せいせき》は十七勝《しょう》六敗《ぱい》となった。アマが勝《か》てる確率《かくりつ》は二割《わり》といわれているプロとの勝負《しょうぶ》で、ぼくの勝率《しょうりつ》は七割《わり》を超《こ》えてしまったのである。

この連勝中《れんしょうちゅう》だった十一月《がつ》のある夜《よる》のこと。

ぼくは仲《なか》のいいアマ強豪《きょうごう》やプロ棋士《きし》が何人《なんにん》か集《あつ》まっての親睦会《しんぼくかい》の席《せき》にいた。話題《わだい》は自然《しぜん》にぼくの対《たい》プロ戦《せん》のことになった。場《ば》が盛《も》り上《あ》がるうち、だれともなく、

「瀬川《せがわ》さんはどうすればプロになれるかなあ。」

といいだした。もちろん本気《ほんき》でいっているわけではない。酒《さけ》の席《せき》にちょうどいい、「たら」「れば」の話題《わだい》である。ぼく自身《じしん》、そんなことはかけらも考《かんが》えていなかった。

対《たい》プロ戦《せん》二十連勝《れんしょう》ならどうだ、いや羽生《はぶ》さんに一回勝《かいか》てばプロにしてもいいんじゃないか、みんな口々《くちぐち》にいい合《あ》った。かつての下宿《げしゅく》の常連《じょうれん》、田村《たむら》くんもいて、酔《よ》っ払《ぱら》ったかれが「おれに勝《か》てば許《ゆる》す！」といったときに大笑《おおわら》いになった。

だが、その場《ば》にひとりだけ、笑《わら》っていない人《ひと》がいた。遠藤正樹《えんどうまさき》さんだった。

その年《とし》も押《お》し詰《つ》まったある夜《よる》、ぼくは遠藤《えんどう》さんに誘《さそ》われたのだった。アマ強豪《きょうごう》たちの共同研究会《きょうどうけんきゅうかい》が行《おこな》われた帰《かえ》り、ちょっと寄《よ》ろうと遠藤《えんどう》さんと居酒屋《いざかや》にいた。

初《はじ》めのうち、ぼくたちはその日《ひ》に指《さ》した将棋《しょうぎ》の感想《かんそう》などを述《の》べ合《あ》いながら酒《さけ》をくみかわしていた。やがてそれも一段落《いちだんらく》して、一瞬《いっしゅん》、会話《かいわ》がとぎれた。

突然《とつぜん》、遠藤《えんどう》さんがぼくのほうに向《む》き直《なお》った。

「瀬川《せがわ》くん。」

あらたまった口調《くちょう》で、遠藤《えんどう》さんはいった。

たこぶつ

「プロになる気《き》はないのか。」

まわりの客《きゃく》の声《こえ》が騒々《そうぞう》しいせいもあり、ぼくは遠藤《えんどう》さんが何《なに》をいっているのかわからなかった。

「え？」

間《ま》の抜《ぬ》けた返事《へんじ》をすると、遠藤《えんどう》さんはつづけた。

「きみが戦《たたか》う場所《ばしょ》は、アマの世界《せかい》じゃない。ぼくはきみがプロとして戦《たたか》う姿《すがた》を見《み》たい。」

急《きゅう》に、あたりが静《しず》かになった気《き》がした。自分《じぶん》の心臓《しんぞう》の鳴《な》る音《おと》が聞《き》こえた。

「もしきみにその気《き》があるなら、ぼくはきみがプロになれるよう、どんな協力《きょうりょく》も惜《お》しまない。」

遠藤《えんどう》さんの目《め》は燃《も》えるように光《ひか》っていた。かれがいま冗談《じょうだん》をいっているのではないことはわかった。だが、ぼくは何《なに》も答《こた》えられないまま、ビールのジョッキを飲《の》み干《ほ》した。

そのあと少《すこ》し、頭《あたま》が回《まわ》ってきた。

プロになるといったって、奨励会《しょうれいかい》を卒業《そつぎょう》できなければプロになれないのは将棋界《しょうぎかい》においては絶《ぜっ》対的《たいてき》なルールじゃないか。それを変《か》えるなんてことができるわけがない。それに、万《まん》が一《いち》、例外《れいがい》が認《みと》められてぼくがプロになったりしたら、いま命《いのち》を削《けず》って戦《たたか》っている奨励会員《しょうれいかいいん》たちが、そして泣《な》きながら奨励会《しょうれいかい》を去《さ》っていった者《もの》たちが、どれだけ怒《おこ》るかわからない。ありえない。無理《むり》にもほどがある。

ぼくが口《くち》ごもる理由《りゆう》のひとつは、その場《ば》に遠藤《えんどう》さんとぼくのほかにもうひとり、研究会《けんきゅうかい》のメンバーである秋山太郎《あきやまたろう》さんがいたことだった。

ぼくが三段《だん》のころ、プロまちがいなしといわれながら年齢制限《ねんれいせいげん》に泣《な》き、奨励会《しょうれいかい》を退会《たいかい》するときに退会駒《たいかいごま》を受《う》け取《と》らずに去《さ》った、あの人《ひと》である。その後《ご》、一度《いちど》は将棋《しょうぎ》と縁《えん》を切《き》った秋山《あきやま》さんは、やがて将棋《しょうぎ》への情熱《じょうねつ》を取《と》り戻《もど》し、アマ強豪《きょうごう》として活躍《かつやく》するまでになっていた。

その間《あいだ》にはやはり、いろいろなことがあったにちがいない。

奨励会《しょうれいかい》を経験《けいけん》していない遠藤《えんどう》さんには、秋山《あきやま》さんの気持《きも》ちがわからないのだと思《おも》った。いま秋《あき》山《やま》さんがいる席《せき》でぼくにそんな話《はなし》を持《も》ちかけることが、どれだけ秋山《あきやま》さんにとって不愉快《ふゆかい》なことかが、わからないのだ。

ぼくは押《お》し黙《だま》り、遠藤《えんどう》さんも黙《だま》った。そのとき、秋山《あきやま》さんが朴訥《ぼくとつ》な口調《くちょう》でいった。

「おれは遠藤《えんどう》さんに大賛成《だいさんせい》だよ。」

えっ。

「奨励会《しょうれいかい》を卒業《そつぎょう》する以外《いがい》にも、プロになる道《みち》があっていいとおれは思《おも》う。瀬川《せがわ》くんなら、その道《みち》を拓《ひら》くことができる。おれも応援《おうえん》するよ。」

遠藤《えんどう》さんは、自分《じぶん》の電話番号《でんわばんごう》を書《か》いた紙切《かみき》れをぼくに手渡《てわた》しながらいった。

「その気《き》になったら、電話《でんわ》してくれ。」

この日《ひ》までぼくたちは、たがいの連絡先《れんらくさき》も知《し》らないほど、個人的《こじんてき》なつきあいはなかったのだ。

やっぱりめちゃくちゃな話《はなし》だ。

帰《かえ》りの電車《でんしゃ》に揺《ゆ》られながら、ぼくは同《おな》じ言葉《ことば》を頭《あたま》のなかで繰《く》り返《かえ》していた。

たしかにぼくの対《たい》プロ戦《せん》の成績《せいせき》は、空前《くうぜん》の数字《すうじ》にはちがいない。だから熱血漢《ねっけつかん》の遠藤《えんどう》さんは自《じ》分《ぶん》のことのように、ぼくがプロになるべきだと力説《りきせつ》してくれているのだ。

しかし、いったいどんな運動《うんどう》をすれば、どんな道《みち》が拓《ひら》けるというのか。奨励会制度《しょうれいかいせいど》に抜《ぬ》け道《みち》をつくるなんて、どう考《かんが》えても日本将棋連盟《にほんしょうぎれんめい》が承諾《しょうだく》するはずがない。

しかも、ぼくは一度《いちど》、奨励会《しょうれいかい》をクビになった人間《にんげん》だ。それがいまさら自分《じぶん》を特別《とくべつ》にプロにしてほしいなどと、口《くち》にするだけでもこんなにかっこわるいことはない。将棋界《しょうぎかい》は、そんなわがままをもっとも嫌《きら》うところなのだ。秋山《あきやま》さんが賛成《さんせい》してくれたのは意外《いがい》だったが、現役《げんえき》の奨励会員《しょうれいかいいん》はそうはいかない。もしぼくが奨励会員《しょうれいかいいん》でも、そんなことは絶対《ぜったい》に許《ゆる》さない。

やっぱりありえない。せっかく公私《こうし》ともに充実《じゅうじつ》しているぼくを、遠藤《えんどう》さんはなんということをいってかき乱《みだ》してくれたのだろう。さっきから心臓《しんぞう》だけが、ぼくの思考《しこう》と裏腹《うらはら》に高鳴《たかな》ってしまっていて、どうにも苦《くる》しい。早《はや》くこんなことは忘《わす》れてしまわなければ。

家《いえ》に着《つ》くと、すぐに二階《かい》の部屋《へや》に上《あ》がって布団《ふとん》をかぶった。だが、まだ胸《むね》の高鳴《たかな》りはおさまらず、なかなか寝《ね》つけなかった。

明日《あした》は仕事《しごと》があるというのに……。

何度《なんど》も寝返《ねがえ》りを打《う》っているうち、のどが渇《かわ》いたので一階《かい》に下《お》りた。もう母《はは》は眠《ねむ》っていた。薄明《うすあ》かりだけが灯《とも》る台所《だいどころ》で水《みず》を飲《の》み、階段《かいだん》に戻《もど》りかけたとき、視界《しかい》の端《はし》に、あるものをとらえた。その瞬間《しゅんかん》、体《からだ》のなかを電流《でんりゅう》が走《はし》ったようにぼくは立《た》ちつくした。

それは父《ちち》の遺影《いえい》だった。

あの夜《よる》、棺《ひつぎ》のなかの父《ちち》に誓《ちか》ったことが頭《あたま》によみがえった。

——この先《さき》、どんな険《けわ》しい道《みち》であれ、ぼくが好《す》きだと思《おも》えることが見《み》つかったら、今度《こんど》こそ逃《に》げずに、勇気《ゆうき》を出《だ》して、その道《みち》を進《すす》もう。

ぼくはいまの生活《せいかつ》に何《なん》の不満《ふまん》もない。仕事《しごと》も順調《じゅんちょう》だ。だけどぼくは、将棋《しょうぎ》が好《す》きだ。本当《ほんとう》は、ぼくは将棋《しょうぎ》を指《さ》して生《い》きていきたい。それがぼくのいちばん望《のぞ》む、いちばん好《す》きな道《みち》だ。

心臓《しんぞう》の鼓動《こどう》がさらに激《はげ》しくなった。

ずっと前《まえ》にも、こんなふうに胸《むね》が高鳴《たかな》ったことがあった気《き》がした。

ぼくは遠《とお》い記憶《きおく》をたどった。

そうだ。小学《しょうがく》五年生《ねんせい》のホームルームの時間《じかん》、みんなの好《す》きなことをやろうと苅間澤《かりまさわ》先生《せんせい》がいったときだ。ぼくは生《う》まれて初《はじ》めて自分《じぶん》から手《て》を挙《あ》げて、こういったのだ。

「将棋《しょうぎ》がやりたいです。」

ぼくはズボンのポケットに無造作《むぞうさ》に入《い》れていた紙切《かみき》れを探《さが》しだし、そこに書《か》かれた番号《ばんごう》をダイヤルした。

遠藤《えんどう》さんはすぐに電話《でんわ》に出《で》た。ぼくはいった。

「もしもし、瀬川《せがわ》です。ぼく、プロになりたいです。」

5

昭和《しょうわ》三年《ねん》に奨励会《しょうれいかい》の制度《せいど》ができて以来《いらい》、これを通過《つうか》せずにプロ棋士《きし》になった人《ひと》はたったひとりしかいない。昭和《しょうわ》十九年《ねん》、アマからいきなりプロ五段《だん》を認《みと》められた花村元司《はなむらもとじ》という棋士《きし》だ。花村《はなむら》さんは真剣師《しんけんし》、つまり賭《か》け将棋《しょうぎ》で鍛《きた》えた人《ひと》だったが、座興《ざきょう》で一流棋士《いちりゅうきし》と指《さ》したところ互角《ごかく》に渡《わた》り合《あ》うのでその棋士《きし》が驚《おどろ》き、プロ入《い》りをすすめたという。花村《はなむら》さんは棋士《きし》と試験将棋《しけんしょうぎ》を六局指《きょくさ》して四勝《しょう》し、プロ入《い》りを認《みと》められた。その後《ご》は九段《だん》にまで昇《のぼ》り、名人《めいじん》に挑戦《ちょうせん》するなどめざましい活躍《かつやく》をしている。

だが昭和《しょうわ》十九年《ねん》といえば太平洋戦争《たいへいようせんそう》が終《お》わる前年《ぜんねん》であり、国《くに》じゅうが混乱《こんらん》していた時期《じき》だったはずだ。将棋界《しょうぎかい》でも、制度《せいど》の例外《れいがい》ができることへの抵抗《ていこう》は少《すく》なかったのではないだろうか。以後《いご》は六十年《ねん》もの間《あいだ》、ひとりの例外《れいがい》もなく厳格《げんかく》に守《まも》られてきた奨励会《しょうれいかい》の制度《せいど》にこのぼくが挑《いど》むのだと思《おも》うと、やはり足《あし》がすくむ気《き》がした。

日本将棋連盟《にほんしょうぎれんめい》にいきなりプロにしてくれといっても門前払《もんぜんばら》いになるのは明《あき》らかだ。ぼくと遠藤《えんどう》さんは、じっくりと時間《じかん》をかけて、ぼくのプロ入《い》りを認《みと》める空気《くうき》を将棋界《しょうぎかい》につくっていこうという戦略《せんりゃく》を立《た》てた。実現《じつげん》の可能性《かのうせい》が低《ひく》いのはもとより承知《しょうち》の上《うえ》だ。少《すこ》しでも成算《せいさん》が高《たか》くなるなら、一年《ねん》かかっても二年《ねん》かかってもいいと思《おも》っていた。

遠藤《えんどう》さんは、まず「同志《どうし》」を募《つの》った。親《した》しいアマ強豪《きょうごう》や新聞《しんぶん》の将棋担当記者《しょうぎたんとうきしゃ》に声《こえ》をかけて応援《おうえん》を求《もと》めると、多《おお》くの人《ひと》が賛同《さんどう》してくれた。ぼくたちの間《あいだ》でこの計画《けいかく》は、人気《にんき》テレビ番組《ばんぐみ》「プロジェクトX《エックス》」にあやかって「プロジェクトS《エス》」と呼《よ》ばれた。S《エス》はもちろんぼくのイニシャルである。メンバーは頻繁《ひんぱん》に集《あつ》まって、これからの戦術《せんじゅつ》について熱《あつ》く議論《ぎろん》をかわした。

たとえばNEC《エヌイーシー》将棋部《しょうぎぶ》の加藤幸男《かとうゆきお》くんもそのひとりだ。かれは将棋《しょうぎ》を覚《おぼ》えたのが中学生《ちゅうがくせい》のときと遅《おそ》かったため奨励会《しょうれいかい》に入《はい》るのをあきらめたが、その後《ご》、二十代《だい》の若《わか》さでアマ竜王《りゅうおう》を獲《と》る超強豪《ちょうきょうごう》となった。かれはよくこんな主張《しゅちょう》をした。

「この問題《もんだい》は、そもそもプロとは何《なに》かを考《かんが》えるところから始《はじ》めるべきです。プロ棋士《きし》のすべてが第一線《だいいっせん》で活躍《かつやく》できるわけではない。プロは勝《か》つことだけでなく多様《たよう》な役割《やくわり》をになうべきです。瀬川《せがわ》さんがプロになれば、プロとアマの架《か》け橋《はし》になれる。そこを訴《うった》えるべきです。」

遠藤《えんどう》さんがこれに反論《はんろん》する。

「いや、いまはそういう大《おお》きな議論《ぎろん》にすべきではない。今回《こんかい》のことはあくまでも瀬川《せがわ》くんの対《たい》プロ戦《せん》の成績《せいせき》がアマチュアのなかで突出《とっしゅつ》していることから始《はじ》まったんだ。こんなに強《つよ》い人《ひと》がアマの世界《せかい》にいてはおかしい。プロの世界《せかい》で勝負《しょうぶ》してほしい。この一点《いってん》で突破《とっぱ》すべきだ。」

ふたりは、ときに大声《おおごえ》で激論《げきろん》をたたかわせた。

ぼくはどちらの意見《いけん》にも納得《なっとく》できた。もちろんプロの世界《せかい》で勝負《しょうぶ》することがぼくのいちばんの願《ねが》いである。だが自分《じぶん》がアマチュアになってみて、アマの気持《きも》ちがわかる者《もの》がプロの世界《せかい》に必要《ひつよう》だとも強《つよ》く感《かん》じていた。プロになれなかった自分《じぶん》の夢《ゆめ》をぼくに託《たく》す人《ひと》、自分《じぶん》もできればプロになりたいと願《ねが》う人《ひと》、ひたすら将棋界《しょうぎかい》のこれからを憂《うれ》える人《ひと》、「プロジェクトS《エス》」のメンバーは、それぞれの熱《あつ》い思《おも》いをぶつけ合《あ》った。

一方《いっぽう》で、ぼくは次第《しだい》に、自分《じぶん》のプロ入《い》り志望《しぼう》が将棋界《しょうぎかい》にどう受《う》けとめられるかを知《し》りたくなってきた。次《つぎ》にどんな手《て》を打《う》つべきかも、その反応《はんのう》で決《き》まってくる。

年《とし》が明《あ》けて平成《へいせい》十七年《ねん》一月《がつ》、たまたま専門誌《せんもんし》「将棋世界《しょうぎせかい》」の取材《しゅざい》を受《う》けることになった。ぼくがこれほどプロに勝《か》てるのはなぜかを探《さぐ》るというテーマだった。

「プロになりたいんです。」

ぼくはそこで初《はじ》めて、自分《じぶん》の意思《いし》を明《あ》かした。

「将棋世界《しょうぎせかい》」は日本将棋連盟発行《にほんしょうぎれんめいはっこう》の機関誌《きかんし》である。そこでこのような発言《はつげん》をするのは挑発的《ちょうはつてき》ともいえるが、効果《こうか》も大《おお》きいと思《おも》った。問題《もんだい》の部分《ぶぶん》は削除《さくじょ》されるかもしれないと思《おも》ったが、すべて掲載《けいさい》された。

反響《はんきょう》はすさまじかった。全国紙《ぜんこくし》の一部《いちぶ》までがぼくのプロ入《い》り希望《きぼう》に関心《かんしん》をもって報《ほう》じ、インターネットの将棋《しょうぎ》の話題《わだい》を扱《あつか》うサイトでは、連日《れんじつ》、この件《けん》についての意見《いけん》がものすごい勢《いきお》いで書《か》き込《こ》まれていった。

〈ちょっとプロに勝《か》ったくらいでふざけるな。〉

〈ふつうのアマならいいが瀬川《せがわ》はダメ。奨励会《しょうれいかい》をクビになったのに女々《めめ》しすぎる。〉

〈わがまま瀬川《せがわ》、負《ま》け犬《いぬ》のくせに恥《はじ》を知《し》れ。〉

覚悟《かくご》はしていたが、反発《はんぱつ》はぼくの想像《そうぞう》をはるかに超《こ》えていた。匿名《とくめい》の恐《おそ》ろしさで、文字《もじ》にするのもつらいようなありとあらゆる罵詈雑言《ばりぞうごん》が並《なら》んだ。将棋界《しょうぎかい》の内情《ないじょう》を知《し》っている人《ひと》ほど、感情的《かんじょうてき》になっているように見《み》えた。

「ショウ、おまえ、だいじょうぶか。」

長兄《ちょうけい》の敦司《あつし》から電話《でんわ》がかかってきた。

ぼくの希望《きぼう》について、家族《かぞく》はぼくの好《す》きなようにすればいいといってくれていた。だが長兄《ちょうけい》は、インターネットをいちいちチェックしては、あまりの誹謗中傷《ひぼうちゅうしょう》に自分《じぶん》のことのように憤《いきどお》っていたのだ。

「だいじょうぶ。いろんな考《かんが》えの人《ひと》がいるんだから。」

「そうか。おまえ、けっこう強《つよ》いんだな。」

そうはいったものの、ぼくも内心《ないしん》、落《お》ち込《こ》んでいた。さらにぼくが打《う》ちのめされたのが、棋士《きし》たちの反応《はんのう》だった。

日本将棋連盟《にほんしょうぎれんめい》は棋士《きし》たち自身《じしん》の手《て》で運営《うんえい》されている。ぼくのプロ入《い》りが議論《ぎろん》のテーブルにのるかどうかも、棋士《きし》たちの意向《いこう》ひとつで決《き》まる。だが、「プロジェクトＳ《エス》」のメンバーが集《あつ》めた情報《じょうほう》によれば、その棋士《きし》たちの間《あいだ》で、思《おも》っていた以上《いじょう》に厳《きび》しい意見《いけん》が多《おお》いというのだ。

「そんな潔《いさぎよ》くない、未練《みれん》がましいやつなんか顔《かお》も見《み》たくない。」

「プロ入《い》りなど論外《ろんがい》。奨励会《しょうれいかい》６級《きゅう》に入《い》れてもらってもありがたいと思《おも》え。」

という声《こえ》まであるという。

見通《みとお》しの暗《くら》さに、やがてぼくの周囲《しゅうい》でも、

「いきなりプロ入《い》りを望《のぞ》むのではなく、三段《だん》リーグに特別《とくべつ》に編入《へんにゅう》してもらう方向《ほうこう》に目標《もくひょう》を転換《てんかん》してはどうか。」

とすすめる声《こえ》も出《で》てきた。三段《だん》リーグを抜《ぬ》けてプロになるという一線《いっせん》が守《まも》られるならば、棋士《きし》たちもかなり軟化《なんか》しそうだという。

だが、ぼくにはその気《き》はなかった。

たしかにぼくにとっては、三段《だん》リーグをもう一度《いちど》戦《たたか》うチャンスを与《あた》えられるだけでも、ありがたいことにはちがいない。しかしぼくのなかではこのとき、もうひとつの願《ねが》いがはっきりと形《かたち》をなしてきていた。

それは、ぼくだけが特別《とくべつ》にプロ入《い》りするのではなく、奨励会《しょうれいかい》を卒業《そつぎょう》しなくてもプロになれる道《みち》筋《すじ》を、制度《せいど》としてつくってほしい、という願《ねが》いだ。

アマチュアの世界《せかい》には、ぼくのように一度《いちど》は挫折《ざせつ》してから将棋《しょうぎ》の楽《たの》しさに再《ふたた》び目覚《めざ》めた者《もの》もいる。歳《とし》をとってから将棋《しょうぎ》に打《う》ち込《こ》みはじめた者《もの》もいる。環境《かんきょう》に恵《めぐ》まれずに才能《さいのう》を伸《の》ばすことができなかった者《もの》もいる。そんな人《ひと》たちでも、プロの夢《ゆめ》を追《お》いかけることができる制度《せいど》をつくってほしい。ハードルは高《たか》くてもいい。年齢制限《ねんれいせいげん》などない、いくつになっても将棋《しょうぎ》への情熱《じょうねつ》さえあればプロに挑戦《ちょうせん》できる道《みち》を、どうかつくってほしい。

その道《みち》ができなければ、たとえぼくだけが三段《だん》リーグからやり直《なお》してプロになれても意味《いみ》がないと思《おも》った。

最終的《さいしゅうてき》に却下《きゃっか》されるのはしかたがない。だが少《すく》なくとも連盟《れんめい》のなかで、ぼくの希望《きぼう》が検討《けんとう》され、議論《ぎろん》されてほしかった。奨励会《しょうれいかい》の落《お》ちこぼれがなぜ、いまさらこんなことをいいだしたのか、知《し》ってほしかった。

しかし、このままではそれさえ望《のぞ》めそうにない。

一度《いちど》失敗《しっぱい》した人間《にんげん》が再《ふたた》び夢《ゆめ》を追《お》うのは、やっぱり許《ゆる》されないことなのだろうか。かっこわるいこと、潔《いさぎよ》くないことは、そんなに罪《つみ》なことなのだろうか。

将棋界《しょうぎかい》は結果《けっか》だけがすべての実力《じつりょく》の世界《せかい》だ。棋士《きし》たちは何《なに》よりもそのことに誇《ほこ》りを持《も》っている。だから、負《ま》けた者《もの》が潔《いさぎよ》くない態度《たいど》をとるのをもっとも嫌《きら》うのだ。将棋界《しょうぎかい》の道徳《どうとく》では、ぼくがやろうとしていることは最大《さいだい》の悪《あく》なのかもしれなかった。


「瀬川《せがわ》さんって、将棋《しょうぎ》のプロをめざしているんですか？」

ある日《ひ》、ぼくに書類《しょるい》を渡《わた》しながら、たずねてくる後輩《こうはい》の社員《しゃいん》がいた。そのころには勤務先《きんむさき》の職《しょく》場《ば》でも、ぼくがプロ棋士《きし》を次々《つぎつぎ》に倒《たお》していることは知《し》られはじめていた。

プロ入《い》りを望《のぞ》んでいることはいずれ会社《かいしゃ》には正式《せいしき》に伝《つた》えるつもりだったが、まだとてもそんな段階《だんかい》ではない。ぼくが言葉《ことば》を濁《にご》していると、

「だって、プロに七割以上《わりいじょう》も勝《か》っているんでしょう？」

と、その後輩《こうはい》は、多少《たしょう》は聞《き》きかじっているらしい。顔《かお》はパソコンの画面《がめん》に向《む》けたまま、ぼくはかれに答《こた》えた。

「いや、将棋界《しょうぎかい》には年齢制限《ねんれいせいげん》というものがあって、ぼくはもうプロにはなれないんだ。」

自分《じぶん》は一度《いちど》、奨励会《しょうれいかい》で失敗《しっぱい》した人間《にんげん》であること、将棋界《しょうぎかい》は実力《じつりょく》の世界《せかい》であり、一度負《いちどま》けた人間《にんげん》がやり直《なお》せるような甘《あま》いところではないことをぼくは説明《せつめい》した。皮肉《ひにく》なものでぼく自身《じしん》、そう説《せつ》明《めい》しながら、そんな将棋界《しょうぎかい》が好《す》きだと思《おも》った。

「それって本当《ほんとう》に実力《じつりょく》の世界《せかい》なんですか？」

だが、横《よこ》に立《た》って聞《き》いていた後輩《こうはい》は、目《め》を丸《まる》くしていった。

「プロにそんなに勝《か》っている人《ひと》がプロになれないなんて、おかしいじゃないですか。ほかの世界《せかい》じゃ、ありえないですよ。だって野球《やきゅう》でもサッカーでも、すごいアマチュアがいればプロのほうからスカウトに来《く》るわけですから。納得《なっとく》いかないなあ。」

キーボードを叩《たた》いていたぼくの手《て》が止《と》まった。

「それに、瀬川《せがわ》さんみたいに一度《いちど》ダメだった人《ひと》が歳《とし》とってからまたチャレンジするのって、夢《ゆめ》があってかっこいいと思《おも》うんですけど。」

息苦《いきぐる》しかった胸《むね》のなかに、新《あたら》しい風《かぜ》が吹《ふ》き込《こ》んだ気《き》がした。

ぼくは、かれのほうを向《む》いていった。

「ありがとう。今度《こんど》、昼飯《ひるめし》おごるよ。」

奨励会《しょうれいかい》で苦《くる》しんだぼくは外《そと》の世界《せかい》に出《で》て、将棋《しょうぎ》の楽《たの》しさを再発見《さいはっけん》した。いままた、外《そと》の世界《せかい》から将棋界《しょうぎかい》を見《み》てみると、気《き》がつくことがあるように思《おも》った。

しばらくしたある夜《よる》、居酒屋《いざかや》で「プロジェクトS《エス》」の会合《かいごう》がもたれた。

将棋界《しょうぎかい》の厳《きび》しい反応《はんのう》に、メンバーにも焦《あせ》りの色《いろ》がみられた。

ここまでぼくは、プロ入《い》りの希望《きぼう》については「将棋世界《しょうぎせかい》」の取材《しゅざい》を受《う》けて間接的《かんせつてき》に表明《ひょうめい》しただけである。だが、そろそろ連盟《れんめい》に対《たい》し、正式《せいしき》に意思《いし》を伝《つた》えるべきだという声《こえ》があがった。なかには、挑戦状《ちょうせんじょう》のような過激《かげき》な内容《ないよう》を口《くち》にする人《ひと》もいた。

しかし遠藤《えんどう》さんは、強硬《きょうこう》な意見《いけん》にはことごとく反対《はんたい》した。

「そんなことをして連盟《れんめい》を怒《おこ》らせて、瀬川《せがわ》くんがプロになれなかったときにアマの大会《たいかい》にも出《で》られなくなったらどうするんだ。あくまでも穏便《おんびん》にいくべきだ。」

遠藤《えんどう》さんは、ぼくが勤《つと》めている会社《かいしゃ》のことまで心配《しんぱい》してくれた。

「プロ入《い》りを連盟《れんめい》に正式《せいしき》に願《ねが》い出《で》れば、それは転職活動《てんしょくかつどう》ということになり、会社《かいしゃ》もいい顔《かお》をしないだろう。プロ入《い》りを却下《きゃっか》されたときに会社《かいしゃ》にもいられなくなっては大変《たいへん》なことになる。瀬川《せがわ》くんが戻《もど》れる場所《ばしょ》を確保《かくほ》しながら、じっくりと進《すす》めるべきだ。」

その主張《しゅちょう》を遠藤《えんどう》さんは変《か》えなかった。

この人《ひと》に会《あ》えてよかった。深《ふか》く感謝《かんしゃ》しながらもぼくのなかでは少《すこ》しずつ、事《こと》を急《いそ》いでみたいという気持《きも》ちが強《つよ》くなっていた。

「すみません、ひとつお知《し》らせしたいことがあります。」

突然《とつぜん》、NEC《エヌイーシー》将棋部《しょうぎぶ》の長岡俊勝《ながおかとしかつ》さんが口《くち》を開《ひら》いた。

温厚《おんこう》で誠実《せいじつ》そのものの長岡《ながおか》さんは仲間《なかま》からの信頼《しんらい》も厚《あつ》く、将棋部《しょうぎぶ》の幹事《かんじ》をまかされている。N《エヌ》EC《イーシー》がアマの団体戦《だんたいせん》で「最強軍団《さいきょうぐんだん》」と呼《よ》ばれるまでになったのも、長岡《ながおか》さんがつねに将棋部《しょうぎぶ》のために献身的《けんしんてき》な努力《どりょく》をつづけてきたおかげである。その、ふだんは口数《くちかず》の少《すく》ない長岡《ながおか》さんが、あらたまった口調《くちょう》で発言《はつげん》しようとしている。一同《いちどう》は何事《なにごと》だろうと注目《ちゅうもく》した。

「ぼくはある棋士《きし》の方《かた》に、瀬川《せがわ》くんのプロ入《い》り希望《きぼう》についてどう思《おも》うか、メールで意見《いけん》を求《もと》めました。すると、こんな返事《へんじ》を電話《でんわ》でいただきましたので、紹介《しょうかい》したいと思《おも》います。」

長岡《ながおか》さんも、二段《だん》で退会《たいかい》した元奨励会員《もとしょうれいかいいん》である。自然《しぜん》とプロ棋士《きし》とのつきあいも深《ふか》い。そうしたひとりからの意見《いけん》なのだろう。全員《ぜんいん》が固唾《かたず》をのんで見《み》つめるなか、長岡《ながおか》さんはその棋士《きし》の言葉《ことば》を伝《つた》えた。

「わたしは、瀬川《せがわ》さんのプロ入《い》り希望《きぼう》はたいへん重要《じゅうよう》な問題《もんだい》であり、きちんと連盟《れんめい》で議論《ぎろん》すべきだと思《おも》います。そのためにも、瀬川《せがわ》さんは一刻《いっこく》も早《はや》く正式《せいしき》な行動《こうどう》を起《お》こすべきだと思《おも》います——

その棋士《きし》は、そういいました。」

ウオーッというどよめきが起《お》きた。こんなことを考《かんが》えているプロ棋士《きし》がいる。ぼくもうれしさがこみ上《あ》げてきた。これまでも奨励会時代《しょうれいかいじだい》に親《した》しかった棋士《きし》からは激励《げきれい》の電話《でんわ》をもらっていた。

しかし、この棋士《きし》は公平《こうへい》な立場《たちば》からこういっている。希望《きぼう》はある。まちがいなく希望《きぼう》はある。

自信《じしん》を取《と》り戻《もど》したぼくは、決断《けつだん》するときが近《ちか》づいているのを感《かん》じていた。

「瀬川《せがわ》くん、ちょっと。」

その会合《かいごう》から数日後《すうじつご》、顔《かお》を合《あ》わせた遠藤《えんどう》さんが、人目《ひとめ》をはばかるようにぼくに声《こえ》をかけた。

「じつはあの夜《よる》、こっそり長岡《ながおか》さんに打《う》ち明《あ》けられたんだけど。」

「はい?」

遠藤《えんどう》さんは真剣《しんけん》な表情《ひょうじょう》になって、こういった。

「あの電話《でんわ》の主《ぬし》は、羽生《はぶ》さんだって。」

社内《しゃない》の喫煙所《きつえんじょ》で煙草《たばこ》を吸《す》っているその人《ひと》の背中《せなか》に、ぼくは声《こえ》をかけた。

「お呼《よ》びたてして、すみません。」

おう、と振《ふ》り向《む》いたのは、ぼくの直属《ちょくぞく》の上司《じょうし》である。

「なんだい、話《はなし》って。」

年齢《ねんれい》はぼくと同《おな》じなのだがキャリアは大《おお》ちがいのその上司《じょうし》は、ぼくをとても信頼《しんらい》してくれていた。仕事《しごと》の面《めん》でもまだ経験《けいけん》の浅《あさ》いぼくのアイデアを尊重《そんちょう》し、好《す》きなようにやらせてくれた。

だが、その恩義《おんぎ》ある人《ひと》に、いいにくいことをいわなければならない。

「じつは、将棋《しょうぎ》のプロをめざそうと思《おも》っているんです。」

ぼくは正式《せいしき》に行動《こうどう》を起《お》こすことを決断《けつだん》していた。そのためには会社《かいしゃ》にも了解《りょうかい》を得《え》ておかなくてはならない。しかし、プロになれたら仕事《しごと》をやめるなどといえば、そんな身勝手《みがって》なやつはいますぐ辞表《じひょう》を書《か》けと命《めい》じられてもおかしくない。その覚悟《かくご》で、ぼくは事情《じじょう》を説明《せつめい》した。

上司《じょうし》は煙《けむり》を吐《は》きながら、黙《だま》って聞《き》いていた。

「いまの仕事《しごと》にはまったく不満《ふまん》はありません。でもぼくはできることなら、好《す》きな将棋《しょうぎ》を仕事《しごと》にして生《い》きていきたいんです。わがままをいって申《もう》し訳《わけ》ありません。」

説明《せつめい》を終《お》えると、ようやく上司《じょうし》は口《くち》を開《ひら》いた。

「プロになれる可能性《かのうせい》はどれだけあるんだ？」

「一パーセントあるかどうかだと思《おも》っています。」

そうか、とうなずくと、上司《じょうし》はいった。

「がんばれ。」

その目《め》は優《やさ》しくぼくを見《み》ていた。

「好《す》きなことを仕事《しごと》にできるほど幸《しあわ》せなことはない。だからがんばって、プロになれ。もしだめだったときは、またここで働《はたら》けばいい。」

思《おも》ってもみない言葉《ことば》だった。

「正直《しょうじき》いって、きみがいなくなるのはさびしい。でも、そうなることを祈《いの》ってるよ。」

そういって、上司《じょうし》は笑《わら》った。

「ありがとうございます。」

ぼくは深々《ふかぶか》と頭《あたま》を下《さ》げた。


考《かんが》えた結果《けっか》、文面《ぶんめん》はなるべく簡潔《かんけつ》にした。便箋《びんせん》にわずか一枚《まい》だったが、それでも書《か》き上《あ》げるまでに時間《じかん》がかかった。

ぼくはそれを母《はは》に見《み》せた。これからのことを、了解《りょうかい》しておいてもらうために。

「もしプロになれても、ぼくの年収《ねんしゅう》は百万円《まんえん》くらいになってしまうかもしれない。」

ぼくはなるべくかみ砕《くだ》いて母《はは》に説明《せつめい》した。

棋士《きし》のほとんどは、上《うえ》から順《じゅん》にA級《エーきゅう》、B級《ビーきゅう》1組《くみ》、B級《ビーきゅう》2組《くみ》、C級《シーきゅう》1組《くみ》、C級《シーきゅう》2組《くみ》という五つのクラスのどれかに属《ぞく》していて、それぞれのクラスで「順位戦《じゅんいせん》」というリーグ戦《せん》を戦《たたか》っている。この順位戦《じゅんいせん》の成績《せいせき》によって、棋士《きし》はクラスを上下《じょうげ》する。そしてどのクラスに位置《いち》しているかが、棋《き》士《し》の収入《しゅうにゅう》を決《き》めるうえで大《おお》きな比重《ひじゅう》を占《し》めているのだ。

ところが数《かず》は少《すく》ないが、順位戦《じゅんいせん》に参加《さんか》しない棋士《きし》がいる。C級《シーきゅう》2組《くみ》で不振《ふしん》がつづいた棋士《きし》、体《たい》力《りょく》が衰《おとろ》えてみずから辞退《じたい》する棋士《きし》など理由《りゆう》はさまざまだが、これらの棋士《きし》を「フリークラス棋《き》士《し》」という。そしてぼくも万《まん》が一《いち》、プロ入《い》りが認《みと》められれば、このフリークラス棋士《きし》となることが予想《よそう》されるのである。

フリークラス棋士《きし》の収入《しゅうにゅう》は、極端《きょくたん》に不安定《ふあんてい》だ。かりに一年間《ねんかん》すべての対局《たいきょく》に敗《やぶ》れれば、年収《ねんしゅう》はわずか百万円《まんえん》ほどにしかならない。

規定《きてい》の成績《せいせき》をあげればC級《シーきゅう》2組《くみ》に編入《へんにゅう》される道《みち》はあるが、それは容易《ようい》なことではない。しかも、フリークラス棋士《きし》のまま十年間《ねんかん》がたてば、強制的《きょうせいてき》に引退《いんたい》させられてしまうのだ。活路《かつろ》を切《き》り拓《ひら》くには、勝《か》つしかないのである。

もし奇跡的《きせきてき》に願《ねが》いがかなっても、ぼくの立場《たちば》はおそらくそういうものになる。そう説明《せつめい》しながら、ぼくは書《か》き上《あ》げた嘆願書《たんがんしょ》を母《はは》に見《み》せた。

「ふーん。」

母《はは》はしげしげとそれを見《み》ていた。世《よ》の母親《ははおや》なら、サラリーマンとして安定《あんてい》した生活《せいかつ》を送《おく》っている息子《むすこ》がそんな危険《きけん》な道《みち》に進《すす》もうとしていれば反対《はんたい》するのがふつうだろう。この母《はは》でさえ、ぼくが奨励会《しょうれいかい》を退会《たいかい》したときは勝負師《しょうぶし》からふつうの人間《にんげん》に戻《もど》ることにむしろほっとしていたと聞《き》いた。いままた、このような行動《こうどう》を起《お》こすのは母《はは》に対《たい》してすまないという気持《きも》ちがあった。しかし、やはり母《はは》は母《はは》だった。

「ねえショウ。」

眉間《みけん》にしわを寄《よ》せて母《はは》はこういった。

「もうちょっときれいな日本語《にほんご》で書《か》かない？」

語学《ごがく》に情熱《じょうねつ》を捧《ささ》げてきた者《もの》として、好《この》みではない言葉《ことば》がつかわれているのは我慢《がまん》がならないというのだ。すっかり意表《いひょう》をつかれたぼくは、母《はは》のいうとおりにもう一度《いちど》書《か》き直《なお》した。

嘆願書《たんがんしょ》はできあがった。

日本将棋連盟理事会御中《にほんしょうぎれんめいりじかいおんちゅう》
嘆《たん》　願《がん》　書《しょ》
将棋雑誌《しょうぎざっし》、一部新聞《いちぶしんぶん》で報《ほう》じられております通《とお》り、わたしは日本将棋連盟《にほんしょうぎれんめい》の正会員《せいかいいん》になることを希望《きぼう》しております。
もう一度《いちど》、プロの世界《せかい》に挑戦《ちょうせん》してみたいです。奨励会以外《しょうれいかいいがい》でもプロになる道《みち》を示《しめ》して頂《いただ》ければありがたく思《おも》います。
以上《いじょう》について何卒《なにとぞ》ご検討《けんとう》くださいますよう嘆願《たんがん》いたします。
平成《へいせい》十七年《ねん》二月《がつ》二十八日《にち》
瀬川《せがわ》　晶司《しょうじ》

矢《や》は放《はな》たれた。

ぼくが嘆願書提出《たんがんしょていしゅつ》という正式《せいしき》な行動《こうどう》を起《お》こしたことで、ボールはぼくの手《て》から連盟《れんめい》に渡《わた》った。あとはこれを棋士《きし》たちがどう受《う》けとめるかである。

ここから起《お》きたことは、ぼくの想像《そうぞう》をはるかに超《こ》えていた。

まず将棋界《しょうぎかい》だけではなく外《そと》の世界《せかい》が、ぼくの行動《こうどう》を大事件《だいじけん》として受《う》けとめた。新聞《しんぶん》、テレビ、雑誌《ざっし》、ふだんは将棋《しょうぎ》になど見向《みむ》きもしないマスコミがぼくを「閉鎖的《へいさてき》な将棋界《しょうぎかい》に挑《いど》むサラリーマン」と報《ほう》じ、ぼくの名前《なまえ》と顔《かお》はたちまち全国《ぜんこく》に知《し》られていった。

インターネットではあいかわらず誹謗中傷《ひぼうちゅうしょう》も多《おお》かったが、将棋《しょうぎ》を知《し》らない人《ひと》たちの間《あいだ》ではぼくを支持《しじ》する意見《いけん》もふえていった。「瀬川問題《せがわもんだい》」は、いまや世《よ》の中《なか》の関心事《かんしんじ》のひとつとなり、ぼくは電車《でんしゃ》に乗《の》っていても、顔《かお》も見《み》たことのない人《ひと》からいきなり、

「瀬川《せがわ》さん、がんばって。」

と声《こえ》をかけられるまでになった。

一方《いっぽう》、将棋界《しょうぎかい》のなかでも、変化《へんか》が起《お》きた。

日本将棋連盟《にほんしょうぎれんめい》は、ぼくにプロ入《い》りの道《みち》を開《ひら》くかどうかを、棋士総会《きしそうかい》での議題《ぎだい》として取《と》り上《あ》げることを発表《はっぴょう》した。怖《おそ》れていた門前払《もんぜんばら》いにはならず、きちんと議論《ぎろん》することを約束《やくそく》してくれたのだ。世間《せけん》の声《こえ》を無視《むし》できないとの判断《はんだん》からだろう。そして、これをきっかけに奨励会時代《しょうれいかいじだい》の仲間《なかま》たちが、ぼくの力《ちから》になろうと動《うご》きはじめてくれたのである。

棋士総会《きしそうかい》の決定《けってい》は、棋士全員《きしぜんいん》の投票《とうひょう》による多数決《たすうけつ》で行《おこな》われる。かつての仲間《なかま》たちは、ひとりでも賛同者《さんどうしゃ》をふやそうと、ほかの棋士《きし》たちを説得《せっとく》しはじめた。

「年齢制限《ねんれいせいげん》をすぎた者《もの》にもチャンスを与《あた》えなければおかしい。」

「このマスコミの盛《も》り上《あ》がりを利用《りよう》して将棋《しょうぎ》を世間《せけん》にアピールしよう。」

「瀬川《せがわ》をプロにしてやっつけて、プロの強《つよ》さを見《み》せつけるべきだ。」

相手《あいて》により、口説《くど》き方《かた》はさまざまだった。将棋会館《しょうぎかいかん》のまわりの喫茶店《きっさてん》でも、棋士《きし》たちが話《はな》し込《こ》む光景《こうけい》がしばしば見《み》られるようになった。

そのころ、ぼくの先輩《せんぱい》のある棋士《きし》が北海道《ほっかいどう》の旭川《あさひかわ》を訪《たず》ねた。毎年恒例《まいとしこうれい》になっている、小野敦生《おのあつお》メモリアル将棋大会《しょうぎたいかい》に出席《しゅっせき》するためだった。小野敦生五段《おのあつおだん》とはいうまでもなく、急逝《きゅうせい》したぼくの兄弟子《あにでし》である。生前《せいぜん》、小野《おの》さんと親《した》しかったその棋士《きし》は、そこで小野《おの》さんのお父《とう》さんと話《はなし》をした。そのときお父《とう》さんは、こういったのだという。

「わたしは、瀬川《せがわ》くんを応援《おうえん》します。」

プロ棋士《きし》にそんなことをいうのは失礼《しつれい》だと思《おも》ったのだろう、ちゅうちょしながらも、きっぱりとそういったお父《とう》さんの言葉《ことば》がうれしかった、亡《な》き息子《むすこ》が可愛《かわい》がっていた男《おとこ》を応援《おうえん》してやりたいという、父親《ちちおや》の真情《しんじょう》に感動《かんどう》したと、その棋士《きし》はぼくに話《はな》してくれた。

思《おも》いもしなかった追《お》い風《かぜ》が吹《ふ》きはじめていた。

「このぶんだと、いけるんじゃないか？」

ぼくが三十五歳《さい》の誕生日《たんじょうび》を迎《むか》えたころ、実家《じっか》に帰《かえ》ってきた長兄《ちょうけい》が、わがことのように目《め》を輝《かがや》かせてぼくにいった。

だがぼくは、けっして楽観《らっかん》していなかった。

ぼくを支持《しじ》してくれている棋士《きし》には、将棋界《しょうぎかい》の未来《みらい》を憂《うれ》えている人《ひと》たちが多《おお》い。かれらはぼくの嘆願《たんがん》を、将棋界《しょうぎかい》を変《か》えるきっかけにしようと考《かんが》えているのだ。しかし、投票権《とうひょうけん》は約《やく》百五十人《にん》の現役棋士《げんえききし》だけでなく、もう引退《いんたい》して将来《しょうらい》のことに関心《かんしん》がもてない棋士《きし》にもある。

「やっぱり、厳《きび》しいだろうね。」

というと、そうか、と長兄《ちょうけい》は沈《しず》んだ顔《かお》になった。


棋士総会《きしそうかい》が開《ひら》かれる五月《がつ》二十六日《にち》が迫《せま》っていた。

ある休日《きゅうじつ》、ぼくは車《くるま》の運転席《うんてんせき》に座《すわ》って、健弥《けんや》くんが家《いえ》から出《で》てくるのを待《ま》っていた。健弥《けんや》くんを乗《の》せて、いっしょにアマ竜王戦神奈川県予選《りゅうおうせんかながわけんよせん》に出場《しゅつじょう》するためだった。プロ入《い》りを嘆願《たんがん》してからも、ぼくはできるかぎり大会《たいかい》に出《で》ていた。健弥《けんや》くんも将棋《しょうぎ》への情熱《じょうねつ》は薄《うす》れていても、ときどきは大会《たいかい》に出《で》ていた。

健弥《けんや》くんを待《ま》ちながら、ふとぼくは思《おも》った。万《まん》が一《いち》、ぼくがプロになれれば、健弥《けんや》くんといっしょにアマ大会《たいかい》に出《で》るのはきょうが最後《さいご》になるかもしれないいな、と。

思《おも》えば中学生《ちゅうがくせい》のときに道《みち》が分《わ》かれてから、ぼくたちはすれちがってばかりだった。それは、ふたりの生《い》き方《かた》のちがいのせいなのかもしれない。

健弥《けんや》くんは、中三《ちゅう》のときは進学《しんがく》のためにプロの道《みち》をあきらめ、社会人《しゃかいじん》として仕事《しごと》が忙《いそが》しくなるとアマの第一線《だいいっせん》からみずから退《しりぞ》いた。ふつうの人間《にんげん》として大事《だいじ》なものを、健弥《けんや》くんは将棋《しょうぎ》よりも優先《ゆうせん》させてきた。それにひきかえぼくは、もう道《みち》は閉《と》ざされたというのに、制度《せいど》を変《か》えてまでプロになろうと悪《わる》あがきをしている。

そんなぼくを、いったい健弥《けんや》くんはどう思《おも》っているのだろう。

健弥《けんや》くんが家《いえ》から出《で》てきて、ぼくの車《くるま》に乗《の》り込《こ》んだ。ぼくは聞《き》いてみたくなった。

健弥《けんや》くんは、プロとはどうあるべきだと考《かんが》えているのだろう。プロになりたいとつっ走《ぱし》るぼくは、健弥《けんや》くんの目《め》には、プロになる資格《しかく》があると映《うつ》っているのだろうか。

健弥《けんや》くん、と呼《よ》びかける前《まえ》に、

「しょったん。」

と健弥《けんや》くんがぼくを呼《よ》んだ。

「はい、これ。」

健弥《けんや》くんは、ぼくが読《よ》みたいといっていた漫画《まんが》を差《さ》し出《だ》してぼくに貸《か》してくれた。ありがとう、といったぼくは、聞《き》きたいことを聞《き》きそびれてしまっていた。

五月《がつ》二十六日《にち》。ついに審判《しんぱん》が下《くだ》る日《ひ》がきた。

すべてのプロ棋士《きし》が集《あつ》まって開《ひら》かれる棋士総会《きしそうかい》で、ぼくの嘆願《たんがん》についての議決《ぎけつ》が行《おこな》われるのだ。具体的《ぐたいてき》には、アマチュアの瀬川晶司《せがわしょうじ》に特別《とくべつ》にプロ編入試験《へんにゅうしけん》を受《う》けさせるか否《いな》かが、棋士全員《きしぜんいん》の投票《とうひょう》による多数決《たすうけつ》で決《き》められる。

ぼくは午後《ごご》から会社《かいしゃ》を休《やす》み、夕方近《ゆうがたちか》く、結果《けっか》を現地《げんち》で待《ま》つために将棋会館《しょうぎかいかん》に向《む》かった。総会《そうかい》は午後《ごご》一時《じ》から始《はじ》まっているが、いずれにしても議論《ぎろん》は紛糾《ふんきゅう》するだろう。しかもこの日《ひ》は、日本将棋《にほんしょう ぎ》連盟《れんめい》の会長選挙《かいちょうせんきょ》という重要案件《じゅうようあんけん》も控《ひか》えている。ぼくの運命《うんめい》が決《き》まるのは、夜遅《よるおそ》くになるはずだ。

ラッシュが訪《おとず》れている通勤電車《つうきんでんしゃ》の扉《とびら》にもたれ、ぼくは夕暮《ゆうぐ》れの都心《としん》の風景《ふうけい》を眺《なが》めていた。世論《よろん》の盛《も》り上《あ》がりと仲間《なかま》たちの説得《せっとく》のおかげで、形勢《けいせい》は五分《ごぶ》に近《ちか》いところまできている。それだけでも驚《おどろ》くべきことだが、やはりプロ試験可決《しけんかけつ》は難《むずか》しい気《き》がする。

やることはやったという満足感《まんぞくかん》はあった。遠藤《えんどう》さんに持《も》ちかけられたときはめちゃくちゃな話《はなし》にしか思《おも》えなかったぼくのプロ入《い》り希望《きぼう》が、こうして連盟《れんめい》で議論《ぎろん》されるところまできたのである。たとえ否決《ひけつ》されても悔《く》いはないと思《おも》った。ただひとつの気《き》がかりは、否決《ひけつ》した連盟《れんめい》をマスコミが閉鎖的《へいさてき》だと一斉《いっせい》に非難《ひなん》するのではないかということだった。ぼくの行動《こうどう》がそんな結果《けっか》を引《ひ》き起《お》こしては、連盟《れんめい》に対《たい》して申《もう》し訳《わけ》ないと思《おも》った。

ビルの谷間《たにま》から、夕陽《ゆうひ》が車窓《しゃそう》に射《さ》し込《こ》んできた。目《め》を細《ほそ》めながら、明日《あした》の空《そら》を自分《じぶん》はどんな気《き》持《も》ちで仰《あお》ぐのだろう、と思《おも》った。

携帯電話《けいたいでんわ》に着信《ちゃくしん》があった。連盟《れんめい》の職員《しょくいん》からだった。乗《の》り換《か》えの駅《えき》に着《つ》いてから留守番電話《るすばんでんわ》を確《かく》認《にん》すると、メッセージが入《はい》っていた。

「いま採決《さいけつ》が終《お》わりました。」

えっ、こんなに早《はや》く？　ということは順当《じゅんとう》な結果《けっか》、つまりは否決《ひけつ》か。いやな予感《よかん》に胸苦《むなぐる》しさをおぼえながら、メッセージのつづきを聞《き》いた。

「賛成《さんせい》百二十九、反対《はんたい》五十二。プロ試験《しけん》は可決《かけつ》されました。」

信《しん》じられない言葉《ことば》に、本当《ほんとう》に聞《き》きまちがいでないか、ぼくは何度《なんど》も何度《なんど》も聞《き》き直《なお》した。

将棋会館《しょうぎかいかん》の前《まえ》では、すでに多《おお》くの報道陣《ほうどうじん》がぼくを待《ま》ち構《かま》えていた。この日《ひ》の会長選挙《かいちょうせんきょ》で新《あたら》しく選出《せんしゅつ》された米長邦雄《よねながくにお》会長《かいちょう》がぼくに何度《なんど》も握手《あくしゅ》を求《もと》め、何枚《なんまい》もの写真《しゃしん》が撮《と》られた。

六十一年《ねん》ぶり、戦後《せんご》初《はつ》のプロ編入《へんにゅう》試験将棋《しけんしょうぎ》は実現《じつげん》した。将棋界《しょうぎかい》の人間《にんげん》ではないぼくが、いまこの瞬間《しゅんかん》、将棋界《しょうぎかい》の主役《しゅやく》になっていた。

何《なに》よりうれしかったのは、連盟《れんめい》が奨励会以外《しょうれいかいいがい》にもプロになれる制度《せいど》をつくると約束《やくそく》してくれたことだった。

ぼくのプロ試験《しけん》はこれからだ。しかし、これで戦《たたか》いの半分《はんぶん》は終《お》わったと思《おも》った。

いくつもの取材《しゅざい》を受《う》けたぼくは、さすがに疲《つか》れて、ひとりで将棋会館《しょうぎかいかん》を出《で》た。

明日《あした》は休《やす》みをとってある。久《ひさ》しぶりに、ゆっくり眠《ねむ》れると思《おも》った。

千駄ケ谷《せんだがや》の駅《えき》につづく街路樹《がいろじゅ》は、年齢制限《ねんれいせいげん》で奨励会《しょうれいかい》を去《さ》ったあの日《ひ》と変《か》わらない。だがあの日《ひ》、絶望《ぜつぼう》してうつむきながら歩《ある》いていたぼくと、九年後《ねんご》のきょう、夜空《よぞら》を見上《みあ》げながら歩《ある》くぼくの、このちがいはどうだろう。

あきらめなくてよかった。あきらめさえしなければ、ぼくのような人間《にんげん》にもこんな奇跡《きせき》を起《お》こすことができるのだ。

駅《えき》のホームで電車《でんしゃ》を待《ま》っていると、携帯電話《けいたいでんわ》が鳴《な》った。親《した》しい棋士《きし》からだった。

「いま、新宿《しんじゅく》のお店《みせ》に棋士《きし》が大勢《おおぜい》集《あつ》まってます。きょうは瀬川《せがわ》さんのお祝《いわ》いだ、瀬川《せがわ》さんを呼《よ》べ、とみんないってます。」

その店《みせ》に入《はい》ったとたん、大《おお》きな拍手《はくしゅ》と歓声《かんせい》がぼくを迎《むか》えた。懐《なつ》かしい仲間《なかま》たちがいた。意外《いがい》な顔《かお》も見《み》えた。胸《むね》が熱《あつ》くなった。

「おめでとうございます。」

銀河戦《ぎんがせん》でぼくに敗《やぶ》れた久保《くぼ》八段《だん》が声《こえ》をかけてきた。思《おも》えばA級《エーきゅう》棋士《きし》をやぶったあの勝利《しょうり》が、ぼくのなかで何《なに》かを変《か》えた気《き》がする。

ぼくはまだ、この人《ひと》たちの仲間《なかま》になれたわけではない。プロ試験《しけん》の結果《けっか》がどうなるかはわからないのだ。だが、棋士《きし》たちはわかっていた。きょうという日《ひ》がぼくにとって、そして将棋界《しょうぎかい》にとって、どれだけ大《おお》きな意味《いみ》をもつ日《ひ》であるかを。

次々《つぎつぎ》にかけられる祝福《しゅくふく》の声《こえ》に、ぼくは時《とき》のたつのも忘《わす》れ、幸《しあわ》せな気分《きぶん》に酔《よ》いしれていた。

梅雨《つゆ》が明《あ》けたばかりの七月《がつ》十八日《にち》は、うだるような猛暑《もうしょ》だった。めざす新宿《しんじゅく》・紀伊國屋《きのくにや》ホールに到着《とうちゃく》したぼくは、早《はや》くもワイシャツが汗《あせ》ばむのを感《かん》じていた。

だが、ホールのなかに入《はい》ったとたん、全身《ぜんしん》から汗《あせ》が引《ひ》いた。

「サラリーマンの挑戦《ちょうせん》・瀬川晶司《せがわしょうじ》が挑《いど》むプロ棋士《きし》への六番勝負《ばんしょうぶ》」という大《おお》きな文字《もじ》がおどる看板《かんばん》。ステージ上《じょう》でライトを反射《はんしゃ》して光《ひか》る金屏風《きんびょうぶ》。観客《かんきゃく》への解説用《かいせつよう》の巨大《きょだい》な将棋盤《しょうぎばん》。入《い》り口《ぐち》では多《おお》くの人《ひと》が行列《ぎょうれつ》をつくって開場《かいじょう》を待《ま》ち、ぼくの姿《すがた》を見《み》るや駆《か》け寄《よ》ってきた報道陣《ほうどうじん》の数《かず》はいままでの倍以上《ばいいじょう》だ。

ぼくはいまだかつて、将棋界《しょうぎかい》でこんな光景《こうけい》を見《み》たことがなかった。

ぼくのプロ編入試験将棋《へんにゅうしけんしょうぎ》六番勝負《ばんしょうぶ》第一局《きょく》は、公開形式《こうかいけいしき》で行《おこな》われることになった。紀伊國屋《きのくにや》ホー

ルのステージ上《じょう》に対局場《たいきょくじょう》を設《しつら》え、数百人《すうひゃくにん》の観客《かんきゃく》に生《なま》の戦《たたか》いを見《み》せる一大《いちだい》イベントとして企画《きかく》されたのである。六十一年《ねん》ぶりの試験将棋《しけんしょうぎ》を世間《せけん》に大《おお》きくアピールしようという連盟《れんめい》の演出《えんしゅつ》だった。一枚《まい》三千五百円《えん》で発売《はつばい》された前売《まえう》りの入場券《にゅうじょうけん》は完売《かんばい》になったという。

人生《じんせい》のかかった大勝負《おおしょうぶ》が見《み》せ物《もの》になっては集中《しゅうちゅう》できないのではないか。そう心配《しんぱい》する声《こえ》もあったが、ぼくは望《のぞ》むところだった。自分《じぶん》が見《み》せ物《もの》になることで将棋界《しょうぎかい》の話題《わだい》づくりになるなら、こんなにうれしいことはない。

スポットライトが、ステージの上《うえ》の分厚《ぶあつ》い将棋盤《しょうぎばん》を照《て》らし出《だ》していた。あそこにぼくが戦《たたか》うリングがある。ぼくのわがままと、たくさんの人《ひと》たちの応援《おうえん》によって現実《げんじつ》のものとなった、夢《ゆめ》のようなリングが。あとはぼく自身《じしん》がそこに立《た》ち、チャンスをつかみとるだけだ。

場内《じょうない》に響《ひび》き渡《わた》るアナウンスに呼《よ》び出《だ》され、ぼくはゆっくりと壇上《だんじょう》に上《あ》がった。客席《きゃくせき》に母《はは》が、兄《あに》たちが、健弥《けんや》くんがいた。

まばゆいばかりの将棋盤《しょうぎばん》の前《まえ》に座《すわ》ると、ぼくはあめ色《いろ》に光《ひか》る駒《こま》に手《て》を伸《の》ばした。

第《だい》5章《しょう》 新《あら》たな夢《ゆめ》へ

晩秋《ばんしゅう》というよりは、もう冬《ふゆ》の到来《とうらい》を思《おも》わせる寒《さむ》い日《ひ》がつづいていたが、その日《ひ》だけはめずらしく暖《あたた》かな陽気《ようき》だった。

ぼくは花束《はなたば》を抱《かか》えて、眺《なが》めのいい高台《たかだい》を歩《ある》いていた。先《さき》へ進《すす》むほどに視界《しかい》は開《ひら》け、ぼくの生《う》まれ育《そだ》った街《まち》が一望《いちぼう》できるようになる。ぼくの家《いえ》、健弥《けんや》くんの家《いえ》、ぼくたちが通《かよ》った小学校《しょうがっこう》に中学校《ちゅうがっこう》。みんな昔《むかし》のままだ。

「いいお天気《てんき》ね。」

隣《となり》を歩《ある》いている母《はは》がいった。

ぼくたちは、ある墓石《はかいし》の前《まえ》で足《あし》を止《と》めた。そこには「瀬川富男《せがわとみお》」という名《な》が刻《きざ》まれていた。この霊園《れいえん》に、父《ちち》はひとりで眠《ねむ》っているのだ。

母《はは》の意向《いこう》で、生《い》き物《もの》が帰《かえ》る場所《ばしょ》という意味《いみ》から「海《うみ》」という文字《もじ》と、唱歌《しょうか》「出船《でふね》」の楽譜《がくふ》も刻《きざ》み込《こ》まれたその墓石《はかいし》に、ぼくは花束《はなたば》を手向《たむ》けた。この数日《すうじつ》、わが家《や》には次《つぎ》から次《つぎ》へとお祝《いわ》いの花《はな》が届《とど》き、花屋《はなや》が開《ひら》けそうなほどになっていた。そのなかから、母《はは》が父《ちち》のためにみつくろったもののだ。

そのあとぼくはコートのポケットから新聞《しんぶん》の切《き》り抜《ぬ》きを何枚《なんまい》か取《と》り出《だ》し、花《はな》の横《よこ》に添《そ》えた。数《すう》日前《じつまえ》の、全国紙各紙《ぜんこくしかくし》の一面《いちめん》の記事《きじ》を切《き》り抜《ぬ》いたものだった。どの紙面《しめん》にもぼくの顔写真《かおじゃしん》と、

「瀬川《せがわ》アマがプロ試験《しけん》に合格《ごうかく》」

といった見出《みだ》しが大《おお》きく載《の》っていた。

それから、ぼくたちは父《ちち》に手《て》を合《あ》わせた。

平成《へいせい》十七年《ねん》十一月六日《がつむいか》、ぼくはプロ編入試験将棋第五局《へんにゅうしけんしょうぎだいきょく》に勝《か》って三勝目《しょうめ》をあげ、合格《ごうかく》を決《き》めた。幼《おさな》いころからの夢《ゆめ》、プロ棋士《きし》になる夢《ゆめ》がついに実現《じつげん》したのである。

好《す》きな道《みち》を逃《に》げずに進《すす》む——棺《ひつぎ》のなかの父《ちち》への誓《ちか》いを、ようやくぼくは果《は》たすことができた。

三か月半《げつはん》に及《およ》ぶ戦《たたか》いは、かつて経験《けいけん》したことのない苦《くる》しみだった。

第《だい》一局《きょく》に敗《やぶ》れたあと、苅間澤先生《かりまさわせんせい》からの葉書《はがき》が届《とど》いていなければ、ぼくは四連敗《れんぱい》していたかもしれない。一勝《しょう》二敗《はい》で迎《むか》えた第四局《だいきょく》、中井広恵女流六段《なかいひろえじょりゅうだん》との将棋《しょうぎ》は最後《さいご》までぼくの敗勢《はいせい》だったが、中井女流六段《なかいじょりゅうだん》の信《しん》じられないミスで勝《か》ちを拾《ひろ》った。そして第五局《だいきょく》では、これまで研究《けんきゅう》してきたことが突然思《とつぜんおも》い出《だ》せなくなるという、ありえない脳《のう》のトラブルに見舞《みま》われた。おそらく極度《きょくど》の緊張《きんちょう》のせいだったのだろう。

ぼくを苦《くる》しめたのは、期待《きたい》にこたえなくてはならないという重圧《じゅうあつ》だった。自分《じぶん》がプロになれな

いことを怖《おそ》れてはいなかったが、応援《おうえん》してくれる多《おお》くの人《ひと》を裏切《うらぎ》ることはとてつもなく怖《おそ》ろしかった。そのとき、いままで味方《みかた》だったはずの応援《おうえん》が敵《てき》に変《か》わってしまうという、予想《よそう》もしなかった苦《くる》しみがぼくをおそった。

第五局《だいごきょく》で高野秀行《たかのひでゆき》五段《だん》が投了《とうりょう》したとき、こみ上《あ》げてきた涙《なみだ》は、これで重圧《じゅうあつ》から解《と》き放《はな》たれたという安堵《あんど》の涙《なみだ》だった。あの日《ひ》、きょうは絶対《ぜったい》に泣《な》かないと固《かた》く心《こころ》に決《き》めていなければ、ぼくはどんなみっともない姿《すがた》をさらしていたかわからない。

好《す》きな道《みち》を進《すす》むのは大変《たいへん》だったよ。でも、がんばってみて本当《ほんとう》によかった。

父《ちち》への誓《ちか》いがなければ、ぼくはもう一度《いちど》プロをめざそうとは思《おも》わなかったかもしれない。

ありがとう、父《とう》さん。

これからもぼくのなかで生《い》きつづける父《ちち》に、ぼくは心《こころ》からお礼《れい》をいった。

墓《はか》に背《せ》を向《む》けて、いま来《き》た道《みち》を戻《もど》ろうとしたときだった。

「ショウ、あれ。」

母《はは》が前方《ぜんぽう》を指《ゆび》さした。ぼくも、あっと息《いき》をのんだ。

ふだん、そこからはめったに見《み》えないはずの富士山《ふじさん》が青空《あおぞら》を背《せ》にして、くっきりとした輪郭《りんかく》を見《み》せていた。

いま、父《ちち》は喜《よろこ》んでいる。そうぼくは思《おも》った。

プロ棋士《きし》としての、新《あたら》しい日々《ひび》が始《はじ》まった。

十二月《がつ》十二日《にち》。公式戦初対局《こうしきせんはったいきょく》。相手《あいて》はなんとアマチュア、それもついこの間《あいだ》まで「プロジェクトS《エス》」のメンバーとしてぼくのプロ入《い》りを応援《おうえん》してくれていたNEC《エヌイーシー》の清水上徹《しみずがみとおる》くんだった。清水上《しみずがみ》くんは成績優秀《せいせきゆうしゅう》なアマとしてプロの公式戦《こうしきせん》への出場資格《しゅつじょうしかく》を得《え》たのだ。ぼくはほんの一か月前《げつまえ》までの自分《じぶん》とは逆《ぎゃく》に、プロとしてアマを迎《むか》え撃《う》つことになった。

清水上《しみずがみ》くんは、可能《かのう》ならばぼくにつづいてプロ棋士《きし》になりたいという希望《きぼう》を持《も》っている。ぼくはその将棋《しょうぎ》に勝《か》ってプロとして初勝利《はつしょうり》をあげ、アマに負《ま》けてはならないというプロの責任《せきにん》を果《は》たすことができた。

年《とし》が明《あ》けて平成《へいせい》十八年《ねん》一月《がつ》二十日《はつか》。プロとの初対戦《はったいせん》。ぼくは中田功《なかたいさお》七段《だん》に完敗《かんぱい》を喫《きっ》した。その将棋《しょうぎ》は、新聞《しんぶん》の観戦記《かんせんき》で「プロの将棋《しょうぎ》を甘《あま》く見《み》ている。」と厳《きび》しく批評《ひひょう》された。書《か》いたのはプロ試験実現《しけんじつげん》のために力《ちから》を尽《つ》くしてくれた記者《きしゃ》だった。

同《おな》じ日《ひ》、日本将棋連盟《にほんしょうぎれんめい》から『棋士《きし》　瀬川晶司《せがわしょうじ》』という本《ほん》が出版《しゅっぱん》された。ぼく自身《じしん》の著書《ちょしょ》ではないが、ぼくのインタビューや棋士《きし》・友人《ゆうじん》たちの寄稿《きこう》などで構成《こうせい》して緊急出版《きんきゅうしゅっぱん》されたものだ。

できあがった本《ほん》をなにげなく開《ひら》いたぼくは、あるページを読《よ》んでいて、顔《かお》を上《あ》げられなくなってしまった。

「しょったん、おめでとう！」

と題《だい》された一文《ぶん》。書《か》き手《て》の名《な》は渡辺健弥《わたなべけんや》とある。

健弥《けんや》くんは、ぼくへの祝福《しゅくふく》のメッセージを書《か》いてくれていた。

「ぼくにとってプロという職業《しょくぎょう》は、人《ひと》の心《こころ》に力《ちから》を与《あた》えてくれる人《ひと》、見《み》えない力《ちから》で周《まわ》りに勇気《ゆうき》をくれる人《ひと》だと思《おも》う。将棋指《しょうぎさ》しという職業《しょくぎょう》でそれができる人《ひと》は数少《かずすく》ないし、難《むずか》しい。今回《こんかい》あの閉鎖的《へいさてき》な日本将棋連盟《にほんしょうぎれんめい》がプロ試験《しけん》を実施《じっし》し、瀬川君《せがわくん》が合格《ごうかく》したことは、将棋《しょうぎ》ファンだけでなく、将棋《しょうぎ》を知《し》らない人《ひと》までもが注目《ちゅうもく》し、多《おお》くの人《ひと》に感動《かんどう》を与《あた》えた。瀬川君《せがわくん》、きみはぼくの中《なか》で羽生《はぶ》四冠《かん》や谷《たに》川《がわ》九段《だん》を超《こ》えたプロ棋士《きし》になった。」

プロとはどうあるべきだと考《かんが》えているのか。健弥《けんや》くんに聞《き》けないままだった問《と》いの答《こた》えが、そこにあった。健弥《けんや》くんはつづける。

「かれが奨励会《しょうれいかい》を年齢制限《ねんれいせいげん》でやめることになった時《とき》、ぼくは責任《せきにん》を感《かん》じた。ぼくと出会《であ》わなければ厳《きび》しい将棋《しょうぎ》の道《みち》へ進《すす》むこともなく、他《ほか》にもっと楽《たの》しい人生《じんせい》を送《おく》れたのではないかと思《おも》った。しかし、今回《こんかい》のプロ入《い》りでそんな思《おも》いはチャラになった。プロ入《い》りすることがかれにとって、いいことなのか悪《わる》いことなのかは分《わ》からない。でも、テレビで涙《なみだ》ぐんでいたかれを見《み》て、良《よ》かったんだなと思《おも》った。」

読《よ》みながらぼくは、「しょったん、泣《な》いてたろ。」と、いたずらっぽく笑《わら》う健弥《けんや》くんの顔《かお》を思《おも》い出《だ》した。健弥《けんや》くんに泣《な》かされたのは、あの中学生名人戦《ちゅうがくせいめいじんせん》の日以来《ひいらい》、二度目《どめ》だった。

一月二十二日《がつにち》。新宿《しんじゅく》の紀伊國屋書店本店《きのくにやしょてんほんてん》で『棋士《きし》　瀬川晶司《せがわしょうじ》』のサイン会《かい》が開《ひら》かれた。

プロ棋士《きし》という職業《しょくぎょう》は、扇子《せんす》や色紙《しきし》に*揮毫《きごう》するのが日常《にちじょう》の業務《ぎょうむ》のようなところがある。だが、ぼくは毛筆《もうひつ》がまったく苦手《にがて》だった。書道《しょどう》の先生《せんせい》について特訓《とっくん》は受《う》けていたが、なかなか上達《じょうたつ》せず、へたをすると将棋《しょうぎ》の勉強《べんきょう》より習字《しゅうじ》の勉強《べんきょう》のほうに時間《じかん》をとられるほどだった。

揮毫《きごう》のためにぼくが選《えら》んだ言葉《ことば》はふたつ。「夢《ゆめ》」と「凜乎《りんこ》」である。「凜乎《りんこ》」とは、目標《もくひょう》に向《む》かって脇目《わきめ》もふらず、まっすぐ進《すす》むという意味《いみ》だ。

まさにぼくは脇目《わきめ》もふらず、ふたつの言葉《ことば》を交互《こうご》に書《か》きつづけた。少《すこ》しでも気《き》を抜《ぬ》くと、たちまち小学生《しょうがくせい》のような字《じ》になってしまう。読者《どくしゃ》の方《かた》と握手《あくしゅ》をする以外《いがい》はひたすら下《した》を向《む》き、まるで自分《じぶん》の文字《もじ》と対局《たいきょく》しているように筆《ふで》に神経《しんけい》を集中《しゅうちゅう》させていた。

予定時間《よていじかん》の半分《はんぶん》ほどがすぎたころ、さすがに疲《つか》れて背筋《せすじ》を伸《の》ばすと、列《れつ》に並《なら》ぶ人《ひと》たちの顔《かお》が自然《しぜん》に目《め》に入《はい》った。将棋《しょうぎ》ファンらしからぬ若《わか》い人《ひと》や女性《じょせい》が目立《めだ》つのがありがたいと思《おも》った。そのなかのひとりの顔《かお》が視界《しかい》に入《はい》ったとき、ぼくの目《め》はそこにくぎ付《づ》けになった。急《きゅう》に胸《むね》が高鳴《たかな》りはじめるのを感《かん》じた。

ぼくはまたサインをつづけた。少《すこ》しずつ、その人《ひと》の順番《じゅんばん》が近《ちか》づいてきた。そして、その人《ひと》はぼくの前《まえ》に立《た》った。

*揮毫《きごう》——毛筆《もうひつ》で言葉《ことば》や文章《ぶんしょう》、絵《え》を書《か》くこと。

ぼくたちは目《め》を合《あ》わせた。

「わかる?」

彼女《かのじょ》はいった。

「わかるよ。」

ぼくは答《こた》えた。

日《ひ》に焼《や》けた元気《げんき》そうな顔《かお》は、高校時代《こうこうじだい》とまったく変《か》わっていなかった。毎日《まいにち》のように彼女《かのじょ》と話《はな》した、あのころの記憶《きおく》がよみがえった。なぜか彼女《かのじょ》をつき飛《と》ばしてしまったときの、あの右手《みぎて》の感触《かんしょく》とともに。

「将棋《しょうぎ》のプロに、なれたんだね。」

そういった彼女《かのじょ》の目《め》は涙《なみだ》ぐんでいた。

うん、とうなずいて、ぼくは、

「来《き》てくれてありがとう。」

といった。そのあと、ぼくは彼女《かのじょ》にたずねた。

「お嬢《じょう》さんはいくつ?」

彼女《かのじょ》は、彼女《かのじょ》にそっくりな顔《かお》の小《ちい》さな女《おんな》の子《こ》の手《て》を引《ひ》いていた。

「あ、四歳《さい》。あそこに旦那《だんな》も来《き》てるんだ。」

彼女《かのじょ》が指《ゆび》さした先《さき》に、優《やさ》しそうな顔《かお》の男性《だんせい》が立《た》っていた。

「じつはね、旦那《だんな》も将棋《しょうぎ》が好《す》きなの。わたしが瀬川《せがわ》くんと同級生《どうきゅうせい》だったっていったら驚《おどろ》いてた。」

そういって彼女《かのじょ》は、あのころのようにすてきな笑顔《えがお》で笑《わら》った。

サイン会場《かいじょう》をあとにする親子《おやこ》三人《にん》を見送《みおく》りながら、ふだんは忘《わす》れていても、心《こころ》のどこかでけっして消《き》えることがなかった痛《いた》みがひとつ、癒《い》やされていく気《き》がしていた。

一月《がつ》二十六日《にち》。ぼくはベテラン、沼春雄《ぬまはるお》六段《だん》に敗《やぶ》れた。なんと公式戦《こうしきせん》二十三連敗中《れんぱいちゅう》だった沼《ぬま》六段《だん》の連敗《れんぱい》ストップに貢献《こうけん》してしまったのだ。

さすがにぼくは落《お》ち込《こ》んだ。遠藤《えんどう》さんには厳《きび》しく叱責《しっせき》された。なんと母《はは》までが、

「いまのあなたには将棋《しょうぎ》がいちばん大事《だいじ》だってこと、わかってるの？」

とめずらしく小言《こごと》をいった。母《はは》はぼくが取材《しゅざい》を受《う》けすぎではないかと心配《しんぱい》していた。

たしかにぼくは大変《たいへん》な数《かず》の取材《しゅざい》を受《う》けていた。雑誌《ざっし》のインタビューや対談《たいだん》からテレビのバラエティー番組出演《ばんぐみしゅつえん》まで、ときには一日《いちにち》に五件連続《けんれんぞく》で取材《しゅざい》が入《はい》ることもあった。

だが、依頼《いらい》された取材《しゅざい》をすべて受《う》けることは、プロになったときからぼくが決《き》めていたことだった。ぼくのやってきたことが世《よ》の中《なか》に伝《つた》わることで、少《すこ》しでも将棋《しょうぎ》に関心《かんしん》をもつ人《ひと》がふえてくれればありがたい。それがぼくのわがままを聞《き》いてくれた連盟《れんめい》に対《たい》する恩返《おんがえ》しでもあると思《おも》っていた。

一月二十七日《がつにち》。ぼくはラジオの生放送《なまほうそう》に出演《しゅつえん》した。

DJ《ディージェー》からのいろいろな質問《しつもん》に答《こた》えながら、合間《あいま》にリスナーの方々《かたがた》からかかってきた電話《でんわ》に出《で》て話《はなし》をするというものだ。前日《ぜんじつ》の敗戦《はいせん》の痛《いた》みはまだ消《き》えていなかったが、生放送《なまほうそう》の緊張《きんちょう》が次第《しだい》にそれを忘《わす》れさせた。

「瀬川《せがわ》さんの好物《こうぶつ》はなんですか？」

「納豆《なっとう》です。ご飯《はん》にかけずにそのままでも食《た》べてしまうくらいです。」

そんなやりとりがあると、さっそく納豆《なっとう》をつくっている食品会社《しょくひんがいしゃ》の方《かた》から電話《でんわ》がかかってきて、

「これからもたくさん食《た》べて、ねばり強《づよ》い将棋《しょうぎ》を指《さ》してくださいね。」

と励《はげ》ましを受《う》ける。そんな調子《ちょうし》で番組《ばんぐみ》は進《すす》んでいった。

DJ《ディージェー》の声《こえ》が突然《とつぜん》、あらたまった調子《ちょうし》になったのは、スタッフから手渡《てわた》されたメモを見《み》たときだった。

「おや、瀬川《せがわ》さん。ここで、むかし瀬川《せがわ》さんに将棋《しょうぎ》を教《おし》えたことがあるという方《かた》から、お電話《でんわ》が入《はい》ったようですよ。」

えっ。とっさには何《なに》が起《お》きたのかわからなかった。

「どうぞ、お話《はな》しください。」

という声《こえ》にうながされて、その人《ひと》は話《はな》しはじめた。

「瀬川《せがわ》くん、久《ひさ》しぶり。」

あっ。

少《すこ》し歳《とし》をとったようには感《かん》じられたが、その声《こえ》はまぎれもなく、あの人《ひと》の声《こえ》だった。忘《わす》れようにも忘《わす》れられない、ほんの子《こ》どもだったぼくを厳《きび》しく鍛《きた》えてくれた、あの声《こえ》――。

DJ《ディージェー》がいう。

「瀬川《せがわ》さん、どなたかおわかりになりますか？」

「はい。……ごぶさたしています、今野《こんの》さん。」

中学生名人戦《ちゅうがくせいめいじんせん》からの帰《かえ》り道《みち》に横浜駅《よこはまえき》で別《わか》れたのは、二十年以上《ねんいじょう》も前《まえ》のことだった。それからずっと、ぼくは今野《こんの》さんの顔《かお》を見《み》ることも、声《こえ》を聞《き》くこともなかった。まさか、こんな形《かたち》で話《はなし》をすることになるなんて……。

「瀬川《せがわ》くん、本当《ほんとう》におめでとう。」

今野《こんの》さんは優《やさ》しい穏《おだ》やかな声《こえ》で、お祝《いわ》いをいってくれた。

「ありがとうございます。」

「よかった。プロになれて、本当《ほんとう》によかった。」

あのいつも冷静《れいせい》だった人《ひと》とは別人《べつじん》のように、今野《こんの》さんは感情《かんじょう》をあらわにしていた。

「瀬川《せがわ》くんを見《み》ていて、まちがいなくものになるとぼくは思《おも》った。だから、きみには厳《きび》しく将棋《しょうぎ》を教《おし》えた。そして、きみは本当《ほんとう》に強《つよ》くなってくれた。いっしょに天童《てんどう》に行《い》って、全国大会《ぜんこくたいかい》で優勝《ゆうしょう》したよね。」

あの優勝《ゆうしょう》のときも、今野《こんの》さんは大《おお》きくうなずいただけだった。こんなふうに手放《てばな》しで今野《こんの》さんにほめられるのはいまが初《はじ》めてかもしれない。

「この子《こ》ならやれる。そう思《おも》ったから、ぼくはきみにプロという道《みち》があることを教《おし》え、奨励会《しょうれいかい》を受《う》けることを本気《ほんき》ですすめたんだ。」

そのあと今野《こんの》さんは、しぼりだすような声《こえ》になった。

「きみが奨励会《しょうれいかい》を年齢制限《ねんれいせいげん》でだめになったことは、もちろん知《し》っていた。そのときから、ぼくはずっと苦《くる》しんでいた。ぼくが、瀬川《せがわ》くんの人生《じんせい》を狂《くる》わせてしまった、と。」

そんな……といいかけたが、今野《こんの》さんはつづけた。

「すまないことをした。きみにも、きみのご両親《りょうしん》にも、本当《ほんとう》にすまないことをしてしまった。きみが退会《たいかい》してからの九年間《ねんかん》、ぼくはずっと、その呵責《かしゃく》の念《ねん》に悩《なや》まされていた。」

ぼくは何《なに》もいえなくなった。うっかり口《くち》を開《ひら》けば、ぼくの泣《な》き声《ごえ》が電波《でんぱ》にのって全国《ぜんこく》に流《なが》れてしまうかもしれなかった。

「だから本当《ほんとう》に、ぼくはうれしい。ありがとう、瀬川《せがわ》くん。よくがんばってくれた。」

ぼくは将棋《しょうぎ》を恨《うら》んだことはあっても、今野《こんの》さんを恨《うら》んだことなど一度《いちど》もなかった。だが今野《こんの》さんは、ずっと苦《くる》しみつづけていたという。こうして話《はな》すことがなければ、ぼくは今野《こんの》さんが苦《くる》しんでいることを生涯《しょうがい》知ることはなかっただろう。

夢《ゆめ》が壊《こわ》れるとともにぷっつりと切《き》れてしまっていた、大切《たいせつ》な人《ひと》たちとのつながりが回復《かいふく》していく。それも、ぼくがプロになれたからなのだ。

放送《ほうそう》が終《お》わり、ぼくはスタッフの人《ひと》たちに見送《みおく》られてラジオ局《きょく》を出《で》た。次《つぎ》に入《はい》っている取材《しゅざい》の時間《じかん》が迫《せま》っていた。

都心《としん》の人混《ひとご》みのなかを、早足《はやあし》で歩《ある》く。街《まち》にはまだ春《はる》の気配《けはい》はなかったが、ぼくのなかで死《し》んでいた過去《かこ》の時間《じかん》が次々《つぎつぎ》と息《いき》を吹《ふ》き返《かえ》していく感覚《かんかく》が、ぼくの心《こころ》を温《あたた》かくしていた。

「みなさん、こんにちは。日本将棋連盟棋士《にほんしょうぎれんめいきし》の瀬川晶司《せがわしょうじ》です。」

三月九日《がつここのか》。ぼくは自分《じぶん》が卒業《そつぎょう》した小学校《しょうがっこう》を訪《おとず》れていた。

ぼくがプロ試験《しけん》に合格《ごうかく》してまもないころ、その小学校《しょうがっこう》のある女《おんな》の子《こ》からこんな手紙《てがみ》が届《とど》いた。

「瀬川《せがわ》さんのご活躍《かつやく》を新聞《しんぶん》やテレビのニュースで拝見《はいけん》し、道徳《どうとく》の授業《じゅぎょう》で勉強《べんきょう》しました。みんなから『すごいなあ。』『あきらめずに夢《ゆめ》に向《む》かうのがかっこいい。』など、たくさんの言葉《ことば》が出《で》てきました。ぜひわたしたちにすばらしいお話《はなし》を聞《き》かせていただきたいと思《おも》います。もし、ご都合《つごう》がついたら一度《いちど》、母校《ぼこう》に来《き》ていただけませんか？」

ぼくは承諾《しょうだく》の返事《へんじ》を書《か》いた。そしてきょう、その日《ひ》がやってきたのだ。

会場《かいじょう》には〈ようこそ！　先輩《せんぱい》！　瀬川《せがわ》さんのお話《はなし》を聞《き》く会《かい》〉という横断幕《おうだんまく》が掲《かか》げられている。五年生《ねんせい》と六年生《ねんせい》、合《あ》わせて約《やく》百人《にん》の児童《じどう》の前《まえ》で、これからぼくは講演《こうえん》をするのである。

だがプロになったぼくにとって、毛筆《もうひつ》の揮毫《きごう》よりさらに苦手《にがて》なのが講演《こうえん》だった。こればかりは何度《なんど》やっても慣《な》れなかった。やはり、もともとはプレッシャーに弱《よわ》い人間《にんげん》なのだろうか。

対局《たいきょく》以上《いじょう》に緊張《きんちょう》しながら、前日《ぜんじつ》に書《か》き上《あ》げた原稿《げんこう》の束《たば》を握《にぎ》りしめ、ぼくは子《こ》どもたちにあいさつをしていた。

「年齢《ねんれい》は三十五歳《さい》。O型《オーがた》、おひつじ座《ざ》です。」

少《すこ》しでも親《した》しみを感《かん》じてもらおうと工夫《くふう》した自己紹介《じこしょうかい》のつもりだったが、効果《こうか》のほどはわからない。

「きょうは、ぼくがなぜ、いまさら将棋《しょうぎ》のプロになろうと思《おも》ったのか。なぜ、将棋《しょうぎ》のプロになることができたのか。それを聞《き》いてもらって、みなさんひとりひとりが何《なに》かを感《かん》じてくれたらうれしいと思《おも》っています。」

ぼくはひとつ大《おお》きく深呼吸《しんこきゅう》をすると、ぼくがいままで歩《あゆ》んできた道《みち》、出会《であ》ってきた人《ひと》について話《はな》しはじめた。

勉強《べんきょう》も運動《うんどう》も冴《さ》えなかったぼくをほめてばかりいた変《か》わった先生《せんせい》のこと、おたがいに相手《あいて》が負《ま》けることだけを願《ねが》っていた奇妙《きみょう》な友《とも》だちのこと、プロの夢《ゆめ》やぶれて奨励会《しょうれいかい》を去《さ》るときは死《し》にたいくらいつらかったこと。社会《しゃかい》に出《で》てから、好《す》きなことを仕事《しごと》にできるのがどれだけ幸《しあわ》せなことか気《き》づいたこと。そしてプロ入《い》りを希望《きぼう》したぼくを、多《おお》くの人《ひと》が応援《おうえん》してくれたこと。

「こうしてぼくは、将棋《しょうぎ》のプロになることができました。でも、ぼくはまだ夢《ゆめ》の入《い》り口《ぐち》に立《た》ったばかりです。プロになることではなく、プロの世界《せかい》でトップになることがぼくの夢《ゆめ》です。よければぜひ、応援《おうえん》してください。」

およそ二百の瞳《ひとみ》が、じっとぼくを見《み》つめていた。話《はなし》が一区切《ひとくぎ》りして、子《こ》どもたちの顔《かお》を見《み》る余裕《よゆう》ができたぼくは、思《おも》わず笑《わら》ってしまった。この小学校《しょうがっこう》にはぼくの同級生《どうきゅうせい》たちの子《こ》どもが多《おお》く通《かよ》っているが、ひと目《め》でそれとわかるほど親《おや》に顔《かお》がそっくりな子《こ》が何人《なんにん》もいるのだ。

あいつの子《こ》どもがこんなに大《おお》きくなったんだ。もう、ぼくが苅間澤先生《かりまさわせんせい》や健弥《けんや》くんに出会《であ》った年齢《ねんれい》になっているんだな。

そう思《おも》うとぼくは、百人《にん》のあのころのぼくに話《はな》しているような気持《きも》ちになってきた。これから、この子《こ》たちの人生《じんせい》にも泣《な》きたいほど、死《し》にたいほど、つらいことが待《ま》っているかもしれない。そのときぼくの言葉《ことば》は、この子《こ》たちがなんとか踏《ふ》ん張《ば》るための力《ちから》になってくれるだろうか。ぼくには、これしかいえることがないのだが。

「最後《さいご》に、みなさんへのメッセージです。ぼくは将棋《しょうぎ》をやらなければよかったと思《おも》ったこともありましたが、いまは本当《ほんとう》にやってよかったと思《おも》っています。プロになれなかったとしても、その気持《きも》ちは同《おな》じだったでしょう。将棋《しょうぎ》のおかげで、ぼくはすばらしい人《ひと》たちに出会《であ》い、すばらしい経験《けいけん》をたくさんすることができたからです。

みなさんも、どんなことでもいいから、これだけは人《ひと》に負《ま》けないというものをつくってください。勉強《べんきょう》でなくても、スノボでもゲームでも、自分《じぶん》が楽《たの》しければなんでもいいです。それが好《す》きになってうまくなることは、将来《しょうらい》きっと、みなさんの力《ちから》になってくれるはずです。

それからもうひとつ、みなさんにいいたいことがあります。幸運《こううん》にもいま、自分《じぶん》の好《す》きなこと、夢《ゆめ》や目標《もくひょう》がある人《ひと》は、ぜひそのことを声《こえ》に出《だ》してほしいと思《おも》います。自分《じぶん》はこうなりたい、とまわりの人《ひと》に伝《つた》えてください。その思《おも》いが本気《ほんき》であればあるほど、まわりの人《ひと》も応援《おうえん》してくれます。その応援《おうえん》はきっと、みなさんの力以上《ちからいじょう》のものを引《ひ》き出《だ》してくれるはずです。そして、あきらめずに進《すす》んでいけば、必《かなら》ず夢《ゆめ》はかないます。これは、ぼくが保証《ほしょう》します。」

話《はな》したいことは、すべて話《はな》し終《お》えた。ぼくは子《こ》どもたちの顔《かお》を見回《みまわ》して、

「何《なに》か質問《しつもん》はあるかな？」

と問《と》いかけた。すぐにひとりの男《おとこ》の子《こ》がさっと手《て》を上《あ》げた。どうぞ、というとその子《こ》は立《た》ち上《あ》がり、ぼくに向《む》かって声《こえ》を張《は》り上《あ》げた。

「瀬川《せがわ》さんがいったとおりに、いまからぼくの夢《ゆめ》をいいます。ぼくはJ《ジェー》リーグの選手《せんしゅ》になりたい

です。」

ぼくは思《おも》わず微笑《ほほえ》んで、

「がんばれよ。」

とその子《こ》にいった。


講演《こうえん》を終《お》えて、懐《なつ》かしい校舎《こうしゃ》の廊下《ろうか》を歩《ある》いた。壁《かべ》に貼《は》り出《だ》されている絵《え》や作文《さくぶん》を見《み》ていると、自分《じぶん》が子《こ》どものころに返《かえ》っていくような気《き》がした。逆《さか》さまに描《か》いたモジリアニの絵《え》を貼《は》り出《だ》されたときのうれしかった気持《きも》ちがよみがえってきた。

窓《まど》の外《そと》に目《め》をやると桜《さくら》の樹《き》が、ぼくが通《かよ》っていたときと同《おな》じ場所《ばしょ》にいまも立《た》っていた。その下《した》で男《おとこ》の子《こ》が数人《すうにん》、遊《あそ》んでいる。観察《かんさつ》していると、リーダーシップをとっている子《こ》もいれば、みんなのあとをただついていくだけの子《こ》もいるのがわかる。

やがて、まだ固《かた》いつぼみをつけただけの桜《さくら》が、ぼくの瞼《まぶた》のなかで満開《まんかい》になった。その下《した》に、ぼんやりとみんなが遊《あそ》ぶのを見《み》ている、五年生《ねんせい》になったばかりの男《おとこ》の子《こ》がいた。そこへ四十歳《さい》くらいの優《やさ》しい顔《かお》をした女《おんな》の先生《せんせい》がにこにこしながら近《ちか》づいてきて、何《なに》かを話《はな》しかけた。とたんにその子《こ》の顔《かお》が、ぱっと輝《かがや》いた。

あのとき、奇跡《きせき》は始《はじ》まっていたのだ。

あとがき

この本《ほん》で将棋《しょうぎ》の世界《せかい》をはじめて知《し》る人《ひと》も多《おお》かったと思《おも》います。みんなの目《め》にはどう映《うつ》ったでしょうか。将棋《しょうぎ》のことで読《よ》みづらいところもあったかもしれませんね。

そんな中《なか》で最後《さいご》まで読《よ》んでくれて本当《ほんとう》にありがとうございます。この本《ほん》はぼくの大好《だいす》きな人《ひと》ばかりが出《で》てくる大切《たいせつ》な本《ほん》です。みんなにその人《ひと》たちのことを知《し》ってもらえてとても嬉《うれ》しいです。


ぼくにとってこの本《ほん》を書《か》くことは記憶《きおく》をたどる旅《たび》でした。なにしろおぼえていないことが多《おお》すぎます。事実《じじつ》かどうかを確認《かくにん》するための取材《しゅざい》をしては、過去《かこ》の記憶《きおく》を呼《よ》びさましながら書《か》くという繰《く》り返《かえ》しでした。

少《すこ》しずつよみがえる当時《とうじ》の情景《じょうけい》に、「こんなこともあったよなあ」と目《め》を細《ほそ》めながら書《か》いたときもあれば、そのときの気持《きも》ちを思《おも》い出《だ》して思《おも》わず涙《なみだ》を流《なが》しながら書《か》いたときもありました。思《おも》い出《で》は忘《わす》れることはあっても消《き》えることはないのですね。

この旅《たび》でぼくは、あのときの家族《かぞく》、恩師《おんし》、ライバル、友人《ゆうじん》たちに再《ふたた》び出会《であ》うことができました。いかにぼくがみんなに温《あたた》かく見守《みまも》られ、支《ささ》えられ、影響《えいきょう》を受《う》けてきたかをあらためて感《かん》じました。

ぼくは苅間澤先生《かりまさわせんせい》がいなければ、こんなに将棋《しょうぎ》を好《す》きになることはなかったでしょう。健弥《けんや》くんがいなければ、こんなに将棋《しょうぎ》が強《つよ》くなることはなかったでしょう。そして父《ちち》の教《おし》えがなければ、もう一度《いちど》プロ棋士《きし》をめざそうとは思《おも》わなかったでしょう。いろんなことが重《かさ》なりあって、奇跡《きせき》ともいわれたプロ編入《へんにゅう》がかなったのだと思《おも》います。

ひとつ、書《か》いておきたいことがあります。

苅間澤先生《かりまさわせんせい》のことです。

プロ試験《しけん》に合格《ごうかく》したあと、ぼくはどうしても先生《せんせい》にお礼《れい》がいいたくて、手紙《てがみ》を出《だ》しました。ドラえもんの葉書《はがき》に先生《せんせい》は住所《じゅうしょ》を書《か》いていませんでしたが、つてをたどって調《しら》べて、おそらくここだろうという見当《けんとう》がついたのです。

しかし、先生《せんせい》から返事《へんじ》はありませんでした。気《き》にかかりながらも忙《いそが》しくなってしまったぼくのかわりに、この本《ほん》を出《だ》す出版社《しゅっぱんしゃ》の人《ひと》がその住所《じゅうしょ》を訪《たず》ねました。

苅間澤先生《かりまさわせんせい》はその住所《じゅうしょ》でご健在《けんざい》でした。

しかし、ぼくが先生《せんせい》にお会《あ》いしたがっていることを出版社《しゅっぱんしゃ》の人《ひと》が伝《つた》えると、先生《せんせい》は断《ことわ》ったそうです。だってもうおばあちゃんだもの、と明《あか》るく笑《わら》いながらその理由《りゆう》をいったあとで先生《せんせい》は、

「瀬川《せがわ》くんにとって私《わたし》は過去《かこ》の人間《にんげん》。そんなことに気《き》をつかうより、ほかにやるべきことがあるはずです。」

と、おっしゃったそうです。さらに、

「夢《ゆめ》を手《て》にしたあとは、夢《ゆめ》を本物《ほんもの》にするためのつらさや苦《くる》しさがあるのだから。」

とも。先生《せんせい》は、ぼくのプロ棋士《きし》としてのこれからを、大変心配《たいへんしんぱい》されていたそうです。

伝《つた》え聞《き》いた先生《せんせい》のお話《はなし》のなかで、驚《おどろ》かされたことがありました。

じつは先生《せんせい》も、三十五歳《さい》で教師《きょうし》になる夢《ゆめ》をかなえたというのです。

当時《とうじ》は教職《きょうしょく》につくにも三十五歳《さい》までという年齢制限《ねんれいせいげん》がありました。若《わか》い頃《ころ》に教師《きょうし》になることを夢見《ゆめみ》た先生《せんせい》は、その後《ご》、家庭《かてい》の事情《じじょう》により大学進学《だいがくしんがく》を断念《だんねん》して就職《しゅうしょく》し、結婚《けっこん》しますが、どうしても夢《ゆめ》をあきらめられず、三十歳《さい》をすぎて大学《だいがく》に通《かよ》いはじめ、三十五歳《さい》の誕生日直前《たんじょうびちょくぜん》に、教員試験《きょういんしけん》に合格《ごうかく》したのだそうです。

いまのぼくには先生《せんせい》の気持《きも》ちがわかる気《き》がします。先生《せんせい》は毎日《まいにち》、夢《ゆめ》をかなえた喜《よろこ》びを感《かん》じながら教壇《きょうだん》に立《た》っていたのでしょう。だから先生《せんせい》の授業《じゅぎょう》は、ぼくの心《こころ》にいつまでも残《のこ》っているのでしょう。そんな先生《せんせい》に出会《であ》えたぼくは、ほんとうに幸《しあわ》せです。

もともと、この本《ほん》はプロ試験《しけん》に合格《ごうかく》してからすぐの二〇〇六年《ねん》に出版《しゅっぱん》されました。それから十二年《ねん》が経《た》って、今回《こんかい》この青《あお》い鳥文庫《とりぶんこ》で装《よそお》い新《あら》たに刊行《かんこう》して頂《いただ》きました。

この十二年《ねん》プロ棋士《きし》としてやってきて、楽《たの》しいときばかりでなく、苦《くる》しいときもたくさんありました。厳《きび》しい試合《しあい》の直前《ちょくぜん》に怖《こわ》くて逃《に》げだしたくなるときもありました。

でも実際《じっさい》に逃《に》げだすことはありませんでした。それは先生《せんせい》と同《おな》じように夢《ゆめ》をかなえた喜《よろこ》びがあったからです。これからも棋士《きし》としての生活《せいかつ》は続《つづ》きますが、この気持《きも》ちを忘《わす》れることなくがんばっていきたいと思《おも》っています。

最後《さいご》になりますが、本書《ほんしょ》の刊行《かんこう》にあたって、サポートしてくれた岡美穂《おかみほ》さん、講談社《こうだんしゃ》の山岸浩《やまぎしこう》史《じ》さん、小俣由里《おまたゆり》さんに心《こころ》から感謝《かんしゃ》いたします。ありがとうございました。

瀬川晶司《せがわしょうじ》

＊著者紹介

瀬《せ》川《がわ》晶《しょう》司《じ》

1970年横浜市生まれ。中学3年生のとき、プロ棋士養成機関の奨励会に入会するが、26歳で年齢制限の規定により退会。しかし、アマチュア強豪として大活躍し、サラリーマンになってからはプロとの公式戦で7割以上という驚異的な勝率をあげる。2005年、日本将棋連盟にプロ入りを希望する嘆願書を提出し、周囲の協力もあって戦後初のプロ編入試験将棋を実現させる。同年11月、この試験将棋に合格して念願のプロ棋士となる。2012年五段昇段。

＊画家紹介

青《あお》木《き》幸《さち》子《こ》

講談社の青年誌「イブニング」にて動物園漫画「ZOOKEEPER」でデビュー。以後は将棋をテーマにした「王狩」、日本茶をテーマにした「茶柱倶楽部」、香辛料をテーマにした「ぴりふわつーん」と様々な分野の専門家を描いた漫画を手がける。

この作品は、『泣き虫しょったんの奇跡　完全版　サラリーマンから将棋のプロへ』（二〇一〇年二月初版　講談社文庫）を底本に、若干修正をして、イラストを新たにつけたものです。
なお、とくに断りがないかぎり、文中に登場する棋士の段位等は、すべて当時のものです。

講談社　青い鳥文庫

泣《な》き虫《むし》しょったんの奇跡《きせき》

瀬《せ》川《がわ》晶《しょう》司《じ》

2018年8月15日　第1刷発行

（定価はカバーに表示してあります。）

発行者　渡瀬昌彦

発行所　株式会社講談社

東京都文京区音羽2-12-21　郵便番号112-8001

電話　編集（03）5395-3536

販売（03）5395-3625

業務（03）5395-3615

N.D.C.913　308p　18cm

装　丁　堀中亜理＋ベイブリッジ・スタジオ

久住和代

印　刷　図書印刷株式会社

製　本　図書印刷株式会社

本文データ制作　講談社デジタル製作

（落丁本・乱丁本は、購入書店名を明記のうえ、小社業務あてにお送りください。送料小社負担にておとりかえします。）

■この本についてのお問い合わせは、青い鳥文庫編集まで、ご連絡ください。

ISBN978-4-06-512530-4

大人気シリーズ!!

フシギとトキメキがいっぱい!

『トキメキ♥図書館《としょかん》シリーズ』

服部《はっとり》千春《ちはる》／作　ほおのきソラ／絵

ストーリー

小５の夏休みに新しい町へ引っ越してきた萌。子犬のソラと散歩中に犬と同じ名前の男の子・宙《そら》と出会う。新学期に入り、宙と同じクラスになった萌は、宙の過去を知り——。

学校の図書館は
とっても
ステキなの！

主人公

白石《しらいし》 萌《もえ》

スイーツ大好き。夢はパティシエ!

『パティシエ☆すばるシリーズ』

つくもようこ／作　烏羽《からすば》 雨《あめ》／絵

ストーリー

小学校の授業でお菓子作りを体験し「パティシエになる！」と決心したすばる。親友のカノン、渚といっしょに先生のもとで一流のパティシエをめざします。かんたんでおいしいスイーツレシピ付き！

パティシエ
めざして
修業中です！

主人公

星野《ほしの》すばる

夢はすてきなバレリーナ！

『エトワール！ シリーズ』

梅田《うめだ》みか／作　結布《ゆう》／絵

ストーリー

めいはバレエが大好きな女の子。苦手なことにぶつかってもあきらめず、あこがれのバレリーナをめざして発表会やコンクールにチャレンジします。バレエのことがよくわかるコラム付き！

ずっとバレエを踊っていきたい！

主人公　森原《もりはら》めい

本格的フィギュアスケート物語！

『氷《こおり》の上《うえ》のプリンセス シリーズ』

風野《かぜの》 潮《うしお》／作　Nardack《ナルダク》／絵

ストーリー

小5の時、パパを亡くしフィギュアスケートのジャンプが飛べなくなってしまったかすみ。でも、一生けんめい練習にはげみます。「ジュニア編」が始まり、めざすは世界の大舞台！ 恋のゆくえにも注目です。

何よりもフィギュアが大好き♡

主人公　春野《はるの》かすみ

大人気シリーズ!!

珠梨と王子たちのドキドキ物語！

『龍神王子《ドラゴン・プリンス》！
シリーズ』

宮下恵茉《みやしたえま》／作　kaya8《カヤハチ》／絵

ストーリー

家は、インチキ占いハウス。フツーの毎日を送りたくて、知り合いのいない私立中学に入学した珠梨。それなのに、ある日突然、龍王をめざす４人のイケメン王子たちがあらわれて――！

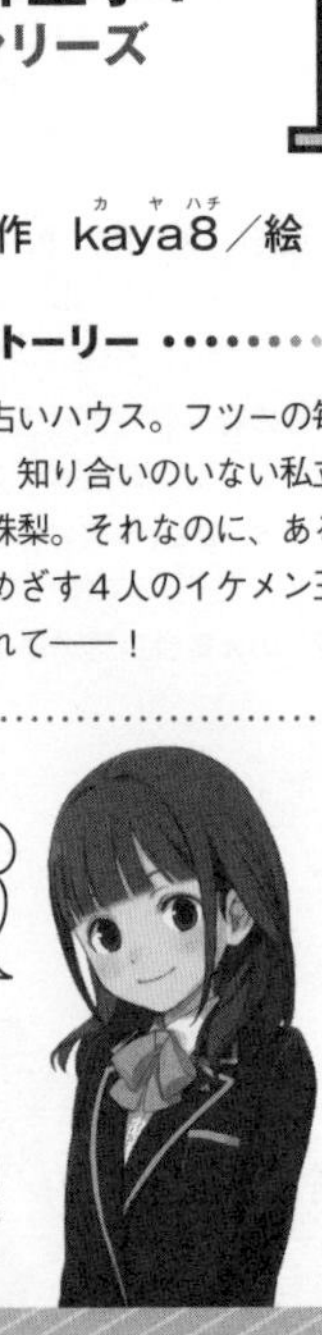

わたしが「玉呼びの巫女《みこ》」!?

主人公
宝田珠梨《たからだじゅり》

がんばるおっこをユーレイも応援!?

『若《わか》おかみは小学生《しょうがくせい》！
シリーズ』

令丈《れいじょう》ヒロ子《こ》／作　亜沙美《あさみ》／絵

ストーリー

事故で両親をなくした小6のおっこは、祖母の経営する旅館「春の屋」で暮らすことに。そこに住みつくユーレイ少年・ウリ坊に出会い、ひょんなことから春の屋の「若おかみ」修業を始めます。

どんなお客様も笑顔に！

主人公
関《せき》 織子《おりこ》
（おっこ）

わたしに不可能はない！

『怪盗《かいとう》クイーンシリーズ』

はやみねかおる／作　K2商会《ケーツーしょうかい》／絵

ストーリー

超巨大飛行船で世界中を飛びまわり、ねらうは「怪盗の美学」にかなうもの。そんな誇り高きクイーンの行く手に、個性ゆたかな敵がつぎつぎとあらわれる。超ド級の戦いから目がはなせない！

趣味はネコの
ノミ取りです。

主人公

クイーン

笑いもいっぱいの本格ミステリー！

『名探偵夢水清志郎《めいたんていゆめみずきよしろう》事件《じけん》ノート & 名探偵夢水清志郎《めいたんていゆめみずきよしろう》の事件簿《じけんぼ》シリーズ』

はやみねかおる／作
村田四郎《むらたしろう》／絵『名探偵夢水清志郎事件ノート』
佐藤友生《さとうゆうき》／絵『名探偵夢水清志郎の事件簿』

ストーリー

夢水清志郎は大食いで常識ゼロの名探偵。いつもは自分の名前も忘れるくらいぼーっとしているのに、ひとたび事件がおきるとみごとな推理で解決していく！

生年月日……？
うーん、
忘れた。

主人公

夢水清志郎《ゆめみずきよしろう》

世界の名作!!

たのしいムーミン一家《いっか》

トーベ・ヤンソン/作・絵
山室《やまむろ》 静《しずか》/訳

ムーミン谷の仲間たちがきっと大切なことを教えてくれる。ユーモアと冒険を愛したトーベ・ヤンソンの、時代を超えて愛されつづける物語。シリーズ全9巻。

レ・ミゼラブル ああ無情《むじょう》

ビクトル・ユーゴー/作
塚原亮一《つかはらりょういち》/訳　片山若子《かたやまわかこ》/絵

一切れのパンを盗み19年間牢獄で過ごしたジャン・バルジャン。彼を生まれ変わらせたのは、司教の大きな愛だった。フランスを代表する感動長編を一冊で。

新訳《しんやく》 名犬《めいけん》ラッシー

エリック・ナイト/作
岩貞《いわさだ》るみこ/訳　尾谷《おたに》おさむ/絵

ジョーの愛犬ラッシーは、ある日お金持ちの貴族に買いとられてしまう。ジョーのもとに帰るため、ラッシーの旅がはじまる! 実話を基に描かれた感動の物語。

シートン動物記《どうぶつき》(全《ぜん》3巻《かん》)

アーネスト・トムソン・シートン/作
阿部知二《あべともじ》/訳　清水《しみず》 勝《まさる》/絵

きびしい大自然の中くりひろげられる野生動物たちの戦いや愛、かなしみなどをありのままに描く。動物と人間の共存を願う著者の作品から有名な各4編を収録。

赤毛《あかげ》のアン

L・M・モンゴメリ/作
村岡花子《むらおかはなこ》/訳　HACCAN《ハッカン》/絵

リンゴの白い花が満開のプリンスエドワード島にやってきた赤毛の女の子。夢見がちで、おしゃべりなアンがまきおこすおかしな騒動で、みんなが幸せに!

若草物語《わかくさものがたり》(全《ぜん》4巻《かん》)

オルコット/作
中山知子《なかやまともこ》・谷口由美子《たにぐちゆみこ》/訳　藤田《ふじた》 香《かおり》/絵

150年間、世界中に愛されつづけているマーチ家の4姉妹。〝プレゼントなしのクリスマス〟で幕をあける、涙と笑いと愛に満ちたゆかいな1年間がはじまる!

青い鳥文庫

名探偵《めいたんてい》ホームズ 赤毛組合《あかげくみあい》

コナン・ドイル/作
日暮《ひぐらし》まさみち/訳　青山浩行《あおやまひろゆき》/絵

世界でもっとも有名な名探偵・ホームズ。はじめて読む人へおすすめの表題作と3編収録。シリーズ全60編すべてが読める児童文庫は青い鳥文庫だけ！

十五少年漂流記《じゅうごしょうねんひょうりゅうき》

ジュール・ベルヌ/作
那須辰造《なすたつぞう》/訳　金《キム》 斗鉉《トウゲン》/絵

15人の少年たちを乗せた船が嵐にのまれ無人島に漂着した。年齢も国籍もちがう少年たちが勇気と知恵をふりしぼり、力をあわせて生きぬく2年間の物語。

海底《かいてい》2万《まん》マイル

ジュール・ベルヌ/作
加藤《かとう》まさし/訳　高田《たかだ》 勲《いさお》/絵

なぞの男ネモ艦長ひきいる巨大潜水艦ノーチラス号。その秘密に挑む、とらわれた博物学者アロンナクス教授たち。海底の神秘の世界を描く、SF作品の大傑作！

トム・ソーヤーの冒険《ぼうけん》

マーク・トウェーン/作
飯島淳秀《いいじまよしひで》/訳　にしけいこ/絵

いたずら好きで勉強ぎらいのトムは、知恵とアイデアでペンキぬりの手伝いをサボることに成功する。アメリカでもっとも愛されている少年トムの大冒険！

三銃士《さんじゅうし》

デュマ/原作
藤本《ふじもと》ひとみ/文　K２商会《ケーツーしょうかい》/絵

舞台はルイ王朝時代のフランス。熱い心の青年ダルタニャンと３人の銃士が、国をゆるがす陰謀に立ち向かう。藤本ひとみ先生が描く、恋と友情の冒険活劇！

ギリシア神話《しんわ》 オリンポスの神々《かみがみ》

遠藤寛子《えんどうひろこ》/文
小林《こばやし》 系《けい》/絵

「開けてはいけないパンドラの箱」「見た者を石にかえるメドウサの首」など、有名なお話を収録。神々と人間がおりなす美しくて魅力的な神話の世界へ──！

「講談社《こうだんしゃ》 青《あお》い鳥文庫《とりぶんこ》」刊行《かんこう》のことば

太陽《たいよう》と水《みず》と土《つち》のめぐみをうけて、葉《は》をしげらせ、花《はな》をさかせ、実《み》をむすんでいる森《もり》。小《こ》鳥《とり》や、けものや、こん虫《ちゅう》たちが、春《はる》・夏《なつ》・秋《あき》・冬《ふゆ》の生活《せいかつ》のリズムに合《あ》わせてくらしている森《もり》。森《もり》には、かぎりない自然《しぜん》の力《ちから》と、いのちのかがやきがあります。

本《ほん》の世界《せかい》も森《もり》と同《おな》じです。そこには、人間《にんげん》の理想《りそう》や知恵《ちえ》、夢《ゆめ》や楽《たの》しさがいっぱいつまっています。

本《ほん》の森《もり》をおとずれると、チルチルとミチルが「青《あお》い鳥《とり》」を追《お》い求《もと》めた旅《たび》で、さまざまな体験《たいけん》を得《え》たように、みなさんも思《おも》いがけないすばらしい世界《せかい》にめぐりあえて、心《こころ》をゆたかにするにちがいありません。

「講談社《こうだんしゃ》 青《あお》い鳥文庫《とりぶんこ》」は、七十年《ねん》の歴史《れきし》を持《も》つ講談社《こうだんしゃ》が、一人《ひとり》でも多《おお》くの人《ひと》のために、すぐれた作品《さくひん》をよりすぐり、安《やす》い定価《ていか》でおおくりする本《ほん》の森《もり》です。その一さつ一さつが、みなさんにとって、青《あお》い鳥《とり》であることをいのって出版《しゅっぱん》していきます。この森《もり》が美《うつく》しいみどりの葉《は》をしげらせ、あざやかな花《はな》を開《ひら》き、明日《あす》をになうみなさんの心《こころ》のふるさととして、大《おお》きく育《そだ》つよう、応援《おうえん》を願《ねが》っています。

昭和《しょうわ》五十五年《ねん》十一月《がつ》

講談社